为什么它
永无止境
U0942110
柯遥42
著
WEISHENME TA YONGWUZHIJING
命运序曲卷
江苏凤凰文艺出版社
JIANGSU PHOENIX LITERATURE AND ART PUBLISHING

图书在版编目（CIP）数据

为什么它永无止境 / 柯遥 42 著. -- 南京 : 江苏凤凰文艺出版社, 2024. 11.（2025.4 重印） -- ISBN 978-7-5594-8813-8

Ⅰ. I247.5

中国国家版本馆 CIP 数据核字第 20243FD086 号

为什么它永无止境

柯遥 42　著

责任编辑　周颖若
特约编辑　喵尾一夏
责任印制　杨　丹
出版发行　江苏凤凰文艺出版社
　　　　　南京市中央路 165 号，邮编：210009
网　　址　http://www.jswenyi.com
印　　刷　杭州日报报业集团盛元印务有限公司
开　　本　880 毫米 ×1230 毫米 1/32
印　　张　11
字　　数　337 千字
版　　次　2024 年 11 月第 1 版
印　　次　2025 年 4 月第 2 次印刷
书　　号　ISBN 978-7-5594-8813-8
定　　价　43.80 元

她在年轻时死去，
既无爱恋，也无忧虑，
如金色的星辰陨落，如不谢的花朵升起。
——改编自米拉·洛赫维茨卡娅《我愿在年轻时死去》

卷

FATE

命运序曲

从现在开始，直到九月我离开训练基地，
我都是你的辅佐官，
除了日课与训练时间外，
你遇到任何问题都可以来找我……

目录

CONTENTS

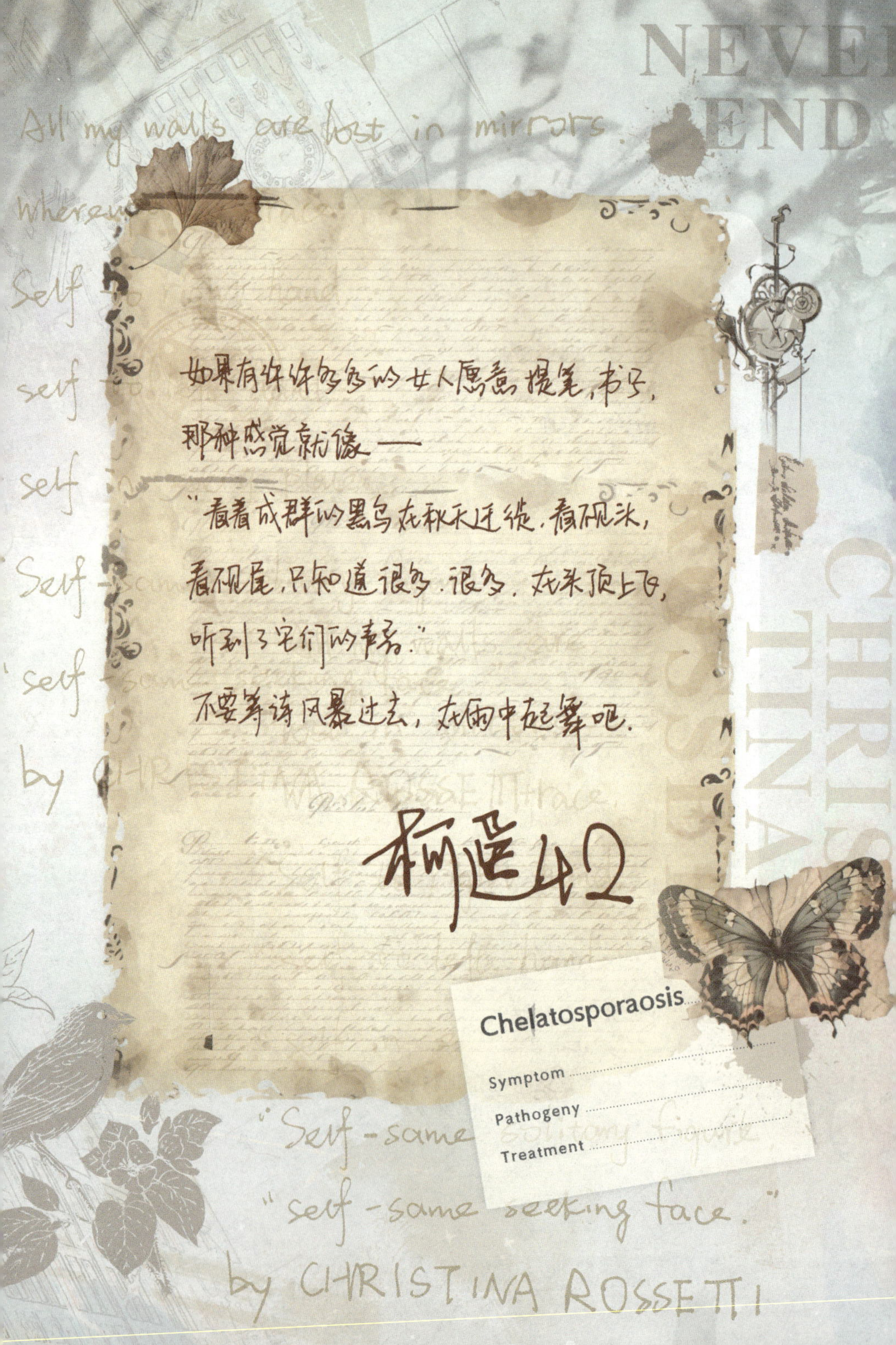
如果有许许多多的女人愿意提笔，书写，
那种感觉就像——
"看着成群的黑鸟在秋天迁徙，看不见头，看不见尾，只知道很多，很多，在头顶上飞，听到了它们的声音。"
不要等待风暴过去，在雨中起舞吧。

柯遥42

楔子

NEVER END

命运如同一位剧作家，在时间的织卷上书写。人类毕生都在与前定的故事抗争。为此，我们当中最聪明的那些人一直在不断整理这个种群或近或远的过去，预测缥缈不定的未来。

然而，我们究竟应当从何处开始，建立故事的秩序？

四千年转眼即逝，曾经抵达群星的名字和旧时代的高楼一齐陨落，重启后的文明像一个婴儿，在并不稳固的摇篮里再度睁开了眼睛。

我们应当从何处开始，建立故事的秩序？

只能从这里开始，从此刻开始。

第一章

NEVER END

祈祷

4623年。

第三大区，谭伊市南区的塞文山。

蜿蜒曲折的山路上，二十多个来自圣安妮修道院的孩童，正身着灰色亚麻道袍，跟着一位面色冷峻的修女采摘路边的野菜。

那位修女年纪在五十岁上下，头发已经斑白，两颊的皮肤衰老松弛，微微下垂，即便面无表情的时候，也带着令人畏惧的严厉气息。

整个采摘的队伍被拉得很长，那位修女站在最前头。孩子们零零散散，各自为伍，时不时会拿着菜送到修女面前，询问这东西能不能吃。

在队伍的末尾，一个留着红色短发的女孩跟在一个黑发男孩的身后。她淡蓝色的眼睛像是两颗浸在溪水中的水晶，此刻，她正有些警惕地看着四面的草丛。

“简，你来！”黑发男孩伯衡向着她招了招手，面上带着惊喜，“看我发现了什么！”

女孩靠近，蹲下，见地上长着一朵深棕色的蘑菇。这让她迅速变了脸色，不由自主地往后退了一步。

“不用怕，”伯衡轻声道，“这不是螯合菌，就是普通的菌菇，可以吃的那种，你看……”

女孩将信将疑地靠近。

男孩取出小刀，将整朵蘑菇从地上撬了起来。

它的伞盖是棕色的，底下的菌根带着一点泥土。男孩迅速挥动手中的短刀，将沾了土的根部削掉，又很快吹掉落在上面的尘屑。

蘑菇的伞盖下呈现出乳白的颜色。

“这是牛肝菌，看起来已经在吐孢子了。这种过于成熟的菇子以前很多人都不爱吃，但和普通的菌类比起来，它还是很美味的。”

说着，伯衡将手中的牛肝菌颠倒过来。

“你看它伞盖下面这些蓬起的地方……我们现在要把它刮掉，至少把孢子剔掉，它们掉在地上，过段时间就会重新生根发芽。”

女孩两手抱膝，蹲在旁边看着：“鳌合菌也一样？”

“既然都是真菌，那应该没差吧。”伯衡说着站起了身，将处理后的牛肝菌装进自己的布袋，“今晚我们加餐。”

两人刚直起腰，前面就响起了一阵紧促的铃铛声——那是格尔丁修女的号令，所有听见铃铛声的小朋友都迅速放下了手里的活儿，向着格尔丁小姐所在的方向跑去。

十一岁的赫斯塔还很瘦弱，她被同伴牵着往前走，二十多个孩子很快围绕着格尔丁修女站成了一个圈。

“芙拉桑发现了一只可怜的松鼠。”格尔丁修女面色严峻，“芙拉桑，你说说吧。”

一个看起来和赫斯塔差不多大的女孩，怯怯地捧着一只带血的松鼠。

松鼠还活着，只是浑身上下都是血窟窿。

“我刚刚看见远处有一只秃鹫一直在盘旋，就跟过去看了看，结果看见了这只松鼠。我想它……它一定是被秃鹫啄伤了眼睛……身上也被啄了好几处，我没能救下它……”

“我认为这是一个很好的机会。”格尔丁修女轻声道，“让我们一起来为这只可怜的小东西祈祷，愿它安息——我前几天已经教过你们如何祷告了，是不是？”

“是的，格尔丁小姐。”孩子们齐声答道。

“那么，开始吧。”

所有人放下了手中装菜的布袋或篮筐，双手合十，开始柔声细语地念起了祷词。

“简，你在干什么？”

一个声音冷冷地从头顶传来，让十一岁的赫斯塔骤然回过神来。

她抬起头，面容严肃的格尔丁修女正凝望着她，修女戴着白色手套的两手交握在胸前，目光中带着几分愠怒。

周围的几个小孩子偷偷睁开眼睛，看向赫斯塔这边。

“都把眼睛闭上。”修女沉声道。

孩子们打了个寒战，连忙双手交握，恢复了之前祈祷的姿势。

“所有人都在专心祈祷，就你一个人睁着眼睛。”格尔丁修女的声音在山麓的上空回荡，“赫斯塔小姐，你回答我，你在干什么？”

“我在看那只死去的松鼠……格尔丁小姐。”赫斯塔轻声回答。

“是吗？”格尔丁的声音稍稍缓和了些，“但祈祷的时候应该闭上眼睛，赫斯塔。”

“我有点不明白。”

“不明白什么？”

“我们要这样将它埋在地里吗？”

“是的。”格尔丁用虔诚的口吻回答，“我的肉身终将归于尘土，但我们的灵魂来自天上，如果我们能虔诚地为死者祈祷，那么当这祷告抵达圣灵的所在，祂[①]降下的仁慈也将涤荡你们的灵魂……而一个清澈的灵魂，才不容易被螯合菌寄生，赫斯塔小姐，你明白了吗？”

赫斯塔皱起眉头，没有作声。

格尔丁再次皱起了眉头：“你又在想什么？”

“我在想……为什么我们不立刻‘虔诚地’……把它吃掉呢？”

刹那间，周围所有人的呼吸都停止了。

跪在赫斯塔身边的伯衡不禁睁开了眼睛，担忧地看向自己的朋友。

格尔丁的脸顿时变得铁青：“什么？”

“它是刚刚死的，现在才午后，还算新鲜，现在去皮腌制的话——”

“简·赫斯塔。”格尔丁修女的声音严肃到令人战栗，她带着不可置信的态度轻声道，“你在说什么东西？”

“我们不用自己吃，”赫斯塔连忙补充道，“只要这样处理

① 本作品背景为架空幻想世界，“祂”字为特定用字，用作神祇或超自然存在的第三人称代词。

以后，把它挂在外头，等需要的人自取。虽然这点肉对一个普通人来讲不算什么，但在饿极了的人那里就能救一条命，不然就这样把它埋进地里，未免太过浪费——”

话还没有说完，赫斯塔整个人被修女像老鹰抓小鸡一样提了起来，她被拎到死去的松鼠跟前。

“看看它。”修女命令道，她的声音里带着一种悲悯的哭腔，“看看这个可怜的小东西，我简直不敢相信我的耳朵，赫斯塔小姐——我一向是怎么教你的？”

“不能杀生。”赫斯塔看向修女，“但不是我们杀的它，而且我们也不是自己吃——”

“啪——”一记耳光砸在赫斯塔的头顶。

“伯衡！你现在就带简·赫斯塔去山顶禁闭室……”修女的声音颤抖着，“她的脑子被恶灵占据了！要关上几天才能清醒！”

深夜，圣安妮修道院的禁闭室里，简·赫斯塔蜷在铁笼子里。

她睡得很浅，红色的头发披散在脸上。

“简、简……”一个声音将她唤醒，赫斯塔睁开眼，望见铁笼子外伯衡的脸。

“格尔丁修女睡了，我从厨房拿了点东西给你，你出来吃。”

赫斯塔的眼睛一下就亮了起来。

伯衡移开铁笼子上的重锁。它看起来绕得层层叠叠，好像把笼子锁得严严实实，但实际上只是个障眼法罢了——锁耷拉在笼子上，根本没有困着笼子。

赫斯塔骨碌一下从笼子里钻了出来。

伯衡取出一个非常老旧的锡铁饭盒，里面装着已经冷了的土豆、奶酪碎和一些灰褐色的菌片。

对着月光，赫斯塔用勺子把那菌片舀出来细看。

“这就是牛肝菌吗？”

伯衡点头：“我偷了一点黄油炒的。”

赫斯塔饿极了，她大口大口地将食物送进嘴巴，伯衡递过去一个同样老旧的水壶，道：“慢一点。”

女孩吃饭的时候，伯衡从裤腿里掏出一卷折得很软的报纸。报纸对折处的油墨都已经被蹭掉了一些，露出纸纤维的毛边。

伯衡小心地将报纸展开，在月光下认真读了起来。

赫斯塔已经习惯了这一幕。

在修道院的这四年，她总是被格尔丁修女关禁闭，而每一次伯衡都会像这样带一点吃的来看她，顺便坐在旁边做剪报。

“你怎么知道牛肝菌能吃呢？”赫斯塔望着正在读报的伯衡，“是从报纸上看来的吗？”

“不是，是以前一个大叔教我的。”

“进这里以前？”

“对……之前我一直跟着他在荒原生活。”

伯衡一边回答，一边小心地将报纸上的一篇豆腐块文章剪了下来。他随身带着乳白色的医用胶带，动作娴熟地将文章纸片贴在自己的本子上。

这本本子是伯衡的宝贝，他不知从哪儿找来一块防潮的石棉布，不用本子的时候就用布包着它，将它藏在禁闭室的地板底下。

格尔丁修女对孤儿院中孩子们的读物有非常严格的控制，除了一批经过她亲自审读的神学故事，孩子们日常能够接触到的读物就只有一些故事非常简单的童话绘本——甚至这些绘本中也有缺页，因为格尔丁修女认为这些故事夹带了某些不切实际的幻想，会在孩子们纯洁的心灵上蒙上一层阴影，使之更容易被螯合病侵蚀。

整个孤儿院只订阅一份报纸。每天，这份报纸会被送去院长和格尔丁修女的办公室。看完后，她们会将报纸收到储物间，而伯衡正是从那里偷偷取阅。

为了避免被修女们发现，他每次只拿三个月以前的旧报纸。这些报纸往往已经被捆成一捆堆放在角落，每隔半年会有政府的回收人员上门收取。没有人会检查里面的报纸是否缺少了页数。

像从前一样，赫斯塔将伯衡带来的所有东西都吃得干干净净。她意犹未尽地端着伯衡的旧饭盒，有些怅然若失。

“吃饱了吗？”伯衡问道。

“嗯。”

“那好，简，”伯衡抬起头，“你听我说，今天这件事你确实做错了，虽然并不是因为格尔丁小姐说的那种理由。”

赫斯塔侧头。

伯衡温声道："也许之前你在短鸣巷的时候没有选择，但现在我们既然有条件吃人工饲养的动物肉，就最好不要碰野外的那些动物。"

"但那只松鼠刚刚死去，还是新鲜的，也不行？"

"不行。"伯衡用双手比了一个叉，"这些生存在野外的动物非常有可能携带一些致病菌、寄生虫或病毒——这和它们死了多久没有关系。记住了吗？"

赫斯塔若有所思。

伯衡又低下头去做他的剪报："我感觉芙拉桑应该是看错了，秃鹫是食腐的动物，一般不会主动攻击活着的动物。"

赫斯塔有些疑惑："如果不是秃鹫，那松鼠身上的那些窟窿是哪里来的？"

"也许是其他的猛禽吧……"

赫斯塔望着伯衡："这也是从前和你生活在一起的那个大叔教你的吗？"

"哦，这个不是，这是我从报纸上看到的。"伯衡笑着道，"有人曾因为食用生肉感染上螯合病，所以现在所有的人类宜居地都严禁生食。"

"这样啊……"

"不过我看报纸主要还是为了搜集十四区的信息，每次看到有十四大区的报道，我就把它剪下来。"

十四大区。

赫斯塔对这个名字并不陌生，她有些好奇地望着伯衡："你之前偷偷和院长借的那本《暴风雨下的群山》，是不是讲的十四区的故事？"

"对，不过那个故事的发生地不是我要去的地方。十四区很大很大，它是目前世界十六个大区中最大的一处，那里有很多很多块宜居地。"

"伯衡为什么想去那里？"

"因为那边可能是我的故乡。"伯衡回答，"'伯衡'就是一个很典型的十四区人的名字，衡是名字，伯是一个很古老的姓……也许我的家就在那边，所以我想回那里去看看。"

说到这里，伯衡突然拍了一下脑袋："对了！简，我前几天看到一个可能和你有关的故事。”

伯衡笑着低头，“哗啦啦”地翻起自己的剪报本，直到翻到某一页，他停了下来，将本子推到赫斯塔的面前。

“你知道院长当年为什么要给你挑选‘赫斯塔’这个姓吗？”

赫斯塔沉默了片刻，然后摇了摇头。

“因为你是红头发，而且是火一样的红发，而十四区的北部有一支游牧民族，叫赫斯塔族——传说中，赫斯塔族的女人都是和你一样的红发——他们的图腾是鹰，一直在十四区北部荒原以游猎为生……你看这个，这篇报道专门讲了赫斯塔族的事情。”

赫斯塔的目光扫过伯衡的剪报，兴致并没有很高，但随即，她就发现了本子的空白处还有许多伯衡的字迹。

“原来你还在这本本子上写日记。”赫斯塔喃喃道。

“啊，不要看那些！”伯衡有些手忙脚乱地遮挡起那些文字来，“我是让你看上面赫斯塔族的故事——”

“那个故事讲得不对，”赫斯塔轻声道，“赫斯塔人的图腾不是鹰，是马。”

“马？”

“嗯。”赫斯塔点头，“鹰对赫斯塔人而言确实很重要，因为传说故事里，赫斯塔人的祖先是一只鹰，所以大家把鹰认作守护神；但总有人把这个和图腾弄混，赫斯塔人的图腾是汗血马，她们靠这种马驰骋草原。”

伯衡微怔：“这些故事你又是从哪里听来的？”

赫斯塔一手抱着自己的小腿，另一只手轻轻撩起耳畔的碎发。

“有一段时间，短鸣巷里有人高价收红头发，尤其是红焰一样的红头发，所以那个时候，大家到处打听赫斯塔人的消息。”

短鸣巷，赫斯塔从前生活的地方。伯衡听人们说起过，那是一个坐落在荒原中的贫民窟，曾生活着一群盗贼、刺客、黑市的商旅，以及一些身份暧昧暂时无法正式入境的浪人[①]。

伯衡迅速拿起笔，将这个细节记了下来。

一时间，禁闭室里只有笔在纸上摩擦的沙沙声。

赫斯塔将锡铁饭盒重新盖好，放回伯衡身边：“伯衡要是去了十四区，想做什么？”

---

① 指行踪不定、四处流浪的武士。

“还没想好。”伯衡轻声说，“我应该会先去伯姓人聚集的城镇看看，之后嘛……也不一定就要待在宜居地，十四区那边螯合物出没得不多，我想再回荒原生活一段时间。人只有在荒原中才是自由的……你呢？你对未来有什么规划吗？”

“有。”

“你想做什么？”

“我要去找一个人，一个对我来说非常、非常重要的——”

赫斯塔话还没有说完，禁闭室的门猝不及防地从外面被推开，赫斯塔的声音戛然而止，两人同时抬头。

惨白的月光顺着门缝落下来，在地面上投出一道细长的黑影。

格尔丁修女的脸出现在两人面前。

“伯衡？你在这里干什么？”

话才出口，格尔丁修女就看见了答案——在伯衡与赫斯塔的身边，放着许多张铺平的旧报纸。

“格尔丁小姐……”伯衡的脸瞬间变得苍白，但他很快冷静下来。

他用身体挡住了自己的剪报本，并悄悄将它推给了身后的赫斯塔。

赫斯塔迅速会意，不动声色地将本子接过，胡乱地用石棉布将本子包盖起来，塞到了铁笼的底下。

“我一直以为你是个乖孩子……”格尔丁修女气得脸色发青，她的胸脯因为剧烈的喘息而不断起伏，“你竟敢，你竟敢——”

“请不要生气，格尔丁小姐。”伯衡噌的一下站起来，以便吸引修女的目光。

修女随手捡起一张旧报纸，将它甩在了伯衡身上，报纸发出骇人的哗哗声，修女震怒道：“我是为什么不让你们看这些东西，记得吗？”

“因为……我们还没有能力辨别是非，在这个时候接触外界这些纷纷扰扰的信息，会让我们的思绪变得复杂，从而……更容易走上歧途，也更容易被螯合病侵蚀。”

赫斯塔也站了起来：“是我饿坏了所以托伯衡给我送一些吃的。加上我一直想听听外面的故事，所以这一次才——”

“够了！我再不信你们俩的鬼话。”

格尔丁觉得一股热血冲上脑门，叫她眼前一切都蒙上一层青光。她连忙扶着一旁的墙面，伯衡几步上前，抓住了修女的手臂。

过了一会儿，格尔丁觉得稍稍缓和了一些，她的目光再一次扫过地上的旧报纸，也是直到这时，她才留心到不少报纸上都有着方块大小的缺口——显然是被裁剪过的痕迹。

格尔丁的眉头皱紧了：“你们在干什么？剪报？”

“我……”

“那些你剪下来的东西呢？到哪里去了？”

“抱歉。”伯衡低下头，但完全没有正面回答问题——他也不可能主动回答。

格尔丁修女再次发起怒来，不过这一次她没有再对伯衡吼叫，而是声音颤抖地对着窗外低吟忏悔。

等到忏悔结束，她先是摘下了伯衡脖子上的钥匙，然后一手提起他的后领，将他推搡着塞进了先前关着赫斯塔的铁笼，毫不留情地扣上了重锁。

“我待会儿再来处理你……”说完这句话，修女的目光冷峻地转向赫斯塔，“赫斯塔，你过来。”

赫斯塔本能地往后退了一步：“我应该和伯衡一起受罚，格尔丁小姐。”

“你以为你逃得掉吗？受罚的事等会儿再说！”格尔丁厉声道，“院长不知道从谁那里听说了白天的事，她说要亲自和你谈谈——你现在就跟我去院长的休憩室！”

赫斯塔明显怔了一下：“现在？这个时候？”

“对，就现在。”

赫斯塔看了伯衡一眼——这倒是个好消息，至少院长不会像格尔丁修女这样不讲道理；而且，现在去和院长说说伯衡的事，说不定她老人家还能帮忙向格尔丁修女求个情……

“不要磨磨蹭蹭的！”

赫斯塔没有再停留，起身跟着修女朝院长的休憩室走去。

艾尔玛院长是圣安妮修道院最年长的人，她与格尔丁小姐就像这里的慈母与严母，每当孩子们因为各种各样的错误被格尔丁小姐下令责罚，艾尔玛院长就会想方设法地减轻孩子们要承受的痛苦。

只是差不多一个月前，老院长在地窖不小心摔倒，把两只手摔骨折了，于是这个月里什么事都是格尔丁小姐来安排。

失去了院长的庇护，所有人都过得战战兢兢。

快到休憩室了，格尔丁小姐的脚步突然慢了下来，她回头看了赫斯塔一眼："现在院长还在疗养中，你不准和她提今晚伯衡的事情——如果你还有点良心，就不要让她再为你们忧心！"

"好的，格尔丁小姐。"赫斯塔低声回答，她能觉察出格尔丁小姐压抑着的哽咽，还有她泛红的眼睛——修女此刻一定在为院长而难过。

两人都不再说话，直到来到了院长的休憩室前。

"艾尔玛院长现在需要良好的睡眠，"格尔丁修女叮咛，"我就在这里等你，你也不要在里面待太久，差不多了就赶紧出来。"

"好的。"赫斯塔稍稍松了口气——只要格尔丁小姐不和她一起进屋，那她就能和院长深谈。

赫斯塔向着格尔丁修女躬身行礼，转身推门踏入了休憩室。

这间休憩室也是院长的办公室，老人既在这儿居住也在这儿办公，赫斯塔对这里很熟悉。

只是今天，她一进门就闻到了一股腥腐气。她快步走到墙边打开窗户——以往这里的窗户总是开着的，今晚却紧紧关闭。

休憩室里没有开灯，仍像中古时期那样点着一支暗淡的白色蜡烛。火焰的柔光映照出房间中一切陈设的轮廓。赫斯塔看见靠窗的办公桌上压着一沓文件，有早已干涸的钢笔压在纸面上，笔头和笔身上都已经落了灰，看起来很久都没有人用过了。

赫斯塔将钢笔拿起来，小心地用自己的衣服擦了擦，然后盖上笔盖，重新插入笔筒。

不远处的床榻上传来熟悉的声音："简，是你吗？"

赫斯塔立刻回头应声："是我，院长。"

床边的烛火照亮了床榻上的纱帐，纱帐后面，艾尔玛的影子隐隐浮现。

"过来吧。"

赫斯塔立刻小跑着过去了，她望着纱帐后的院长，想起方才老人虚弱的声音，忽地有些鼻酸。

“你又惹祸啦。”老人的声音里带着一点笑意，“我听芙拉桑说了白天的事，就让格尔丁小姐喊你过来了……你想吃掉那只松鼠吗？”

赫斯塔的脸骤然红了，她低头望着自己的脚尖，尽管有许多话想说，张口却吐不出一个字。

纱帐后传来一阵笑声：“没关系的，简。”

“我知道这样不对。”赫斯塔轻声道，“以后不会了。”

“不，不不……简，你是对的。”艾尔玛院长的声音带着老人特有的轻颤，“松鼠……非常美味。”

一时间，赫斯塔以为自己听错了，直到纱帐里伸出一只缠绕着纱布的手，它摊开在赫斯塔的眼前——一只腐烂的血鼠赫然躺在老人的掌心。

顺着被掀起的纱帐一角，赫斯塔终于意识到了房间中那股腥臭味的来源——艾尔玛院长的床上堆满了死去的松鼠皮囊，她正一身血污地坐在这发臭腐烂的肉山之间。

床榻的纱帐下，一张苍白而憔悴的老人脸缓缓靠近，她瘦削极了，眼睛却是前所未有地鼓胀。

那张非人的脸就在这时再度露出慈祥的微笑。

“想吃的话，就吃吧，就现在……我看着你吃。”

赫斯塔整个人向后倾斜，强忍着呕吐的冲动，然而那只手却紧追着将死鼠呈到她眼前。

艾尔玛院长两只缠绕着绷带的小臂异乎寻常地粗壮，隔着厚厚的纱布，赫斯塔几乎能看到她手臂上脉搏的起伏跳动。

“艾尔玛院长？”赫斯塔脸色苍白，“您……您到底……”

艾尔玛望着赫斯塔，脸上的笑容渐渐凝固下来，她先是发出一声诧异的慨叹，而后慢慢低下头，使得半张脸都藏在了阴影之中。

“不是你说想吃的吗？”

一瞬间，赫斯塔从光影中嗅到些微死亡的预兆，在艾尔玛还沉浸在自言自语中没有行动的时候，她已经迅速起身，试图向着门口冲去。

“格——”

呼救的话只来得及说出一个字，赫斯塔就感到一块腥肉被塞进了自己的口中，两只粗壮的手臂从身后绕过来，钳住了她的脖子和脸。

赫斯塔的双脚慢慢挣扎着离地，她完全被艾尔玛限制在了怀中——老人的身体异乎寻常地热，并且极其有力。

“吃吧，吃吧……我的简，我的好孩子……”

腐臭的肉汁渗进赫斯塔的口腔，她感到眼前的一切正在变暗淡。缺氧带来的眩晕感让她的手脚渐渐无力，先前若有若无的死亡预感骤然变成一道厚重的幕布降落下来，它密不透风，又重若千钧。在意识近乎模糊的时刻，赫斯塔突然一改先前试图躲避逃离的动作，上下颌向着死鼠和艾尔玛的手臂紧紧咬合。

四颗尖锐的虎牙瞬间咬穿了老人手臂上的绷带，艾尔玛迅速抬起被咬的手，将赫斯塔整个人抡了半圈，甩向了靠墙的衣柜。

一声巨响后，赫斯塔重重地跌在地上。在她身后，被砸得松动的柜门忽然打开——赫斯塔还没有来得及站起身，一具瘦小苍白的躯体就从衣柜跌落。赫斯塔本能地伸手接住了对方——正是她昔日的伙伴芙拉桑。

芙拉桑身体冰凉，显然已经死去多时，赫斯塔看到两条密密麻麻的针口——一对乌鸦的黑色翅膀，被细细地缝在了芙拉桑的背上。

“她是个小恶魔。”艾尔玛笑嘻嘻地指着芙拉桑的尸体，“看……她还有恶魔的黑羽。”

赫斯塔颤抖着抬头，年迈的艾尔玛正一步一步地向着她走来，然而比起老人脸上恐怖的微笑，更让赫斯塔战栗的是艾尔玛的手臂——那只被撕开了绷带，显露出真实皮肤表面的手臂，正透着龙虾壳一样的鲜红色。

螯合病……

赫斯塔终于意识到眼前的一切意味着什么：此刻站在她面前的已不再是昔日温和慈爱的院长，而是一个已经感染了螯合病，彻底失去了神志的恶魔。

然而迟了。

艾尔玛再次捉住了赫斯塔，这一次她没有再试图往女孩的嘴里塞什么东西，而是直接用双臂钳住了她的脖子。

“坏孩子。”老人漠然地道，“你也学会说谎了？”

赫斯塔眼中淌下热泪，那令人恐惧的窒息感再次降临，她的十指死死抠住了艾尔玛的手臂，可除了撕下艾尔玛手臂上更多的绷带，这挣扎根本毫无用处——直到一声重物的钝击声响起。

一直紧勒她脖子的手终于再度松开。

赫斯塔重重跌在地上，并剧烈地咳嗽喘息。当她再次抬头，便看见格尔丁修女不知什么时候闯了进来。修女手中举着一把木凳，凳角上沾着艾尔玛后脑勺上的血。

格尔丁脸色惨白地望着眼前一幕，手臂因为难以言喻的惊惧而不断发抖。

“格尔丁小姐——”赫斯塔想开口解释这里发生的一切，然而格尔丁修女倒竖了眉毛，迅速用一声大喝打断了她。

“快跑！简！！”

腐臭的气味，零落的松鼠尸体，死去的芙拉桑，正在试图勒死赫斯塔的艾尔玛，还有那双赤红色的粗壮手臂……

眼前的种种，根本不用任何人解释就足以让格尔丁修女明白一切。

修女疯狂地挥舞着椅子，试图在这狭窄的过道中吸引艾尔玛的注意。

“快跑！！快跑！！简！！去报警！！”

在极度的恐惧中，赫斯塔感到自己的手脚都变得有些不受控制。她手脚并用地站起来，然而，在她眼前，通向正门的方向被艾尔玛和格尔丁小姐堵着，要冲出去难度太大……

但南边的窗户还开着！

赫斯塔一跃跳上院长的办公桌，半个身子才探出窗，就感到右脚脚踝一阵剧痛——原来是艾尔玛徒手击碎了木凳，不知从哪里取出了一把匕首，用自己已经粘连在一起的四指紧紧握住了刀柄，精准地刺中了赫斯塔的脚踝。

赫斯塔发出一声痛苦的低喊。

被推倒在地的格尔丁修女吼叫着向着艾尔玛扑了过去，然而她的力量太弱，即便搂抱着艾尔玛的腰，也无法将这只螯合物拖离办公桌。

眼看艾尔玛的刀再一次高高举起，赫斯塔觉得眼前的一切似乎变慢了——在她与艾尔玛之间的空气里，好像突然填满了某种透明的凝胶，这看不见摸不着的胶质极大地减缓了艾尔玛的速度。

可是在极度的惊恐中，她几乎无法动弹，只能眼睁睁看着格尔丁修女的右手被削去半截——骨与肉的分离在她眼中如此清晰，鳌合物的匕首随即被格尔丁修女打落到不远处的地面。

鳌合物懊恼地尖叫了一声，信手取出近旁笔筒中的一支钢笔，朝着格尔丁修女的右肩狠狠捅了下去。

“格尔丁小姐！”

修女发出惨叫，身体倒在桌上。她不断呕血，眼中布满血丝，额头青筋凸起。

“快走……”

格尔丁再度起身，用最后的力气将瘫坐在窗前的赫斯塔推了出去。

下一刻，窗户被紧紧关上。亮着柔光的玻璃窗，霎时喷溅起骇人的热血。

★ AHgAs 情报站

鳌合菌、鳌合病、鳌合物

鳌合病是一种由鳌合菌带来的疾病，染病后有1～2个月的潜伏期。

感染初期，患者会出现心境持续低落，食欲减退，失眠或嗜睡，疏懒无力等症状。在这一阶段，患者如果主动检测、积极就医，可通过一系列复杂的生物治疗手段彻底清除体内的致病孢子，恢复健康。

一旦进入发病期，则无法医治，患者将变成彻底的“犯罪人”。他们的速度和力量会在短期内得到大幅度的增强，犯罪手法直接受患者生前职业、性格、爱好、重要人生经历等因素的影响。发病后，患者通常能够维持1～2周的行动时间，之后迅速死于出血热。

值得指出的是，发病后的患者虽然仍保持着原身的外貌，但本质上已成为傀儡。发病者还有一个显著特征是肘关节以下的手臂变得像大腿一样粗壮，并转为骇人的鲜红色。同时，其食指、中指、无名指与小拇指会牢牢粘连在一块儿，像龙虾的钳子一样，只能通过拇指配合做一些简单抓握的动作。

需要注意的是，在这一阶段，发病者会本能地对这一性状进行掩饰，如佯作手臂摔伤、突然穿戴玩偶服等。因此，普通公民在日常生活中应保持对手部精细动作的注意，一旦周遭有人突然丧失此类功能，如独立书写、自行穿戴衣物等，应及时向AHgAs或当地警方报备。这是能够阻止发病者屠戮平民的最后机会，一旦发病者进入无差别攻击阶段，普通人很难独自抵御。

对这类极具危害性的生物，人们一律称之为“鳌合物”。

第二章 水银针

圣安妮修道院一共有两部电话。

一部在艾尔玛院长的休憩室，另一部在格尔丁小姐的档案室。

夜已经很深了，高山上的修道院寂静无声。赫斯塔躲在悬空的走廊地板与山石之间，紧紧用手捂住了自己的嘴巴，竭力不让自己发出一点声音。

她哭得太厉害，以至这会儿眼睛刺痛难忍。她听见恶魔缓缓地从她头顶经过，又渐渐消失在转角尽头。

这里离孩子们的起居室大约有十五分钟的路程，离格尔丁小姐的档案室有十分钟的路程，要命的是这两个地方的方向是相反的。

在通知其他人和报警之间，赫斯塔只能选择一样。

赫斯塔没有犹豫太久——修道院里大部分孩子满十四岁以后就会离开这里去社会上谋职，所以这里并没有太多可以冷静主持大局的人，她现在跑过去叫醒大家，慌乱之下的结局也许更糟糕。

那么她就只有一个选择——报警，通知螯合物猎人。

她和伯衡从前经常出入格尔丁小姐的档案室，伯衡今年刚满十四岁，是修道院里最大的孩子。每当有新人进入修道院，格尔丁修女总是让他来整理和记录新人的材料，后来赫斯塔也被选中进入档案室，她和伯衡因此熟络。

在这些年的生活中，赫斯塔知道有至少三条路通向格尔丁小姐的档案室——最快的一条也许不用十分钟，七分钟足矣。

不。

不……等等。

这些事情，不仅她知道，艾尔玛院长也知道。

那个恶魔，是否会掉转方向，专门在档案室里等候？

一阵恶寒从赫斯塔的胃部升起，眼泪无声地涌出她的眼眶。在这个安静的夜晚，赫斯塔缓缓爬出阴影，深蓝色的月光洒在她的身上。她佝偻着背，颤抖着回到地面上。

方才那些恐怖的画面不受控制地在她脑中闪现，几乎令她的精神抵达了崩溃的边缘。她能够感觉到自己身体的每一寸皮肤都在尖叫，然而她每一步都在往回走，往她刚刚逃出来的院长休憩室飞奔。

恐惧像海啸一样涌来，在巨大的压力之下，任何一种威胁都能轻易将她的勇气击个粉碎。她像是在一条钢丝绳索上狂奔，不能回头，更不能停歇，好像只要跑得足够快，恐惧就追不上她。

休憩室的门虚掩着，此刻的时间是如此珍贵，根本容不得丝毫的犹豫，赫斯塔硬着头皮闪身入内。

如果恶魔就在门后潜伏，那她无非是像格尔丁修女那样死去——但只要想到格尔丁小姐就在天上等候着，死亡好像也不是那么令人畏惧的事情……

推开的门发出轻微的吱呀声。

门后是令人安心的寂静。

院长床头的蜡烛还在安静地燃烧，地面上是血淋淋的格尔丁小姐和芙拉桑。赫斯塔突然觉得头脑里冲入了一股热血，手脚似乎都热起来了。她充满愧疚地望了格尔丁小姐一眼，而后迅速跑向了办公桌旁的立柜，取下了老式电话的听筒。

不需要加拨任何区号，只需要直接按下4412——但赫斯塔的手一直在不可抑制地颤抖，她反复失误，又反复按下电话重拨。

等到成功的那一刻，她突然听见一声砰的重响。休憩室的门刹那间被打开，手持利刃的螯合物狞笑着站在那里。

“你竟然敢回来，简……你胆子真大……”

赫斯塔的身体瞬间变僵硬。

“嘟——”

听筒里传来一阵夹带着杂音的信号声。

无数画面从赫斯塔心中掠过——那些都是她在圣安妮修道院的这四年中，美好而珍贵的回忆。

“嘟——”

她在格尔丁修女和艾尔玛院长的照拂下长大，两位修女像母亲一样陪伴着她，指引着她。

虽然她们脾气迥异，但在一件事上，她们的选择是相同的：

在危险骤然降临时，她们会将孩子们的性命放在远远高于自己的位置上。

“嘟——”

赫斯塔缓缓将听筒放在了一旁的办公桌上。

在这样的时刻，她忽然觉得自己的呼吸变得平顺了。

刚才是格尔丁修女，那么现在，轮到她了。

“&%¥#@……您好，这里是 AHgAs 求助中心，请问有什么可以帮您？”

螯合物目光骤然变得凌厉，它以一种前所未有的速度扑向那台老式电话。赫斯塔竟跟上了这节奏，朝着螯合物的方向冲撞过去，在冲击中，黑色的胶圈线骤然拉长，听筒从桌面被扫落，像一只小小的钟摆在空中摇晃。

赫斯塔尖声高喊：“第三区谭伊市圣安妮修道院发现螯合物！！病变者是——院长谢瓦利尔·艾尔玛——”

话音未落，她感到一种陌生的疼痛，那把曾经刺进格尔丁修女身体的匕首，也直接刺进了她的心脏。

螯合物嘴角咧开，无声地展开一个胜利的微笑。它推开赫斯塔的身体，伸手去够垂落在空中的电话听筒，然而——赫斯塔并没有倒下。

她胸口插着匕首，散乱的头发挡住了脸，可力量比刚才还要强劲。赫斯塔两手死死钳制住螯合物的双臂，一时间竟让对方动弹不得。

“这里还有……二十多个……孩子……

“请你们……快……”

…………

似乎是在一场漫长的梦境中，赫斯塔感觉到了痛苦。

先是剧烈的疼痛，再是安宁。

她感到一阵热浪袭来，好像有沸腾的烈焰在她身旁燃烧，在烈焰之中，她看见一张年轻的、微笑的脸。

周围的环境时而嘈杂时而安静，赫斯塔偶尔听见低低的谈话声，只是那声音像是从水底传来，模糊而缥缈。

她从一个梦跳跃到另一个梦，试图去寻找最初看见的那个人，然而在无限的黑暗里，她好像一只游魂，始终寻不到，也停不下。梦里，她一头扎进一个阳光明媚的午后，这里不是短鸣巷，而是圣安妮修道院。

她又一次站在了艾尔玛院长休憩室的门前。

低下头，她见自己赤脚穿着白色布裙，手里还捧着一沓报纸。

一时间，一种熟悉的温情涌上心头，赫斯塔什么都忘了，踮起脚轻轻叩门。

艾尔玛院长的声音从门后传来："谁呀？"

"院长午好，"她声音稚嫩，"格尔丁小姐让我送一份报纸来。"

门后传来几声抽屉开关的声音："请进。"

赫斯塔推开了门。

艾尔玛院长的休憩室里永远有一股淡淡的松木香味，这和从前她在短鸣巷里总是闻到的腐臭截然不同——这股松木香味来自休憩室北面的一整墙书柜，为了防虫，艾尔玛院长挂了很多香木在书柜边上。

赫斯塔双手将报纸递过去，艾尔玛院长也双手接过。

女孩扫了一眼院长的桌子，上头放着一本摘抄本和开着盖子的钢笔，却没有任何摊开的书册。赫斯塔突然明白过来，回头看了一眼空荡荡的门口，笑着绕回了老院长的身边。

"您是不是又在看不能让格尔丁小姐发现的书呢？"

艾尔玛院长笑了一声，算是默认。

赫斯塔走到老人身边："我也可以看看吗？"

"没有办法，既然被你撞见了……"

老人轻叹着拉开身旁最近的柜子。她将先前藏在抽屉里的书取出来，轻轻地放在了桌子上，而后又将赫斯塔抱起，让女孩坐在自己的怀中。

"认得上面的字吗？"艾尔玛问道。

“来自荒野……”赫斯塔艰难地拼读着，“一位……人类学家的手札？”

小姑娘顿了一下，抬头问道：“什么是人类学，院长？”

“是一个学科，赫斯塔。”艾尔玛温声道，“关于它，我了解得也很少，只知道他们的研究课题涉及人类文化、社会结构、制度道德，等等……在大断电时代以前，这是一个很繁荣的社科分支。”

“是吗？”赫斯塔的目光重新回到书本上，“那他们每天都会做些什么呢？”

艾尔玛凝神想了一会儿：“我猜想，就像封面上说的那样，他们会去荒野。”

赫斯塔眨了眨眼睛：“是和我们一样，每天都要去采野菜吗？”

艾尔玛院长摇了摇头：“他们会去探寻一些古老的部落，和一些生活在丛林中的人一起居住、交谈，试图了解他们的文化。有时，人类学家也会去一些原始人居住的洞穴遗址……他们是试图解释人类文明从哪里开始，又在何处终结的人。”

赫斯塔兴致勃勃地翻起眼前的旧书本：“他们有答案了吗？”

“嗯……怎么说呢？”艾尔玛笑了笑，“这不是三言两语就能解释清楚的。”

“但格尔丁小姐说，只有谎言才烦琐复杂，真理总是很简洁，不需要过多的言语修饰。”赫斯塔再次抬起头，“是吗？”

艾尔玛又“咯咯”地笑起来：“是的，简……格尔丁小姐当然是对的。”

老人伸出手，很快将书本翻回到这本书末尾的附录：“不过我今早刚刚读到一个答案，也许不那么简洁……你想听听看吗？”

“想！”赫斯塔高声回答。

老人再次抱起女孩，以免多动的女孩从她的大腿上滑下去。她握住了赫斯塔的手指，带着赫斯塔一点一点朗读书本上的句子。

书上佶屈聱牙的高级词汇让年幼的赫斯塔皱紧了眉头，她的手指像蜗牛一样慢慢地在纸张上移动。

艾尔玛轻声念道：“多年前，曾有人向一位人类学家提问，在现今的所有考古发现中，哪一条线索最能够标志着人类文明的诞生。人们期待着她能谈论石器、壁画，或是有过烹饪痕迹的麦谷化石，但是，这位女士并没有。她说，文明的第一个迹象，应当是一块骨折又痊愈的股骨。”

赫斯塔仰起头：“什么是股骨，院长？”

“就是大腿骨。”艾尔玛轻轻拍了一下赫斯塔的大腿，“这儿。”

赫斯塔又低下头，主动念起了下文。

“在荒野，一只……一只摔断了腿的动物总是会很快死亡……它们要么死于干渴、饥饿，要么会很快成为其他猛兽的盘中餐。而如果，它们既要觅食又要躲避危险，那么……它们股骨的伤就无法愈合。

“然而，我们确实发现了一块曾经断裂又愈合了的股骨，这就说明……有人花了很长时间……照顾他。

“他们为他止血……为他固定了伤口，带着他来到一处安全的地点，并……分给他食物和水。

“当我们……处在……困顿的情形中，却……依然能够……帮助彼此，这就是……文明的起点。”

“是的，简。”艾尔玛笑着抱紧了怀中的赫斯塔，“当我们处在困顿的情形中，却依然能够帮助彼此，这就是我们文明的起点。”

赫斯塔感到自己被一个温暖的拥抱环绕着，也笑了起来。

可是周围的一切突然变化——温暖的午后阳光迅速消散，整洁的办公桌转眼蒙尘，日光暗淡下来，一种熟悉的恐惧浮上心头，赫斯塔低下头，看见艾尔玛院长抱着自己的手不知何时又缠满了绷带。

“……”

“吃吧。”熟悉的声音变得阴冷，一只缠着绷带的手突然伸进了赫斯塔的嘴巴，“吃掉它——”

在惊恐的顶峰，声音戛然而止。

她骤然感受到深刻的疼痛，好像身体的每一个关节、每一寸皮肤，都承受着灼烧似的折磨——赫斯塔终于意识到先前的自己沉浸在梦中。在梦里，她回到了几年前与艾尔玛院长一同阅读的那个下午。

慈爱的老人与螯合物的身影在她脑海中交织……究竟哪一个

才是梦呢？

她微微调整呼吸，试图起身，然而很快就发现这很难——此刻她被蒙着眼睛，尽管看不见东西，她仍能感到有白亮的灯光在她的头顶，同时存在着的，还有一些消毒水的气味。

“醒了吗？”一个女声猝不及防地在她耳边响起，“不要动，不要睁眼，你现在在医院，你很安全。”

赫斯塔的身体战栗起来——

“放松，呼吸。”那个声音又说道，“别怕，这些疼痛都是正常的，那只螯合物的血溅进了你的眼睛，所以我们做了一些处理。你眼睛上的纱布要等一段时间才能拆下来。”

赫斯塔想要开口说话，然而口中发出的声音却是一段连她自己都听不清的呢喃，随之而来的还有同样剧烈的咽喉疼痛。

“是想说话吗？想就动动你的手指。”

赫斯塔的十根手指头都轻微地伸展。

那个女人笑了：“医生说你的嗓子被酸液轻微腐蚀，可能是因为咬噬过螯合物导致的。他们已经给你上过药了，大概明天就可以恢复正常。”

赫斯塔安静地听着。

这个女人的声音和艾尔玛、格尔丁小姐的都不同——她的语速很快，语气总是很平淡，从她口中说出的每一句话都结束得短促而干脆，没有任何拖音或多余的音调变化。

赫斯塔听见身旁传来一阵拖动椅子的声音，女人在她床边坐了下来。

“我知道你大概有很多事情想问，等你完全恢复过来，我会来给你解答。现在能否请你回答我几个问题？当然，你只需要回答‘是’或‘否’——是就不用动，否就动动你的手指，我说清楚了吗？”

赫斯塔没有动。

“好。”那女人笑了笑。

“那我们开始……你叫简·赫斯塔？

“你出生在谭伊市以南的荒原，短鸣巷一带？

“你的出生时间是4612年，今年十一岁，是格尔丁修女在4620年——也就是你八岁的那一年，带你进入的圣安妮修道院，是吗？”

“以及……”女人忽然停顿了片刻，“你是十四区的赫斯塔人？”

赫斯塔的手指突然动了动。

那女人看了赫斯塔一眼：“你想回答‘不是’还是‘不知道’？不是，就继续动一动手指，不知道，就别动。”

赫斯塔安静下来。

那人等了好一会儿，见赫斯塔没有动静，她低头笑道：“哈哈，其实这个问题没什么悬念，除了赫斯塔人，谁还会有这样的一头红发呢？不过你既然连自己是不是赫斯塔人都不知道，又是谁给你起的这个姓氏呢？”

赫斯塔无法回答。

“那我明白了，我的问题差不多就这些。”女人轻声道，房间里只剩下笔尖划过纸张的沙沙声，过了一会儿，她又开口，“对了，关于修道院，有些事情我现在可以先告诉你，你想听吗？想听就动动手指。”

赫斯塔再次竭尽全力地伸手。

“好。”那女人望着她，“在你报警后，过了大概三分钟的时间，我们带人抵达了现场。当时整座修道院已经处在大火之中，我们很快发现并解决了发病的艾尔玛院长，但灭火并不是我们的专长。”

“虽然谭伊市的消防队已经竭尽全力迅速赶来，但中间毕竟隔着山路，无论如何也来不及救火了。不过你不用太担心，在大火吞噬掉整座建筑之前，我和我的同事已经将所有起居室的孩子都带离了修道院，所以这一次螯合物造成的伤亡不算大。”

赫斯塔的呼吸剧烈起来，她心中抱着强烈的疑虑——那禁闭室中的伯衡呢？你们发现他、救下他了吗？

然而她无法开口，也无法表达。

“过段时间，我会再来看你。”那个女人又伸手摸了摸赫斯塔的头，“我的名字叫千叶，千叶真崎，是螯合物猎杀与防疫组织 AHgAs 下属 403 小组的组长，很高兴认识你。”

一个月后，赫斯塔平安出院。

在这一个月的时间里，每一天，她仍像在圣安妮修道院时那样早早醒来。只是这一次，她不必再迅速穿衣下床，去敲响当日的晨钟。

大部分时间里，她蒙着眼睛，独自一人躺在医院的病床上，感受着体内渐渐减轻的疼痛。

赫斯塔回想着从前的种种，某些时刻，她甚至产生模糊的幻觉——那个晚上发生的一切都不是真的，它就是一场噩梦，也许醒来以后，一切还会像从前一样。

直到两周后，千叶第二次来看她，那时她仍不能视物，但已能够开口说话。

那天，千叶带来了一封邀请函，邀请赫斯塔加入她的组织。

“螯合物猎人？”赫斯塔狐疑地接过邀请函，“我？”

千叶“哈哈”笑起来：“我都好久没听到有人喊我们‘螯合物猎人’了，不愧是搞苦行那一套的修道院……这都是几个世纪以前才有人用的称呼了吧？”

“那怎么称呼你们？”赫斯塔的指尖触碰到邀请函上方的“AHgAs”字样，“这是什么的缩写？”

“AHgA，”千叶语速飞快地解释道，“全称 Anti-Homogenization Agent（抗同质化媒介），专指人类中间那些能够依靠自身天赋，自主抵抗螯合病侵蚀的个体。因为这个名字过于拗口，其中又恰好含‘Hg’，故而在非正式场合，人们大都将我们称为‘水银针’，也许你以前在什么地方听过这个名称。”

“水银针……”赫斯塔低声重复着。

这个称呼让女孩感到有些熟悉。

千叶望着赫斯塔，接着道：

“你可以把这种身份理解成是一种天赋——在这个世界上活着19亿人，但水银针的数量只有4000左右，换言之，成为水银针的概率，差不多在百万分之一。

“在我们杀掉那只螯合物的那天晚上，我们就怀疑圣安妮修道院里可能存在一个有天赋的孩子，因为那只螯合物表现出了轻微的中毒迹象——这多半是因为它沾染或食用了水银针的血液导致的。

“虽然你确实伤得很重，但你体内的螯合病孢子基本上在第一周就已经全部自我代谢了——换句话说，你和我们一样，也是个永远都不会染上螯合病的人，赫斯塔小姐。”

赫斯塔沉默了一会儿，道：“是不是哪里搞错了？”

“哈哈哈，不可能搞错的，”千叶搓了搓自己的鼻子，“虽然现在的螯合病已经不像十几年前那么活跃，但我们还是非常迫切地需要新人，你愿意加入我们吗？”

仍被蒙着眼的赫斯塔皱起眉头，什么也没有回答。

“当然，这是一个非常重大的决定……我得给你一些时间想想，是不是？”千叶笑起来，“我们这一行是个高危职业，不过好消息是干到二十五岁就可以申请退休，虽然大部分情况下——”

“千叶小姐？”赫斯塔的脑袋转向千叶所在的方向，“我能问你几个问题吗？”

“你说。”

“圣安妮修道院主教堂后面有一排老房子，二楼最北边有一间禁闭室，事发当晚，有一个十四岁的黑头发少年被关在那里——请问他平安吗？”

“我没什么印象了，等我问问。”

千叶站起身，去外面走廊上打了个电话，等她回来时，赫斯塔立刻转头面向她：“怎么样？”

千叶沉吟了片刻：“两个坏消息，一个好消息，先听哪个？”

赫斯塔脸色苍白：“坏消息。”

“当时负责搜救的几个队员确实考虑过可能会有遗漏，所以圣安妮修道院里的几座建筑，她们挨个进去跑了一趟——连地下室都去过了，但除了你，她们没有发现任何人。”

赫斯塔的呼吸变得急促起来，鼻尖也开始慢慢变红。

“而好消息则是，”千叶自行说了下去，“根据治安队那边传来的消息，现场除了那只螯合物，发现的遗骸只有两具，分别是一个老人和一个儿童——想必你应该知道她们是谁。”

赫斯塔怔了一下——是的，她知道，那是可怜的格尔丁修女与芙拉桑。

“没有发现第三个人？”

“对，没有。”

“那另一个坏消息是什么？”

千叶直视着赫斯塔缠绕着纱布的眼睛："这不能算是一个消息，更像是一个推测——在我们到达修道院的时候，螯合物潜伏在主教堂后面的忏悔室里，那里……离你说的禁闭室很近。"

在千叶的解释下，赫斯塔终于明白了她的意思——在水银针们缺席的那三分钟里，伯衡很有可能已经遇袭。"现场没有尸体"这一点则有很多种解释，最有可能的一种，是伯衡在混乱中坠入了圣安妮修道院所在山体下的激流中，那确实很容易尸骨无存。

"不用太绝望，他也许还活着……如果你能提供更多关于这个男孩的信息，我们可以帮你在塞文山一带找找。"

…………

当时，千叶是这么说的。

而今，距离事发那晚又过去半个多月，赫斯塔再也没有得到过伯衡的消息。大火烧掉了那一晚的大部分痕迹，没人知道伯衡的下落。

今时今日，赫斯塔的伤已经完全恢复，她换上了千叶给她准备的衣服，一个人坐在医院的走廊上等千叶来接她出院。

千叶答应她今天可以带她回事发地看看，她则答应千叶，今天会给出一个答复——关于是否加入水银针的答复。

…………

"哟，眼睛上的绷带拆啦？"那个熟悉的女声从走廊尽头传来，赫斯塔侧目，看见一个个子很高的年轻女人。

这是赫斯塔在拆下眼部的绷带以后，第一次见到千叶真崎。

她一头黑发，扎着高高的短马尾，手臂上搭着一件鼠灰色大衣，脚下蹬着一双黑色长靴。她穿着卡其色背带裤，上衣是一件简单的灰白棉衬衫，里面似乎还有一件质地轻薄的黑色高领毛衣。她的鼻梁上架着一副无框眼镜，镜片是浅黄色的、五边形的，其后的灰色眸光看起来十分锋利。

这是二十岁的千叶真崎。

赫斯塔站起身："千叶小姐？"

"第一次'见面'，请多指教。"千叶向着赫斯塔伸出了手。赫斯塔轻轻握了一下，感到千叶的手质地……有些微妙。

"走吧，我带你去修道院看看。"千叶晃了晃手里的车钥匙，

"刚好我今天提了辆新车。"

千叶的新车是一辆酒红色的老式折背车，车内的控制台已经被她改装过，她热爱黄铜拨杆的设计，车窗、空调和电台的操作台都被她换成了拨杆。

车内一股烟草味，在车窗与控制台之间的空隙里，赫斯塔看见一包抽了一半的女士烟。

"您抽烟？"

"你介意吗？"千叶启动汽车，"我可以不当着你的面。"

"无所谓。"

一路上，两人再没有说话。直到临近塞文山的地界，有一群身穿白色防护服的人拦下了她们。

这些人戴着第三区治安队的胸章，在主道路上设置了路障，千叶出示了证件这些人才放行。

"已经封路了吗？"赫斯塔问道。

"是啊，第三区的宜居地内已经快十年没有出现新的螯合病病例了，上面很重视这件事。"千叶回答，"以后塞文山这片应该都会被划定为新的隔离区，如非必要，禁止出入。"

赫斯塔望着车窗外的风景，它们从陌生渐渐变得熟悉。赫斯塔感到眼眶有些发热，这辆车正带着她奔向那个她生活了三年多的地方——那里注定要陷入荒芜。

"到了。"

车在靠近山顶的位置停了下来，千叶与赫斯塔一起下车。

远远地，赫斯塔就看见了被烧成黑色的教堂石顶。

两人并排走着，千叶主动开口："修道院里二十多个孩子已经送到了公立保育院，会有人照顾他们的。"

赫斯塔听见了，但没有应声。

她沿着石廊走道，穿过已经坍塌的教堂，向禁闭室的方向走去——那座古老的建筑已经被烧得通体漆黑，但建筑结构并未被破坏。

再次回到禁闭室，赫斯塔发现这里的木门早就烧成了灰烬。仅仅过去一个月的时间，墙缝中竟然长起了青草。她跨过石头门槛，立刻看见了几个熟悉的铁笼。

赫斯塔无声无息地走到当初关着伯衡的那个铁笼前面，跪在地上，伸手探向铁笼底下。

在一片灰烬中，她摸到了那块包裹着伯衡剪报本的石棉布，它的表面沾着这几日的雨水，仍有些潮湿。

一瞬间，赫斯塔的四肢有些僵硬——如果伯衡是自主逃走的，他没理由不将这本本子带走。

“这是什——”千叶刚想开口问，就看见几滴眼泪接连不断地落在了石棉布上，赫斯塔依旧背对着她，没有转身。

女孩打开石棉布，里面的剪报本还保持着当初的形状，然而整本本子都已经碳化，轻轻一碰便掉落了许多碎屑。不论是伯衡当初悉心剪下的十四区新闻，还是他留在里面的字迹，都已经不可辨认。

千叶没有再多问：“我下去抽根烟。”

“等等，千叶小姐。”赫斯塔回过头来，红着眼眶，“您了解原因吗？关于……这次的感染……”

“具体的报告还没有出来，要等下周。”千叶稍稍蹙眉，“不过我有个猜测，你听吗？”

“嗯。”

“我们在塞文山的丛林里检测到了一些螯合菌的孢子，虽然浓度很低，吸入也不会致病……但这至少说明，在艾尔玛院长染病以前，这一片地区就已经有螯合物活动。你的这位院长，平时和野生动物接触得多吗？”

赫斯塔怔了片刻，低下头，过了很久才答道：“有时候会有一些受伤的动物……像是雏鸟之类的，院长如果遇到了……会照顾它们。”

“不会是鸟类，螯合病只会发生在哺乳动物身上。”千叶说道，“我猜是松鼠、老鼠之类的东西——这一带还蛮多的呢。”

赫斯塔望着千叶：“如果艾尔玛院长感染了螯合病，她自己是会有感觉的……对吗？”

“是的，是这样没错。”

“我不明白……”赫斯塔喃喃道，“那她为什么……什么都没有说？”

“哈，”千叶抬手挠了挠头，“这不是三言两语就能解释清楚的……"

这句话落在赫斯塔耳中，一时间竟让她感到某种命运的重叠。

她安静了一会儿才道："您愿意详细说说吗？"

"这个……当然。"千叶指了指门外，"不过，我们上车再聊吧，看起来好像又要下雨了。"

"好。"

从千叶那里，赫斯塔第一次听到了关于螯合病的来龙去脉——

这种可怕的传染病源自一种生长在深海地区的真菌——多齿配位菌。它生长在陆地上的变种，就是螯合菌。

深海的多齿配位菌状如水母，平时蛰伏在200米以下的海域，只在繁殖期上浮至浅海水域活动。

多齿配位菌的菌丝体一般不超过5毫米，体内99.3%都是水。它原本只是海底诸多真菌生物里平平无奇的一种，然而在漆黑且高压的海底世界，它与某些双鞭毛生物开始了漫长的内共生，最终进化出一类寄生性的囊泡虫。

这些囊泡虫无法离开多齿配位菌独活，它的存亡与繁衍完全仰仗于这些小小的、如同沙砾一般的真菌。

通过囊泡虫，这些深海真菌突然变得凶猛起来。渐渐地，多齿配位菌开始能够操纵体形比它们庞大几百、几千倍的哺乳动物——海中的哺乳动物一旦被感染，他们的身体就彻底沦为多齿配位菌的繁殖场。在这期间，动物们会主动接近自己的同类，并向他们释放致病孢子。等到动物的内部已经被吞噬殆尽，它们的残骸会像气球一样鼓胀并爆炸，最后一次将多齿配位菌送向更远的水域。

在很长的一段时间里，这仅仅是令一部分海洋科学家与动物保护组织困扰的难题，直到4412年，在长尾洋的库克群岛附近，出现了第一起人类渔民感染的案例。

最初，患病者感到持续性的情绪低落、疏懒，不愿做事并回避社交，同时出现了严重的失眠——这些都是抑郁症的典型症状。所以在就医之后，这名患者很快拿到了抑郁症的诊断结果并开始服药，然而并没有什么效果。

这种症状持续了大约一个月，患者的情绪突然恢复了正常，不仅如此，他开始变得外向、活泼，然而，人们很快发现了异常——首先遇害的是他的妻子和孩子，患者用斧子劈开了亲人们的脑壳，并将他们的尸体藏进了衣柜。

他像是被恶魔附体了一般，开始将魔爪伸向邻居，并在试图强行带走邻居孩子的时候被发现了恶行。

败露之后，患者被愤怒的居民捆绑抓获，人们脱去他的手套，这才发现患病者肘关节以下的手臂变得像大腿一样粗壮，并转为骇人的鲜红色。同时，他的食指、中指、无名指与小拇指已经牢牢粘连在了一块儿，只能通过拇指配合做一些简单抓握的动作——这情景，正像龙虾的钳子。

“螯合病”因此得名。

在被抓获后的第一周，世界上的第一个螯合病患者因为全身大出血死于当地医院，但螯合病此时已经开始在世界范围内急速传播。

螯合病往往在感染初期就具备极强的感染性。在感染致病孢子后两个小时左右，患者的体液就已经具备了感染他人的能力。致病孢子通过黏膜进入体液循环，并在脑部毛细血管附近富集，在这个过程中，最引人注目的变化是机体中血清素骤降——这也是导致最初的患病症状与抑郁症相似的原因。

而后，孢子内的螯合囊泡虫合子渐渐发育成熟，形成卵囊，卵囊内的核和胞质又反复分裂、增殖，生成成千上万的子孢子，直到卵囊破裂，它们终于倾巢而出，从物理层面直接突破血脑屏障，完成对大脑活动的控制。

血脑屏障被突破的那一刻，也即患病者彻底失去心智、彻底沦为螯合菌傀儡的时刻——即便这时的患病者还短暂地保有正常社交与生活自理的能力，也已经很难被称为“人类”。

螯合物们是天生的犯罪者，他们热衷于杀戮——尽管这对进一步传播致病孢子几乎没有什么帮助，甚至会因此过早暴露自身患病事实，但螯合物们仍旧乐此不疲。

千叶开着车，一边带着赫斯塔在塞文山一带进行最后一次兜风，一边缓缓地讲述着关于螯合病的历史。在某棵参天大树下，她停下了车，靠窗点燃一支烟，轻声道：“不过，这还不是螯合病最恐怖的地方。”

赫斯塔望着她，静候她的下文。

千叶接着道:“在发病以前，螯合病病人不会打喷嚏、不会发热，即便内心疲惫无力，也可以在人前伪装出积极向上的态度。人类只有一种方法来验证一个人是否感染——抽取脑脊液。换言之，在真正被诊断以前，外人很难依据一些明确的症状判断周围是否存在患者……这一点，大大加剧了人们对螯合病的恐惧。在螯合病迅速流行的那段时间，没有人敢在其他人面前表现出自己疲惫的一面。一旦一个人看起来失去了活力，就会被认为是潜在的螯合病患者。在那个时代，这是最可怕的。”

“为什么？”

“私刑啊。世界各地都有自发成立的‘螯合物清道夫’，他们会孜孜不倦地追杀被他们判定为感染了螯合菌的人——有很多人因此被误杀。除了之前提到的抑郁症患者，还有相当一部分内向、不善言辞的人。

“疑似者尚且如此，被确诊的人日子就更难熬。出于对螯合病患者的极端恐惧，不少人倒果为因，认为只有内心污秽、肮脏不堪的人才会被螯合菌侵蚀——人们不能接受自己也有犯下那种恶行的可能性，他们宁可相信螯合病患者是生来邪恶的杀人犯，所以才会被恶魔选中……只是这样一来，即便是那些经过主动治疗后已经痊愈的病人，也无法回到自己原先正常的生活里去了。

“这也是大多数已经明显感受到自身变化的螯合病患者，直到病发前也不肯去就医的原因——我突然想起来你是在修道院长大的，那些污名化的理由，你应该已经听过很多遍了吧？”

赫斯塔想起格尔丁修女曾经的叮咛，她沉默着，一句话也没有说。

“总之，在当时，有很多人都经历了令人难以置信的欺凌。”千叶吐了一口烟，“还有一个有趣的数据——哈，也许不能称之为有趣，大概有 31% 的螯合病患者，在意识到自己可能感染了螯合病以后，会随身准备一把利器：剪刀、匕首……甚至是斧子，你知道为什么吗？”

赫斯塔的身体不可抑制地颤抖了一下：“为什么？”

“因为他们害怕自己是真的感染了，又不敢去验证，所以就准备一把利器，打算在必要的时候自裁。然而，这些东西到最后往往成了他们发病后作恶的第一工具。”

女孩顿时咬紧了下唇。

“总之，为了遏止螯合病，我们曾经付出了极其惨痛的代价……这几年螯合病在荒原已经开始泛滥，看起来有抬头的趋势，我们需要同伴，非常、非常需要。”千叶看向赫斯塔，“你怎么想？愿不愿意加入我们？”

赫斯塔一句话也说不出来，只是动作僵硬地点了点头。

“那现在我带你去谭伊市内的 AHgAs 基地，你会在那边接受特训，学习怎么识别螯合物并与它们作战。顺便，我也替你联系了支援计划那边的心理援助，如果你有什么消化不了的东西，可以去和咨询师谈谈，他们会测量你的精神状态，出具你是否适合加入战斗训练的评估意见……我说清楚了吗？”

赫斯塔点头：“千叶小姐可以再帮我一个忙吗？”

“嗯？”

“这本剪报……您可否找一个合适的地方，替我保存？”

千叶扫了一眼赫斯塔的手：“没问题。”

两人重新坐上了车。

赫斯塔目光失焦地望着前方，她回想起最后一次见到真正的艾尔玛院长时，她曾在老人脸上的微笑里看出几分悲戚。

人生的最后一个月，艾尔玛院长是用怎样的心情度过的呢？

惊疑吗？恐惧吗？悔恨吗？也许还混有其他的情感，她永远也不可能知道了。那个温柔和蔼的院长，在生命的最后一刻成为黑暗的同谋，永远被困在了自己和身边人亲手织就的钢铁囚笼之中。

赫斯塔突然想起那个人类学家提到的大腿骨，想到格尔丁修女与艾尔玛院长总是强调的友爱互助，想起那句“当我们处在困顿的情形中，却依然能够帮助彼此，这就是我们文明的起点”。

也许她从来没有真正理解过这句话，也从来没有意识到在面对同类的时候，求助会需要巨大的勇气，甚至面对的人越是亲近，一切就越让人难以启齿。

千叶指尖的烟差不多快烧完了，她将烟头插进烟灰缸里：“你还有其他问题没有？”

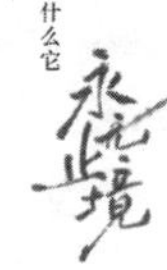

赫斯塔摇了摇头。

“好，”千叶心情很好，汽车发动机躁动起来，“那我们走。”

折背车的后轮卷起土黄色的沙尘，在空无一人的山道上，两人重新上路。

第三章
NEVER END
赫斯塔之鹰

在接下来的几天，赫斯塔填了几十张表格，并接受了非常细致的一套体检。之后，千叶亲自开车，送她去了 AHgAs 预备役训练基地。

千叶把车停下以后，领着赫斯塔朝办公楼走去。

报到中心在主楼 A 栋 4 层，所有出入这里的人都穿着正装，赫斯塔闻到一些墨水与香水混杂的气味，她不讨厌这些。只是让她有些意外的是，几乎每个人在认出千叶的时候都会停下来敬礼或者打招呼，几声寒暄过后，再向赫斯塔投来好奇的目光。

在这里，千叶似乎是非常受尊敬的存在。

“真崎？”一个声音从两人身后传来，赫斯塔先回过头，看见一个与千叶年纪相仿的褐发姐姐抱着几本书站在那里，脸上满是惊奇。她不像其他人那样只称呼姓氏，而是直接喊了千叶的名字。

果然，千叶在回过头以后也非常高兴地喊了一声“瓦伦蒂”，两人热烈地拥抱在了一块儿。

“这是我的老同学维京，瓦伦蒂·维京。”千叶对赫斯塔说道，“我们每天都在聊天，不过已经好几年没见了。”

赫斯塔像从前在修道院时一样轻轻躬身：“很高兴见到您，维京女士。”

“我也很高兴见到您，”瓦伦蒂·维京紧急瞄了一眼千叶手中拿着的文件包，“呃……赫斯塔小姐。”

千叶“哈哈”笑了一声，接着介绍道：“瓦伦蒂是水银针预备役人员心理援助计划的负责人，之后如果你在学校遇到了什么问题，找她就是了。”

“对。”瓦伦蒂向赫斯塔伸出了手。

对待孩子，尤其是像赫斯塔这样十一二岁的孩子，瓦伦蒂总是非常注意礼节。就她的工作经验而言，将孩子们当作成人一样对待，有时候是打开她们心门的第一步。

赫斯塔有些不习惯，但还是与瓦伦蒂握了一下手。

“好了，”千叶笑着将手里的文件包交给赫斯塔，“你带着这些文件去报到中心，等那边处理完了，你再带着回执过来找我。”

赫斯塔接过自己的文件，独自朝着报到中心的办公室走去。

瓦伦蒂有些好奇地看着赫斯塔的背影：“这个小女孩是谁？”

“我的监护对象。”千叶眯起眼睛笑起来，“在她满二十岁前，我都得好好担负起作为监护人的责任。”

瓦伦蒂愣了一下：“你也会主动当监护人吗？”

“那有什么办法？直接走‘AHgA 预备役监护令’把她带过来是最快的，不然我担心这两天会被宪兵那边用司法手段抢走……在她真正加入 AHgAs 以前，我不能松懈。”

瓦伦蒂突然反应过来：“啊，这孩子……是不是前段时间圣安妮修道院那个？”

“对。”千叶笑道，“不过我好像还是低估了宪兵队那边的拖沓水平。”

“真了不起……”瓦伦蒂转头向赫斯塔离开的方向望了一眼，由衷地感叹，“听说你们找到那只螯合物的时候，它已经是重伤状态了？”

“嗯。”

“是那孩子干的吗？”

“不知道。”千叶轻声道，“但简还没有二次觉醒。”

“你确定？”

“确定。”

瓦伦蒂沉默了一会儿，道：“真是离奇。”

两人就这么靠着窗聊天，直到一阵令人不安的脚步声令这层楼的所有水银针都警觉地望向楼梯口——有两个穿着宪兵制服的年轻男人出现在那里，他们由这里的门卫带路，通过层层门禁抵达，一见千叶便立刻快步上前。

“女士。”走在前面的士兵向千叶出示了自己的证件，并简略介绍了自己的身份，而后开门见山地询问道，“简·赫斯塔现在在什么地方？”

“我是她的监护人，有什么事直接找我说就好了。”

“喀。”男人轻咳一声，取出另一张指令，“是这样，对于几天前圣安妮修道院的案子，还有一些现场证据需要赫斯塔小姐指认，我们要带她回去。”

千叶接过指令，装模作样地看了一会儿，摇头道：“不合适。前几天的惨剧已经让她在精神上遭受了极大的伤害，我不认为在这个时候强行让她去看相关证据是人道的。这样吧，等到我们这边评估了她的心理状态以后，会挑选合适的时机带她去警局配合你们的公务，留个电话吧。”

两个年轻士兵彼此看了一眼。

“这是5A级的特别召令，女士——”

“这里是AHgAs的大本营，先生。”千叶慢慢地抬起了手，“我说你们是新人吧？”

两个年轻士兵心中微动——确实，他们俩是同期的新人，今天还是他们工作的第一天，就遇上了上面下发的5A级特别召令。

以这个凭证，他们甚至可以出入一部分军方的机要区域进行搜查和问询。然而不知为什么，部门中的几位前辈在了解原委以后都对响应这个召令兴致缺缺，推诿之下就落到了他们俩头上。

还没有品读出千叶这句话的深意，两人就觉得似乎有什么在他们眼前一扫而过，像卷着灰尘的风——千叶换了个姿势，两手叉腰，眉头紧皱：“等等，你们的特别召令呢？”

两人都是一怔，这才发现刚才还捏在一人手里的召令不见了。

“没有召令，就更不能把人给你们了。”千叶两手一摊。

“千叶小姐。”

千叶回过头，赫斯塔已经站在了她身后不远处。女孩手中原本被塞得鼓鼓囊囊的文件袋里此时已空空如也，她的手里多了一张质地非常坚硬的白卡纸，上面每一条新印制的油墨信息上都加了一层钢印。

千叶又看向眼前的两位宪兵："虽然我很敬佩你们独自过来的勇气，但事情还是要按规章制度来办，你们回去再补补手续吧。"

"我来送两位出去。"瓦伦蒂·维京礼貌抬手，示意两人往电梯的方向走。两个士兵的脸上写满了诧异，并很快转为了被戏弄的愤怒，然而千叶已经牵着赫斯塔走到了楼道的另一边，一切争执与她们无关。

千叶接过赫斯塔的信息卡，飞快地扫了一遍女孩的资料。

在照片的下面，她看到赫斯塔的编号：Res-4623030042403。

望着尾号 403，千叶微微一笑："我们真是有缘啊。"

"我们接下来去哪儿？"赫斯塔问道。

"接下来就是最后一步了，可能会有点疼。"千叶抬起自己的右手，轻轻擦了擦自己手腕内侧的位置，"我们会在这个位置，给你植入一个带着编号信息的芯片，不过手术本身不用怕，因为有局部麻醉，所以你不会感觉到——"

"不用麻醉。"

"啊？"

"不用麻醉。"赫斯塔又重复了一遍。

千叶望着赫斯塔："确定吗？"

"嗯。"

半开放式手术室里，赫斯塔端坐在垫起的软座上，将右手伸去了窗口的后面，那里的机械臂正在精确地切割她薄薄的血肉。

千叶也穿着无菌服，站在离赫斯塔几米远的地方，若有所思地看着赫斯塔——女孩的额头上沁出了细密的汗水，脸色也渐渐变得苍白，这显然都是疼痛造成的。

手术结束后，两人去了另一间无菌室观察。

"为什么不要麻醉？"千叶问道。

"就是不想。"

千叶看着赫斯塔此刻憔悴的脸，暂时停止了问话。过了一会儿，她突然道："你听过'赫斯塔之鹰'的故事吗？"

赫斯塔盯着自己的手腕："听过一点点。"

"一点点是多少？"

"赫斯塔人……居住在十四区北部，"赫斯塔低声道，"他们，把鹰作为自己的图腾——”

“哈哈哈，我就知道，”千叶笑着打断她的话，“这是外界对赫斯塔人一种非常典型的误解，鹰是守护神而不是图腾，他们的图腾是马。”

“是吗？”赫斯塔的声音近乎呢喃，她认真地望着千叶的眼睛，“我还是……第一次知道。”

千叶接着道：“赫斯塔人有一个习俗，每当他们的孩子长到十二岁，他们就要在孩子的手腕上刺一只鹰，表示这个孩子已经成年……你今年是几岁来着？”

“十一。”赫斯塔答道。

“那提前了一年。”千叶笑着道，“我刚看你不愿上麻醉，还以为是因为这个习俗。”

赫斯塔低声道：“格尔丁修女曾经告诫我们，这些直接进入血液中的药剂，会让人的反应……变钝。”

“赶紧把那些老修女教给你的东西都忘记吧。”千叶两手抱怀，“要相信现代科学。”

赫斯塔稍稍调整了呼吸，看向千叶：“您愿意和我讲讲刚才那个‘赫斯塔之鹰’的故事吗？”

千叶没有立刻回答，讲故事本身并不难，不过在眼下这种情景里给赫斯塔讲故事，颇有一种母亲照顾女儿或是姐姐照顾妹妹的感觉。

“不方便吗？”赫斯塔又问。

观察室里空空荡荡，千叶抬头扫了一眼挂在正前方墙上的钟表——距离结束观察还有二十分钟。

“好吧，”她硬着头皮回答，“反正……也没什么事。”

“‘赫斯塔之鹰’，是在十四区北部雪原广为流传的一个故事。说很早以前，在北境的雪原上有一只巨大的鹰，它的鸟喙就像一座山峰那么大，有几十万米那么长，整只鸟飞起来的时候，天地间都是它的影子。

“这只鹰的名字就叫‘赫斯塔’，它的影子具有某种魔力，天地间所有的生灵，只要停在它的影子下面，就能够获得尘世间至高的幸福。

“赫斯塔之鹰会在日出时分，和第一缕晨光一道起飞，从天

地的至南飞向至北，所以每一日，大地上新生的生灵都会沐浴一次鹰的影子。

“因而，那时的天地间没有争斗。不论是飞禽走兽，还是草木藤萝，万物都沉浸在安定与美满之中。

“可是，赫斯塔之鹰却在这个过程中慢慢消耗。渐渐地，它的喙从群山那么大，变成孤峰那么大，后来变成湖泊那么大……在这期间，它的翅膀也渐渐缩小，直到再也不能将人间的一切都收在羽翼之下。

“可是即便如此，赫斯塔之鹰依然会在每个朝阳升起的时刻起飞。

“直到最后一次，它已经衰老到无法再抬起翅膀，于是它落在了北境的雪原中，翅膀变成了手臂，利爪变成了双脚，成了一个人类的婴孩。于是草原上的羊群与骏马，还有先前受到过照拂的生灵都纷纷赶来，共同哺育了这个孩子。

“在赫斯塔族的神话故事里，她们的祖先就是这么来的。虽然有点荒诞，但大部分神话故事都这样……你喜欢这个故事吗？”

“很有趣。”赫斯塔靠在椅背上，闭着眼睛低声附和，“谢谢您。”

★ AHgAs 情报站

水银针编号

Res 即 Reserve（预备役）的缩写，转正后会变为大写字母 A。

赫斯塔的编号 Res-4623030042403 含义为：该成员于 4623 年在第 3 大区加入 AHgAs 预备役，是迄今为止被发现的第 42403 位抗同质化媒介者。

千叶的编号为：A-4614140040392。

第四章 觉醒

NEVER END

下午三点左右，千叶离开了预备役训练基地。

在离开前，赫斯塔仰头望着这位将自己从修道院救出、如今已成为她监护人的女士，一时间不知该说些什么。

千叶蹲下来，两只有力的手握住了赫斯塔的肩膀。

“就到这里了。”

赫斯塔凝视着千叶灰色的瞳仁——在某些时刻，比如现在，当她的眼睛映着明亮的光时，瞳仁周围看起来有一圈近乎白银色的光泽。

“您还有什么建议留给我吗？”赫斯塔低声问道。

千叶皱起眉头，显然在非常认真地思索这个问题。过了一会儿，她站起身，摸了摸赫斯塔的小脑袋瓜。

“非要说点什么的话……”千叶伸手捏了捏赫斯塔的鼻尖，突然笑了起来，“不要早恋？好好训练吧，我会一直留心你的消息，也许很快我们就会再见面了，再见，简。”

赫斯塔思量着千叶留下的建议，郑重点头。

“再见，千叶小姐。”

千叶离开后，赫斯塔独自站在四楼的透明窗墙后向下看，她的目光始终注视着楼道的出口，直到那里出现了千叶的身影。千叶一路走向停车场，打开车门，上车离开。

正在往返送文件的瓦伦蒂很快发现了这边的小姑娘。

“赫斯塔小姐？”她走上前，“你应该拿着你的资料卡去宿舍那边报到了。”

“我知道。”

瓦伦蒂顺着赫斯塔凝视的方向向外看去，但只看到地面和远处颇有些空荡的马路，她蹲了下来，用稍矮于赫斯塔的视角看向她：“你在看什么？”

“千叶小姐的车。”

赫斯塔指着那辆曾载着自己到这里的折背车，它刚刚消失在道路的尽头。

女孩凝视着车辆消失的地方，一种难言的孤独感忽地浮上心头。

赫斯塔忽然回想起从前在修道院的光景，那时她也经常在教堂的钟楼上俯瞰远处的公路。

每年的修道院开放日，都会有一些经过院长与修女审核的家庭进入修道院。

这些人家一旦看中了哪个孩子，当日就会带他们离开。那时，赫斯塔和伯衡会一起在钟楼上等着，猜测着今年是哪些孩子被选中。

新的爸爸妈妈意味着新的家和新的生活。这本身是修道院慈善事业的一部分，只不过她和伯衡从来没有进入过领养家庭的视野——伯衡是自愿留在修道院，不愿以这种方式离开；赫斯塔则是因为种种情况，从未被带到人前。

此刻，赫斯塔的注意力不再留于身体的痛苦上，她远眺着道路尽头，千叶小姐那些语速飞快的言语跟随着那辆折背车一并消失在远处……

如今她又站在高处，昔日温柔的长辈、善良的朋友全都离她而去，她依旧孑然一身。

“别害怕。”

赫斯塔忽然感觉有一双手按在了自己的肩膀上，她转过头，看见瓦伦蒂正微笑着望着她。

“我来带你去宿舍，好吗？”

水银针预备役们的宿舍楼是一幢非常复古的四层小楼。这栋楼里的一二楼分布着休息室、训练室与小型图书借阅室，三四楼是真正的宿舍区，男生在三楼，女生在四楼，这两层楼的两端分别配有卫生间与公共浴室。

赫斯塔跟在瓦伦蒂的后面，踏着老旧的台阶慢慢往上走——这里甚至连一台电梯都没有。

“整个第三区的现役水银针共计有二百余位，而在谭伊市的预备役人员则一共有 67 人，除了少数正在参与实习的孩子，他们中的大部分人都住在这里。”瓦伦蒂笑着说道，“你的房间呢，我看看……在 403 号，啊。”

瓦伦蒂的声音突然停了下来。不一会儿，她又突然笑起来：“你的编号尾号是 403，结果你分到的宿舍也是 403——你和 403 这个数字，还真是有缘。”

瓦伦蒂的声音温和欢快，她向赫斯塔展示了一楼的两处健身区和公共休息室。现在是下午四点左右，所有人都在另一间教学楼上课，整个宿舍区显得空荡荡的。

据瓦伦蒂说要等到晚上七点以后才能看到陆陆续续回来的人，他们会在健身房与图书室待到晚上十点，然后回三四楼的宿舍睡觉，每天都是如此。

然而在经过浴室的时候，两人同时听见了一个隐隐的抽泣声。

瓦伦蒂眼中的笑意几乎立刻消失了，取而代之的是一种因关切而导致的忧虑。她让赫斯塔在原地等等她，但赫斯塔还是跟在她身后，随她一起去寻找哭声的源头。

浴室里的抽泣声与水声交叠着，在女更衣室的角落，她们很快看到了一个缩坐在角落的女孩，她穿着刚换好的短袖蹲坐在靠墙的木质平凳上，把脸埋在手臂间，湿漉漉的棕色头发遮挡住了她的大半张脸。

瓦伦蒂立刻认出了她，却没有接近。

“好了好了，赫斯塔小姐。”瓦伦蒂轻手轻脚地离开了那里，并很快用自己的手机将这个消息告知了同伴，“我们走吧，我带你去看看你的房间……”

赫斯塔有些在意地回望：“不用管刚才的那个人吗？”

“会有人来找她的，但也许她现在更想一个人待一会儿。”

“您认识她？”

“当然。”瓦伦蒂笑了笑，“我认识这儿的每一个人——她叫图兰，也住在403。”

图兰，赫斯塔记住了这个名字。

“她为什么哭？”

“嗯，”瓦伦蒂斟酌地想了想，“我想是因为她的时间太短，以至不能加入一线的队伍，直接参与那些对螯合物的作战——她一直很希望成为他们的一员，就像真崎那样。”

“她患上重病了吗？”

“没有呢。”瓦伦蒂有些奇怪地看了赫斯塔一眼，“为什么这么问？”

“您刚才说她的时间太短……”

“啊……”瓦伦蒂恍然大悟，随即笑了笑，“那不是指她的余生，赫斯塔。图兰很健康，参与各种训练也很勤奋，她一定还能活很久很久……我指的‘时间’，是每个水银针的‘子弹时间’，这直接决定了在对战螯合物的时候，他们能在战场上停留的时长。”

赫斯塔的脚步稍稍放慢：“什么是……子弹时间？”

瓦伦蒂有些意外：“真崎没有和你说过吗？”

赫斯塔摇了摇头。

“从水银针被发掘到真正能够投入战斗，一般要经历两次觉醒。第一次通常发生在初次遭遇螯合物的时候。而子弹时间，则是水银针们在二次觉醒之后都会拥有的一项天赋……你已经亲眼见过螯合物了，是不是？”

“嗯。”

瓦伦蒂顿了顿，道：“在与螯合物正面相对的时候，你有没有什么特别的感觉？”

“特别的感觉……”赫斯塔沉默了一会儿，当时眼前一切降速的古怪景象霎时又涌上心头，“有一点。”

“大概78%的水银针在第一次觉醒的时候会感觉到异样，一般是身体的灼热或是疼痛感。”瓦伦蒂轻声道，“初次觉醒后，水银针们的身上会散发出一种独特的气息，这使得他们能够被同类识别。”

赫斯塔脚步微顿，她有些在意地低下头，嗅了嗅自己的衣衫。

“哈哈，你别担心，这种气味普通人是闻不到的，只有一小部分螯合物和某些嗅觉特别灵敏的水银针才能发觉——更何况这气味本身也很淡，并且在你二次觉醒后就会消失。”

“是吗？”赫斯塔低声道。

“这些都是小事，不用在意的。”瓦伦蒂接着道，“二次觉醒后，子弹时间的出现才是最受关注的变化——它是指水银针们能够维系自身战斗状态的时间。在这期间，我们的速度、力量、视力、听力，都会得到大幅度的提升。”

“变得像子弹那么快？”

“也可以这么理解。”瓦伦蒂答道，“在这种状态下的水银针，能够轻易抓住一枚飞行中的子弹。”

瓦伦蒂接着道：

“所以，也只有处在子弹时间状态中的水银针，才能与螯合物这样的怪物对抗。从数据上看，一个螯合病患者发病后力量会迅速提升 10~60 倍，并持续一到两周的时间。

“你想，一个成年人最多能提起 50~75 千克的重物，但对一只螯合物——尤其是一个由健康的成年人转化而成的螯合物来说，他们可以将 4 吨以内的东西轻松举起；一条 100 米的赛道，一个普通人需要 12~16 秒的时间才能通过，但对螯合物来说，那只是一瞬的光景而已——这样的敌人，普通人如何招架呢？

“人类需要水银针，至少这样双方能够在更相近的水平战斗。这也是我们存在的意义。”

赫斯塔认真想了一会儿：“一位水银针的子弹时间要达到多长，才能满足上战场的最低限度？”

“四个小时。”瓦伦蒂回答，“作战期间会有严格的计时，大家也会不断进行战术轮换，以尽量保证每一位水银针的生命安全。”

赫斯塔终于明白了过来：“那千叶小姐的子弹时间有多长，您知道吗？”

“哈哈，当然，她的时长在这里几乎无人不晓。”

赫斯塔有些好奇地望着瓦伦蒂。

“七十六小时四十三分钟。”瓦伦蒂答道，“在这件事上，真崎是一个传奇。”

两人正说着话，瓦伦蒂已经领着她停在了 403 的门前。

瓦伦蒂将一张门卡交到赫斯塔手中：“这就是你的宿舍，自己刷吧。”

赫斯塔将卡片贴近把手旁的识别区，一声如同齿轮咬合的撞击声随之响起。门向里弹开，赫斯塔推门进入，脚下的灰色地板看起来像是某种坚硬的树脂材料，她的胶底鞋面踩在上头，发出令人不舒服的粘连声。

这个客厅看起来有二十四五平方米，正对着门的墙上有一扇大约两米高的大窗。此刻屋外已见夕阳，窗外的十几棵巨大梧桐正在光影与微风中摇曳着它们刚刚吐芽的树冠，远处再没有高大的建筑，她一眼望见了树林与天空交界的地平线。

客厅的正中间放置着一张非常大的长方形白桌，桌面边缘散乱摆放着一些书册、笔筒和赫斯塔不清楚用途的小玩意儿，一块支在桌角的镜子歪歪斜斜，让人担心下一刻就要坠落地面摔个粉碎。

在经过它们的时候，赫斯塔伸手将镜子往里侧推了推。

窗户底下，一张长而老旧的布沙发贴墙放着。赫斯塔扶着沙发靠背跪在上头，轻轻推开了窗。晚风带来一丝寒意，但眼前如同油画的景象短暂地抚平了她的焦虑。

她的右手边，有一个凸出的阳台，阳台旁边是一个开放式厨房，一些奶酪、火腿、黄瓜和切开的小番茄被散乱地丢在案板上，一旁水池里还堆着一些沾了酱汁的碗碟。

赫斯塔回过头：“我以后就住在这里吗？”

“对，你的日常生活用品稍后会有人送来。”瓦伦蒂说道。

赫斯塔收回目光，她的左手边有五扇门，但只有三扇挂着名牌，其中两扇还贴着纸质海报，一张是摇滚乐队的，另一张上则是一位老人在书桌前伏案写作的侧影。

“你的房间是靠窗的那个。”

赫斯塔顺着瓦伦蒂的指引，走进了自己的房间。

屋内陈设非常简单，一张床、一个衣柜、一个壁柜，以及一扇同样靠南的窗——窗外的风景正是那十几棵成排的梧桐。

“如果还有什么需要的，直接写邮件到负责后勤的韦尔先生那儿就行，他会尽量满足你们生活上的需求。”

瓦伦蒂将一张写满了这里居住事项的纸张放在了赫斯塔的床上。

“除此之外，我们已经把你的基本资料转给了住在你隔壁的弗莱彻小姐。虽然她下半年就要正式转职，但这段时间，她会带你熟悉日常的训练生活。还有什么问题吗，赫斯塔小姐？”

“您可以喊我简。”赫斯塔垂眸说道，“我确实有个问题想问……如果我的子弹时间不超过四个小时，我可以去做什么呢？”

“哦，能做的事情有很多，”瓦伦蒂笑着指了指自己，“比方说像我这样，在基地内部做文职，或者转做随行队医也可以。不过那都是你十四岁以后才需要考虑的事。”

赫斯塔还想再问几句，瓦伦蒂的手机响了。她接起电话，向赫斯塔挥了挥手便走出了房间。

金色的夕阳映在女孩的眼睛里，她用没有受伤的左手捡起了瓦伦蒂留下的《居住须知》，稍稍读了一会儿，又丢在了别处。

黄昏的光景里，小小的单间只剩下赫斯塔一个人，她慢慢地坐在柔软的床上，伸手抚摸着身下的软被。

深夜十一点，瓦伦蒂终于在自己的办公室整理完了本季的人员文档。像她这样的工作时间在第三区并不多见，但比起每天平稳推进一点点，瓦伦蒂更喜欢挑个完整的时间段一口气将所有的事情搞定。

在打算关机下班的时刻，她发现邮箱里突然出现了一封新邮件，那是负责后勤的韦尔先生发来的——里面写着截至今天，所有水银针新人向后勤申请的新物件。

这些信息，后勤都会共享给瓦伦蒂所在的心理援助中心。

通常来说，在刚刚进入训练基地的头半年，新人们很少提物质上的需求。一方面，AHgAs 本身提供的日用品非常完备，基本能覆盖到生活的各个细节；另一方面，孩子们大都刚从各种惨烈的事故中幸存下来，正处在一个极度焦虑不安的状态中，根本无暇顾及其他。

只有等到大家慢慢融入这里，并日渐对 AHgAs 机构产生信赖，孩子们才会开口要一些除了基础用品以外的小玩意——而这个行为，也包括这些物品本身，都是瓦伦蒂与她的同事日常需要留心的信息，它也是用来评估新人们心理状态的一个凭依。

瓦伦蒂像往常一样一行行扫过大家的购物清单，然而，当她将物品表格拉到最下方时，她发出了一声轻微的“咦”。

在最后的格子里写着简·赫斯塔的名字——她竟然在今天就提交了想要的东西。

【简·赫斯塔的需求邮件】

韦尔先生：

您好，这里是学生公寓的拉维特，由于新人学员简·赫斯塔不懂得如何发送电子邮件，她的第一封后勤申请由我代为撰写。

赫斯塔小姐需要一把小型铸铁椅（最好是墨绿色的），一架原木半圆形边桌（适合靠在窗沿下的那种），一块足够放下边桌与铸铁椅的双面提花地毯（最好是白底并点缀着绿色图案，半圆或方形都可），一些铁丝，红色、绿色和黑色的卡纸，以及一个适合放在边桌上的钟形玻璃罩与木质底座，谢谢您。

顺颂时祺。

拉维特

临近午夜十二点，赫斯塔独自从软床上醒来。

这天下午，宿舍管理员拉维特太太送来了三个 29 寸左右的包裹，其中有一个是黑色的行李箱。从洗漱用品到换洗衣物，里面一应俱全。

拉维特太太四五十岁，有着一头浅金色的短发，看起来像瓦伦蒂一样和蔼可亲，她还帮助赫斯塔发送了第一封电子邮件。

在拉维特离开后，赫斯塔完全没有收拾行李，她疲惫地倒在床上，很快睡去了，然而午夜一声刺耳的碎裂声突然从客厅传来，她骤然惊醒。

赫斯塔坐起身，望向客厅的方向，看来她下午曾经特意推过的那面镜子到底还是打碎了。

客厅传来一阵熟悉的啜泣与安慰的低语，赫斯塔在黑暗中听了一会儿，那哭声让她感到非常熟悉——似乎是下午曾在浴室里看到的那个名叫图兰的女孩。

赫斯塔悄然下地，听见客厅里传来了断断续续的谈话声。虽然她不确定眼下是否是一个打招呼的好时机，但手已经捏着门把向下旋转。

令她没有想到的是，在她打开门的一瞬，斜对面的另一扇门也打开了。

“不好意思。”对面那扇门后探出一个银发姑娘的头，“明早七点我要起来参加特训，你们动静能小点吗？”

图兰的哭声戛然而止，不过由于这突如其来的中止，她抽泣的幅度变得更大了。

“谢谢啊。”银发姑娘说完就关门，在门合上前的最后一瞬，赫斯塔的视线与她短暂交汇——那也是一双蓝色的眼眸，赫斯塔看见她左眉的眉骨上有三枚金属骨钉，裸露的肩膀上还有复杂的文身图案。

“砰”的一声响，女孩的门关上了，只剩下门上乐队的海报以一种挑衅而戏谑的目光看着客厅里的三人。

一直在图兰身边轻声安慰的姑娘转过身来：“你是今天来的新人吗？”

“嗯。”赫斯塔点了点头。

眼前的女孩有一头杏棕色的短发，颜色比图兰的稍微浅一些。一条淡淡的雀斑带从她的左颊经过鼻梁一直到右颊，眼眶部分还有一些不那么明显的护目镜晒印，手腕处也有暗淡的黑白交界线。

她左手的食指和中指上都包着创可贴，边缘已经稍稍翘起，似乎已经好几天没有更换，这些都是她上一次出勤留下的痕迹。

“我是莉兹·弗莱彻。”女孩露出一个有些无奈的微笑，“要来我房间坐坐吗？”

几分钟后，赫斯塔端着一杯热可可坐在了莉兹·弗莱彻的房中。

这里放满了高低不同的书架，每一个书架都被填得满满当当，可即便如此也还有一大堆书摞在床边、桌角，莉兹自己裁了好几块灰白色栅格床单盖在上面，用来防尘。

一个画框挂在床头，但框中裱的不是一幅画，而是一块用了很久的皮质枪套。它被钉在画框的中心，皮扣垂落在半空中，已经磨损得发白。一架棕色的键钮式手风琴也挂在墙上，风箱看起来很干净，没有一点灰尘，可见是经常用的。

莉兹给了赫斯塔一条薄毯盖着小腿和脚，以免她着凉，然后又端来两杯热可可。图兰的那杯一直放在床头的柜子上，她整个人蜷成一团，仍哽咽着，一口也没喝。

赫斯塔好奇地尝了一口味道，那苦涩的热饮立刻让她的五官全都拧在了一起。她默默把杯子放下，没有再喝，起身顺着手边的书架一层层看了过去，直到看见一本《埃德加黑暗故事集》才停下来。

“你叫简·赫斯塔，对吗？”身后的莉兹突然喊了她一声，赫斯塔回过头，才发现莉兹和图兰不知什么时候都看向了她这一边。

图兰此刻整个眼眶和鼻子都是红的，她怀里抱着枕头，棕色的头发随意地扎成马尾，垂落在莉兹的膝上。

“嗯。”赫斯塔回答，“下午是瓦伦蒂·维京小姐送我过来的。”

“我知道。”莉兹笑起来，“瓦伦蒂小姐下午也把你的资料发给我了……从现在开始，直到九月我离开训练基地，我都是你的辅佐官，除了日课与训练时间外，你遇到任何问题都可以来找我，或者图兰。”

“我可帮不上什么忙。”图兰嘟囔了一声。

“哈哈，说什么呢？”莉兹轻轻敲了一下图兰的脑壳。

赫斯塔忽然想起刚才在门缝中看见的那双冰蓝色的眼睛：“隔壁的那位是？”

“她叫黎各，是去年来的。”莉兹答道，“我、图兰、黎各，分别是这里的三年生、两年生和一年生，理论上我们都有义务在接下来的时间里对你提供帮助，不过黎各有些特殊，如果之后生活中她有冒犯到你的地方，还请你不要介怀——她精神有些不稳定，还在接受治疗。”

“不稳定？”

“一般是在‘项群训练’结束后，日常生活里都还好。”莉兹笑着回答，“你刚才在看什么？”

“《埃德加黑暗故事集》。”赫斯塔指了指书脊，“这本故事集，以前有人给我读过。”

“是吗？”莉兹眼睛一亮，“这本书在第一区比较流行，我好不容易才搞到的上下全册，是谁给你读的？”

赫斯塔沉默着没有回答，以致莉兹有些犹豫自己是不是不该问这个问题。不过很快，赫斯塔忽然开口道："不重要了，她给我读的也不是这里面的惊悚故事，而是一些和室内装修有关的片段。"

"装修吗？那是行家呀。"莉兹惊喜地道，"我记得埃德加对第三区西部的装修风格非常推崇，他还专门写过一篇《装修的哲学》。"

赫斯塔望向莉兹："你也喜欢埃德加？"

"不算，我收藏这套书单纯是因为选过一门哥特式文学的选修课。除了第一篇《黑猫》，我后面的故事都没读过……你刚才说的装修片段是哪一节？"

"弗莱彻小姐想听一听吗？"

"请喊我莉兹。"莉兹微笑着望着赫斯塔。

赫斯塔将书的下册取了下来，熟练地翻开书册，在几次随意的翻阅之后，很快找到了那段自己听过也看过很多遍的部分。

赫斯塔低声念起书来。

"去年夏天，我在穿越一两个临河县的徒步旅行途中，当日暮黄昏将近时，我发现自己多少有点为正在走的那条路而感到不安。"

…………

"那天傍晚，我见到了兰多先生。他温文尔雅，诚恳热情。可我当时更感兴趣的是那幢令我如此着迷的住房，而不是主人的举止风采。"

…………

"地板上是一块双面提花地毯，白底上点缀着小圆形绿色图案。窗帘是雪白的薄棉布，幅面相当宽大，折褶鲜明平整，全都非常干脆且非常正式地垂直至地板。"

…………

"屋子里有许多皮面的书，有华丽的壁纸、地毯，大理石台面的桌子，这里的窗户又高又窄，旁边的边桌上放着玻璃钟形罩，下面立着纸折的玫瑰……"[①]

莉兹凝视着正在朗读的赫斯塔，尽管她的声音缓慢而低沉，但不知为什么，在聆听中，莉兹却从这声音里感受到了些微深情。

---

① 此处几段文字原本引自鹤泉翻译的《爱伦·坡暗黑故事集》中《兰多的小屋》文章选段，为了更贴合剧情需要，作者在原文基础上做了改写。

这情感内敛、克制，仿佛是一幅尘封的被包裹的油画，只是此刻有什么东西偶然地掀起了那布帷的一角，于是旁人才得以在这个瞬间瞥见底下灿烂、汹涌的色彩。

莉兹也几乎立刻明白，不论是谁曾为她读过这本故事集，那人一定对赫斯塔影响深远。

等到赫斯塔读完这部短篇，躺在莉兹怀中的图兰已经沉沉睡去了。

在柔和的灯光中，莉兹托着图兰的脑袋，小心地将它挪到一旁的枕头上。

“你还想聊聊吗？”莉兹看向赫斯塔，小声道，“我们可以出去聊。”

赫斯塔想起刚才那个银发少女：“但黎各那边——”

莉兹指了指门外：“我们去阳台。”

凌晨两点左右，深夜的谭伊市正值料峭春寒，赫斯塔披着薄毯，与莉兹一同站在向外凸起的阳台上。在这里，赫斯塔能闻见从旁边厨房传来的奶酪和面包的香味，它们与远处夹杂着森林气味的夜风混在一起，美妙不已。

莉兹只穿着一件白色的吊带棉背心，背靠在雕花的铁围栏上，两只胳膊肘撑着身后的围栏。赫斯塔一眼望见她背部与手臂上流畅的肌肉线条，与方才在柔光下如同邻家女孩的温和不同，此刻的莉兹令人想起原野上健美的羚羊。

“你在第三区还有亲人吗？”莉兹问道。

赫斯塔沉默了一会儿，摇了摇头。

“我也是。”莉兹笑着道，“除了图兰，这里的大部分学员都是孤身一人。”

赫斯塔看向莉兹：“她好像对我有点敌意？”

“嗯……她对所有陌生人都有一点敌意。”莉兹解释道，“熟悉了以后就好得多，而且图兰最近状态不是很好……”

“我听维京小姐说起过，她的子弹时间不足以支持她上战场，是吗？”

“对。”莉兹点头，“她下个月就十四岁了，到时候的 14 型选拔，肯定通过不了。”

“14 型什么？”

“14 型选拔。”莉兹重复了一遍，“水银针的子弹时间会在十四岁和十九岁各有一次定型——这个你知道吗？只有子弹时间超过四个小时才有可能编入战斗队伍。”

“那她为什么要这么伤心？等到她十九岁的时候，不还有一次机会？”

莉兹笑着摇了摇头：“十四岁之后子弹时间的长短基本就敲定了，只有少数在三个半小时以上的水银针，才能借助训练突破四个小时的关口，她的希望不大……你今年是多少岁？十一？”

“嗯。”

莉兹感叹了一声：“我刚来这里的时候也是十一岁，转眼已经过去三年了，真快啊。”

赫斯塔：“我听瓦伦蒂小姐说，你下半年就要正式转职了？”

“对，”莉兹点头，“不过我对战斗的渴望没有图兰那么强。”

“她为什么那么想正面和螯合物战斗？”

“和她的经历有关吧。”莉兹给出一个简洁的答案，而后撑开双手伸了个懒腰，长长地呼出一口气，接着道，“我不一样……我不太想出外勤，毕竟对活着本身我还有很多眷恋……哈哈。”

赫斯塔低下头：“你有很多藏书。”

“如果你也喜欢书，以后可以随时来我房间借阅。”

“可以吗？”

“当然了。”莉兹向赫斯塔伸出了手，“很高兴认识你……我还是第一次遇到刚进基地就已经有了和螯合物战斗经验的新人。”

赫斯塔轻轻捏了一下莉兹的手心，表情有些不解：“是说我？我没有啊。”

莉兹微怔：“你不是从塞文山的圣安妮修道院来的吗？”

“嗯。”

“那应该就是你了……之前基地的内部简报说，在千叶带小组赶到的时候，修道院里的螯合物已经处在了重伤状态——不是你干的吗？”

“不是。”赫斯塔回答，“至少我完全没有印象。”

莉兹眨了眨眼睛：“那可能确实是我有什么地方搞错了，但你是千叶真崎亲自送来的，对吗？”

“嗯。”

莉兹若有所思地摸了摸下巴："那你一定有什么过人之处。"

赫斯塔稍稍颦蹙："为什么？"

"因为，"莉兹笑了笑，"千叶是个非常精明的人。"

赫斯塔侧头看着她。

"据我了解，她从来不在无用的事上花时间。过去她在训练基地里因为觉得浪费精力，所以连新人的辅佐官都没有做过，更不要说像现在这样，主动当谁的监护人。"

"是吗？"赫斯塔想起千叶之前专程开车带自己去了一趟修道院的事，那几乎花了她们一整天的时间，"我以为这只是走个形式。"

"当然不是了。"莉兹笑道，"'预备役监护令'手续虽然简单，执行却很严格。即便被监护人进入了寄宿制学校，也要求监护人每个月至少有六个小时的非睡眠陪伴时间。"

"等到假期，这个要求就会被提到每周二十一个小时以上，也就是每天至少需要在一块儿待上三个小时。而考虑到在通过14型选拔以后，水银针就能正式加入作战……"

说到这里，莉兹顿了顿："我认为，千叶真崎是想让你在选拔过后直接加入她的作战小组，否则我实在想不出，她一个总是天南地北到处跑的在职水银针，到底要怎么抽出这么多时间来陪你。"

赫斯塔静静听着莉兹的分析，两人随后聊了许多，从埃德加的文坛地位到许多朴实无华的基地生活建议。快凌晨四点，莉兹打起了呵欠，决定回房间睡觉。临分别前，她回房将那两本《埃德加黑暗故事集》拿了出来。

"这两本故事集就送给你好吗？"

赫斯塔有点意外地抬头："送给我？"

"对，送给你。"莉兹笑着道，"一本书如果总是放在书架上不被阅读，那它也会寂寞吧，所以如果你喜欢，就送给你。"

赫斯塔稍稍垂眸，接过书册，轻轻抚摸着黑色漆皮封面上烫金的大字。

"谢谢。"

次日中午。

瓦伦蒂一个人坐在食堂里低头看着手机，两只手的大拇指在按键上飞快敲打。

瓦伦蒂：朋友，你终于肯上线了。

千叶：？

瓦伦蒂：我转给你的邮件看了吗？

千叶：简的需求清单吗？看了啊，是要我这边报销？基地不至于穷到这个程度吧？

瓦伦蒂：……

千叶：姐姐，有话赶紧讲，我马上要上飞机了。

瓦伦蒂：为什么进基地的第一天简就想要这些东西……你有什么头绪吗？

千叶：无。

千叶：你要是想知道，应该去问她本人啊。

瓦伦蒂：我当然是要去和她谈的，我们今天下午就有第一场对谈……但是为什么你好像完全不担心的样子？她刚刚经历那样的惨剧，这些信息可能很重要。

千叶：哈哈哈哈！

瓦伦蒂：？

千叶：她确实是刚经历惨剧不假，但你不要忘了她在进修道院之前是在短鸣巷长大的啊。小朋友什么大风大浪没见过？进基地第一天跟你要了点家具搞装修就把你吓得一惊一乍……保持冷静，瓦伦蒂，我挑中的人不会有什么大问题。

瓦伦蒂：所以你是因为什么选中简的？我今天已经听到好几个人在讨论这个话题了。

千叶：哈，我就是觉得她的气味有些特别。

气味？

瓦伦蒂稍稍抬头想了想，就看见赫斯塔端着餐盘站在自己的正对面，随即被吓了一跳。

"吓到您了？"

"啊，没有……"瓦伦蒂回过神来。

今天的赫斯塔穿着她昨天领到的制服——白衬衫外套着一件深蓝色毛衣，下面是灰色皱褶短裙，制服上衣左胸的位置有一块金色的刺绣图案，那是预备役训练基地的徽章，是一柄穿透螯钳的长剑，下面有"AHgAs"几个字母。

“我可以坐这儿吗？”赫斯塔问道。

“当然。”瓦伦蒂象征性地将餐盘往自己这边拖了拖，瞄了一眼手机屏幕上的新消息——千叶的头像在留下一句“登机了，白白[①]”后就灰了下去。

瓦伦蒂将手机收了起来。

“昨天还住得习惯吗？”

“昨天和莉兹聊了很久，也见到了图兰和黎各，只是没有深聊。”赫斯塔表情平静地回答，“今天上午我已经接受了两个小时的选课培训，但还是有很多地方听不懂，我打算下午结束了和您的对谈之后，就去机房的选课系统看看。”

“挺好的。”瓦伦蒂笑了笑，“看来你已经找到了在这里生活的节奏。”

“多亏了莉兹，她和我说了很多生活方面的事情。”

两人低头吃饭，等到用餐结束，赫斯塔直接跟着瓦伦蒂前往她的谈话室。

同行路上，瓦伦蒂想着不久前千叶的那句“她的气味有些特别”，不由自主地往赫斯塔身边靠了靠。

她确实也能在赫斯塔身上嗅到一些属于水银针稚子们的气味，但这在新人身上其实很常见。

千叶所谓的特别……又是什么呢？

“瓦伦蒂小姐？”赫斯塔的声音再次打断了瓦伦蒂的思路。瓦伦蒂回过神来，发现自己已经站在对谈室的门前了。

“呀，不好意思……”瓦伦蒂立刻开始取门卡，“我总是会想着一些事出神，结果就忘了眼前的事，请别介意。”

“我不介意。”赫斯塔望着瓦伦蒂，“相反，我觉得和您在一起很轻松。”

瓦伦蒂一下被逗笑了：“谢谢……”

对谈室内空无一人，一侧的墙面前放着两个并排的灰色金属柜，里面有许多厚文档夹。两个斜斜相对的黄色单人沙发放在窗边，靠近门的位置有一张檀木办公桌。瓦伦蒂上前打开了桌上的电脑，并招呼赫斯塔过来先填心理量表。

① 此处为“拜拜”的谐音词，以活泼亲近的语气跟人道别。

赫斯塔跟着瓦伦蒂学了一会儿操作，很快上手。

目前基地使用的是去年新修订并更换了常模①的症状自评量表270，它遵从利克特七点量表法②，设置了270个问题，会从焦虑、抑郁、反社会性等17个互斥维度来考察被试者当前的心理状态，信度、效度③都很高。

这套新修订量表比老版本更出色的地方在于，它增加了“虚荣量表”与“防御量表”两个部分，这两个部分一共包含了30个问题，专门用于测谎。

一般来说，普通人在这30个问题上的得分会很低，但是，若有人出于“美化自身”或“被动防御”等目的，隐藏自己的真实想法，转而选择看起来更为美好或正确的答案，那么，他们在这类问题下的得分就会变得非常高。

这也意味着，这个人的整份问卷都不可信。

这30个测谎问题被分散在原先的240个问题中。如瓦伦蒂这样的心理工作者可以轻松通过这套测谎量表看出哪些人的测量结果不可信，并且一定程度上了解对方说谎的倾向。

大约半个小时过去，赫斯塔提交了量表。

瓦伦蒂已经调整好了一旁的摄像机，开始了与赫斯塔的谈话。

今天，她们的话题仅仅止步于过去与未来几日赫斯塔在基地的生活。

赫斯塔经常看向摆放在不远处的摄像机，她和所有新人一样，不习惯在镜头下谈话。

“会有人调取这些录像或录音吗？”她轻声问。

“会，但只有极少部分人会有调取的权限。”瓦伦蒂回答道，“加上我，一共只有四个人，哦，不，五个——其中还包括千叶。

---

① 一种供比较的标准量数，代表一定人群在测验所测特性上的普遍水平或水平分布状况。它由标准化样本测试结果计算而来，即某一标准化样本的平均数和标准差。

② 利克特量表是一种态度测量法，由一套具有同等态度价值的题目组成，要求被试者按照“赞同”与“不赞同”的程度做出选择：强烈赞同、中等赞同、轻微赞同、中性、轻微不赞同、中等不赞同、强烈不赞同。将被试者在所有题目上的得分累加起来，可得到被试者的个人态度分数。

③ 心理学名词。信度主要体现测量结果的一致性、稳定性和可靠性；效度主要体现测量结果的有效性和正确性。

大部分情况下没有人会动它们，所有影像资料仅仅是作为档案保存，如果你将来的发展出现问题，我们会试图通过这些材料寻找原因。”

赫斯塔目光复杂地凝视着摄像机上的红点：“我明白了。”

关于赫斯塔，瓦伦蒂想要了解的其实有很多，比如这个女孩的早年回忆，她的出生地和童年，她在短鸣巷与圣安妮修道院受到的教育，一些日常娱乐，以及重要的生活转折点和选择……

但瓦伦蒂同样明白，这些问题现在不会有答案——现在还远远不到能够与赫斯塔谈及这些深层话题的时刻。

但她不用着急，因为像今天这样的谈话今后会保持每月一次的频率，之后视情况增加或减少，直到她成年。

时钟指向下午 3:50，赫斯塔从座椅上起身，向瓦伦蒂道别。当她从外面关上了对谈室的门，瓦伦蒂才坐回电脑前，去看赫斯塔的问卷结果。

不出所料，她刚刚将页面拖到结果页面，就看见红色的“无效测量”字样显示在屏幕上，下面还有一行黑色的正文：

该被试“防御量表”得分过高，本问卷结果不可取信。

第五章 黄金时代

下午4:08，赫斯塔离开了瓦伦蒂的办公室，沿着三楼的一条走廊向选课教室走去。

她感到有人一直跟着自己，凭借着几个转角的玻璃窗，她瞥见了那人的影子。

一个矮小的男人。

她扫了一眼周围的陈设，大概十几步之外就有一个手动火灾报警器，而那里刚好也是监控区域。

赫斯塔大步奔跑起来，迅速击碎了火灾报警器的外壳玻璃，按下红色按钮。几秒后，整座大楼都响起了尖锐的警报声，走廊里原本白亮的照明灯瞬间熄灭，地面和墙壁上都出现了红色的闪烁箭头，指向离此处最近的逃生出口。

走廊内下起了雨，那是楼内的自动灭火装置启动了，它们随着火灾警报一同被触发。

“好家伙……你都干了些什么？”

随着一串迅疾的脚步声不断接近，赫斯塔听见一个男声。这声音略显青涩，带着不解，她转过身来——那个一直跟在自己身后的人果然现身了。

他穿着一件过于宽大的黑色卫衣，两手插在腰部口袋里，半张脸藏在黑色的兜帽下，只显现出一点脸颊的轮廓：“你为什么要——”

“别动！”赫斯塔浑身的肌肉都紧绷了起来，她两手握拳，微微躬身，眼中燃起警惕的火焰，像一只年幼的母狼，摆出了防御的姿态。

那人闻言，竟真的停下了脚步，他缓缓将双手举过头顶，并往后退了一两步。

在闪烁的警报灯中，他慢慢将自己的帽子往后推，灭火装置洒下的小雨映射出混沌的红光，也将他纯白的短发映染出一层霓虹似的光泽。

这人看起来并不大，也许十四五岁，也许更小。他的头发应该是漂染的，因为发根处显出与发梢完全不同的深黑色。在他淡淡的眉毛下面，有一双半睁的眼睛，即便是在这种场合，他看起来仍旧有些慵懒。

“哦，我懂了……”他微笑着道，“因为你发现了我，所以你按下了警报器。”

在确认摄像头已经拍下了这人的正脸以后，赫斯塔悄然调整自己的重心位置——只要对方稍有动作，她就会立刻转身飞奔。

“抱歉，我无意冒犯。”对方仍旧保持着双手举起的动作，“我看过你的资料，知道你昨天刚来，就住在楼上 403 号……没想到事情这么巧，下午我刚好从维京小姐的办公室前路过，就看到了你——”

“你是谁？”赫斯塔毫不留情地打断了他的话。

“我吗？”那人的声音在刺耳的警报声中显得有些单薄，“我叫肖恩·格兰古瓦。”

“为什么要跟着我？”

他笑了起来，两手向后，交握在脑袋后面：“怎么说呢？赫斯塔小姐……可能是因为在看到你的第一眼时，我就觉得你很熟悉。”

赫斯塔皱起眉头。

肖恩望着她：“刚才维京小姐给你做的问卷，你没有如实填写吧？”

赫斯塔并不回答，但嘴角忍不住微微下沉了些。

肖恩看出了答案。

他笑了笑，又接着道：“这没什么，我也没有，而且是从来没有过。不过从去年开始我就发现他们在量表里更新了测谎的部分……当然，我已经搞清楚哪些问题会被用于测谎了，如果你想知道，我可以分享给你——”

“不用。”赫斯塔声音低而冷漠，“请你离开。”

“好吧。”肖恩往后退了两步，作势要走。赫斯塔刚觉得松了口气，就见他停了下来，看向赫斯塔身后。

“卡尔？”

随着肖恩的轻唤，赫斯塔背后的阴影中走出一个更加高大的男人。

一时间，赫斯塔的心脏几乎骤停。在目光交汇的一瞬间，她感到一股近乎碾压的力量差——她竟一直没有感觉到周围还有一个人存在。

那人的身高几乎快要触及走廊的天顶，即便是在放松的状态下，这人垂在身侧的手臂也依旧壮硕，赫斯塔甚至能清晰地看见他小臂上几条纵横凸起的青筋。

这人的目光只是短暂地在赫斯塔身上停留，然后径直朝肖恩走了过去。

就在这短暂的擦身而过中，赫斯塔再度感到强烈的恐惧，她竭尽全力才能勉强支撑住双膝。

“你又跟着我？”肖恩问道。

“我来看看你是不是又在自找麻烦。”那人伸出手，拎着肖恩的后领将他整个人从地面提了起来，“肖恩，我们回去吧？”

尽管是征询的口吻，但这个男人显然没有给肖恩其他选择。肖恩手舞足蹈地在空中扑腾，只能任由他提溜着慢慢消失在走廊尽头。

长长的走廊上又只剩下赫斯塔一人。

很快，几个教职工往这边赶来，他们拎着灭火毯、戴着护目镜，莉兹几乎在第一时间就发现了靠墙站立的赫斯塔：“简！”

赫斯塔抬起头，脸上几乎没有血色。

莉兹连忙上前握住了她的手，只觉得冰凉一片，赫斯塔似乎整个人都在轻轻地颤抖，像是被吓坏了。

其他几人看见了碎落在地上的警报器外壳：“是你触发的火警警报？”

“嗯。”赫斯塔低声道。

几人都紧张起来："起火点在哪里？"

"没有着火……"赫斯塔回答，"我发现有人跟踪我，所以……触发了警报……"

大家彼此看了一眼，都稍稍松了口气——看来，火警危险可以暂时解除了。

莉兹将灭火毯盖在赫斯塔的身上："你没事吧，能走吗？"

赫斯塔还打着战，但她摇了摇头："没事。"

"不用怕，也不用担心……"莉兹扶住赫斯塔的肩膀，"你看清是谁了吗？"

赫斯塔喉咙微动，想起方才第二个人从阴影中走出的一幕，她不由得又打了个寒战。

"他说他叫肖恩·格兰古瓦。"

莉兹的表情顿时复杂起来。

莉兹当然知道肖恩，虽然她平时不怎么和这个人往来，但对这人也早有耳闻。此人有强烈的自恋与自我美化倾向。他犹如一朵行走的水仙，无论有无必要，他的各类谎言总是信手拈来，也一直令维京小姐备感头疼。

"来，我们先离开这里。"莉兹看着赫斯塔被灭火装置淋湿的衣服，轻声开口，"先给你换身衣服吧，小心着凉。"

两人很快来到附近的教职工休息室。

刚成为新生辅佐官的莉兹也有了出入这里的权限，她为赫斯塔拿来了这里的备用衣物。见女孩一直发抖，她又端来一杯热可可，然而赫斯塔只是将杯子握在手中，没有喝。

"你不喜欢热可可吗？"

"不习惯它的味道。"赫斯塔双目低垂。

整栋楼的火灾警报此时才停息下来，赫斯塔看向窗外，听见楼下有人群聚集的嘈杂声，大概都是在听到警报以后倾巢而出的众人。

"我给你们带来麻烦了吗？"赫斯塔问道。

"没有，你做得很对。"莉兹重新拉开对谈室的窗帘，"在遇到危险的时候不拘泥于形式，而是想尽办法求救——你刚来就懂得这么做，真是太好了。"

在莉兹的安慰中，赫斯塔渐渐平复下来。

莉兹站在窗前，望着外头有些阴沉的天空："这几天天气真是不对劲，今天一下就变得这么冷——还挺少见的。"

赫斯塔没有接话，她仍在想着方才的画面，尤其是看到被肖恩称为"卡尔"的人那一瞬，那一阵强烈的压迫感令她惊魂甫定。这种不适感，甚至让她感觉回到了在修道院与螯合物对峙的那个晚上。

莉兹走回赫斯塔身边，坐了下来。

"是我的错。"莉兹说。

"什么？"

"我今天应该陪你一起出来的，你对这里还不熟悉，水银针里怪人又多……我应该考虑到这一点。"莉兹诚恳地道，"我之后会注意的。"

"我没有怪你，"赫斯塔摇了摇头，"我都没有往这方面想……我还有一个问题。"

"你说。"

"今天除了肖恩，我还见到了一个叫'卡尔'的。"

"啊，那是他的哥哥迦尔文。"莉兹有些意外，"你今天还见到他哥哥了吗？"

"对……"

莉兹回答："迦尔文是个大块头，但比较安静，也相对沉稳……也是，你今天会遇到他也不奇怪，他们兄弟俩总是一起行动的。"

"是指战斗？"

"也指生活。"莉兹答道，"因为迦尔文性格沉稳一些，能在肖恩做傻事的时候拦着他，所以基地里会希望迦尔文尽量不要和肖恩分开。"

"原来如此……"赫斯塔喃喃道。

"他们两兄弟是从赫克拉荒原来的，在第三区西部的一片火山带，你听过这个名字吗？"

赫斯塔摇了摇头。

"是吗？我以为你会很熟悉呢，赫克拉被外界称为'地狱之门'，是个和短鸣巷一样充满了杀戮的地方。那儿在第三区很有名，因为很多灰色行业会通过一些中介在那儿雇凶。"

"你真的对这里了解很多。"

莉兹笑了起来："如果你也在这儿待了三年，那你也会知道这些。他们两兄弟和图兰是同一年来的，都是两年生，我和他们接触得不多，已经算是比较陌生的了。"

"他们经常像今天这样主动和其他人接近吗？"

"我不了解呢，在迦尔文二次觉醒以后，我就很少靠近他们了。"

"为什么？"

"因为在迦尔文身边很不自在。"莉兹答道，"他不是很懂得控制自己的力量，我对其他水银针的存在又比较敏感，所以每次靠近这个人的时候都觉得有点胸闷——其他人似乎不会这样，也许是习惯了吧？"

赫斯塔敏锐地抬起头。

"嗯，现在你应该还感觉不到。"莉兹笑着回答，"等你也经历了二次觉醒，就会明白我在说什么了。"

"但我今天——"

莉兹的手机突然响了起来，她向赫斯塔比了一个噤声的手势，然后按下了免提。

"您好？"

"你好，是弗莱彻小姐吗？"手机里传来一个冷然的女声。

"对，是我。"莉兹认出了这个声音，"莫利女士吗？"

"是我，赫斯塔小姐现在是否和你待在一起？"

"是的。"

"她状况怎么样？"

"很好，"莉兹看了赫斯塔一眼，"她已经恢复过来了，您需要和她单独通话吗？"

"不用，我来通知你们关于这件事的后续处理方案。"

莉兹愣了一下——她显然没有预料到，这件事的处理会来得这么快。

"好的您说，我和她都在听。"莉兹将手机的话筒侧转向赫斯塔那边，以便她能更清晰地听见莫利的声音。

"那么，我先做个自我介绍，我是基地的秩序事务官索菲·莫利，赫斯塔小姐。虽然你今天遭遇了这样的意外，但请你相信这类事务在基地中并不常见，大部分情况下我们的水银针预备役都

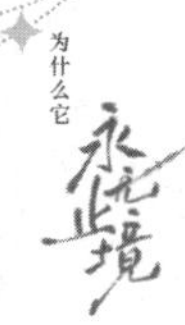

像弗莱彻小姐一样，懂得如何爱护后辈。”

她一口气说完这个长句，语速快得和千叶有的一拼，但这位秩序官的声音听起来十分冷漠，赫斯塔几乎能通过这个语调想象出她下沉的嘴角——就像总是板着脸的格尔丁修女那样。

“我们发现，格兰古瓦先生在过去的几天内窃取了你的信息，从今天的各项监控中，我们也确认了他一直在暗中尾随你，这种行为不论是出于何种目的都极其恶劣。

“对于肖恩·格兰古瓦今日的行为，我们在经过充分讨论后做出以下决定，首先，他的信用评级将从 C+ 调整为 D，并重修《第三区社交礼仪与安全规范》。

“其次，基地将扣除他从今年 5 月到明年 4 月共 12 个月份 70% 的生活津贴，这笔钱中的 50%，会作为对你的精神赔偿，在下个月月初直接打到你的账户上。

“第三，我们会在一定程度上限制肖恩·格兰古瓦的行为，在基地内外，他都不得以任何理由向你接近、与你交谈，或是对你的日常生活做出任何干涉，否则我们将直接限制他的所有行动。

“考虑到你现在还未成年，这份限制令要持续多久的问题，我们会与你的监护人千叶真崎讨论，目前看应该至少会持续到你二次觉醒以后。

“你对这个处理是否还有其他意见或补充？”电话另一头的女声飞快地说道。

赫斯塔沉默了一会儿，道：“暂时没有。”

“好的，赫斯塔小姐。”莫利女士的声音缓和了一些，她停顿了片刻，“请你相信，我们完全有保护你人身安全的意愿与能力。”

…………

在说完这些以后，莫利女士干脆地挂断了电话。

赫斯塔隐约感到对方最后的言语有一些刻意，但她不理解原因。

这天下午，在莉兹的陪同下，赫斯塔顺利完成了基地春季课程的注册。

大量陌生的信息像一股洪流般向她涌来，她的备忘录上记录了四十多个闻所未闻的陌生词汇，此外还有大量专业术语她甚至不知道如何拼写，只能草草在脑海中留个印象。

按照莉兹的建议，她在头一年给自己选择的课程几乎全部与生存、急救和体能训练相关，这些课程会贯穿接下来整整两个学年。

据说，大部分水银针的“二次觉醒特别训练”都会被安排在第一学年结束以后的假期中。在成功觉醒后，他们会时不时收到外派任务，跟随现役水银针参与实战。

由于身体的基本素质会直接影响子弹时间开启后的能力上限，故而在头一年把时间全都花在体能相关的课程上，是很值得的。而相对的，那些不愿意上战场的学员，也可以通过选课来推迟自己面对战斗的时间，甚至可以从一开始就申请转文职或后备医疗。

在莉兹的指导下，赫斯塔初步拟定了自己的课程表：快速力量项群训练、速度性项群训练、耐力性项群训练、基本战术学、基本兵器概要、基本射击见习、基本驾驶见习、野外求生概要、应用战术与地形测图。

“这样就能提交了吗？”

“感觉还缺点什么。”莉兹望着屏幕，突然意识到了什么，笑了一声，“哈，你选的全都是必修课呀！”

“新学员的选课上限是十二门，”赫斯塔看了一眼旁边的指导手册，“我想我没有精力再去学别的了。”

“不，不是这个意思，我不是想再让你多学点什么，而是想让你选点能休息的课……”莉兹俯身调出了选修课的窗口，上面大概有七八个大类，每个大类下有各自的子列表。

“选一个吧至少，你会喜欢它们的。”莉兹双手抱怀，认真地说道，“人人都需要文学，或者音乐。”

“有什么用？”

“没什么用。”莉兹说道，“除了埃德加，你以前读其他小说吗？”

“读过一些短篇，报纸上的。”赫斯塔回答。

“感觉怎么样？”

“……”

赫斯塔感到莉兹似乎在期待她给出怎样的答案，但事实上她完全领会不了莉兹的意思——那些小报上家长里短的短篇故事大都在写男人的艳遇或女子的不贞，她很难说从中能领悟些什么，因而也就不知该如何回答莉兹的提问。

莉兹见赫斯塔一直沉默着，以为她正为这个问题而深思，不由得心中涌上许多感慨。

她轻叹一声："其实基地已经够宽容了，无论你遇到什么为难的事，你都能找到对应的人去寻求解决之法，但是……"

"但是？"

"但是，有些事始终是难以被坦然讨论，甚至是难以向其他人开口的。在一个文明社会，永远有被压抑的东西。每个人都有很难对他人说出的实话，而文学，或者音乐，却能够帮我们。

"在基地里，有时候你会孤独得发疯，或是为了什么事焦虑得好像被火烧一样——那种时候谁都没法帮到你，但如果，你恰好碰见了一个小说里的倒霉蛋，和你处在相似的境地中，那种感觉就好像是在燥热的夏天淋了一场雨……

"无论你身处何地，面临怎样的困顿，只要你愿意，文学永远能为你留下一处容身之地，让你和这个世界保持一点连接——"

赫斯塔静静地听着莉兹讲述这些，她看得出此刻莉兹眼中带着明亮欢欣，她好像能懂得一些，但又不完全想得明白。

"那你有什么推荐的选修吗？"赫斯塔扫了一眼选修课的列表，"我不太确定什么适合我这样的新人。"

"那当然是'黄金时代文学作品赏析'了——这是帕罗斯和辛格两位老师共同执教的课程，他们俩精通密码学，但文学鉴赏的造诣也很高。"

"黄金时代？"

随着这个问题的出现，莉兹的目光似乎被完全点燃，好像她等待这个机会已久。

"这是一个笼统的称呼，简，泛指在工业革命之后、大断电时代以前的人类文明。"莉兹深情地回答，"我只钟爱黄金时代的作品，一切大断电时代之后的复古思潮，全都是对那个时期的拙劣模仿。"

"你相信吗？在黄金时代，一个普通人只要有钱，就能坐上巨轮环游世界。一切的交通工具——飞机、轮船、火车都对公民开放，人们可以自由地去世界上的任何地方！

"在黄金时代，剧院里每个月都在上演新的剧目，你只要花一顿饭钱就能享受一场美妙的歌舞戏剧。人们把各种各样的书摆在商场的陈列架上，书籍的价格便宜得吓人，印刷厂里每时每刻都在印制新的读物。新的诗歌、新的时代评论又或是科普文章源源不断，所有人都在写，所有人都在读……

“那个时代的科技水平让人瞠目结舌，人类甚至攀上了星星。火星上遍布着改造后的宜居地，人们将谷神星当作中继站，将载人飞船的足迹推到了冥王星。

“人类在宇宙中的活动半径达到了惊人的4.246光年——深空之中，数不清的光帆飞行器以五分之一光速抵达半人马座α，它们拍到了比邻星b上的海洋和山川，甚至在那里留下了一面象征地球的旗帜……

“但就算是这样，黄金时代的人类仍不会故步自封，他们始终看向更远、更高、更深邃的宇宙，永远计划着新的征程……每当有人开始庆祝文明已抵达鼎盛的时刻，就会很快有人带来新的破晓——这不是什么骇人听闻的宗教故事，而是人类真真正正靠自己办到的事。”

莉兹极轻地叹了一声。

“和黄金时代的人类相比，我们这个时代算什么呢？大部分人就像囚鸟一样被困在地上，也不再有人关心星空——或者只关心它能不能在没有工具的夜晚为自己导航。我们只能将希望寄托在黄金时代的各种遗产上，企图从中窥探到那个遥远时代的剪影。”

赫斯塔突然回想起曾在艾尔玛院长的休憩室里读到的人类学，想起那位人类学家提到的股骨化石，她突然意识到早在修道院的时候，她就触及过那扇通向大断电时代前的大门，只是她当时把这个关键词漏过去了。

“黄金时代的遗产，是指书吗？”赫斯塔问道。

“远远不止，”莉兹在近旁的桌子上坐了下来，“我们现在的世界一共分为十六个大区，那你知不知道为什么是十六个？”

赫斯塔摇头，于是莉兹娓娓道来。

“在黄金时代的末尾，战争将整个世界都推向了末日，资源匮乏，人口锐减，在大断电时代降临以后，不到百年，所有的公共设施都被损毁殆尽，建筑被焚烧、被炸毁，你再也看不到学校、医院、教堂……

“没有抗生素，没有疫苗，一场突如其来的流行病就能一口气带走一个群落几乎全部的新生儿，孕妇生产的死亡率高达 15%，儿童存活率不足 40%。

“在失去教育系统以后，识字率在代际更迭中迅速跌落，图书馆里的书渐渐对大部分人都没有了意义，它们一本接一本地被人拿来烧毁取暖，熬过冬天。可一入夏，人们对高温根本无计可施，只要 40℃的高温持续两周，对群落里七十岁以上的老人就是灭顶之灾……

“所有人都相信这个世界要完了，残喘的老人怀念着文明世界的一切，企图呼吁重建秩序，但废墟潮里成长起来的年轻人根本不再关心这些，他们有了自己的丛林逻辑，痴迷于重新划归领地……人类科技在不到两百年的时间里就跌落回农耕水平——直到，世界上第一座母城，出现。”

“母城？”

“是的。”

莉兹像是提及自己的故土一般，声音里充满温情。

“它是一座梦一样的城市，面积 34.12 平方千米，像是一颗种子从地底钻出来，偌大的城市空无一人，却秩序井然。

“它是旧日文明的遗珠，核能与太阳能共同维系着它的运行，约两千个机器人时刻负责着整座城市的检修。看到母城保存完好的建筑，人们终于意识到黄金时代的传说并非梦幻——它实实在在地存在过，并像奇迹一样突然降临在我们中间。

“在那之后，世界各地在一年之内依次出现了十六座母城，虽然母城中的许多技术对现在的我们来说仍是黑箱，我们只懂得如何操作，却不知其中的原理，更不要说复刻……但依靠城中的图书馆、研究所和自动化工厂，人类仍是重拾了文明的火焰。

“依托着这十六座母城，我们才走到今天。从第一区到第十四区，正是按照母城浮现的顺序进行的排列命名。十五区与十六区比较特别，人类至今没有发现能够无损进入这两座母城的方法，所以就暂且搁置了。”

莉兹看向赫斯塔：“大断电时代从 3812 年‘摄星之夜’事件开始，到 4001 年春天第一座母城降临结束，这是人类历史上一段短暂又漫长的至暗时刻——现在每一个大区都在紧锣密鼓地破译着属于他们的母城科技，不过他们聚焦的重点永远是能源和军工，文学只是其中一点微不足道的点缀罢了……”

莉兹的介绍以一声充满惋惜的长叹结束，她带着赫斯塔去到一幅世界地图前。

赫斯塔最先看见的是第三区，毕竟它在地图上被做了凸起效果，她伸手轻轻触摸代表山峦的凸起，而后视线慢慢向近旁偏移。

“蓝色的区域是什么地方？为什么它这么大？”

莉兹发出一阵笑声：“那是海，简。”

她望着地图：“我们这儿离海边不远，只有一个小时的车程——只是申请出行许可的程序太复杂了，如果之后有外派机会，我可以带你去看看。”

而后，莉兹一一指出地图上不同的区域，赫斯塔一言不发地聆听，仿佛今天才第一次认识这个世界。

赫斯塔看见第三区幅员辽阔，共计 1147 万平方千米，是地球上占地面积次大的区域，然而这里的宜居地却只有区区 64 万平方千米而已——剩下的全是待开发的“荒原”。

按照莉兹的说法，第三区的人员分布非常极端，谭伊是第三区的第四大城市，却居住着该区大约三分之一的人口。

而十四区——在赫斯塔的想象中，十四区与第三区之间应当隔着十个大区，然而不是——十四区与第三区直接毗邻。

只是十四区也很大，如果要计算当下这里与十四区的绝对距离，那依旧非常遥远。它的总面积达到了惊人的 2473 万平方千米，几乎覆盖了所在大陆板块由南到北的全部土地，它的宜居地面积有 186 万平方千米，几乎是第三区宜居地的三倍。

她看见了十四区北部的茫茫雪原，在那片经年不化的冻土上，几乎没有任何代表着城镇或道路的符号。

世界地图只是静静地挂在墙上，然而站在地图前的赫斯塔却仿佛被一道洪流重重冲刷。

一开始，她试图在地图上寻找短鸣巷或者圣安妮修道院，莉兹告诉她这些地点都太小了，根本不可能在世界地图上找到。

于是她转而开始寻找塞文山，却看见一道漫长的塞文山脉，它从第三区北部的海边慢慢起势，向着内陆缓慢延展，长到令人咋舌。

莉兹又笑，说塞文山只是恰好和塞文山脉同名，谭伊市城外塞文山的占地面积仍旧太小，不足以在这幅地图中被标记出来。如果她非要看地图上的塞文山，可以一会儿去电子地图上找。

赫斯塔怔住了。先前莉兹说起文学的功用时她懵懵懂懂，谈起黄金时代的宇宙探索时她也反应平平，可是此刻，当她沉默地面对着地图上的陆地与大海，她分明感到自己对这世界的某种认知被击碎了。

她想起自己旧日生活的地方，想起修道院外一条条高耸的山脊和忘不见尽头的群峦。

塞文山，还小吗？

那这个世界……有多大？

赫斯塔仰着头。

她凝视着世界的版图，第一次感到了自己的渺小。

★ AHgAs 情报站

短鸣巷、阿斯基亚、赫克拉

短鸣巷：第三区荒原，地处谭伊市以南，简·赫斯塔的出生地，无秩序的贫民窟。

阿斯基亚：第三区荒原，地处第三区中北部。莉兹·弗莱彻的故乡，曾是水草丰盛之地。

赫克拉：第三区荒原，地处第三区西部，与第四区边境毗邻，别名“地狱之门”。

整片荒原与短鸣巷一样充斥着各类犯罪与交易，

中心地带有一块相对和平的“绿洲地”，是格兰古瓦兄弟的故乡。

第六章

NEVER END

挑衅

傍晚，格兰古瓦兄弟拖着自己的行李箱，搬进了D类学员考察区。

考察区比起公寓更像是牢房，家具简单质朴——这里是为所有信用评级在D及D以下学员准备的居所，落进这个评级通常意味着不适合过集体生活。

迦尔文将行李放下，轻轻摸了一下床头柜的表面，一层厚灰。

“你不该去找那个女孩的麻烦。”迦尔文低声道。

“我没打算找她麻烦。”肖恩看起来心情不错，他丢开行李，一个箭步扑上自己的床，“本来只是想跟着看看她在干什么，结果被她发现了……你看到她当时的表情了吗？哦，你看不到，你一直站在她后面。”

迦尔文没说话，只是静静看着肖恩。

“你不信我？”肖恩眨了眨眼，“我这次真没说谎，我本来没打算露面的，是她逃跑在先，还不分青红皂白就闹出了个大动静。”

“第三区联合政府最近正在和AHgAs争抢简·赫斯塔今后的抚养权，你知道吗？”

“知道啊，我昨天就查到了。”肖恩半垂了眼眸，仍是笑嘻嘻的，“我知道你想说什么，我会收敛的。”

迦尔文看了肖恩一眼。

“你最好是。”

入夜，赫斯塔坐在书桌前做着手工。她开着窗，夜晚的凉风不断吹动她的短发，带来远处树林的清香。

整个房间的布局已经被她重新调整，原本靠窗的床被移到房间的另一端，拉维特太太送来的木质边桌与地毯被放在窗户的正下方，如果有人坐在那把绿色的铸铁椅上，他会发现这里是整个房间的最佳观景视野。

为了给这个半圆形边桌留出空间，赫斯塔将自己的书桌放在了墙角，此刻桌面散落着卡纸的碎屑和一些工具，一朵以铁丝为茎的纸叠玫瑰已初步成型。

她的神情是如此专注，仿佛此刻这就是世界上最重要、最伟大的事业。

外面突然响起了敲门声。

“请进。”

莉兹推门进来。她刚刚洗过澡，脖子上搭着一条毛巾，半湿不湿的头发一直在滴水。

“在做什么？”莉兹好奇地打量着赫斯塔的房间，她先是看见了窗下的边桌，看见那块双面提花、白底上点缀着小圆形绿色图案的地毯，而后又看见书桌上的玻璃钟形罩与纸叠玫瑰。

莉兹骤然回想起昨夜赫斯塔曾为自己念过的片段，不由得轻轻吸了口气。

“天哪，你是真的很爱埃德加。”

赫斯塔没有吭声，脸上表情有一点局促。她起身挡在玻璃罩前，低声问道：“我们要走了吗？”

“是的，我就是过来和你说一声我洗好了。”莉兹笑着道，“你可以准备一下，等我回去换件衣服，我就可以带你去楼下的健身房。”

“好的。”赫斯塔短暂地沉默了一会儿，“我要准备些什么？”

“哈哈哈，带上你自己就可以了。”莉兹答道，“你今天什么也不用做，就是去看看，顺便玩一玩。”

十分钟后，两人出现在二楼的健身房。

赫斯塔原以为这个时间这里会有很多人，可到了才发现只有她们两个。莉兹带着赫斯塔逛了一圈力量区，依次示范了器械的用法并让赫斯塔上手尝试。

在试过了几次自重1/2的卧推以后，赫斯塔有些脱力，她起身在健身房里走动休息，两手当扇给自己降温："这里总是这么空吗？"

"不，一般这个时候人是最多的。"莉兹递过去一瓶水，"今天是一年生们'二觉特训'开始的日子，所以很多人都申请去训练场参加后续实战了。"

赫斯塔突然想起昨晚黎各曾经突然开门要她们小声点的事。

"黎各昨天说的特训，就是指这个？"

"对。"

"我能去看看吗？"

"你还不行。"莉兹笑着回答，"只有一年生及以上的学员有资格去。"

"特训要持续多久？"

"看学员情况，短的只需要几个小时，长的……大概得熬上七天。"

"之后就可以自由使用子弹时间了吗？"赫斯塔问道，"有没有限制？"

"有……"莉兹望着赫斯塔，"但你怎么突然想起问这个？"

赫斯塔稍稍皱眉："我觉得肖恩还会来找我麻烦。"

"你不用怕，"莉兹认真道，"如果他再违背限制令来找你的麻烦，他会直接面临监禁，基地说到做到。"

见赫斯塔没有应声，莉兹叹了口气："好吧，我知道这些承诺我用语言来表达非常苍白——"

"是巧合吗？"赫斯塔突然问，"在我触发警报后不久，你就立刻赶到了。"

"是，也不是。"莉兹回答，她抬起自己的右手，"我们手臂里的这枚芯片，能确定我们在宜居地内的地理坐标和一些基本信息。因为我是你的辅佐官，所以当你在非训练期出现反常的高心率时，我就会收到警报——刚好下午那段时间我就在附近，听到火警警报以后就立刻赶到了。"

"原来如此。"

"所以你大可以相信基地可以保障你的安全，当你陷入惊恐不安的境况，其他人总是在赶向你的路上。"莉兹扬起手臂秀出肌肉，“而且我了解肖恩的水平，他主要优势在情报采集和数据分析上，凭他的近战水平，我一个可以打十个。”

话到这里，莉兹终于把赫斯塔逗笑了，然而她也分明能够感觉到赫斯塔眼中的阴霾并没有消散。

莉兹有些不解，起身坐到赫斯塔身旁：“你好像还是在忧虑。”

“嗯。”赫斯塔点头。

“你愿意和我说说吗？”

赫斯塔陷入沉思，她试图组织语言，却不知该如何说起。不知何故，肖恩对她问卷填写的洞察让她感到非常不适，尤其在莉兹告诉她，肖恩来自与短鸣巷相似的荒原赫克拉之后。

肖恩像一面镜子，骤然映照出她在短鸣巷的童年。在那个被死亡、劫掠和腐朽气息笼罩的地方，对外界保持警惕与惊惧是一种日常。在她进入圣安妮修道院以后，这些阴影曾短暂地消弭，而这种深入骨髓的生存本能几乎随着肖恩的出现而被彻底唤醒。

正如肖恩一眼认出赫斯塔，赫斯塔也一眼认出了他。她熟悉这种问候和跟踪，熟悉像肖恩这样的人，她深信这些条条框框困不住他，这个人一定会再度出现，只要他想。

来自阿斯基亚的莉兹不能理解这种直觉，否则，她不会说出“你好像还是在忧虑”这样的话。

莉兹的电话又一次响起，她接起来听了几句，很快挂断。

“抱歉，我得临时出去一趟，你今晚还有别的事吗？”莉兹问。

“没有。”

“那和我去一趟基地医院吧。”莉兹笑笑，“黎各的特训结束了，我要去医院给她送点东西。”

出乎赫斯塔的预料，基地的医院并不在地面的任何一栋建筑内。

莉兹带着她搭乘一座电梯向地下而去。金属轿厢一路向下不知沉落了多久，当门再度开启，出现在赫斯塔眼前的完全是另一个世界。

它与地面上老旧的建筑完全不同，地面与墙体都是白色的，走廊上灯光明亮，让人分不清黑夜与白天。

据莉兹介绍，此刻她们在大约 110 米深的地下，这里的建筑均由钢筋钢板焊接而成，这些建筑的地基并不是普通的荷载土层[①]，而是由近 2000 个重达 4.9 吨的弹簧拼接而成——这种防震措施足以抵御大部分剧烈爆炸。

这样的地下大楼，基地内共有十几栋，作用不一，只是目前赫斯塔有进入权限的地方只有医院而已。

两人经过三重消杀区并穿上了无菌服，莉兹带来了黎各的 CD 和耳机，不过这些东西都被放在了外面的寄存室——明天一早，换班的护士会对它们进行全面消毒，再转交给黎各。

在和护士进行初步沟通之后，两人得知，黎各只在晚上九点左右短暂地醒来，她的意识维持了大约六分钟。其间，她反反复复地向近旁护士强调，让她们一定要联系 403 的莉兹 · 弗莱彻，让她帮忙把几张 CD 还有耳机带过来。

莉兹听罢缘由，稍稍松了口气。

“黎各的辅佐官去年已经转职了，所以不怎么回基地……有时候我会帮帮她的忙。”莉兹向赫斯塔笑了笑，“真是个不让人省心的家伙，是不是？”

“她受了很重的伤？”

“不用担心，第一次觉醒子弹时间都会这样。这样大家才能知道自己的极限在哪里。”

接下来的时光，一切风平浪静。

最让赫斯塔感到意外的是，事情真如莉兹所言，肖恩再也没有来找过她的麻烦。

夜晚，赫斯塔独自一人在房间里折完了自己的玫瑰花。在封上玻璃罩以后，女孩将它摆在了靠窗的边桌上。在晴朗的天气，当太阳西沉，天边的灿烂晚霞会在玻璃上投下黄昏的微光，经过反射，映照在没有开灯的卧室中。

赫斯塔仰卧在床榻上，看着天花板的光影出神。她什么也不去想，周围的一切也与她无关，直到夜课的时间临近，她才起身开始为出门做准备。

基地里的人很少，但气氛非常友好。每当她与莉兹一同出门，并在走廊遇见陌生人时，无论这人她见没见过，对方都会主动和她打招呼，说一声“你好”或是“晚上好”，这一点让她尤为不

① 指能直接承受建筑物自身重量的土层。

习惯。

赫斯塔已经开始上课。在经过初步的评测以后，她能立刻开始参与的课程就只有最基础的体能训练。不仅如此，她也缺乏必要的电子设备操作常识。

负责课程设计的助教表示，她必须先完成大约一百二十个小时的基础生活技能培训和初级文法教学，才能开始后续的课程。考虑到基础训练已经每天占用了她接近六个小时的时间，课程中心为她将这类技能培训安排在夜里。

教学楼是公共区域，到处都是摄像头，而在摄像头未能覆盖的其他地方，莉兹从来都没有让赫斯塔落单，她一直坚持接送赫斯塔上下课——这是她助赫斯塔抚平恐惧的方式。

赫斯塔学得很快，也很投入，在老师的正式教学结束以后，她往往还会带着一堆问题持续询问和讨论，而莉兹总是毫无怨言地在外等着，直到赫斯塔出来。

如此过了半个多月，赫斯塔终于主动提出自己可以一个人上下课，莉兹很快将这个消息同步给了莫利和瓦伦蒂——这多少说明，赫斯塔对基地提供的保障建立起了一些信任。

临近五月，天气渐渐转热，太阳落下的时间明显推迟了许多，赫斯塔也随即延长了自己的自习时间。她正以惊人的速度完成从修道院的女孩到训练基地预备役的身份转变。

又是一天入夜，随着窗外晚霞的消逝，教室内的灯自行亮了起来。

桌面上的手机稍稍振动，是莉兹发来的消息：你在哪里？

赫斯塔很快回复：文法课教室。

莉兹：不要离开，在那儿等我，我马上就到了。

赫斯塔望着窗外，不久前还是橙红色的天空此刻已经转为了淡蓝色，夜中的孤星变得更为明显。赫斯塔收起手机，一种避祸的本能让她决定去隔壁找找助教老师。

在莉兹到达之前，她尽量不要落单才好。

然而，就在起身的一瞬间，她听见身后传来一声突兀的机械旋钮声，教室里的灯光突然熄灭——除了赫斯塔头顶的那一盏。

整个教室瞬间暗淡了下来，赫斯塔在反光的窗面上看见了自己，白色的光照亮了她的头发，也让她的脸沉在阴影之中。

她回过头，很快意识到刚才听到的声音来自教室后方的监控摄像头。

原本对着教室中间的镜头，在几番掉转之后，缓缓转向赫斯塔所在的地方。

赫斯塔眉头紧蹙，她从教室的前方慢慢向后走，她身后的灯随之熄灭，头顶的灯猝然亮起，仿佛一架用冷光铸造的囚笼，永远聚焦在她的身上。

摄像头跟着她的步伐缓慢移动，她走到了镜头跟前。

她有些怀疑地盯着镜头。

“肖恩？”

镜头突然抖动起来，它的金属关节发出“吱呀吱呀”的声音，仿佛一串诡异的笑声。

赫斯塔推门而出，然而就在她出门的一瞬，整条走廊都暗了下来，只有她头顶的那盏灯保持着光亮。

走廊两端的监控镜头不约而同地转向赫斯塔，与之前同样的旋钮声再次出现——那是镜头对焦的声音。

一想到监控后可能是肖恩的眼睛，赫斯塔整个人再次紧绷，恐惧让她握紧了拳头，但她的脸上毫无表情。她不愿让对方看见自己惊恐或无能狂怒的样子，在稍稍调整呼吸之后，像往常一样去敲助教的门。

然而，无人响应。

“简？”莉兹的声音从楼下传来，一时间，赫斯塔不由自主地颤了一下。

“我在这儿。”

随着这一问一答，她头顶的那盏灯迅速熄灭。

在纯粹的黑暗中，赫斯塔听见莉兹的脚步声迅速接近，直到她紧紧握住了自己的手。

莉兹气喘吁吁：“你还好吗？这儿怎么停电了？”

寂静中，赫斯塔还没有来得及回答，她们突然听见不远处的卫生间里传来拍门声：“有人在外面吗？”

赫斯塔很快反应过来：“是助教的声音。”

“有人吗？有人吗？我好像被自动门困在厕所里了。”

“您等等——”莉兹开始伸手掏自己的公共钥匙，“这就来了。”

回公寓的路上，赫斯塔说起今晚的遭遇，并问及莉兹为什么要发那条消息。

莉兹的表情有些复杂："两周前，莫利女士曾经说，要和千叶真崎一起讨论关于肖恩的行为限制令……你还记得这件事吗？"

"嗯，记得。"

"今天下午，莫利女士接到反馈，千叶那边直接否决了这个建议——她要求，解除现有的一切针对肖恩的限制令和惩罚，她认为这只是学员之间正常的口角摩擦，根本用不着这么上纲上线。"

"是吗？"

"莫利女士非常恼火，下午和千叶有过视频通话，两人不欢而散。现在的结果是，关于调整肖恩评级和津贴赔偿那几条处理办法，属于基地内部纪律处分，千叶无权过问，莫利女士一定会坚持，至于如何限制肖恩的行动，我们可以再想想办法……"

"明白了。"

"简？"莉兹有些担忧地望着她，"你看起来好像很疲惫。"

"没什么。"赫斯塔伸手轻轻抓了一下自己的头发，"是今天新学的东西对我来说太难了。"

一路上，赫斯塔咀嚼着今晚发生的一切。

显然，这必然是肖恩的杰作，恐怕在她以为风平浪静的这半个月里，肖恩的视线根本没有真正消失过。他一直在某块屏幕后面若无其事地看着自己，只不过直到今天，他才以一种过于戏剧性的手段现身。

莉兹说得确实没错，肖恩对基地的惩罚怀有忌惮之心，只是这人也相信自己可以逃过监督者的眼睛。

短暂地战栗过后，赫斯塔心中一块重石骤然落地。

是的，她的判断没有错，肖恩不会善罢甘休。

莉兹在一旁分析道："今晚的停电很有可能也和肖恩有关，他之前也有过远程操控老建筑楼里一些智能家居的行为。等回去以后，我会把今晚事情报告给莫利女士。到时，即便暂时不能给这些建筑里的设施全做一遍固件升级，我们也可以把你的日常课程调整到地下，在那里，肖恩的那点伎俩就再也——"

"莉兹。"赫斯塔轻声打断了莉兹的话，"我……脑子有一点乱，这些事可以明天再说吗？"

“好的……”莉兹带着关切望着赫斯塔，“抱歉。”

赫斯塔摇头——无论如何，该道歉的人不是莉兹。

两人推开公寓的门，先后踏入了公寓大厅。拉维特太太突然拉开窗户，微笑着向赫斯塔招手：“弗莱彻小姐、赫斯塔小姐，你们一起回来了？”

赫斯塔停下脚步：“晚上好，拉维特太太。”

拉维特太太温声道：“有一个寄给你的包裹，过来签收一下吧。”

“给我的？”赫斯塔有些意外，“谁寄的？”

“唔，我看看……”拉维特拿起她的手持式金丝眼镜，眯起眼睛看了看手边的大纸盒子。

“千叶真崎。”

…………

回到房间以后，赫斯塔将包裹放在了自己的书桌上。

她静静地凝视了一会儿包裹上千叶真崎的名字，这个名字让她心情有点复杂。

片刻的犹豫之后，赫斯塔还是拿起剪刀，开始拆包。

这是个40厘米见方的纸箱，她用剪刀划开了纸箱上层的带线胶布，没想到大箱子里面装着一个小箱子，小箱子上还有一张手写的明信片，上面是千叶的笔迹：

> 听说我的被监护人赫斯塔小姐最近遇到了一些困难。我考虑再三，特意为你准备了一个小礼物。我不知道你会在怎样的场合下拆开这个包裹，请尽量保持独自一人，即便身边有人，也请注意控制表情，不要让自己显得太惊讶。
>
> 能做到吗？如果准备好了，就打开包裹吧。
>
> 解决之道，就在其中。

赫斯塔将信将疑地将明信片放到了一旁，用刀划开了小纸箱的封口——打开纸盖子，里面堆了满满一箱手指粗的白色塑料泡沫轴。

赫斯塔将手探进纸箱，试图去找里面到底放了什么，在指尖几乎快要碰到箱底的时候，她的表情突然僵住了。

尽管已经有所准备，她在摸到箱底的东西时，呼吸还是稍稍凝滞。

赫斯塔缓缓抬手，一把小巧的武器赫然出现在她的手中。

白色泡沫堆里似乎还夹着另一张明信片，赫斯塔立刻捡起它，只见上面用同样的笔迹写着几行字：

> 如果你不认可这种解决方法，只需要把这个纸箱重新封好，退回原处即可。
>
> 如果你感兴趣，明天去找索菲·莫利，向她预约我这周四的时间，我们面谈。

明信片的右下角，是千叶颇为狂野的签名和一个露齿笑的自画像。

次日清晨，肖恩像往常一样醒来。他打了个呵欠，余光看见对面的床上坐着一个大块头，吓得当场清醒。

等看清是迦尔文的时候，他有些虚脱地拍了拍自己的胸口："你怎么大清早在这儿干坐着？今天不晨练吗？"

迦尔文只是静静地望着他，没有回答。

肖恩索性也坐起身："还真是很少看到你逃早训啊。"

"从今天开始我尽量每时每刻都看着你。"迦尔文突然说。

"哈？"

"昨晚莫利女士嘱咐我的。"

肖恩稍稍挑眉："那个老太婆怎么老找我的麻烦？"

迦尔文望着肖恩："你昨晚做了什么吗，肖恩？"

"我？我还能做什么，我一直待在房间里。"肖恩跳下床，朝不远处的咖啡机走过去。他穿着一件白背心和一条深蓝色的宽松短裤，脚下踩着一双人字拖，每一步都发出踢踢踏踏的声音。

不一会儿，咖啡机开始工作，肖恩两手撑着桌面，回头继续和迦尔文聊天。目光扫过不远处的方桌，他突然觉察到一些不同："我电脑呢？"

"我收起来了。"

"你收哪儿去了？"肖恩皱起眉头，"你收我电脑干什么？"

“一会儿弗莱彻会过来一趟，”迦尔文望着肖恩，“她会把你的电脑送去基地秩序司检查，她们怀疑你昨晚又干坏事了。”

肖恩笑了一声：“那就查去吧，这次要还能查到就算我输。”

“你又去招惹那个赫斯塔了是吗？”

“弗莱彻跟你说了？”

“没有，我猜的。”迦尔文轻轻叹了口气，“你到底在想什么？肖恩，我提醒过你，离她远一点。”

“请你相信我真的充分地考虑了你的意见，老哥，我这段时间离她已经够远了。”

“那为什么——”

外面忽然传来了一阵急促的敲门声，肖恩侧目，一边回答“来了”，一边磨磨蹭蹭去开门。

莉兹·弗莱彻脸色冰冷地站在外面。

“早上好，弗莱彻小姐。”肖恩向着莉兹微微鞠躬，“您看起来不太高兴啊，昨晚没睡好吗？”

“让开。”

莉兹大步走了进来，迦尔文起身，从床边提起一个深灰色金属箱：“肖恩的电脑、手机和日常使用的几个备用硬盘都在这里。”

莉兹清点了一遍：“你是什么时候收的？”

“按莫利女士的要求，我是在昨晚肖恩睡着以后将这些东西收起的。”迦尔文回答，“我没有事先与他知会，所以电脑、手机、硬盘里的东西都还保持着昨晚他睡前的状态。”

“好的。”莉兹接过箱子，“谢谢你的配合……如果查出了问题，你的支援会在一定程度上视为肖恩的自首——”

肖恩双手抱怀，懒懒散散地靠着墙：“那如果没有问题，我可以告你们侵犯学员隐私吗？”

莉兹提着箱子，两步走到肖恩面前，一手揪住他背心的上沿，将他狠狠推在墙上：“我调过你的档案了……我知道是你。”

“那可要讲证据，弗莱彻小姐都是马上要转职的人了，这么欺负后辈可不像话。”

“我会把你揪出来的。”莉兹微微眯起眼睛，“你最好祈祷不要落在我手里。”

肖恩摊手做了一个无可奈何的动作，然后被莉兹狠狠推向一旁，接连往后退了好几步才勉强站稳。

门口传来一声“砰”的关门声。

肖恩笑了笑，低头拉了拉自己被莉兹扯变形的背心。

“我不明白，肖恩。”迦尔文站在原地，看着有些狼狈的兄弟，“你为什么对那个女孩那么关注？”

“我也不明白。”

迦尔文的眉头皱紧了，“什么？”

“我是说你。”肖恩望着他，“还有这基地里的所有人——我不明白你们这些人，为什么来了没多久就完全信任基地里的这些训练官呢？她们看管着我们，掌握着我们的训练数据，甚至还要测量我们看待世界的方式……你难道就从来没有想过，有一天这些东西可能会变成针对我们的利器？”

“两年了，不是没多久。”迦尔文回答，“在大多数时候，莫利女士都是公正的。”

“那你相信她会真心为你、为我们？”

迦尔文停顿了片刻，道：“我从来不对其他人抱有这种奢求；但基地里的很多人，瓦伦蒂、莫利、拉维特、韦尔……甚至包括弗莱彻，他们都和赫克拉的人不一样，你不能总是以旧眼光看新人。”

肖恩“啧啧”摇头：“你太年轻、太天真了，我的兄弟。你越是这样放松警惕，我就越不能懈怠，毕竟我答应过妈妈要好好照顾你。”

迦尔文有些费解地挠了挠头。

“随便你怎么说吧……总之，我绝不会再让你胡作非为。”

“你想约千叶小姐这周见面？”

莫利女士的办公室内，莫利的年轻秘书有些意外地望着赫斯塔。

“是的。”赫斯塔点头，“可以的话，我想约在这周四。”

“抱歉……我暂时没有这个权限，虽然千叶小姐是你的监护人，但她也是一位限制级的联络人，平时我们也不能随时联系上她——”

“可以帮我把这个要求转告给莫利女士吗？”赫斯塔轻声问

道，“她应该有办法。”

年轻秘书怔了一下：“哦，当然可以……你要在这里等她回来吗？莫利女士上午有一个会，估计这会儿已经快结束了。”

“不用，我接下来还有课。”赫斯塔回答之后并没有立刻转身，她有些犹豫地看着地板，“我还想向您请教一个问题，现在方便吗？”

“当然。”

“我是否……可以申请在基地内使用武器？”

年轻秘书以为自己听错了，于是赫斯塔又重复了一遍。秘书听得当场站了起来：“我不知道赫斯塔小姐您为什么会有这样的念头……但是不行，谭伊市是管控区，普通公民没有携带武器权，基地内非战斗序列成员也不能使用武器。”

“但我曾经在莉兹的房间里看见用旧的皮质枪套？”赫斯塔小声询问。

“莉兹小姐参与过几次对螯合物的实战，她确实有这样的武器，但也是临时持有。”年轻秘书望着赫斯塔，“我……我理解你现在的心情，但是请不要走极端，这样不仅无法从根本上解决问题，还会让你陷入更大的麻烦中。”

赫斯塔若有所思。

“我明白了，谢谢。”

赫斯塔再次见到千叶的时候，已经是这周四的傍晚。

千叶本来提出想带赫斯塔出去兜兜风，被莫利直接拒绝了。

“我抗议，莫利，”千叶皱起眉头，“我作为监护人为什么不能带赫斯塔出去逛逛？难道我履行我应尽的义务，基地也要横插一脚？”

莫利淡淡地道：“如果你真的有你口头上这么在乎你应尽的义务，那你就应该提前了解基地的规章制度——要带学员离开基地，至少需要提前一天做预约，而不是像现在这样，随随便便跑来就要把人带走。”

千叶又磨了一会儿，见莫利坚决不肯开这个后门，也只好作罢。

“没办法了。”千叶轻轻耸肩，看向赫斯塔，“那我们在基地里走走吧。”

赫斯塔没有说话，沉默地跟在千叶身后离开。

两人走到操场附近，有三三两两的年轻人在夕阳下结伴跑步。在金色的夕阳中，赫斯塔突然看见千叶脖子上有一圈黑色的文身——上一次见面时它被毛衣的领子遮挡，此刻细看才发现，那是一串由字母组成的文句，每个字母被拉得又细又高，像一排密集的黑色栅栏。

这些字母组成的语句，并非是赫斯塔熟悉的语言。

千叶拿出一把银色的小钥匙在赫斯塔面前晃了晃："喏，拿着。"

钥匙落在赫斯塔掌心，女孩有些不解地望着她："这是什么？"

"那本剪报。"千叶回答，"我把它存在了灰度银行，用你的名字。之后如果你需要取走它，带着你的证件和这把钥匙去就可以了。"

赫斯塔一怔，目光稍稍暗淡下来："谢谢。"

"感觉怎么样，这段时间？"

"嗯？"

"你怎么看起来呆呆的？"千叶笑了一声，"不会是被那个浑小子给吓的吧？"

赫斯塔抬头望向千叶："千叶小姐是怎么想的，为什么要取消对肖恩的限制令？"

"因为那玩意没用。"千叶看了赫斯塔一眼，"你觉得有用吗？"

赫斯塔没有立刻给出回答。

她轻声讲述教学楼突然停电那晚的遭遇，以及这半个多月来肖恩可能一直在利用教学楼内的监控系统观察自己的事。

"我说了吧。"千叶打了个响指，"抱着不切实际的幻想，把希望寄托在这个系统上，指望它能用各种复杂的规则无死角地保护你，最终的结果就是给那些作恶者更强烈的动力去绕开规则。他们会在暗处做准备，直到他们认为新的时机已经成熟……那个时候，你只会面临更大的麻烦。"

"可千叶小姐的那个'小礼物'又有什么用？"赫斯塔询问道，"肖恩已经二次觉醒了。"

"二次觉醒了又怎么样？"

"如果他的力量已经足够和螯合物抗衡，那我拿不拿武器就没有区别。”赫斯塔仰起头，但刻意压低了声音，“一旦进入子弹时间，他可以轻易抓住我射出的子弹，甚至把武器夺走，用来威胁我。”

千叶笑了笑：“既然你这么害怕子弹时间，你有没有试着去了解过它的限制？”

赫斯塔顿了一下，道：“我问过莉兹，但她没有告诉我。”

千叶望着前方：“莉兹一向是个守规矩的好孩子，她没有告诉你实属正常，其他渠道呢？你通过其他渠道打听过这个问题吗？”

“我去了档案馆，但我的权限太低，很多和水银针研究有关的参考资料不对我开放；紧接着我检索了一遍基地的官方新闻，试图去找与战斗伤亡有关的记录，但新闻里没什么细节，所以我又换了个思路；我去图书馆找了所有我能找到的从感染区幸存下来的人写的回忆录，拉了一个书单——”

“这可能也没什么用处，”千叶打断道，“出版物在出版前都是需要审核的，所有关于水银针的敏感描写都会被删除。”

“好吧……那我省了很多时间。”赫斯塔答道，“因为这些书我还没有来得及看。”

“挺好的，简。”千叶的声音稍稍平和了一些，“越是害怕的东西，人就越应该去主动了解。”

“所以……千叶小姐的答案是？”

千叶并没有立刻回答，而是转而询问：“那对肖恩这个人呢，你了解多少？”

“不了解。”赫斯塔轻声道，“如果我向基地申请调取他的资料，他一定会知道……我现在一个眼神都不想给他。”

千叶笑了起来。

“您笑什么？”

“不应该这样，”千叶轻轻挑眉，“即便现在是肖恩处于优势地位，可只要他没有完全战胜你，他就不得不担心你的反制。他已经单方面宣布了战斗开始，你却觉得这只是一场胡闹，甚至不屑于去了解你的敌人，这合理吗？”

“明明是千叶小姐说这只是一场‘学员之间普通的口角摩擦’——”

“战略上，这当然只是一次普通的摩擦，”千叶打断了赫斯塔的话，“但这不妨碍我们为它制订一个严密的还击战术——用你的小脑袋瓜好好想想，你想给对方制订的是怎样的规则。”

规则。

赫斯塔思索着这个词，再次望向千叶。

“肖恩用他的手段入侵了你的生活，这是一种暴力行为。简，暴力是没有边界的，它的界限只取决于双方的反应。”

“就好比说，他打了你一拳，”千叶攥起拳头，做了一个拳击的预备动作，“你没有还手，只是跑开企图躲得更远，那你就是在告诉他‘我没有还手的本事，快来打我第二拳’；又或者你拉几个朋友和你在一起，企图躲在她们身后，那就是在告诉他‘正面突破是没辙了，快来找找其他漏洞’。”

“你越是想躲在什么东西后面，就越是暴露自己的短板，再这样下去，最后你要么整天哭哭啼啼，抓着莫利或者弗莱彻的袖子说肖恩欺负我，要么终日胆战心惊。到时候，你的好日子只取决于他什么时候忙些别的，或者彻底对你失去兴趣——你想过这种日子吗，简？”

“不想。”

千叶满意地点点头：“那你就得去了解你的敌人。肖恩这个人其实蛮有意思的。他和迦尔文刚从赫克拉被接来的时候就闹了好几个大新闻，篇篇上报纸头版头条的程度。”

“是吗？”赫斯塔有些不解，“我之前借莉兹的电脑检索了被基地归档过的报刊，但没有查到他们的消息。”

“你用的什么关键词？”

“肖恩、迦尔文、格兰古瓦……都试过。”

“你应该用‘赫克拉’。”千叶回答，“大部分水银针对外使用的都是作战代号而不是姓名，预备役成员在转职以前连代号都没有。外界称呼他们俩为‘赫克拉兄弟’，你用名字当然找不到了。”

“说回刚才的话题，”千叶接着道，“他们俩第一次上社会新闻，是因为杀了一头幼鹿，在谭伊市的广场上。”

“鹿？”

“这边的人喜欢鹿，好像是几十年前城市的开拓者在附近的山林迷了路，最后被鹿群带回了正道吧，总之谭伊的市民广场上因此一

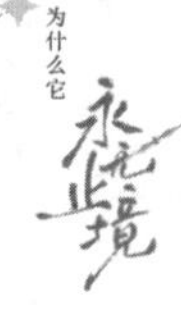

直有散养的梅花鹿，政府出资让专人喂养，市民和鹿的关系也不错。

“肖恩和迦尔文刚来的时候基地的手续出了点问题，带他们回来的水银针就在广场附近的小旅馆里住了一晚，结果这两兄弟当晚就宰杀了两头出生不到一个月的幼鹿，在广场角落架火烤了。两个人甚至没有意识到这样做有什么问题，连地面的血迹还有鹿头都没有清理，直到第二天，人们发现广场上的残骸，才意识到出了大事。”

“这样的事之后还发生过好几起，”千叶说着，抬手指了指自己的脑袋，“这两兄弟，有点缺乏在文明世界生活的‘常识’。”

赫斯塔愣了愣。这个评价对她而言又何其熟悉。

“这也是为什么我不同意莫利的处理办法——我看基地内制定的所有用来保护新人的规则永远都有漏洞。不管他们出于什么原因想接近你，你不正面击退，就永无宁日，明白了吗？”

赫斯塔深深呼吸：“大概……明白了。”

“今天是我失策了，忘记了带你出去要先预约——具体的办法，只有等我这周六带你出去了再细谈，你要是怕，明天就别出门了。”

千叶看了看表，然后从口袋里取出一张名片：“这是我的邮箱和私人电话，必要的话可以联系我，但重要的事情永远记得当面说，记住了吗？”

赫斯塔接过纸片，有些欲言又止，良久才道：“千叶小姐真的认为，我能凭一把武器对付肖恩？”

千叶笑了笑。

“你听着，简，”千叶轻声道，“一般来说，在这个世界上，可以做到藐视大部分规则又让人难以对付的，有三种人——贵族、怪才，和狂徒。”

赫斯塔若有所思。

“贵族们家里有矿、权势熏天，怪才们才能出挑、天赋异禀，狂徒呢，则一无所有、失无可失……肖恩是这三种人之一吗？”千叶望着她，“你是吗？”

第七章

NEVER END

自由

入夜，赫斯塔一个人站在阳台上吹风，她不断回想着黄昏时与千叶的谈话，那把银色的钥匙被她紧紧握在手中。

门外走廊传来脚步声，赫斯塔回头，见图兰推门而入。四目相对的一刻，图兰向赫斯塔这边望了一眼并微微点头，还未等赫斯塔反应过来，她就已经进了自己的房间。

大约过了半个小时，莉兹也回来了。

她和图兰一样戴着一顶军绿色大檐帽，脸上身上都沾满了灰尘，她很快去冲了个澡，回来的时候已经换上了干净的家居服。

“你们今天去了哪里？”赫斯塔问道。

“野外急救训练。”莉兹回答。

“所有人都去了吗？”

“嗯。”莉兹点头，“等你通过了十五千米越野跑的考核，之后就能和大部队一起训练了，对新人来说……一般都要先单独磨半年吧。”

“肖恩也在？”

“在。”莉兹回答，“我一整天都盯着他和迦尔文……你今天过得还好吗？有没有遇上什么麻烦？”

赫斯塔摇了摇头。

莉兹满意地笑了笑，起身将先前随意搭在椅背上的外套丢进脏衣篓：“你今天和千叶老师见过面了吗？”

"嗯。"

"她怎么说？为什么要执意取消针对肖恩的限制令？"

赫斯塔思忖了一会儿，道："她的意思……大概是要我学会独自去面对和解决一些困难。"

"什么？"莉兹愕然，"她让你现在一个人解决这种问题？"

赫斯塔点了点头。

莉兹接了两杯水，递了一杯给赫斯塔，两个人像第一次夜谈时那样，一人背倚围栏对着客厅，一人面对着远处夜景。

"千叶老师是不是不太了解情况？你告诉她肖恩是一个已经二次觉醒过的两年生了吗？"

"嗯。"

"我不明白……"

"说起来……"赫斯塔突然想起什么，"莉兹知道这两句话是什么意思吗？"

见赫斯塔递过来一张纸片，莉兹低下头细看，只见上面写着：

Forti nihil difficile, Numquam obliviscar.

"你从哪里看到的这句话？"

"是千叶小姐脖子上的文身。"赫斯塔轻声道，"也许几个字母我记错了，但大致是这样的。"

"看起来像是古典语……我来查查。"

两人去到莉兹的房间，莉兹取下一本厚厚的古典语辞典，在一番查阅之后，莉兹很快译出了这句话的大意：力克万难，绝不遗忘。

两人同时发出了一声极轻的低叹。

"真是神秘啊，千叶真崎。"莉兹轻声道，"她有和你讲过她过去的事吗？"

赫斯塔摇了摇头："莉兹听过吗？"

莉兹也摇头："我只知道她是好几年前从十四区那边调过来的，是少数可以单兵作战的水银针，非常勇猛。我的辅佐官罗戈任曾经有幸亲眼见过她战斗。我记得罗戈任说，千叶对敌时的姿态，常常让人觉得她不是要战胜对手，而是打算跟对方同归于尽。"

两人趴在床上，望着那句“力克万难，绝不遗忘”，一时都陷入了沉默。

过了一会儿，莉兹看向赫斯塔：“也许正是因为千叶老师自身过于强大，所以她无法真正设身处地地理解弱小者的困境。”

赫斯塔翻了个身，望着房间天花板上的顶灯，忽然没头没脑地说了声：“谢谢你。”

“嗯？”莉兹有些意外，“谢什么？”

“谢谢你愿意在我身上花费这么多的时间。”赫斯塔轻声道，“这件事确实拖得太久了。”

“这是我应该做的。”莉兹回答，“现在基地的技术部门在认真检查肖恩的日常设备，我们等结果吧。”

“如果在检查之后，仍旧没有证据呢？”

“那就继续找。”莉兹低声道，“他必须为他犯下的错误付出代价。”

“也许有其他办法可以终止这件事？”

“嗯？什么呢？”

赫斯塔眨了眨眼睛：“也许某一天，我趁他不备，把他拖出来揍一顿，告诉他再敢靠近，我就打爆他的头。”

莉兹愣了一下，“哈哈”笑起来。

“也不是没有可能对吧？”赫斯塔轻声道，“说不定明年就可以了。”

莉兹揉了揉眼睛，连连点头，扶着床坐起来：“如果是这样，那我就更应该趁你二次觉醒以前把这件事解决掉了，简。”

“为什么？”

莉兹的表情变得认真起来。

“因为柔弱者就该忍受欺凌的世界是不对的，我讨厌那样的世界。我也不希望让你有那样的想法，像是‘现在之所以陷入肖恩的骚扰是因为我还没有力量’之类的，在阿斯基亚，如果有谁仗着自己有对硬拳头就横行乡里，他永远会被狠狠教训，恃强凌弱者应该为自己的行为感到羞愧。

“像我小时候，家对门住着一个药师，她力气很小，连一袋装满了谷子的粮食都扛不起，但她认得各种各样的药材，知道林子里什么样的草和果子能吃，什么样的有毒。每次大家开垦了新的荒地，发现了新的植物，大家都要靠她来辨别东西是否可以食用。

“还有我祖母，她个子很小，却懂得如何找水源。她年轻的时候带着我父亲还有几个姑姑长途跋涉，一去就是几个月，总能带回好消息……她的博学，她留下的经验，她勇往直前的气概，是任何比她更强壮的人都无法比拟的。

“我祖母也好，那位药师也好，如果其他人任由她们遭受欺凌，任由她们担惊受怕，还要让她们花大量的时间和精力去研究如何自保，那她们就不可能发挥出自己原本的价值——说到底人是相互依存的动物，是智慧和勇气带领我们不断向上走，而不是蛮力。在一方面弱小的人，也许在另一方面足以成为巨人，但这一切的前提，就是存在一个安和的秩序。

“如果有人因为自己怀有某种才能，就肆无忌惮地用它侵犯旁人的利益，那无疑是对这种秩序的践踏——我绝不允许这种事发生在我周围。”

卧室里的柔光映在莉兹的眼中，让她严肃的眉眼焕发着英气。

“你迟早可以把肖恩这家伙打趴下；但我相信，一定有比这更好的解决方法。”

“值得吗？”赫斯塔低声问，“让你花这么多力气在这件事上？”

莉兹看向赫斯塔，忽然绽开了一个微笑。

“以前我父亲也抱怨过祖母喜欢多管闲事，但我祖母说，人总是会把一些公序良俗当成理所当然的东西，好像‘好人得到奖赏，坏人得到报应’就该是铁律，一旦出现‘好人失势，坏人得意’的事，他们就气急败坏起来。但实际上，如果没有人去奖赏好人，没有人去惩罚坏人，这种秩序就根本不会存在。

“我很喜欢基地的一个原因，就在于这里推崇的理念和阿斯基亚很像。在阿斯基亚，正义从不迟到，如果迟到了，那一定是因为没有人肯用汗水和血去为正义铺路。”莉兹侧目望向赫斯塔，“所以你不用抱有愧疚，简，我也在捍卫我自己的规则。”

赫斯塔忽然有些感动，一股勇气从她心底升腾。

莉兹接着道：“现在之所以拿肖恩没有办法，一是因为他的行为没有对你造成实质性的伤害，而我们又暂时没抓到新的证据，二是千叶老师执意要取消对肖恩的限制要求，我们不能强行要求他远离。但是，如果他执迷不悟，继续搞些奇奇怪怪的事情，我也不排除用暴力手段让他得些教训——不过这都不该是你要为之焦虑的事，不要害怕，简。”

“嗯，我不怕。”

赫斯塔把手轻轻放在心口，感到自己胸腔中的心脏正“怦怦”直跳，好像一股温热的潮汐漫上来。

“就算现在，肖恩带着他的哥哥一起出现在我面前，我也不会再发抖了。”

周六，千叶如期而至。

她又开着那辆熟悉的酒红色折背车来了，赫斯塔像前几次一样坐上了副驾驶的位子。

千叶打开车窗，带着赫斯塔驶向谭伊的市区。

这是赫斯塔第一次见到文明世界的建筑群，这里的每一座房子都像圣安妮修道院一样漂亮，人们在临街的花园里种满了蔷薇和鸢尾，它们在初夏时分已经接连绽放。

“基地里的生活还习惯吗？”千叶问道。

“嗯。”

“和在修道院当修女比，你更喜欢哪种生活？”

“我不是修女，我没有发过‘誓愿’。”

千叶往赫斯塔那边看了一眼：“什么誓愿？”

“永远贫穷，永远贞洁，永远顺从。”赫斯塔轻声道，“只有在修会学习过，发过誓愿，才能成为修女。”

千叶已经在一旁哈哈大笑了起来：“幸好你没有。”

汽车转了个弯，千叶递了一顶帽子过来，里面还装着一副墨镜：“戴上它。”

赫斯塔照着做了，很快她就意识到了千叶这么做的原因——某个街角报刊亭前的挂满了当日报纸和新期刊的铁丝栏上，她看见自己的照片被刊登得满栏都是。

照片上的她有着亚麻色的长发，像一只受惊的小鹿，带着深深的怀疑凝视着镜头。

汽车一阵风地驶过，赫斯塔的目光仍然紧盯着身后的那个报刊亭，直到千叶又一次转弯。

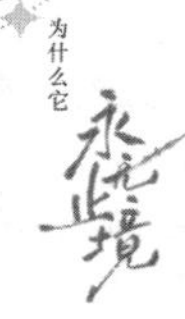

赫斯塔回过头来："那些都是什么？"

"你的照片，宪兵队在修道院的市政存档里找到的。"千叶平静地回答，"你头发颜色怎么回事？为什么照片上不是红的？"

"当时院长和格尔丁小姐觉得我的红头发太容易引来非议，所以在拍照的时候给我拿了顶假发。"赫斯塔忍不住又回头向街角看了一眼，尽管现在已经什么都看不到了，"那应该是三年前的照片了，我刚进修道院不久的时候拍的——但宪兵队为什么要把我的照片印得到处都是？"

"基地里的人可能没有告诉你，现在联合政府正在和 AHgAs 抢你的抚养权。"千叶回答道，"每个大区的联合政府都想有一支受自己控制的抗击螯合物小队，但现在的水银针新人，基本都是我们在远离宜居地的荒原发现的。从带回到入职，联合政府基本没有什么能插手的地方。"

"好不容易在宜居地里发现一个苗子，他们当然得抢了。"

又一个路口，千叶下车买了几份印着赫斯塔头像的报纸和杂志，然后上车交给了她。

赫斯塔一页页翻看过去——在这些报纸杂志的文章里，出现了一个令她无比陌生的"简·赫斯塔"。

这个女孩不仅与她同名同姓，同时进入修道院，而且温柔、虔诚，生来就有一副圣母般的心肠。

文章充斥着大量细节，将修道院的生活描绘得非常鲜活真实，想来记者应该是采访了圣安妮修道院幸存的孩子们，然而，大部分与赫斯塔有关的事都张冠李戴——比如芙拉桑曾在事发当天发现一只身带血窟窿的松鼠，在文章中就变成了是赫斯塔第一个发现的，不仅如此，一向温良恭俭让的赫斯塔，还主动在修女不在场的情况下，组织其他孩子为死去的小动物进行了祈祷。

赫斯塔并不理解："他们怎么在乱写？"

千叶的车就在这时经过了市民广场，不远处骤起的喧嚣让赫斯塔不由得扭头看去。

在一座高耸的纪念碑前，数不清的人站在那里。人们手中挥舞着旗帜，或抱着自制的瓦楞纸牌，在角度的变化中，赫斯塔看见许多人捧着她的画像或照片——正是今日无数杂志封面刊登的那一张。

在飘扬的旗帜和纸牌上，人们用红色或黑色的油漆写着笔画浓厚的“让她自由！”。

纪念碑下，有人正做着激昂的演讲，只是因为离得太远，赫斯塔有些听不出那人在说什么。她看见离人群不远的地方，有许多警察默默抱怀，遥望着示威的人群。

或许是因为演讲快要结束，站在高处的人忽然开始振臂高呼，广场上的人群瞬间爆发出撼天动地的声浪：“让她自由——”“让她自由——”“让她——自由！！！”

赫斯塔看向千叶：“他们在做什么？”

“在要求联合政府出面，和AHgAs交涉。”

“交涉……什么？”

“他们希望AHgAs放过你，让你回到宜居地像普通人一样生活，避免将来成为对抗螯合物的战斗工具。”千叶一边回答，一边直起身看了看前面的路况，见远处似乎有些拥堵，她开始找机会转弯掉头。

赫斯塔问道：“他们为什么要这么做？”

“你指的‘他们’是谁？”

“广场上的那些人。”赫斯塔轻声道，“那里的人，我一个都不认识。”

“哈，”千叶意味深长地答道，“那当然是因为，‘有人’想让‘他们’这么做。”

赫斯塔想了一会儿：“联合政府吗？”

“嗯。”千叶应了一声，“虽然AHgAs是完全自主的独立机构，但我们的资金来源里，还是有相当一部分来自区域联合政府的财政拨款和民间募捐……地区的公众形象会直接影响到我们来年的预算。谁利用好这一点，谁就能向我们施压。”

隔着车窗，赫斯塔再次回望广场上的人群，远处的人群正不断爆发出更加激烈的高喊。这些声音随着千叶不断加快的车速变得越来越小，道路的两侧有了短暂的宁静。

进入老城区以后，市区的一切又开始变得热闹起来。

赫斯塔看见接连不断的酒馆、面包房、小型超市和展示着新衣服的橱窗。临街的空地上摆着棕色或深蓝色的桌椅，巨大的遮阳伞下面，人们围坐着聊天，并不时发出欢笑，他们的桌上放着各式各样的杯子和小食。

碍于老城区内的严格限速，千叶的车速变得很慢，这给了赫斯塔更多机会来观察这座美丽的老城。与先前童话般鲜艳的联排住宅不同，这里的建筑更加庄严，色调也更趋素雅。

街头巷尾到处可见青铜雕像，古铜色的底座上刻着他们的名字与生卒年月。在雨水与风的侵蚀下，雕像的表面痕迹斑驳，显出一种历经岁月的幽暗与冷艳。

千叶在一间面包坊前将车停了下来，解开安全带："走吧，先去吃点东西。"

"我早上在基地已经吃过了。"

"我还没有。"千叶说着就下了车，"基地里的东西好吃就有鬼了。"

赫斯塔跟着千叶下了车，她抬起头，看见头顶的木质招牌上刻着"白轮船"几个字，旁边还有一串她不认得的字符——想来应该是另一种语言的店名。

才推门，赫斯塔就闻见黄油甜香的气息，这气味是如此浓郁，还混杂着咖啡的馨香，让人恍惚间以为自己置身天堂。

她沉默地跟在千叶身后，看着玻璃展柜里琳琅满目的面包和蛋糕，在浅黄色的灯带下，凝固的奶油和糖霜显得格外迷人。她忍不住稍稍抬起墨镜靠近细看，直到呼吸在玻璃上洇出一层水汽。

在要了三个牛角面包和一杯咖啡以后，千叶回过头来："你想吃什么？"

赫斯塔先是一怔，继而有些手忙脚乱。她抬着手指犹豫了很久，最终指着摆在最上层的一块既有草莓又有覆盆子的小蛋糕："这……这个。"

千叶转回过身，对营业小姐道："一个草莓水果塔，再加两个卡娜蕾。"

两人很快在店内靠墙的位置落座，这里一面是石墙，一面临街，临街的那面嵌着一块巨大的彩绘毛玻璃，透过玻璃窗，街道上的每个人都变成了一道影影绰绰的影子。

很快，赫斯塔的水果塔和千叶的咖啡先被端了上来。

"吃吧。不用等我。"千叶说道。

赫斯塔屏住呼吸拿起了一旁的刀叉，她的刀两次从蛋糕的圆心切入，划出了一个大约 60° 的三角形小块。

“你的刀叉是谁教你的？”

赫斯塔顿了一下，道：“圣安妮修道院的格尔丁修女。”

“不错嘛。”千叶撑着侧脸看赫斯塔进食，“我来这儿好多年了，现在还用不惯刀叉。”

正说着，服务员端着一个白色的大圆盘子过来，上面摆着千叶的三个牛角面包。千叶从旁边的木夹子里抽出一张餐巾纸垫着，直接把面包拿了起来。

两人都不再说话。

外面开始下雨，雨点淅淅沥沥地打在赫斯塔手边的彩色玻璃墙上。

面包房门口的风铃响了，一对母女推门进来，在点餐台短暂停留以后，她们也很快坐到这边。

母亲牵着女儿的手，将一个漆黑的琴盒小心地放在了一旁的椅子上。

两人刚一坐下，母亲就拿出自己的手帕去给女孩擦脸——女孩的刘海全湿了，湿答答地粘在脑门上。那个女孩也要了一个水果塔，不过是蓝莓口味的。

两人进门以后就在聊天，只是大部分时候都是女儿在说话。小姑娘看起来很不高兴，一直在抱怨自己的小提琴老师过于严厉，年迈又迂腐。她一连说了好几个朋友的名字，说她们最近都请了另一位音乐家教，样貌英俊又风趣幽默，她也想加入其中。

母亲不置可否，只是一直笑着听女儿说完，然后列出了一连串的奖项，询问女儿的朋友们请的那位音乐家教是否也有同样的成就，女儿幽怨地瞪着母亲，并不回答。

就在这时，服务员又端着一个杯子与一个小碟走了过来。

“您好，两位的卡娜蕾，还有一杯赠送的热可可。”

因为千叶那边已经放了咖啡，所以服务员直接将热可可放在了赫斯塔的手边。赫斯塔刚想说自己不用，旁边的千叶已经答了“谢谢”。

千叶将装着两个卡娜蕾的小碟子推到赫斯塔面前，然后赤手捏走一个囫囵丢进口中：“这家的卡娜蕾不外送，只提供堂食，你试试。”

赫斯塔没有拒绝，仍是像先前一样将小小的卡娜蕾切成两半，然后用叉子进食。

她的大部分注意力还在一旁的母女对话上，她听见小姑娘已经开始和妈妈讨价还价，说希望今年年底能和父亲一起去剧院看一次音乐剧，去年父亲明明答应了她，结果到最后又说没有争取到名额，她一直遗憾到现在。

于是母亲做出了一番承诺。

突然间，卡娜蕾的焦香在赫斯塔的口腔中弥散，她短暂地从他人的谈话中醒来，抬起头："这个味道，好特别。"

千叶笑着道："好吃吗，我每次过老城区都会专门过来一趟。"

赫斯塔点头，顺手拿起近旁的杯子饮了一口热可可，却突然愣住了。

"怎么了？"千叶见赫斯塔表情不对劲，"是不是太甜了？"

赫斯塔摇头："味道和基地里的不太一样……它，不苦。"

千叶"哈哈"笑起来："外面的热可可都是用便宜的代可可脂加糖兑的，又不像基地里都是货真价实的黑巧克力和可可粉，当然不苦了。"

赫斯塔将卡娜蕾也放在了一边，专心端着装着热可可的杯子，强烈的甜味萦绕在她的口齿之间，让她一时间什么都忘却了。

望着已经被制糖工业完全俘获的赫斯塔，千叶突然笑了笑，又看向窗外。

过了一会儿，她们与旁边的那对母女同时起身离开，在踏出面包房的大门以后，那位母亲撑开了一把伞，带着女儿走进了朦胧的雨幕中。

"走这边。"千叶抬手指了指相反的方向。

"我们不回车上吗？"

"不了，我们的目的地就在这附近，步行五分钟就到了，连伞都不用。"

沿着道边的屋檐，赫斯塔跟在千叶身后默默地走，在转向地下通道的时候突然开口道："水银针……有可能过上普通的生活吗？"

千叶没有回头："要多普通？"

"就像，生活在这里的人一样。"赫斯塔答道。

"理论上来说退休了就可以。"

“实际上呢？”

“那当然就各有各的难处了，”千叶回答，“要是真的决定离开 AHgAs，水银针们一般都会选择接受联合政府的返聘——还是免不了要和螯合物打交道。”

“那返聘要多久才能退休呢？”

“都返聘了当然就没有退休了，一直干到死。”

“可以不接受返聘吗？”

千叶终于觉察到一点不寻常，她回过头，望着已经被雨水稍稍沾湿了头发的赫斯塔：“那不太可能。”

“我不明白……”

“在这个世界上，有一些需要水银针的人会追你追到天涯海角，不论你在宜居地还是荒原，他们都不会给你其他选择。”千叶轻声道，“真到了那个境地，那还不如从一开始就不要离开 AHgAs，或者干脆去联合政府，但这些事离你还太远了。”

“没有其他选择？”

千叶笑了笑。

“我们就像这世上为数不多的利刃，简。”她轻声说道，“利刃的命运，就是被锤炼、打磨，然后上阵……如此往复，直到折断。”

千叶带着赫斯塔来到一处无人的仓库，进门之后还有一段坡度很缓的长楼梯，楼梯是金属材质，刷着暗红色的漆，只是许多地方都已经脱落，显得非常斑驳。

在经过几扇包裹着带孔皮革的厚实大门以后，赫斯塔听见了微弱的射击声。

走过最后一扇门，她看见入口的墙面上挂着一架不亮的霓虹灯，弯曲的白色灯管上落着一点灰，它曲曲折折，拼出“砰砰俱乐部”字样。

这是一处地下射击场。

在戴上护目镜和耳罩以后，她跟着千叶来到一个空旷的分场地。千叶随便挑了一处位置，回头看向赫斯塔：“玩过射击游戏吗？”

“算玩过。”赫斯塔回答。

千叶将武器交给赫斯塔：“打几发我看看。”

赫斯塔从三米靶开始射击，五发子弹全部落在九环以内，而后五米、七米、十二米、十五米、十七米……二十五米，除了几次稍稍偏移，她几乎没有九环以外的成绩。

这不是赫斯塔第一次体验射击，在短鸣巷的时候她就有过类似的经验，千叶似乎从一开始就理解了这一点，对赫斯塔的快速上手并不感到特别意外，但她心中的惊喜依旧溢于言表。

“这都是谁教你的？教得这么好。”

“一个朋友。”

“短鸣巷里的？”

“嗯。”

“你那么小，他们就敢让你上阵？”

“不是你想的那种。”

千叶也没有多问，她上前在二十五米的距离下示范了十五发，结果都在 10.3 到 10.9 之间，这景象让赫斯塔看得眼睛发直。

之后，千叶非常严格地纠正了赫斯塔一些不正确的习惯，从呼吸、姿势、瞄准视野到扣动扳机，这些细节上的偏差会严重降低射击准度。

在练习的间歇，两人坐在一旁的椅子上休息，千叶和赫斯塔讲起了这座地下射击场的来历，并提到最近这段时间，她会争取做到每周都赶回谭伊带赫斯塔过来练习，不过在实物训练之外，赫斯塔自己在基地内也可以练习瞄准和射击动作。

“你之前一直怀疑，靠这样的武器能不能和水银针抗衡。”千叶轻声道，“我的回答是看人，如果你的对手是莉兹·弗莱彻，你就不太可能靠武器得手；但如果换了肖恩，就不一样了。”

“为什么？”

千叶抬起三根手指：“要回答这个问题，你先得理解三个概念——子弹时间、制约时间，还有阿刻戎时刻。子弹时间，指水银针能够进入高唤醒作战状态的时间，每个水银针能维系的作战时长各有区别……这个你已经知道了，是吧？”

赫斯塔点头。

“好，”千叶接着道，“进入子弹时间以后，水银针们也不能完全闲着。我们需要让自己保持这种状态——就像你和别人打架的时候，要握紧拳头。”

随着千叶的示范，赫斯塔也将两只手握成了拳，然而刹那间，千叶突然再次拔枪，朝着远处的枪靶再次射击。

此刻子弹冲出枪膛的巨响震得赫斯塔猝不及防，她下意识地伸手捂耳朵——虽然已经迟了。

千叶笑起来："但是，总有很多突如其来的变故会让人忘记'握拳'，就像你现在的反应。维系子弹时间这件事也是一样，只是对水银针来说，一旦我们忘记维系自己的状态，就会迅速从子弹时间中跌落，进入制约时间。"

"制约时间……"赫斯塔小声重复着这个词。

"就好比一辆汽车，在启动以后，你可以随时踩油门加速或者用方向盘转向，可一旦中途熄火，你就不得不花时间重新启动。在这个过程中，你的车不再是一个灵巧的驾驶工具，在发动机重启之前，你不能用它做任何事——水银针的身体也是一样。

"进入制约时间以后，水银针会变得虚弱、无力，在这期间，不要说作战，就连独自站立都费劲。

"举个例子来说，如果有一位水银针，他的子弹时间大约是十个小时，在某一场作战中，他在连续作业不超过五个小时的情况下选择了暂时休息，那么接下来，他通常会经历十到二十分钟不等的虚弱期。

"在这期间，他什么也不能做，只有当这段制约时间结束，他才能重新进入子弹时间——我们把这类情况称为'不完全制约时间'。"

赫斯塔若有所思："还有'完全制约时间'。"

"对，"千叶笑着道，"还用刚才那个例子来说，如果那位水银针连续作业超过了五个小时，那么当他再停下来的时候，就会直接进入'完全制约时间'。完全制约时间一般是子弹时间的一半，无论这位水银针是连续工作了六个小时、七个小时还是十个小时，当他再次停下来的时候，他都得老老实实躺上五个钟头才能开始活动。"

赫斯塔颦蹙深思："原来如此。"

"你有没有想过子弹时间的长度是怎么确定的？"

赫斯塔稍稍侧头："通过一些……极限测试？"

"哈哈，差不多。"千叶笑着道，"所谓'二觉特训'，就

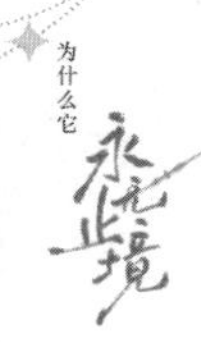

是在可控场所内，由在职水银针负责，向尚未二次觉醒的新人投放螯合物。在面对螯合物的战斗中，新人水银针的子弹时间会自然而然地觉醒。而其他人就负责在旁边计时。”

“直到子弹时间失效？”

“不只是失效那么简单，在接近自身极限的时候，水银针的能力会出现一次极其强烈的爆发，在原先子弹时间的基础上继续增强 20 到 150 倍。但这通常只能维持几十秒到几分钟，以自毁为代价——在结束以后，当事人会出现非常严重的大出血和全身脏器衰竭，就像螯合物自然死亡时那样。最后的这段爆发期，就是阿刻戎时刻。”千叶轻声道，“而子弹时间的计算，就是你从进入‘作战状态’开始，到‘阿刻戎时刻’降临结束。”

赫斯塔忽然开口：“这是不是……就是基地规定‘子弹时间必须高于四个小时才能参与作战’的原因？”

“嗯。剔除一些极端数值，一支五人左右的水银针小队猎杀一只螯合物的平均用时是五十七分钟，低于四个小时的子弹时间在战场上太危险了。别说阿刻戎时刻了，一旦你进入了制约时间，一个五六岁的孩子也能轻而易举地拿刀抹了你的脖子。”

直到此刻，赫斯塔忽然明白了许多过去发生的事情——譬如黎各参加特训的那天夜里，她就因为重伤进入了基地的地下医院。

想到这里，赫斯塔忽然意识到什么：“但螯合物的存活时间通常只有两周到一个月，基地要怎么确保特训的时候有足量的螯合物可以投入使用呢？现抓？”

“哈，那就是保密等级更高的内容了。”千叶笑眯眯的，“你要是愿意琢磨可以自己想想，但所有今天我告诉你的消息，都不要让第三人知道——能做到吗？”

赫斯塔表情严肃地点了点头。

“再说回肖恩，你听着，”千叶接着道，“他的子弹时间是四小时五十五分钟，间歇制约时间是二十二分钟，换句话说，如果他进入了子弹时间又被你打断，那么，你至少有二十二分钟的时间可以为所欲为。”

“但我要怎么——”

“一般来说，子弹时间的稳定性和当事人的战斗意志有关，还记得我上次问你的问题吗？”

是那个关于三种人——贵族、怪才和狂徒的问题。

赫斯塔陷入深思。

千叶接着道："至于具体要怎么做，你自己来想。"

"好。"

千叶轻轻呼了口气，侧身望向远处的靶子："今天还想再练几轮吗？再过一个小时我就得把你送回去了。"

"千叶小姐下午还有别的事吗？"

"倒是没有，不过莫利只批了我半天的假。"千叶摊手，"你也看到了，现在是特殊时期，外面到处都是你的照片，就这样让你跟着我出来晃荡一整天，确实不太方便。"

赫斯塔沉眸想了想："那今天可以先练着，莫利女士那边我去解释。"

"好啊。"千叶笑了笑，"那我再去拿几盒子弹。"

第八章

NEVER END

暗窥

基地内，秩序事务官索菲·莫利的办公室。

莉兹表情震惊地望着对面的莫利女士，整个人站了起来，声音显得有些激动："为什么要现在中止对肖恩的调查？"

"这件事我们一定会追查到底，"莫利冷静地望着眼前的莉兹，"但我们确实没有在他的设备里发现证据，不是吗？"

"明明您也认为文法教室那次停电和监控录像缺失是肖恩的所为——"

"是的。"莫利沉声道，"但现在继续调查，只会被有心人拿去做文章。"

"做什么文章？"

"弗莱彻小姐，我能理解你现在的心情——"

"请您正面回答我的问题，不要再找其他托词。"莉兹的眼睛几乎冒出了火光，"您到底在顾虑些什么？"

莫利的表情显现出些许疲惫，她轻叹一声，摘下自己的细框眼镜，身体稍稍往后靠了些："或许你知道，这几天谭伊市的市区内有一些游行。"

莉兹怔了怔："什么游行？"

"市民要求第三区联合政府向我们提出交涉，交出简·赫斯塔，让她回到平民中生活。"

说着，莫利将一份报纸推到了莉兹面前。

莉兹才一展开报纸，就对着头版上的人像皱起了眉头，她抬头看莫利："这是……简？"

莫利点了点头。

报纸的标题用极重的油墨印着"让她自由——拯救她吧，被厄运环伺的天才少女"。

莉兹一言不发地将整个版面的报道读完，然后默默将报纸放回了桌上。

"永远不要低估公众对一个小女孩的同情心。"莫利低声道，"尤其她还那么英勇地在紧要关头与螯合物对峙，以自己重伤为代价，救下了整个修道院的孩子，谁还忍心让她的后半生继续活在危险之中呢？今天过后，大概整个第三区都要关注起她的去向。"

莉兹的眉头稍稍舒展："原来您是担心这个。"

"这件事不能再闹大了。"莫利捏了捏自己的鼻梁，"传出去一定会被认为，基地无法为赫斯塔提供保护，这只会让民意变得更加汹涌。"

莉兹望着报纸上亚麻色头发的女孩，在片刻的沉默过后，她低声道："可如果您要为了这点事暂停对肖恩的调查，不是正说明了我们确实无法为简提供保护吗？"

"暂停调查，不是停止调查。"莫利纠正道，"虽然没有正式文件，我们依然可以限制肖恩的行为。"

"那还不如就按照大家的提议，放她离开。"莉兹望着莫利，"反正她现在什么都不知道，离开基地去过普通人的生活也挺好的。"

莫利笑了笑，听到莉兹的这番话她似乎并不生气："之前开会讨论应对办法的时候，也有人这么提过，但被千叶否定了。"

"千叶？"莉兹不可置信地笑了一声，"我以为她只会放手不管呢。"

"她何止是不会放手。"莫利的视线重新移向报纸，低声道，"赫斯塔现在能待在基地，都是千叶真崎前期反应迅速的功劳。如果不是她抢在宪兵队核查完修道院孩童名册之前，就直接走领养程序办下了这孩子的身份，我们就不太可能合法将她带进基地里来。毕竟，从法理上讲，既然赫斯塔已经在圣安妮修道院登记了身份信息，那她就是第三区谭伊市的合法公民之一，市政厅那边有优先收容的权利。”

“那千叶老师怎么看这次游行的事？”

莫利接着开口：“以往民间组织游行，从申请报批到正式上街，最少也要经过两周的审核筹备期，而这一次，从提交申请到正式游行，三天都不到就开始了。如果背后没有人专门大开绿灯，他们不可能办到。再者，即便放赫斯塔离开基地，等着她的也不会是所谓的‘普通人生活’，无非是变成为联合政府卖命罢了。千叶的意见是，为了留下简·赫斯塔，我们可以‘不惜一切代价’，原话。”

莉兹深深地吸了口气。

“莉兹，”莫利的口吻稍稍缓和，“虽然这么说可能显得有些冷漠，但也许，你在这件事里投入的精力和情感，都有些过多了。”

莉兹先是开口，但并没有反驳，过了一会儿，她只是轻声道：“我是简的辅佐官。”

莫利两手交握：“基地惩罚肖恩的初衷，是为了告诫他这么做是错的，但现在我们也需要了解原因——他会对新来的赫斯塔这么不寻常地关注的原因。”

莫利望着莉兹：“过度执着于惩罚本身，有时也并不意味着正义被伸张，你觉得呢？”

莉兹沉默了片刻，而后起身拿起了自己的帽子戴上。

“我会好好想想的。”

莫利微微一笑：“我记得，今天上午瓦伦蒂说她打算约迦尔文一个短访，或许你可以找个机会和她聊聊，她那边应该会有一些对你和赫斯塔都有价值的信息。”

傍晚，千叶开着车送赫斯塔回到基地，虽然今天短暂地下了一场雨，但此刻云销雨霁。远天的夕照将整个世界都镀上了一层暗淡的金色。

千叶停稳了车。

“回去别忘了把你的课表发我一份，我好知道你平时什么时候有空，先把探望时间都约上——你做好准备，我随时可能会过来接你。”

“好的。”

“我们得尽快把这事给解决了。”千叶轻轻搓着方向盘上的硬皮纹路，“夜长梦多，最好不要拖太久——这些都看你的射击进度。”

赫斯塔原本在解安全带的手忽然慢了一下，千叶几乎立刻捕捉到了这个动作变化：“怎么了？”

“我在想，也许会有比这更好的解决方法。”赫斯塔望着前方，声音里带着一些不确定，“我想把这个办法当成一个压箱底的王牌，如果基地始终不能解决我的问题，而肖恩那边又有进一步行动，那时候——”

赫斯塔的声音戛然而止，因为她听见千叶那边传来一声带着笑意的叹息，她侧目望去：“千叶小姐在笑什么？”

千叶望着她：“你是从什么时候开始抱有这种幻想的？”

“我问过莫利女士的秘书，谭伊市禁止携带武器，基地内未经批准也同样如此，如果我真的铤而走险，也许会和肖恩一样面临处罚。”

“基地的处罚限制住肖恩的行动了吗？”

“没有。”

“那为什么你要被这种东西限制住？”

赫斯塔一时语塞。前天晚上，莉兹那番关于“柔弱者就该忍受欺凌的世界是不对的”“用汗水与血为正义铺路”的话在赫斯塔脑中浮现，但此刻她并不能顺畅地将这些话灵活地复述出来。

她稍稍蹙眉：“但这样以暴制暴，只会……呃，把每个人都推向更极端的方向。”

“别想这种问题，这是莫利她们该考虑的。”

“为什么？”

“因为这不是你能控制的部分。”千叶轻声道，“是肖恩先选择了你。”

“莫利她们总是希望能够从根源上解决所有问题——我们的基地里出现了针对新人的霸凌行为，这必然事出有因：作恶者自身存在的问题、制度上的漏洞、文化或亚文化中流行因素的推波助澜……诸如此类，不一而足。

“站在加害人视角，去理解他为什么要作恶，进而思考让他停止作恶的办法，这是别人要考虑的事，你不需要。

“还记得我上次说过的话吗？暴力是没有边界的，它的界限只取决于双方的反应。”

千叶低头取烟，火光在她眼前亮起。

“对弱小者而言，复仇是唯一的解脱之道。”

赫斯塔回到403宿舍的时候，刚好碰上莉兹从自己的房间出来。

“回来了？”

“嗯。”

两人一打照面，心中顿时都涌起一种复杂的情感——她们对彼此忽然都有了一种微妙的背叛感，因而不约而同地错开了目光。

赫斯塔朝自己的房间走去，在开门的时候，莉兹突然喊住了她。

“你的个人电脑刚刚申请下来。”莉兹轻声道，“你想什么时候拿？今晚或者明天白天都行。”

赫斯塔想了想：“那就……今晚？”

“好啊，我带你去。”

一路上，莉兹一直想着如何向赫斯塔提及基地暂停对肖恩调查的事，然而直到她们再次回来，莉兹也没能找到合适的切入口，只能目送赫斯塔抱着电脑回房间。

她的心情复杂极了，下午她按照莫利的建议去找了瓦伦蒂，瓦伦蒂却让她过几天再来。她想起前天晚上自己信誓旦旦向赫斯塔许诺一定会保护好她，而今却因为市民游行的关系，不得不接受暂停调查的事实。

莉兹在床上辗转反侧，根本睡不着。

另一间房间里，赫斯塔对这一切毫不知情。在拿到电脑以后，她的注意力很快被这个可以随身携带的黑色方块本吸引了。不一会儿，她就利用这半个多月以来学到的基础操作找到了相关检索页面，并用二指禅的方式，输入了“赫克拉荒原”几个字。

除了对赫克拉的基本介绍，剩下的大多数搜索结果都围绕“赫克拉惨剧”展开——

两年前，也就是格兰古瓦兄弟到基地的那一年，赫克拉荒原出现了大面积的螯合菌感染。

随着螯合物的不断涌现，荒原的风就像死神的呼吸，带来了接连不断的杀戮。

也是在赫克拉惨剧中，水银针们第一次观测到螯合物之间存在合作行为，虽然只是非常不成熟的诱饵加埋伏组合，但这种行为在以往的观测上绝无仅有。

同时，也是在赫克拉荒原，水银针们观测到了一只存活时间长达 40 天的螯合物——此前的螯合物生存时间最长不超过 28 天。

这些都表明，螯合物或许存在进化行为，但触发条件人们尚不了解。

赫斯塔关掉这些页面，重新键入“赫克拉兄弟”几个字。

果然，一切如千叶所说，页面上立刻出现了与格兰古瓦兄弟有关的新闻，她一一浏览，很快看到了千叶曾经和她提过的猎鹿行为。

争论持续了足足两个多月，这一行为在当时的谭伊激起了极大的争议，很多人开始质疑，如果组成水银针队伍的都是这样灭绝人性、生性残忍的荒原幸存者，那么水银针要如何保证自身队伍的可靠和纯粹？

也有许多意见领袖都站出来公开呼吁，不要以宜居地内的道德标准来要求刚刚离开人间地狱的孩子，这是一种“文明的傲慢”。

最后，AHgAs 医疗部与谭伊市第一医院共同做出诊断，认为“赫克拉兄弟”是因为经历了荒原上的惨剧，出现了急性应激障碍，所以才做出了如此荒唐的事情。

如此，这段围绕猎鹿行为的大讨论才真正告一段落。

在所有的报道中，只有一张由谭伊市民随手拍摄的模糊照片里出现了格兰古瓦兄弟的身影，赫斯塔由此才真正确信基地对新人学员的保护所言非虚——即便在言论最为沸腾的时刻，他们也没有向社会公开赫克拉兄弟的姓名与样貌。

第一次使用搜索引擎，赫斯塔大为震撼，仿佛推开了一个新世界的大门。

比起在卷帙浩繁的图书室里检索文献和报刊，引擎的便捷是超乎想象的。

出于好奇，赫斯塔又搜了一下前天莉兹曾和她提到过的家乡，阿斯基亚。

与赫克拉相似，在第一条针对阿斯基亚的基本信息条目以后，剩下的大多数搜索结果都是关于“阿斯基亚惨剧”的。

随后，她又搜索了“第四区卡特拉城”（图兰的故乡）和索尔荒原（黎各的故乡）。大家的遭遇是如此相似——在城市或荒原的基本介绍之后，都跟着“某某惨剧”的条目。

在上面的几个地区中，只有卡特拉城因为本来就是宜居地，在第一起螯合病出现后水银针介入得非常及时，所以除了二十几个不幸被螯合物直接杀害的罹难者，全城十一万人口都平安无事。

如今的卡特拉城已经被调整为隔离区两年，原住民们在经过一段时间的隔离后，已经全部迁入了另几处宜居地，重新开始了他们新的生活。

而阿斯基亚与赫克拉两片荒原，则几乎都是全灭式的结局。

AHgAs 似乎一直在为帮助荒原地带的居民建立报警系统而努力，但看起来收效甚微。每当他们发现一处荒原被螯合病侵袭时，往往已经到了螯合病患者集体发作的阶段，水银针们唯一能做的，就是尽自己所能，从这些人间地狱里寻找一些幸存的人，然后把他们带回宜居地。

这也是大部分水银针新人的来源。

一整晚，赫斯塔徜徉在关于这个世界的细节里，直到她忽然想起一个名字——她抱着怀疑，在搜索框里输入“伏尔瓦”三个字，然后点击搜索。

她的表情从紧张期待慢慢变得平静——引擎上的检索结果全都是关于一部十四区爱情故事《匕首与鞘》的女主人公的。

赫斯塔垂下眼眸，这时才感到有些疲倦，侧目扫了一眼钟表，惊觉时间已经到了凌晨一点多。

她起身去洗漱，而后倒在床上，一言不发地望着天花板，直到睡去。

周日清晨，D 类学员考察区。

迦尔文醒来的时候，发现肖恩竟然早起了——他正歪歪斜斜地坐在观察室内的小桌子前，不时有翻书的声音传来。

太阳从西边出来了，迦尔文心里想着。他起身和肖恩打了个招呼，然后往卫生间走去。

“卡尔，你电脑一会儿借我用用吧。”肖恩突然说。

“不行。”迦尔文干脆利落地答道。

“也行，我不用，你帮我搜个东西。”肖恩懒懒散散地转过头，“这总行了？”

迦尔文望着他：“你要搜什么？”

“搜个名字，”肖恩望着他，“‘伏尔瓦’。”

隔着一个身位，肖恩看着迦尔文操作着鼠标键盘，在网页上输入“伏尔瓦”几个字。他们一连点进去看了好几个网页，全都是关于《匕首与鞘》公演相关的报道。

肖恩皱起眉头：“你能去 AHgAs 的居民数据库里查查吗？”

“你指黑进去？”迦尔文眯起眼睛。

“呃……”肖恩眨了眨眼，忽然意识到自己和迦尔文都没有这方面的数据权限，“那算了。”

“还有其他要查的吗？”

“你再试试‘伏尔瓦短鸣巷’呢？”

迦尔文刚要动手，突然意识到什么：“这又是和赫斯塔相关的东西？”

“哈，怎么会呢？”肖恩露出一个无奈的微笑，“就是好奇这人是谁。”

“等弗莱彻把你的电脑还回来，你再自己查吧。”迦尔文合上电脑，“我要准备自习了。”

肖恩没有应声，他若无其事地坐在原处，发呆似的揪着自己的头发，思索着方才的搜索结果。

今早清晨，他照例趁着迦尔文睡着的时候打开了他的电脑，轻车熟路地开始分析起昨晚截取来的数据。

早在一年前，他就在迦尔文电脑的某个文件夹深处埋了一个极其隐蔽的木马。这是他人生中第一个自行编写的病毒程序，他将它命名为“阿萨辛”。

它容量小，系统消耗低，不留使用痕迹，唯一的作用就是连接并操纵学生公寓负责人拉维特太太的电脑——这是真正被肖恩掌控的傀儡机。

拉维特太太一向对信息技术不太感兴趣，尽管她工作上兢兢业业，但对进一步理解计算机工作原理毫无热情。在某次电脑故障之后，肖恩“好心”地替拉维特太太清理了一遍她的工作电脑，从此，肖恩有了第一只，也是最隐蔽的一只“肉鸡”①。

为了尽量让自己的行为不被发现，肖恩会在暗中定期为拉维特太太维护电脑，以免她因为程序运行速度过慢而将电脑送去检修。

而拉维特太太则对这一切毫不知情。

通过拉维特这个节点，肖恩截取到了很多有趣的东西，其中他最喜欢翻阅的就是大家的搜索与浏览数据——每个人的搜索、浏览行为，都深刻而真实地反映了他（她）的近期生活。

譬如拉维特，她经常在网上搜索园艺与厨艺，她对这两样东西的热爱是所有人都了解的。然而，曾经有一次，肖恩发现她在周日的深夜搜“被带铁锈的钉子扎伤了手臂怎么办”。他原以为是拉维特太太不小心受了伤，结果第二天却发现，拉维特太太毫发无伤，反而是韦尔先生没有来上班。

韦尔先生再出现的时候，小臂上多了一块棉胶布，肖恩主动上前关心，才知道韦尔先生上午专门去基地医院打了一针破伤风。

这让肖恩意识到——这两个已婚多年的中年人，可能在上个周日一起过了夜。

类似这样的细节还有很多，肖恩在暗处默默观察着整个学生公寓的人，他没有将这件事告诉任何人，包括迦尔文。

他不断在基地内扩展自己新的据点，这并不需要多么高深的技术——只要选择那些像拉维特太太一样，对技术没有热情的普通人下手就行。除了半个月前因为相对激进地盗用了几个教职工账号来获取赫斯塔信息，导致很快被莫利发现，他几乎没有翻过车。

仅有的两次，是在他发现基地在地下也有建筑后不久。那时他诧异于地下建筑的精密与超前，仿佛和地上世界不属于同一个时代，于是他开始琢磨如何伪造线上世界的身份认证取得访问授权。

但是，肖恩很快发现，不仅仅是建筑本身，地下通信所采用的技术也让他陌生，他还没有来得及做什么，仅仅是输入了一个试图访问的命令，就被抓获了。

也是那一次，他的信用评级直接从 A 掉到了 C。

尽管如此，对周遭所有人的观察还是给他的生活带来了巨大

① 指傀儡机，即可以被黑客远程控制的机器。

的乐趣，在数据化的世界，他看到了这里许多人不为人知的另一面。

闪烁而稠密的信息流，缓缓“浸润”所有生活在文明世界的人类，肖恩在其中看见了令人战栗的情色、恐惧、忌恨……或者怀念。

在这方面，谭伊市与赫克拉荒原根本没有区别。

原本在进入基地的第二年，学生们就要开始修习计算机技术，但是，或许因为大部分与螯合物的战斗只需要懂得如何使用工具，而不需要理解工具的工作原理，所以很多预备役成员都不太看重这门学科，应付完考试就不再深究，这给了肖恩辽阔的游走空间。

但也有一些个例——比如莉兹·弗莱彻，她在完成第三年信息安全的相关课程后，就主动给自己的网络通信做了升级的加密处理，很快，403的另外两个女生也完成了同样的事。肖恩不确定这是不是莉兹帮她们做的，但这让他对莉兹悄然退避。

今天早上，他发现学生公寓里的设备多了一台，虽然没有名字，但他很快推断出这必然是新领了电脑的赫斯塔。

肖恩扫了一眼赫斯塔的搜索记录，只见前三条分别是“赫克拉荒原”“赫克拉兄弟”“赫克拉惨剧”。

他先是一怔，进而挑眉。

呵……你也想了解我吗，赫斯塔?

如果不是顾虑着可能会吵醒沉睡的迦尔文，肖恩真想发出一声大笑。他竭力隐忍，一条条地往下看，虽然之后赫斯塔又检索了阿斯基亚、卡特拉城和索尔荒原，但这并不影响他心中那份稍显微妙的波澜。

而这种心情，在看到最后一条检索记录的时候，短暂地被好奇替代了。

伏尔瓦。

首先，这肯定不是基地内的人，看名字也不知道是男是女，但赫斯塔既然检索了这个名字，说明它一定有些分量。

原本肖恩打算顺着这条线继续查下去，但是窗外的一阵鸟鸣像闹铃一样将他从沉浸中惊醒——天已经大亮，这意味着迦尔文就快醒了。

他迅速抹除了自己的搜索痕迹，然后坐去了桌前，果然，在那之后没过几分钟，迦尔文就醒了。

“你收拾一下，和我一起去图书馆。”迦尔文的声音突然打断了肖恩的沉思。

“啊？”肖恩单眉微挑，“你自习我为什么也要去？”

“我不能让你一个人待着。”迦尔文答道，“换衣服，跟我走。”

肖恩只得骂骂咧咧地起身准备。

在去图书馆的路上，迦尔文感到肖恩的沉默似乎有一些不寻常——他全程一句话都没有说，显然在思考着什么。

事实上，肖恩确实一直在琢磨“伏尔瓦”的事。赫斯塔的搜索之旅在查到这个名字之后停止，她甚至没有点开页面详情，可见搜索页给出的结果全都不是她想要的答案。

那么，《匕首与鞘》的相关内容就都可以先暂时排除了。

忽然，迦尔文的脚步停了下来。

肖恩往前走了几步，意识到迦尔文没有跟上之后回过头：“怎么不走了？”

迦尔文的目光越过肖恩，看向远处的草坪——此刻他们站在图书馆三楼的半开放廊桥上，远处的绿茵在他们眼中一览无余。

肖恩隐约听见了一点手风琴的声音，也顺着迦尔文看的方向望去，几个女孩正围坐在绿地上。

人群中间抱着手风琴的人是莉兹，但肖恩也一眼看见了红头发的赫斯塔，她两手抱膝，静静地坐在莉兹旁边。余下的几人他虽然一下没认出来，但可以肯定不是403的另外两个女孩。

莉兹在教她们唱水银针的战歌。

肖恩嘴角微扬，两肘撑在走廊边的围墙上听了一会儿：“不管什么东西，只要用手风琴一伴奏，就一股阿斯基亚的味……真冲。”

迦尔文没有说话，听着从风中飘来的女子和声，望着她们。

就这么过了一会儿，迦尔文突然开口：“为什么是赫斯塔？”

肖恩没反应过来：“什么为什么？”

“那天早上我就想问你这个问题，但当时莉兹冲进来了。”迦尔文的目光从远处转向肖恩，“为什么从赫斯塔进基地开始，你就一直在为难她？你喜欢她？”

肖恩缩起脖子，挤出一层双下巴。

迦尔文道：“不是？”

“我喜欢这样的。”肖恩在胸前比了两个球，“她是吗？”

“那为什么——”

“我不知道你还有没有印象，”肖恩撑着脸，又看回远处的女孩们，“4619 年那会儿，有人往赫克拉放过消息，说宜居地里有人高价收赫斯塔族女人的红头发。”

迦尔文的眉头皱起来：“有这回事吗？”

肖恩摇头：“你这个记性也是没谁了……你当时留的也是长发，有天我搞来染发剂，说咱们试试能不能染出他们想要的那种红发，结果不小心把你头发漂成了橘红色的……想起来了吗？”

“哦，好像是。”

肖恩笑了笑：“我当时就在想，天生长着火焰一样红发的女人，什么样？”

“所以你前段时间才窃取她的资料？”

“对，一开始是因为这个，”肖恩望着远处，“但看到她的基本资料以后我更好奇了——从 4612 出生，到 4620 进入圣安妮修道院，她在短鸣巷过了整整八年……这怎么办到的？她说在进入修道院以前，她一直一个人生活，你信？”

远处传来了一阵女孩们的笑声，迦尔文没有作声。

“而且，你看最近的报道没？外面的。”肖恩问。

“看了一点。”

“不觉得讽刺吗？”肖恩温声道，“所有人都恨不得把赫斯塔吹上天，我看就差直接说她是圣母再临了——为了抢走一个水银针预备役，这些人宁可编造出一个不存在的圣人。”

“你怎么知道那是编造？”

“这不和当初咱们来的时候完全一样吗？”肖恩反问，“反正只要谁觉得一个人是坏的，那他就肯定烂到了根里，要觉得一个人好，那他就方方面面趋于完美——当初那些报纸造了咱们多少谣？短鸣巷和赫克拉根本没差，从我们这种地方出来的人，能是什么省油的灯？”

迦尔文沉默了一会儿：“人和人不一样。”

“只是看起来不一样而已。”肖恩笑了一声，轻轻点了点自己的太阳穴，“卡尔，本质上，任何人都差不多——只要你看得足够多、足够深。”

迦尔文侧目望着肖恩，他已经不止一次有这种感觉：说不清是从什么时候开始，肖恩仿佛退到了一处任何人都无法触达的壳壁后面。

肖恩就站在那个地方静静看着所有人，既将人们挡在外面，也将自己隔绝其中。

“所以你到底想做什么呢？”迦尔文淡淡地开口。

“也没什么，就觉得挺好玩的，这个人。”肖恩伸了个懒腰，“等着吧，我一定把赫斯塔最真实的那一面揭露出来……”

肖恩侧过身来，表情戏谑：“你说那时候，外面那些市民会是什么反应？”

远处的莉兹再次开始歌唱，她的声音悠扬婉转，唱的却是让肖恩和迦尔文都感到陌生的语言，肖恩听了两句，认出这是阿斯基亚语。

“走吧，站累了。”肖恩打了个呵欠，转身往前走，“赶紧找个地方坐下，我得补一觉。”

“肖恩。”

“嗯？”肖恩转过头，见迦尔文表情复杂地站在原地。肖恩忽然觉得今天兄弟的状态有点不对：“你是怎么了？”

“如果你继续这么胡作非为，最后可能会被剥夺作战资格，”迦尔文皱起了眉头，“这样也无所谓吗？”

肖恩笑了笑，刻意压低了声音：“我不在乎，卡尔，我从来就没想过上阵。”

迦尔文怔住了：“你说什么？”

“我最近也想找个机会和你说说我的想法——事实上，等我们在这儿把该学的东西学完了，就没必要为他们卖命了。”

“这才多久，”迦尔文隐有怒意，“你已经忘记赫克拉发生的一切了？”

“不，卡尔，我没有忘。”肖恩的表情也严肃起来，“我永远都——”

“那你说的什么混账话？”

“好吧，我这么说吧，卡尔。”肖恩深吸了一口气，想了想，接着道，“我只是不想为 AHgAs 卖命，但我们仍然可以利用这些能力做些别的——只是没有必要冒着生命危险，你明白吗？我们应当为自己而活。”

迦尔文的声音抬高了些：“像个懦夫？”

“不，像一个人。”肖恩打断了迦尔文的话，“一个真正的人。”

“我不想听你这些借口！”

“你必须听！”肖恩的声音也忍不住高昂起来，但他随即冷静，并前后看了看——还好，在周日的上午，没有什么人会经过这里。

“卡尔，卡尔……”肖恩深深呼吸，调整情绪，向着迦尔文走近几步，“我也许是个懦夫，是个浑蛋，是个鬼话连篇的骗子，但我从来没有对你说过谎。”

这句话才说出口，肖恩隐隐觉得有哪里不对，立刻找补了一句：“我是说，至少在所有重要的事情上——我对你永远是坦诚的。”

迦尔文的怒火稍稍平息，但目光仍然锐利得像一把剑，直透肖恩的后背：“那你为什么想逃？”

肖恩喉咙动了动，他两手紧紧抓住迦尔文的胳膊，就这么直望着他。

“这不是逃，这恰恰不是逃。”肖恩压低了声音，却显得更加用力，“在赫克拉的时候我们过的是什么日子？像臭虫，像老鼠，总之不像个人，为了果腹我们什么都肯做，也必须做，除了妈妈没人在乎我们死活，所有人都忙着在今天活下去，根本没有人有力气去想过明天怎么过。”

“还记得我们刚到谭伊的时候吗？这里的人过的又是什么日子？他们街上有蛋糕店，橱窗里摆着漂亮衣服，每天晚上都有人在街上喝酒，连流浪汉都吃得像头肥猪，懒懒散散地躺在角落里……

“你还记得吗？那个时候我们俩发誓，以后绝对要在谭伊买座大宅子，它得有两层楼那么高，还要带个六百平方米的后院和一个大地窖，我们要在院子里养三条大狗，要在地窖里存上一桶一桶的好酒……只要咱们在这儿工作到二十五岁——”

“前提是这里不被螯合物攻陷。”迦尔文声音低沉。

“对，这不正好是我们的使命吗？我当时也是这么觉得的。”肖恩笑了一声，“直到我查到了水银针的性别战损比，知道是多少吗？16:1……男性战损数量是女性的16倍！卡尔，你不觉得这荒唐吗？”

迦尔文没有说话。

肖恩接着道："我不理解，即便耐力上男性稍微逊色些，但我们在力量和爆发上显然更强，所以我试图去找了男性水银针死亡率居高不下的原因。

"一开始，我猜想是不是有孕育下一代的因素在，所以女性总是被保护得更好；但我很快发现，单靠生育来获得新水银针的效率太低了——男性水银针的天赋几乎不遗传，女性水银针生下有天赋的孩子概率只有 1/30 左右。

"你就是把所有女性水银针都聚集到一起，让她们不停地怀孕、生产，也不可能赶上直接去荒原寻找新人的效率，再说这群女人也是囚不住的。

"然后，我想可能是任务分配的原因，也许那些远离宜居地的高危任务会全都派给男性来做，所以我比对了近百年来四十一场损失惨重的高危歼灭任务，最后发现，问题根本不在分配，而是出在失血对子弹时间的影响上。

"在短时间内失血量达到 10% 的状态下，能够继续维持子弹时间的男女水银针百分比分别是 93% 和 97%；

"当失血量达到 30% 的时候，这个数据分别跌到了 46% 和 89%；

"而在失血量超过 40% 以后，男性水银针将面临休克或直接死亡，可女性水银针中能够继续维持子弹时间的还剩 43%。

"而且女性水银针只有在失血量超过 50% 的时候才会彻底失去战斗力——女性在对抗失血上，有几乎压倒性的天赋优势。"

尽管肖恩已经竭力控制自己的音量，但他仍旧非常激动。

"这就是男性战损率高的根本原因——越是危险和困难的战斗，持续的时间就越长，而战斗持续的时间越长，对我们来说就越不利！"

"所以呢？"肖恩望着他，"卡尔，你有没有想过，像我们这样的人，在宜居地里生来就注定是工具？"

"呵。"

"你还记得上学期的博物学概论吗？"肖恩低声开口，"在任何一个有性繁殖的种群里，大部分雄性都是可以被弃置的，因为只有雌性才牢牢垄断着一个种群的繁衍，只要一小部分雄性幸存，就可以完成整个种群的播种。而像我们这样的人，生来就是杂碎，是天生不被保护、注定要被推上去送死的牺牲者，不管在赫克拉还是在这里，都是一样的。”

肖恩深深地望着迦尔文：“我已经想清楚了，任何人，任何事情，都别想从我身上吸血。我只是我自己，也只按照我个人的意志来过活。只有这样才对得起我们的幸存，只有这样妈妈在天上才会高兴——”

迦尔文有些厌恶地甩开了肖恩的胳膊。

“卡尔！”见迦尔文转身要走，肖恩连着几步追了上去，“你还听不懂我的话吗？不要想着上阵，这里没有谁是真正为我们考虑的，水银针根本就是在拿我们当耗材，我们应该想办法退到后勤里去，甚至是退到宜居地的政府军里去——只有去那些地方，我们才能摆脱这种被随便弃置的惯性，才能向上走，向更高处走，甚至——”

“滚开！”

迦尔文一声怒喝，把肖恩整个人推向一旁。

肖恩一下失去了平衡，坐在地上，他从来没有看到迦尔文这样暴怒，整个人都愣在了那里。

迦尔文深吸了一口气，转身朝反方向走。肖恩忽然觉得有些慌张，正当他犹豫着该说些什么的时候，迦尔文停了下来。

“卡尔？”肖恩小声地喊了一句，“卡尔，我们——”

“失去了土地，我们什么也不是。”

丢下这句话，迦尔文迈步离开。他听见肖恩在后面大声喊自己的名字，但他仍旧目不斜视地朝前走，直到消失在走廊尽头。

随后，他把手伸进口袋，按下了录音笔的暂停键。

第九章 锚

傍晚，迦尔文独自来到瓦伦蒂的办公室前，轻轻敲了下门。

“请进。”瓦伦蒂回过头，见迦尔文一脸沉郁地推开了门，她有些意外——前几天她提出要和迦尔文谈谈肖恩的时候，他拒绝了，说需要一些时间。

现在迦尔文主动找来，或许意味着这件事有转机。

瓦伦蒂微笑着示意迦尔文坐下：“有什么事需要帮忙吗？”

“我想聊聊肖恩。”迦尔文低声道，“关于，他和赫斯塔的事。”

“嗯。”

“昨天莫利女士建议我在和肖恩谈话的时候录音，这样可以最大限度地还原当时的情况，”迦尔文皱起了眉头，“但是——”

“还有这样的事？”瓦伦蒂一惊，“这不合理。”

迦尔文抬眸看了瓦伦蒂一眼：“您也觉得这样不合理？”

“是的，这不合理。”瓦伦蒂的神情严肃起来，“我会去和莫利好好谈谈的，这种手段不应该出现在对你们的要求中。”

“我原本准备好了录音笔，”迦尔文低声道，“但在和肖恩聊到这些话题的时候忘记开了，所以也没录上。如果您愿意听听我的想法，我可以现在和您讲讲。”

莫利的办公室里，千叶和莫利两人坐在同一张桌子前。她们一人一只耳机，正聚精会神地聆听——耳机里播放的正是方才迦尔文和肖恩在走廊上的谈话。

在上次送赫斯塔回来之后，千叶就专门来找了一趟莫利，她调取了格兰古瓦兄弟在基地内的行踪，并很快发现，虽然迦尔文和肖恩在一起时两人的轨迹比较混乱，似乎哪儿都会去，但当迦尔文一人独自行动时，他的行踪非常简单：学生公寓、食堂、教学楼或训练场，如此而已。

一方面，千叶让莫利叮嘱迦尔文，近期和肖恩的谈话最好能留下录音；另一方面，她想到既然如今肖恩评级被降，他们不能回到学生公寓，也不能再利用公寓内部的图书室，那么迦尔文就必然会去基地内的图书馆。

因此，她在这一路留了二十几个监听装置，尤其是在这段没有监控的走廊上，以此作为监听的第二层保险。

千叶原本想把监控直接安在两人房间内部，然而，已经违背过一次原则的莫利十分坚决地拒绝了这个提议，千叶也只好作罢。

“肖恩挺上道的嘛。”千叶放下耳机，“要是新人都知道把力气花在自己擅长的方向上，瓦伦蒂那边就不用一天到晚琢磨怎么缓解他们的压力了。”

莫利面色铁青，她冷眼看了看千叶，半天才发出一句哼笑。

千叶若有所思地将手伸到了后脑勺后面，轻声道：“我现在更关心的问题是，那些战损比的数据，肖恩都是从哪里搞到的？听起来有点像是我们前两年拿去糊弄联合政府的文件……虽然是编出来的东西，但应该也没过保密期吧？”

“都在查。”莫利低声道，“目前在基地里，至少有六个教职工人员的电脑被他侵入过，不过都是相对外围的员工，不太能接触到机密文件。肖恩应该是拿到了一些外面的社工库，撞库[①]入侵了联合政府那边一些要员的账号，进而得到的材料。”

“那当然了，”千叶笑了起来，好像听到了一个笑话，“要是肖恩侵入的是核心职工，那他现在不是进监狱就是直接转正好吗？”

莫利瞪着千叶，根本不觉得哪里好笑。

---

① 指一种常见的网络攻击方式，即黑客通过收集互联网已泄露的用户信息和密码信息，生成对应的字典表，尝试批量登录其他网站后，得到一系列可以登录的账号密码。

“不过呢，等事情解决以后，你还是要找个机会和他把这件事澄清一下。”千叶摸了摸下巴，“女性水银针的稳定性之所以好，是因为她们体内的雌激素能减缓一部分失血带来的影响——这都是十几年前的事了，有了战地输液装置以后，我们的性别战损比远不会那么糟糕。”

“这是重点吗？”

“还有什么呢？”千叶轻声道，“反正我听完以后是更放心了。”

“放心？”

千叶向后微仰，把椅子的前脚翘在半空中，悠悠地前后摇摆。

“肖恩既然惦记着以后去做后勤，就不可能干出什么出格的事情。退一万步，他就是想脱离基地去向联合政府谋职，也得掂量掂量自己的档案能承受得住多大的污点。”

莫利冷笑了一声：“也许我应该考虑向总部提交一份报告，把你的这些言行都递上去，好让上面看看你是否真的有履行监护责任的能力。”

“我当然有了。”千叶脸上的笑容稍微收敛了一点，“你看这段时间，我隔三岔五就抽空回基地带赫斯塔出去转转——现役的所有水银针里，哪里还会有比我更负责的监护人？”

“你都带她出去干了什么？”

“吃甜点，在老城区里到处转转……”千叶一根一根地掰着手指，细数她与赫斯塔出行的往事，“还有看看风景、体验生活什么的……就这些。”

莫利眼睛微眯，并没有回应。

“你不信？”千叶三指朝天，“莫利，我对你也是半句假话都没有的，不管大事小事。”

莫利根本没心情和千叶在这里抬杠，这几日外面的事情闹得越来越大，原本只是谭伊市内的集会游行，在一众媒体的煽风点火之下，已经慢慢蔓延到了其他宜居地。

第三区境内，至少有十几家与 AHgAs 保持密切联系的基金会都不同程度地向他们提出了警告和问询函，要求基地尽快对外界的质疑做出回应。

莫利两手交握——这种姿势通常意味着她想要结束一场谈话或是下最后通牒。

“关于赫斯塔抚养权的争端，你到底打算怎么解决？”

千叶仍是一贯蜻蜓点水的态度：“计划都在稳步推进中。”

“还要等多久？”

“看联合政府的效率，现在的游行基本都发生在谭伊市内，规模太小了，我们要给第三区的其他宜居地一点反应时间。”千叶笑眯眯的，“要让这股风潮烧到第三区的核心城内，至少还得再等一个月或者一个半月吧。”

“你还嫌现在的情形不够乱吗？”莫利的下颌因为震惊而稍稍发抖，“还要等这阵风烧到核心城——”

“保持冷静。”千叶带着一点意味深长的微笑，“目前一切尽在掌握之中。”

莫利深深呼吸：“那现在大致进展到了什么程度？”

“如果运气好，那计划就已经推到了40%。”

“运气？”莫利为听到这样不严谨的用词而深感震惊，“要是你运气不好呢？”

“要是运气不好，那就已经推到了90%。”

莫利听得匪夷所思：“什么意思？”

“意思就是，我永远有更加可靠的Plan B（第二计划），虽然可能会更显粗暴一点。”

千叶向莫利绽开一个十分开朗的笑容。

“如果事情不是到了不可收拾的地步，我永远会优先考虑一些更文明、更道德的做法……所以请好好配合我吧，莫利女士。”

莫利稍稍垂眸，脸色并不好看——

“不会再有下次了。”

…………

“大概，就是这样。”

瓦伦蒂的办公室里，迦尔文已经将肖恩对于赫斯塔的想法转述得差不多了。在谈话中，他对肖恩关于未来的那些规划只字未提。

有时他觉得肖恩的说法不无道理，譬如先前肖恩提到应该对自己的某些信息有所保留，而不该完全向基地敞开自我；但有时，他又觉得这家伙简直固执得不可理喻。

胡思乱想中，迦尔文听见对面瓦伦蒂轻轻叹了口气，他心中

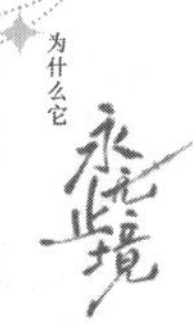

一沉，开始担心肖恩的处境。正当他搜肠刮肚地思索现在说些什么能扭转一些肖恩的印象时，却听见瓦伦蒂突然说了一句：“这段时间，辛苦你了。”

迦尔文有些意外地抬头。

“真是辛苦你了，在肖恩那边出事的时候总是麻烦你。”瓦伦蒂温声道，“这原本不是你应该忧心的事。”

“这没什么，本来就是我应该做的。”迦尔文立刻摇了摇头，犹豫了片刻，低声道，“也许不应该现在提……您知道我们下个月第一次外出实战的事吗？”

瓦伦蒂点了点头：“听说了。”

“我想，肖恩可能，不太适合一线作战。”迦尔文开口道，因为一直斟酌着用词，他的话显得有些断续，“不论是他的性格，还是能力，都还有些——”

“基地当然会考虑这些。”瓦伦蒂笑了笑，“就目前的情况来看，肖恩也许确实还没到能出任务的时候；但你不用担心，我们不会让任何一个预备役成员在没有做好准备的情况下就贸然面对危险，再者，原本也不是每一个水银针都应该冲上一线，分工配合永远是重要的。”

听到这里，迦尔文总算是松了口气。

他忍不住伸手轻轻捶了几下自己的胸口，似乎是有些如释重负，又好似有些忧虑。

傍晚，赫斯塔和莉兹都回到了学生公寓中。

回房以后，赫斯塔直接倒在床上睡了过去，直到晚上八点多才醒来，这个点基地的食堂应该是关了，她决定去外面的厨房里做点吃的，但这个念头只是脑子里的，她想了很久，还是一动不动躺在床上。

外面的天已经完全黑了，但还是有一点光投进了屋内，也许是路灯散发出的，也许是别的什么，有时她听见外面隐约的聊天声，但有些分不清它们是来自楼下的小路，还是公寓的某扇窗户里。

赫斯塔又有一种朦胧的幻梦感，她想起今天听莉兹唱过的歌，所谓的水银针战歌她已经记不清楚了，但偏偏对那首听不懂歌词的阿斯基亚吟唱印象颇深。

莉兹今天给她介绍了好几个基地内的成员认识。赫斯塔觉得，这多半是因为在进入基地的这些天，除了403里的室友和这里的几个老师，她几乎没有再接触别的新人。

莉兹创造这样的机会，既是为了周日带她出公寓走走，也是为了能让她稍稍拓展一点社交圈。

她想，莉兹原来在家里一定是个姐姐，不然莉兹对她的种种照顾不会这样自然又妥帖。

赫斯塔轻叹了一声，不论是在短鸣巷还是在圣安妮修道院，似乎她与周遭世界的关系都不够深，但在这些地方，又总会有一个锚点似的人物紧紧抓着她，让她不至于成为总是游离在边缘的浮影。

在这里是莉兹，在修道院的时候是伯衡，在短鸣巷的时候……是妈妈。

赫斯塔有时候不大明白，为什么总是有人能够有那么多的愿望和力气，永远对未来怀有憧憬，永远像一把燃烧的火炬。

想起过去的日子，赫斯塔赤脚下床，走到窗前那个小边桌的旁边。

她在铸铁椅上坐了下来，脚底是毛茸茸的地毯。

她轻轻晃着脚，让地毯摩挲着自己的脚面。

赫斯塔将侧脸贴在了桌上，两手的指尖扣住桌子的边沿，就这么趴在了桌面上。

月光洒落，照着边桌的玻璃钟罩，她望着里面立着的纸玫瑰，觉得自己的心再一次变得沉静。

只是单这样还不够，这时候远处还应当站着一个人。

似乎还应当有一只手，轻轻来拍抚她的头发。

赫斯塔的目光慢慢转向玫瑰下的银钥匙——那是千叶前几天交给她的，她把它和纸玫瑰一起收在了玻璃钟罩的里面。

她凝视着钥匙，过了一会儿，她轻轻抬起钟罩，把它取了出来。

她起身打开房间里的灯，并找了条绳子，将钥匙穿起来挂在了脖子上。

不过对着镜子看了一会儿，赫斯塔又觉得这样似乎有些傻气，也太显眼，于是重新把绳子剪断，在手腕上绕了几圈，缠在了腕子上。

这样放下长袖，就什么也看不到了。

就这么折腾了十几分钟，方才一点不愿动的惰意已经完全退去，赫斯塔再次感到饥饿，于是起身朝外面走。

推门出去的时候，她看见莉兹正横卧在客厅窗户下面的沙发上，手里拿着一本书。

两人无言地打了个招呼，赫斯塔走到厨房旁边的一个储物的角落，从那里取了一瓶纯净水，“咕噜咕噜”喝了好几大口。

她没注意到自己站的位置刚好挡住了莉兹的光，但莉兹也没有说，只是顺势把书放在了旁边：“刚才是在房里睡觉吗？”

“嗯。”赫斯塔点点头，“有点饿了，出来弄点东西吃。”

莉兹就躺在那儿看着赫斯塔做事——她所谓的弄点东西吃，就是用白水煮两个鸡蛋。看得出赫斯塔似乎还是对电磁炉有些陌生，直到看见黑色的炉面烧成了红色，确信这玩意儿是真的热了，她才拿起旁边的雪平锅盛水放了上去。

这景象看得莉兹有点发笑。

也许赫斯塔自己没有意识到，当她不笑的时候，表情会显得有点凶——这大概是让大多数人没有来主动和她打招呼的原因。每次她去文法课教室，坐下去就给人一种“嗖嗖”冒冷气的感觉，那张带着警惕的脸上分明写着“生人勿近”。

这会儿赫斯塔看起来也还是有点凶巴巴的，但因为她的动作过于笨拙，所以显得有些好笑。

莉兹没有过去帮忙，不过在赫斯塔东张西望找东西的时候，她轻声说了一句：“盖子在底下柜子里。”

赫斯塔闻言蹲下，很快找到了锅盖。

初步搞定这一切后，赫斯塔把沾水的手随便在身上擦了擦。

她转过头去，莉兹已经恢复了刚才看书的姿势。

“图兰还没有回来吗？”赫斯塔随口问道，这些天里她几乎都没怎么看到另外两位室友，她知道黎各现在应该还在地下医院里治疗，但一直见不到图兰也确实有些奇怪。

“嗯，感觉她最近给自己加训加得有点魔怔了，”莉兹稍稍翻身，“不过支援中心那边说最好不要横加干涉，让她有个宣泄口也是好的。”

赫斯塔走到客厅的大桌子旁边，拉了把椅子坐下：“我昨天搜了一下卡特拉城。”

莉兹再次放下书，转而望向赫斯塔：“嗯？”

赫斯塔接着道：“那儿好像是第四区的一处宜居地，事发时，因为水银针介入及时，所以并没有造成太大伤亡……是吗？”

“嗯。”

“那有什么隐情吗，让她这么执着于作战？”

莉兹思考了一会儿，接着道：“遭遇了继发性螯合物的受害者，对螯合物的恨意会更深、更纯粹，战斗渴望也更加强烈。也是……人之常情吧。你知道螯合物的来源分类吗？”

赫斯塔摇头。

“你之前在修道院遇到的是原发性螯合物——你熟悉的人发生了感染，你眼睁睁看着她们成了怪物。这种情况在宜居地很少见，因为这里的怪物大部分是从荒原过来的，图兰她们遇上的就是。这些怪物通过某种手段或漏洞绕过了隔离带并突破宜居地外围的基本防御工事，最终进入城市。所以对受害者而言，它们都是从天而降的灾难……图兰恨不得把这些怪物都杀个精光，当然渴望上战场了，但实际上，螯合病才是我们共同的敌人。”

莉兹伸手挠了挠脑袋，又重新看向手里的书。

“不过这也只是一种从来源地入手，方便作战的分类方式罢了。”莉兹接着说，“继发性螯合物因为是外来物入侵，所以通常对当地人事、地形都比较陌生，歼灭它们相对容易；而原发性螯合物由于在事发地生活了很久，对当地了解较深，所以隐秘性更强，更加狡猾，与之作战的难度也更高。”

赫斯塔明白过来：“那如果在荒原上遇到了继发性螯合物——”

莉兹摇了摇头。

“荒原上出现的螯合物不必分什么原发性、继发性，即便区分也没有意义。因为对大部分荒原来说，不管是被螯合物侵袭还是有人感染螯合病，当地人能做的事情都很少。

“只是说，如果通知及时，水银针和联合政府的队伍能在整体发病前赶到，就能帮忙医治和迁移——但维系这个联络的成本很高，因为荒原上没有电力，一切都靠马和人。如果不走运，水银针赶去时，恰好碰上整个荒原形成螯合物潮……就更危险。

“不过，在远离城镇的地方执行猎杀任务，不会像在宜居地里那么束手束脚，应对起来会更容易一些。”

赫斯塔这时已经意识到自己的问题有一点不合时宜，这个有些残酷的回答多少是莉兹自身经历的映射。她无端勾起了人家的回忆和痛苦。

莉兹沉默了一会儿，“啪嗒”一下把书合上，随手放去了一边：“把你电脑拿出来吧。”

“要做什么？”

“我先帮你做一下加密处理，本来昨天就该做的，事情太多了一下没想起来。”

见赫斯塔一脸不解，莉兹和她稍微解释了其中的道理。

“也就是说，肖恩有可能看到我的网络操作？”赫斯塔问。

“理论上是有这个可能，不过这两天基地禁用了肖恩的所有设备，他应该没有工具。”

“好的，等我一下。”

一连几天，肖恩没能用上迦尔文的电脑——迦尔文直接把自己的电脑放在基地的图书馆里了。

而他们两人从来没有像现在这样冷战这么长时间。好几次，肖恩想借一些生活上的由头重新搭话，都在快要开口的时候被迦尔文避开。

接连试探无果，肖恩放弃了——他终于意识到，除非自己准备好和迦尔文来一场长谈，否则他休想假装那场谈话没有发生过。

他心里有些怨怼，但又无处发作。迦尔文已经开始为下个月他们的第一次外出实战开始准备，但这一次破天荒地没有拉着他一起训练。肖恩索性用各种病假、事假的借口来逃脱各类短线模拟战，令他诧异的是，基地竟然也通通批准了。

突然间，他有了大把的时间。

约莫一周以后，基地突然重新提升了他的信用评级，从D上升为C-，尽管秩序官莫利亲自找了他谈话，警告他要痛改前非好好做人，但不管怎么样，提升了评级就意味着，他和迦尔文都可以重新回学生公寓居住了。

这一切曾激起肖恩短暂的警惕，离开考察区以后，他一连好几天没有去找过赫斯塔的麻烦。

但很快，肖恩咂摸出了这其中的原委——从这周开始，基地外开始聚集起大批的平民，他们高喊着“让她自由”的口号，将亚麻色头发的赫斯塔头像高高举起，而无所事事的肖恩就跟看戏似的站在离正门不远的主楼俯瞰这一切。

他从自己的遭遇里嗅出了一点“息事宁人”的味道。想必莫利乃至基地的更高领导者都不想，甚至是害怕在这个时候闹出一件有人在基地内部霸凌赫斯塔的新闻。

但他可不怕。

在肖恩因“弥漫性头痛”搬回学生公寓“休养”后不久，他就找到了一个绝好的机会潜入宿舍管理员拉维特太太一楼的值班室——韦尔先生料想她这段时间一定被那些示威者烦得不得了，所以约她在某天下午一起开车去城里逛逛，他们下午一点出发，赶在下午五点前回来就行。

只是在邮件中，韦尔先生并没有明确具体是哪一天出去——这要依照他本周的剩余工作量来决定。

不过这难不倒肖恩，他每天一过中午十二点，就搬一张椅子坐在走廊窗户下面看书。公寓门口那条L形的小路在午间基本没人，每当有人影从楼下经过，他就抬手看一眼。

很快，他就逮到了盛装出行的拉维特太太。她穿着淡黄色碎花洋裙，头顶的礼帽上用草绿色的薄纱扎着绢花，脚下一双棕色低跟鞋，手里还拿着一个不大的黑色小提包。

肖恩目送拉维特太太消失在路的尽头，然后对着表开始估算时间。他想象着拉维特太太慢慢穿过整个基地，走到西面的地下停车场，她会在那里与威尔先生会合，两个人坐在车里，随着引擎的启动离这里越来越远。

当预想中的距离已经超过了会产生“我落下了什么东西在公寓我得回去一趟”念头的范围，肖恩合上书，佯作不经意地下楼，来到拉维特太太的门前，用事先备好的万用卡刷开了电子锁。

拉维特太太的电脑密码非常简单——“Lovett4576.”。

这大概是她能够构想出的最完美的密码，它至少同时包含了大小写字母、数字和特殊符号。唯一的问题出在——拉维特太太的电脑账号名就叫“Lovett4576”。

但往好处想，至少她绝不会遇上因为忘记密码而把自己拦在系统之外的困境。

肖恩熟练地调取出自己需要的窗口，很快，他眉毛微扬——赫斯塔的有效检索数据停留在上上周的周日晚九点左右。

看来莉兹已经帮她做过升级了。

肖恩饶有兴致地输入新的命令，以查看赫斯塔仅有的几条检索记录。这大概是最近这一周里唯一能勾起他一点兴趣的事情，以致这会儿他的嘴角已经微微上扬。

然而，这种不怀好意的微笑很快就凝固在了他的脸上——尽管赫斯塔打开了非常多的页面，但是她输入的检索主题都非常简洁：

> 如何买到适合藏匿的小型刀具？
>
> 如何伪造不在场证明？
>
> 未满 ×× 岁故意杀人，如若被发现，会面临怎样的刑罚？

一时间，肖恩心中百味杂陈，他的表情在极短的时间内从震惊、恼火再到不屑。

肖恩又想起第一次与赫斯塔遭遇的走廊，他还是比较喜欢赫斯塔当时的样子——明明害怕得要命，还要强撑着不敢轻举妄动，那种弱小但倔强的情态着实令他觉得有趣。

他不能理解这个初来乍到的新人，如何能够在这么短的时间里傲慢到这种地步。

是外面那些呼声震天的谭伊市民给了她勇气，还是她自恃有莉兹·弗莱彻撑腰，恰好这一周他又没什么动作，所以给了她可以骑在他脖子上的错觉？

肖恩已经没有再翻其他人信息的兴致，在消除自己的登录痕迹以后，早早离开了拉维特太太的房间，回到自己的宿舍。

简·赫斯塔。

一路上，肖恩在心里默念这个名字。几条检索记录像是来自赫斯塔的战书，激起了他沉寂已久的胜负心——

我要怎么给你点教训好呢？

★ AHgAs 情报站

原发性螯合物、继发性螯合物

从来源地给螯合物做区分，有原发性螯合物和继发性螯合物两种。

原发性螯合物：指由在事发地（一般是宜居地）生活了很久的人受感染后变异形成的螯合物。它们通常对当地情况了解较深，隐秘性更强，更加狡猾，水银针与其作战的难度也更高。

继发性螯合物：指外来的螯合物通过某种手段或漏洞绕过了隔离带并突破宜居地外围的基本防御工事，最终入侵城市。它们通常对当地的人事、地形都比较陌生，歼灭它们相对容易。

第十章

训练

操场上，正在长跑的赫斯塔突然失了平衡跌倒在地上，她的手和膝盖同时擦伤，一阵热辣的痛感刺得她龇牙咧嘴。

远处几乎立刻响起了哨声，那是出发点的教官在催促她赶快起来，接着跑。赫斯塔也没有检查身上的伤口，继续向前。

一百二十个小时的基本生活培训已经结束，她原以为自己的体能训练课程也会随之变化，没想到还是和之前一样，只有无休止的长跑。

赫斯塔从莉兹那里了解到，基地里的其他成员平均一周有三趟五千米负重越野，一个月有一次全装备二十千米急行，余下的时间分别进行格斗、射击等和战术训练课。然而从现在的评估结果看，赫斯塔一米三一的身高和二十四千克的体重还远远达不到参加集训的标准。

因为长期食素和苦行，她的身形非常单薄，训练官经常调侃她属于"挨一记重拳就得骨折"的身板。在第一次见面的时候，赫斯塔就被告知，趁早放下加入集训的念头，她现在最重要的任务就是长高和增重，以及把心肺功能练强大。

"心肺功能就相当于锅炉，"训练官这样说，"这跟烧炉子一样，要火旺，起码氧先供上。"

奔跑中的赫斯塔感到自己的肺管子像烧起来了一样，然而不知怎的，肖恩那张不怀好意的脸又闯进了赫斯塔的脑海，让她骤然又有了许多力气。

远处的哨声又响了："保持匀速！谁让你变速跑了？快快慢慢地跑只会更累！"

她艰难地调整着速度。

虽然之前在修道院的时候，赫斯塔也需要和其他人一起干活和徒步，但那时走走歇歇，并不觉得痛苦。

等终于冲过终点线的时候，训练官阿诺德跟了上来："你在想什么？为什么今天的节奏这么差？"

赫斯塔说不出话，她摇了摇头，只觉得浑身上下都轻飘飘的。即便已经停下，她也没有觉得自己的呼吸变得顺畅。她感到阿诺德似乎随时准备拉住她的胳膊，以免她像第一天那样跑完就摔倒。

阿诺德是个已经六十五岁的老人，但赫斯塔第一次见到他时，以为他只是个四十出头但长相显老的中年男人，毕竟他的头发已经差不多全白了。

阿诺德的身形和迦尔文很像，但个头稍矮。当他站在什么地方不动时，他非常喜欢保持双手抱怀的动作，这种防御的姿态让他看起来非常健壮，那双和脑袋一样粗的上臂总是把他的短袖袖口撑得紧绷绷的。

赫斯塔曾经问过他，自己是否也能通过长期训练获得这样的肌肉，如果能，要多久。阿诺德听罢，先是哈哈大笑，然后问她现在每天都吃些什么。

这个问题倒是很好回答——在开始体能训练之后，她的部分饮食已经从先前的职工自助变成了定向供给。

每天早晨，她的固定早餐有15g乳清蛋白粉加35g麦片，同时配有五个蛋白与一个蛋黄。在头几天，她并不能总是把这些东西都吃完，但现在已经可以了。

每天的第一场体能训练通常在早餐后半个小时到一个小时内开始，结束之后她会摄入大量碳水。基地不刻意控制分量，赫斯塔的选择一般是土豆泥、荞麦面或者黑面包，配上盐煎碎肉牛肉饼或是鸡胸肉。晚餐相对自由一些，她还是可以像以前一样选择自助，不过这半个月来她一直盯着一种叫"北方"的沙拉，那里头有鸡胗、土豆、碎鸡胸肉、大叶生菜和苦菊，非常合她的胃口。

阿诺德频频点头，称只要赫斯塔坚持这样的饮食并按照既定节奏训练，总有一天能超过他——然而也说不上为什么，赫斯塔总觉得他在这么说的时候语气并不那么令人信服，仿佛带着一种玩笑似的口吻。

此刻，赫斯塔沿着操场最外侧的跑道慢慢步行，训练官阿诺德站在她的右后方一路紧随。

“你遇到什么麻烦了吗，赫斯塔？”

“您为什么这么问？”

“这段时间，你经常在训练的时候分心，这不是什么好征兆。”阿诺德答道，“如果你真的遇到了什么问题，尽管找我谈谈。”

“没有不习惯，在这里的生活前所未有地好，教官。”

“那你今天跑步的时候都在想什么？”

一个最近总在找我麻烦的人。赫斯塔在心里回答。

但开口以前，她先问了一句：“您是水银针吗，教官？”

阿诺德眉毛微扬：“我不是。”

“那我不能回答您。”赫斯塔答道，“我确实分了心没有做好，明天我会注意，请您原谅。”

阿诺德带着些许轻蔑地笑了一声。

“我不是什么水银针，赫斯塔，但我是联合政府的退役陆军。”阿诺德掷地有声地开口，他的声音沉着有力。

“我曾参与过几十次针对螯合物的猎杀行动，也与很多英勇杀敌的水银针有过非常愉快的合作，而这些，只是我军旅生涯中不值一提的一笔。”

赫斯塔一怔：“您负责什么呢？”

“在宜居地内，我负责火力支援；在荒原上，我能做的事情更多。”阿诺德答道，“荒原作战没有疏散人员和保护财产的要求，用炮弹远程对敌远比近战要合算。所以这些行动中，我们也同样可以是战斗主力，只有当螯合物潮越过最终保护线的时候，才需要一部分水银针上阵，以免出现意外。”

“最终保护线？那是什么。”

“你会学到的。”阿诺德也故意卖起了关子，“最远交火线、火力限制线、最终保护线，等到你将来开始学习基本战术的时候，都会学到的。”

“好的。”

几个来这边跑步健身的基地职工与他们擦身而过，那几人向阿诺德打了个招呼，阿诺德点头致意。赫斯塔发现这里的许多人似乎都与阿诺德相熟——他已经在基地里任教很久了。

“我还有个问题，教官。”赫斯塔问道，“基地里的几位老师总是为学员们提供一对一特训吗？我到现在还没有见过其他新人学员，他们一般在什么时候训练？”

阿诺德笑了几声：“原本我们今年可以休假的。”

“原本？”

“按照第三区的纳新节奏，一般来说是每隔三年轮空一年。如果不是千叶把你带过来，今年，这里应该没有新生。”

赫斯塔一时有些意外。看来，并不是她没有遇上其他新人，而是今年的新人，真的只有她一个。

夜里七八点钟，赫斯塔洗完澡从浴室出来。她已经处理了下午训练时的擦伤，伤口在浸水以后变得格外敏感，每踏一级台阶，她就能感觉到膝盖上的皮肤因为形变[①]而产生一阵绵密的疼痛。

“很悠闲嘛。”一个熟悉的声音从身后传来。

赫斯塔不用回头就听出了这人是谁。她转过身，看向站在五六级台阶下的肖恩。

四目相对，肖恩确实感受到了这段时间以来赫斯塔身上有了一些变化，她此刻穿着基地墨绿色的新式体能服和一条黑色中裤，和那天在走廊上的装束相比更加中性。不知道为什么，那种初见时战战兢兢的警觉从她身上消失了。

“你今天不用去集训吗？”赫斯塔道。

“不是所有人都需要去参加那种劳神又劳力的训练。”肖恩两手交叠置于后颈，脸上带着一点似有若无的笑意，“他们有蛮力，而我有头脑。”

赫斯塔没有应声。

肖恩倚着墙，一只脚斜斜地站着，另一只脚别在自己的小腿肚子后面。

① 凡物体受到外力而发生形状变化的谓之“形变”。

“有没有人夸过你头发很好看？”肖恩突然说。

“什么？”

“难怪以前有人要出重金来买赫斯塔人的头发。不过你为什么不留长发呢？女孩都应该留长头发，尤其是有一头漂亮红发的女孩。”肖恩站直了些，向着台阶迈出了一步，“我能摸摸吗？”

“不能。”赫斯塔冷声道，“你再靠近一步，我要喊人了。”

肖恩停了下来。或许是因为地势的关系，从赫斯塔居高临下的目光中，肖恩仿佛觉察到一种攻守易势的变化——这让肖恩觉得有些好笑。

“你要喊谁？拉维特太太吗？”肖恩两手叉腰，笑道，“你的莉兹现在可赶不回来。”

“是的，她今晚不在，”赫斯塔点头，“所以有些话只能现在说了。”

“嗯？我没听错吧……你有话要和我讲？”

“对。我希望你接下来不要再找我的麻烦。”赫斯塔轻声道，“如果我身上有任何地方让你感到不快，我们一定能找到其他方式来解决，也许我们可以谈谈……我愿意和你谈谈。”

“那真的再好不过，因为我现在最大的愿望就是和你交个朋友，”肖恩扶在墙壁上的手指颇有节奏地敲击着墙面，“不过，我真的可以相信你吗？”

“为什么不呢？”

“如果你把我偷偷约到一个地方，再趁我不备袭击我，我怎么办？”

赫斯塔稍稍侧头：“听不懂你在说什么。”

“你之前不是还在搜‘如何伪装不在场证明’吗？”

“我没有。”赫斯塔否认得云淡风轻。

“8:32 分，如何买到适合藏匿的小型刀具？8:45 分，如何伪造不在场证明？9:12 分，未满 ×× 岁故意杀人，如若被发现，会面临怎样的刑罚？在这半个多小时里你打开了不下五十个网页……”肖恩语调平静地拉出了清单，“请问赫斯塔小姐为什么平白无故要开始搜这些东西？”

赫斯塔表情有些微妙。

肖恩看见她刚才还垂落在身侧的手已经紧紧攥了起来，嘴巴也稍稍抿起。

“你从哪儿知道的？”赫斯塔的声音小了些。

“我看见的。”肖恩抬起手，“用我这双眼睛。”

“所以，你确实窃取了我的浏览记录。”

肖恩只是微笑。

“你怎么敢？”

“这对我来说没什么大不了的，”肖恩的声音很平静，“一点爱好罢了。”

“好吧。”赫斯塔看向别处，“你到底想从我这儿得到什么呢，肖恩？”

“我吗？我不想得到什么，我就想知道，赫斯塔族姑娘都像你这么恬静吗？”

赫斯塔的眉头再次皱了起来。

肖恩摊开手：“以前我总听人把女孩比作花，但不管是在赫克拉还是在这儿，女人们不是像索菲·莫利那样的老处女，就是像莉兹这样的钢铁怪物，反正从她们身上我看不到一点花的娇美。”

“是吗？”赫斯塔的语气中已经带了一点不耐烦，“我倒觉得那样很好。”

“无所谓，赫斯塔。”肖恩也没有反驳，他又开口，“总之，和我做朋友吧。你拿到电脑的第一时间就检索了赫克拉荒原，可见你对我感兴趣，就像我也对你感兴趣一样。你可以和我聊聊你的过去，比如伏——”

“我拒绝。”赫斯塔立刻打断了他，“朋友不会在暗中监视你的一举一动，朋友是彼此尊重的。”

肖恩感到有些扫兴：“你说这话的样子好像被莉兹附体了，别这样……你就非要和我撕破脸吗？没有第二条路？我刚才的话明明都是在赞美你。”

“那我想我们没别的好谈。”赫斯塔低声道，“我也没有从你的话里感受到任何赞美。”

肖恩脸上的笑意完全消失了，这种由微笑转向轻蔑的变化是如此迅速、如此自然，仿佛一瞬间他周围的空气也变得冰冷。

“那我换一种说法吧，赫斯塔，你可能觉得这里是宜居地，还是一个人人充满正义的地方，不过每个地方都有自己的法则，而有些法则是超越地域的，在赫克拉，在短鸣巷，在基地，都是一样。”

听到他提起“短鸣巷”，赫斯塔也稍稍凝神：“你去过短鸣巷？”

“没有，”肖恩坦然道，“但总归和赫克拉不会相差太多，我相信，你懂我在说什么。”

“我不懂。”赫斯塔稍稍低下了头，“请你再说明白些。”

“我也算攥着你的把柄呢，赫斯塔。”肖恩声音很轻，“想想看，如果莫利女士知道你的密谋，你还指望她像之前一样维护你吗？莉兹呢，也会对你大失所望——她是个程序正义狂魔，心眼和陈年僵尸一样死得不能再死。她们都是关心秩序胜于关心你，但我不一样。在某些事情上，你会发现我比莉兹可靠得多。”

赫斯塔笑了笑：“哪方面呢？”

“我理解你，太理解了，你不过是把在短鸣巷的习气带进基地了而已，我们都很熟悉这种做法，是这里的人不懂，他们在蜜罐子里泡得太久了。”

赫斯塔表情厌弃地吐了一口气，肖恩看得笑嘻嘻的：“哈哈，我知道这么说你不会喜欢——是个人就不会喜欢，但这就是事实，我和其他人不一样，不会拿一些冠冕堂皇的话来骗你——”

赫斯塔伸手扶住额头，低声道：“图兰小姐，请出来吧。我实在……听不下去了。”

刹那间，肖恩的表情凝固起来——在他下方的楼道转角传来几声奇怪的响动，他一直没有发现那边还藏着一个人。

一阵电子杂音过后，他听见一串熟悉的对话：“有没有人夸过你头发很好看？……什么？……难怪以前有人要出重金来买赫斯塔人的头发，不过你为什么不留长发呢？女孩都应该留长头发……”这声音戛然而止，与此同时，穿着基地短袖的图兰顺着台阶出现在两人眼中。

“还行，虽然没录全……但关键部分都录上了。”图兰把手机揣回口袋，眯着眼睛朝肖恩竖起大拇指，“你真行啊，肖恩，你真行。”

“你们……你们合起伙儿来设局——”

“这怎么能叫设局？我和赫斯塔一起下楼洗澡，她先出来，我跟在后面。”图兰冷声道，“这叫恰好，正巧，偏偏就遇上了。”

“呵，在当事人不知情的情况下偷录的录音是没有法律效力的——”

“要什么法律效力？”图兰笑了一声，“等莉兹回来听了这段录音，你就知道她是不是秩序狂魔了。我劝你先去基地医院预约床位，到时候她会把你揍得连你哥都不认识。”

肖恩皱起了眉头，在短暂的慌乱之后，他又恢复了些许镇定。

“你以为基地里的人真的会因为这一点无关紧要的小事严惩我吗？”他嘲讽地望着赫斯塔，“本质上我们都是非常罕见的工具，在属于我们自身以前，先属于 AHgAs。宜居地里的这种平衡太牢固了——只要我没有犯下重罪，没有人会真的拿我怎么样，你们的莉兹不能，莫利女士也不能。”

“不能就不能吧，但我劝你现在不要轻举妄动。”赫斯塔轻声道，“你和图兰都是二次觉醒后的水银针，真要在这里动手，对你没有好处。”

肖恩喉咙微动。

“录音不一定会放出去，只要你肯就此打住，别再找我麻烦。”赫斯塔望着他，“当然，如果你真的来找了，我也有后手……我说到做到，肖恩。”

“别呀，最好现在就动手。”图兰冲肖恩笑了一声，“大部队离开基地的夜晚，我和你两个预备役水银针在宿舍区开启子弹时间斗殴——想想都刺激。我倒真的很好奇，凭我短暂的子弹时间，能不能直接打得你满地找牙？”

肖恩扫了两人一眼，什么也没有说，转头朝着走廊的另一头跑去了。

站在原地的图兰忍不住大笑，对着肖恩离开的背影高喊：“我知道我这么说你不会喜欢，是个人就不会喜欢，但——这就是真实，毕竟我和其他人不一样，我不会拿一些冠冕堂皇的话来骗你。回屋玩自己去吧肖恩——”

赫斯塔目视着肖恩的背影消失在走廊的黑暗尽头，终于松了口气：“谢谢你。”

图兰挥了挥手，语调轻快：“举手之劳罢了，不过你怎么知道他今天肯定会来找你麻烦？”

“感觉？”

图兰向着赫斯塔比起大拇指，两人相视而笑，一起上楼回了房间。很快，图兰将录音拷了一份，然后去敲了赫斯塔的门。

“请进，门没有锁。”

图兰推开了门，但并没有进屋，她望着在书桌前的赫斯塔：“在写日记？”

“嗯。”

“我把今晚的录音带来了，我自己也存了一份，这个给你。”

图兰伸出左手，将一支新的录音笔朝着赫斯塔抛了过去。赫斯塔毫无防备，但还是手疾眼快地接住了。

“日常装在口袋里就行，下次再遇到这种情况，就算我不在你也可以自己取证。”

这是一支银色的录音笔，只有普通钢笔那么大，它的侧面有一小块电子屏，旁边就是按钮。

“谢谢……有说明书吗？”

“没有，那种东西我早就丢了。”图兰回答，“你自己摸索一下吧，弄懂这个东西不难。”

“好。”

“话说，”图兰两手交叉在身前，“你真的不打算把今晚的事告诉莉兹或者莫利吗？”

“不用，有些证据捏在手里比放出来管用。”

“你不相信莉兹能帮你讨回公道？”

赫斯塔将录音笔收了起来，站起身。

“不是不信。”赫斯塔望着图兰，“但基地不会真的难为他。罚款、降评级这些操作应该已经到顶了——说到底，这不是莉兹可以控制的事。”

“为什么这么说？”

“在我来这里之前，千叶小姐曾经和我说，世界上的在役水银针只有四千多个。”赫斯塔轻声回答，“而第三区内的水银针数量尤其稀少——两百多个，差不多只占总数的5%。那就意味着这里的每一个预备役都非常珍贵。我想基地不会轻易放弃任何一个人，不要说是像肖恩这种小打小闹，即便他真的犯下了什么重罪，恐怕也会有其价值。”

图兰稍稍皱眉——好像……有道理。

她沉默了一会儿，道：“反正，你不要听肖恩的，莉兹不是那种关心秩序胜于关心同伴的人，我想她是因为第一次当辅佐官，所以很多事情做起来束手束脚，她一直都是很可靠的伙伴。”

“我知道。”赫斯塔点了点头，

“那我没别的事了。”图兰往后退了一步，“你早点休息吧。”

“对了，图兰小姐为什么今晚没有跟着大部队一起去训练呢？”赫斯塔突然开口，“是因为要照顾我吗？”

“哈哈，那倒不是。”图兰回头笑了笑，“他们的那种体能训练对我来说已经没有意义了，想提高子弹时间……我得想想别的办法。”

赫斯塔不明所指，只是轻声道：“祝你顺利。”

“希望如此吧。”图兰笑着向赫斯塔比了个拳头，然后大步流星地朝自己房间走去了。

赫斯塔目送图兰离去，她在今晚真正认识了这个棕发绿眸的卡特拉姑娘。

之后的几天，即便莉兹不在，肖恩也没有再来找麻烦。

第一次主动出击就取得了不错的战果，这着实让赫斯塔有些高兴。她原本想着尽快将这个变化当面告诉千叶，但奇怪的是，千叶一连几天都没有露面。

这几天，来接赫斯塔去市区中心进行射击练习的是一个西装革履的老人，他总是在赫斯塔没有课的间隙出现，带她出基地参与射击练习。

老人的头发和胡子都是银色的，上唇的两撇小胡子梳理得非常工整，雪白的衬衫外面套着一件黑色马夹，最外头是一身十分合体的黑色长裤与晨礼服。他眼睛很细，不笑的时候他尚且像一位绅士，可一旦笑起来，两只眼睛眯成缝，就很难不令人联想起一只不怀好意的狐狸。

莫利似乎认识这个人，因为当她看到这人代替千叶来接人的时候，她丝毫没有感到意外。两人打招呼的时候，赫斯塔听见莫利称呼他为“埃卢先生”。

赫斯塔听见他们聊天，莫利询问千叶身体是否恢复了，而老人淡淡地回答“已经差不多了”。

“千叶小姐生病了吗？”赫斯塔问道。

两个人都没有回答她。

又过了一周，千叶终于露面了，不过这一次她坐着轮椅。

千叶的左半张脸上缠着绷带，整只左眼都被蒙住了，埃卢在后头推着千叶，像之前一样沉默。

上车的时候，赫斯塔才留意到千叶的右腿裤管与左手袖子里都空空荡荡。直到此刻，赫斯塔终于明白之前莫利问的那句“身体是否恢复了”是什么意思——千叶受了很重的伤，严重到两肢被截。千叶对自己的变化只字不提，赫斯塔几次侧目，发现她正闭着眼睛休息。

今天她确实比往常安静，只是一进射击场，那个神采奕奕的千叶就又回来了。她给赫斯塔准备了特别的靶子——二十五米外的环形靶被换成了人像，每一副都是一个被挟持的人质与歹徒。“歹徒”只露出一只胳膊和半个脑袋，身体则完全躲在了“人质”后面。

在训练时，赫斯塔的余光总是忍不住瞥向身后，千叶小姐正单手撑着一根拐杖，金鸡独立地站在那里。

半个下午的时间里，赫斯塔都有些心不在焉。她有些拿不准，当一方不主动开口，自己直接去问“你的手和脚怎么没了”是否会显得有些不礼貌。正当她为此纠结时，千叶的拐杖已经猝不及防地打在了她的背上。

“不要驼背！”

细长的拐杖像鞭子，抽在身上的感觉是滚烫的，赫斯塔回过神来，才发现自己又把子弹打在了“人质”身上。

千叶摇了摇头。

赫斯塔看了千叶一眼：“抱歉。”

“你这……也是个思路。”

赫斯塔听出千叶话里有点讥诮的味道，但又没明白。

千叶单手执拐，往前蹦了一步：“等将来真的遇上了劫匪，你就直接喊话说，‘里面的匪徒听着，人质现在已经被我打死了，你们赶快出来投降’……哪个坏蛋不束手就擒？”

赫斯塔的脸唰的一下涨红了。

她深呼吸：“我再来一次。”

千叶不置可否，望着眼前新竖起的人像靶陷入沉思——她确实能感觉到今天赫斯塔有点心事，但她没有想到，在这种情况下赫斯塔的射击水平会下降得这么快。

“集中注意力。”千叶正色道，“不管之前发生了多少让你分心的事，握着武器的时候，把所有的心思都放在你的射击目标上——如果你还想活命的话。”

埃卢全程都戴着耳罩，身体笔直地站在旁边，脸上带着专业和善的微笑。

回程途中，他们又一起去了那家“白轮船”，这一次千叶只要了两个卡娜蕾。赫斯塔换了一种新的水果塔，店家照例送来一杯热可可，她一饮而尽。

当天夜里，莉兹在洗澡时发现赫斯塔背后多了一道棍痕，她立刻询问是否基地里哪位训练官违背操作准则对赫斯塔进行了体罚。赫斯塔试图转移话题，然而莉兹却是一副要打破砂锅问到底的架势。见糊弄不过去，赫斯塔只好临场发挥，说下午和千叶出门时在路上见义勇为击倒了一个劫匪，不巧挨了那人两棍子。

莉兹正在头发上搓泡泡的手顿时停了下来：“我不懂，千叶就放着你一个人见义勇为？”

“她也帮忙了，主要还是靠她。”赫斯塔开始找补，“只是我先冲了出去，所以……”

莉兹叹了口气：“我今天去看黎各的时候，发现千叶这周在基地约了一个手术，她病了吗？”

赫斯塔沉默了一会儿，道：“可能……受伤了吧。”

莉兹在水雾中发出了一声若有所思的低吟，最后轻声道：“反正这些现役水银针回预备役基地预约手术，还挺少见的。”

“为什么？”

“虽然我们这儿的地下医院也很先进，但和核心城相比总还是略逊一筹，毕竟母城都在核心城的内部，而有些设备不方便远程运输。”莉兹轻声道，“我听说这次要给千叶做手术的医生，就是临时从核心城派过来的。”

赫斯塔想起今天见到的千叶。

原来是这样吗？

第十一章

NEVER END

甜点

当晚，瓦伦蒂结束了工作，立刻换了衣服赶往基地的地下医院。

时钟指向夜晚九点，距离千叶结束手术已经过了两个小时。这个点已经远远超出了探视时间，但千叶的病房永远是例外。不论何时，所有的来访人员都会由护士进病房通报给千叶，再由她本人决定是否要见面。

瓦伦蒂只在外面等了一小会儿，护士就出来告诉她可以进去了。

白色的病房里，千叶也没有睡。

千叶少见地披散着长发，她今天戴着另一副无框的备用眼镜，看起来有些年头了。一支红色水笔夹在她的中指和无名指中间，正随着手指的起伏有节奏地晃动着。

整张病床上都散乱着各种纸质文件，有些纸张上写着简短的红色批注，一旁的埃卢默不作声地整理着床头柜上的旧稿。

“真崎。”

千叶抬头，微笑着向瓦伦蒂打了声招呼：“你怎么来了？”

“我刚听说你在基地预约了今天的手术，就来看看。”

“先别过来。”千叶低声道。

瓦伦蒂十分配合地在原地站住了，直到埃卢将病床上的所有文件都收拾起来了，她才慢慢走到千叶身边，坐了下来。

“这两个月不是说了要好好休假吗？”瓦伦蒂稍稍蹙眉，“又接任务了？”

千叶向着埃卢轻轻挥手，示意他出去。埃卢向着千叶与瓦伦蒂躬身行礼，然后从外面带上房门。

“第五区的一个荒原上出现了新的螯合物潮。”千叶的声音显得有些沙哑，“感觉有点蹊跷，刚好那边也发出了求援信号，我就过去看看。”

“那解决了吗？”

“嗯，都解决了。”千叶望着她，“你来得正好，明天帮我去和赫斯塔说一声，后天不出去了，让她到我病房里来待着。”

“你要她来做什么？”

“不做什么，就待在我身边。”千叶回答，“不然这个月我陪伴她的时间指标就完不成了。”

瓦伦蒂表情严肃：“你到底知不知道休假是用来干什么的？”

“休息。”

千叶明白瓦伦蒂想说什么，但两个人只是对望了一会儿，千叶伸手抓了一把头发：“能再帮我个忙吗？”

“干什么？”

“我的外套应该在外面，护士长她们收起来了。”千叶压低了声音，“我上衣内侧的口袋里应该还有半包烟——”

瓦伦蒂皱起眉头：“你觉得我会帮你吗？”

“好吧。”千叶往后仰靠，伸手握住了床头的铁围栏，“但我很好，瓦伦蒂，这些只是正常的负伤，我很快就可以出院——”

“再保持这样的作战频率，你可能都活不过三十五岁——这还是几年前我爸爸给出的诊断。”瓦伦蒂侧着头，“千叶，你到底在想什么呢？”

千叶没有回答，她两脚伸得笔直，整个上半身彻底松懈下来，长头发也随之汇集在胸口。

这种场合没有一支烟，总让千叶觉得少了点什么，她的手指有些不安地在床边轻轻敲击床单。

千叶虚望着前方：“那也还是太久了。”

瓦伦蒂的眼中掠过一丝诧异：“什么意思？你是想用这种方式慢性自杀吗？”

“死是不可避免的，瓦伦蒂，但我不会主动朝它走过去……

我永远不会做这种事。”

似乎是觉得自己方才的反问过于唐突，瓦伦蒂稍稍有些脸红，她站起身去整理起一旁桌上的新鲜花束，以避开千叶的目光。

“我爸爸前几天还和我谈起你，他说在他接触过的所有病人里，没有人的求生意志比你更强烈。”

“没错。”千叶靠在床榻上，“我只是不凑巧，有几个杀伤性稍微大一点的习惯，你不用太担心。维京医生最近还好吗？”

“还是老样子。”瓦伦蒂轻声道，“他最近应该是和联合军一起去南边的几个荒原巡查了，按现在这个速度，可能两周后会来谭伊。”

“令尊真是位勇敢的人。”

“那到时候要见一面吗？”

千叶在心里稍微算了一下时间，低声道：“到时候看情况吧。”

两人又聊了一会儿，离开时，瓦伦蒂才走出房门就立刻转了回来：“对了，安娜女士的手稿……我差点就忘记给你了，好厚一沓呢……”

说着，瓦伦蒂从自己的黑色挎包里取出一沓四指厚的稿子，里头全是用打字机敲出来的长短句，密密麻麻，但又十分工整。

从听到“安娜”这个名字开始，千叶的表情就变得有些微妙起来。

“我爸爸现在是安娜女士的主治大夫了。”瓦伦蒂轻声道，“以后再拿安娜女士的手稿，我们不用再像以前那么费事，他现在每个月都可以去看她。”

千叶默不作声地接过了手稿，手稿的封面是额外加上去的，瓦伦蒂的父亲用花体字在上面写下《森林吟唱之时·下》。

“她还在写这些没用的东西啊。”千叶喃喃道，“根本没有人会看的。”

“我就看过了啊。”瓦伦蒂微笑着争辩，“看完感觉很有启发，我从来没有见过谁能把森林的科普写得像她这么有趣。”

“她身体怎么样，现在？”

“短期还好，长期不太乐观。”瓦伦蒂低声道，“上个月她膝盖做了个小手术，如果休养得当，以后是可以站起来的。我爸爸向联合政府那边提过好多次了，安娜女士未来需要的不是持续静养，而是尽快恢复正常生活，总是把她囚在一个地方，就算那儿是皇宫也无济于事。好在她现在还能写作，至少在书写的时候她是自由的。”

千叶没有回应，她看回了手稿：“这个东西……还是交给上次十四区的那个编辑吗？”

“对，这里头有两份稿子，一份交给编辑，另一份，安娜女士希望你能替她保管。她担心如果把底稿留在她自己手上，下次联合政府来突击检查的时候还是会被直接抢走。”

“好。”千叶已经迅速地找到了这沓手稿中分界的那一页，“我知道了。”

“你有什么东西想转交给她吗？像是——”

“没有。”

“无所谓，反正我爸也要再等两周才到，你可以再想想。”瓦伦蒂再次站了起来，“等我爸来了谭伊，下一站就是回核心城了，他不会在这儿停留太久。”

“好的。”千叶抬头看向瓦伦蒂，“辛苦你了。”

“没什么。”瓦伦蒂也望着她，“我听爸爸说，安娜现在的生活非常孤独，如果有人能给她写一封信的话，应该能带去极大的鼓舞。”

“你可以写一封啊。”千叶道，“之前安娜给我们上博物学概论的时候，你总是跟在她屁股后面问各种问题——她对你印象一定很深。”

“我已经写好了。”瓦伦蒂笑着道，“不过已经快四年没见了，我能写的东西不多。你知道基地里的生活就是又规律又单调的，我再怎么写也写不出花来，不过，如果是你——”

“我也写不出花来。”千叶答道，“我做的很多事本来也不方便开口，万一信中途被截了还会给她带来不必要的麻烦，别劝我了。”

瓦伦蒂轻轻叹了口气，但她很快又再次笑起来：“也是，我只是提个建议，你不要觉得为难。”

瓦伦蒂走后，埃卢重新走进了病房，见千叶正整理着手稿，埃卢问起缘由，千叶如实相告。

“您是否需要帮忙呢？”埃卢问道，“我明天可以帮您寄出去。”

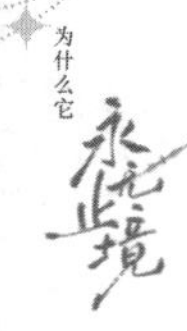

“不用了，刚好下个月我还要去一趟十四区。”千叶垂着眼眸，“我亲自来吧。”

几日后，当赫斯塔再次被带离基地的时候，埃卢先生没有出现。千叶独自一人，像往常一样开着车在停车场等候。

当赫斯塔走近，驾驶位上的千叶若无其事地向她挥手打招呼，赫斯塔先是一怔，继而眼睛瞪得浑圆：上一次见面时，千叶空空荡荡的左袖管中，如今又长出了手臂。

更不可思议的是，这只曾经断去的左臂并非钢铁或木质的假肢，赫斯塔看见千叶动作灵活地从口袋里掏出一支烟，然后又半握着拳挡在打火机前，为火苗挡风……这根本就像普通人的五指一样。

“愣在那儿干吗？上车啊。”千叶又喊了一声。

赫斯塔缓过神来，上前打开车门，坐下时，她目光扫向千叶的右腿——好家伙，右腿也长出来了。

赫斯塔喉咙微动：“千叶小姐。”

“嗯？”

“我能……摸一摸你的手吗？”

千叶不明所以，但还是把右手递了出去。

“不是，左手。”

千叶换了手，赫斯塔皱着眉，轻轻握住了这只活灵活现的左手。

而今再看，虽然这只手也有着微白的骨骼和稍稍凸起的青色血管，好像和寻常人一样，但只要仔细端详，觉察到它与真实血肉的差别并不难。

往事突然在赫斯塔脑海中闪现，其实早在第一次见到千叶并与之握手的时候，她就已经感觉到千叶的手质地非常特别。

只是当时接触的时间很短，她也没有细想。

千叶抽回了手：“以前的用坏了，所以就换了个新的。”

赫斯塔无法形容她的震惊，这一幕对她而言不下于一场神迹，她相信如果格尔丁修女在场，一定也会发出惊呼。

然而，千叶的语气就像在说一把伞、一块钟表或是一副眼镜——也许在千叶小姐眼中，人的身体也和这些器物没太大区别。

“这到底是怎么办到的？”

千叶叼着烟，手握方向盘，动作熟练地倒了车："古代科技。"

"是说黄金时代？"

"嗯哼。"

汽车飞快地驶向市中心。

今天是周日，整个城市格外寂静，大部分商铺都关了门，街上也没有什么行人，只有教堂的门开着，偶尔能看到有人出入。

赫斯塔望着窗外："今天没有游行。"

"周末很少有游行，周末是用来休息的。"千叶轻声道，"除非是抗议他们自己的薪资待遇，否则你别想在星期天拉上一群人上街。"

像往常一样，千叶还是把车停在了"白轮船"所在的那条街上。

除了"白轮船"，这条街上没有一家门店营业，带着铁锈的卷帘门把那些花花绿绿的木头玻璃门都遮了起来，不过这些铁皮上全是各种各样的涂鸦喷绘，远远看去像是一条延展的画墙。

"我最喜欢'白轮船'的一点——周日照常营业。"千叶解开安全带，"走吧，去吃点东西。"

两人推门而入，赫斯塔很快发现今天站在收银台前的是个她从没见过的胖女人，她个头不高，身材很丰腴，年纪可能与拉维特太太不相上下。

"千叶？"胖女人一眼认出了来人，"你回来了？"

"上个月就回来了。"千叶回答，"我都来你这儿好几次了，只是每次你都不在。"

对方发出一串浑厚的笑声："我打算在南边的亚斯克新城开一家分店，最近在那边看合适的店面，都很少往这边来。"

胖女人从柜台后面走了出来，她穿着一条绿白相间的格子花裙，头上绑着一条淡绿色的纱巾，黑色的长发编成了一股粗壮的麻花辫盘在脑后，看起来非常干练。

最初的那一眼，女人的黑发褐眸让赫斯塔一下想起了伯衡，她不禁猜测起这个女人是否也来自十四区。

但她说话的口音，又和莉兹有几分相似。

胖女人与千叶叙了两句旧，三人说着话，又在靠窗的位子坐了下来。

千叶靠在椅背上，一只手绕过脑袋，玩着自己的马尾辫："你信我吧，现在不是个开分店的好时机。"

胖女人皱起眉头："我什么都准备好啦，为什么不是了？"

"总之你最好先缓缓。"千叶显然不想解释更多，她转向赫斯塔，"这位是达里娅太太，'白轮船'的老板。"

紧接着，她又指着赫斯塔向达里娅说道："这是埃卢的远房亲戚，最近两个月住在我那里，叫——"千叶略一停顿，"爱丽丝。"

"你好，爱丽丝。"达里娅太太朝着赫斯塔伸出了手，"你的头发真漂亮，简直像象牙白的绸缎。"

在意识到千叶给出了假名以后，赫斯塔有些紧张。她不自觉地朝远离达里娅太太的方向挪了挪，以防止对方因为靠得太近而发现自己头上正戴着假发。

"谢谢。"赫斯塔轻轻握了一下对方的手，"很高兴认识您，达里娅太太。"

"你从哪儿来呢，小姑娘？也和埃卢先生一样吗？"

"嗯。"

赫斯塔并不知道埃卢先生的故乡在哪儿，但这会儿除了点头，她也没有更好的反应。

达里娅笑起来："那离我们那儿很近，你去过维柳钦斯基没有？"

"哪儿？"

"维柳钦斯基荒原。"达里娅太太道，"我以前就住那儿，自从来了谭伊，这十几年都没回去过啦——实在太远了，回去也不方便。"

赫斯塔不知如何回答，她看向千叶——千叶看起来没打算替她接过话茬。

于是赫斯塔想了想："以前很少有机会往外走，外面不安全。"

这个回答似乎让达里娅太太很信服，她望着赫斯塔的目光顿时多了几分怜爱："也是的，住在荒原毕竟不保险，你说往前推几年，谁能想到阿斯基亚也会出事呢？那么繁华的地方……我差点就在那儿落脚了。"

赫斯塔仰起头："您去过阿斯基亚？"

"当然去过了，最早一批到维柳钦斯基的荒原住民，大部分是从阿斯基亚迁过来的呢。"

达里娅太太非常健谈，她絮絮叨叨地讲起这十几年在谭伊的生活，感慨最多的是谭伊的人懒到了她难以想象的地步。

“我刚来的时候，住在我对面的一对老夫妻是开酒馆的，我以为他们周日肯定是最忙的时候——谁知道有一天周日早晨起来，他们俩在一起给院子除草！我当时惊呆了，等到了中午，我看他们还在院子里磨磨蹭蹭，就忍不住上前问‘好街坊，你们怎么现在还在家里头呢？’。

“一开始，他们还以为我是在责问他们为什么不去教堂，有些难为情，等知道我指的是他们酒馆里的生意，这两个人哈哈大笑，和我说‘周日是神定的休息日，可没有工作的道理！’。

“可真是奇了怪了，如果周日的酒馆不开门，那谭伊的酒鬼们什么时候出来买醉？你猜他们怎么答的我？”

“怎么回答的呢？”

达里娅太太学着她那位友邻的腔调，慢条斯理地道：“从礼拜一到礼拜六，每天晚上都能来啊！”

说罢，达里娅太太一掌拍在大腿上。

“亏他们想得出来，谁要是在礼拜一的晚上喝个烂醉，那他礼拜二一整天岂不是只能带着昏昏沉沉的脑子去干活儿？从前我在维柳钦斯基的时候，就觉得那儿的人已经够懒了，哪儿想到谭伊比我们那儿还不如。”

听到这里，千叶已经笑出了声。

“我知道，你们维柳钦斯基的女人绝不会沾染上第三区的懒病和放浪习气。”她举起手里的茶杯，轻轻碰了一下达里娅太太的杯子，“你们永远勤劳！”

…………

这一天，等千叶和赫斯塔离开“白轮船”进入“砰砰俱乐部”的时候，已经比预计的时间晚了半个多小时。

赫斯塔留心到这边的墙上也有一幅简略的世界地图，趁着千叶登记信息，她开始在地图上检索荒原维柳钦斯基的位置。

最初她在阿斯基亚荒原附近看了一圈，没有收获，于是继而将范围放大至整个第三区，仍寻不见。

她只得从地图的左端开始，一点一点看过来，最后，她终于发现了自己的目标——在十四区的最东边，有一块像尖长鸟喙一样向下延伸出海面的陆地，鸟喙的中端用文字标记着“维柳钦斯基”。

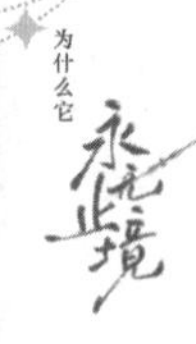

阿斯基亚与维柳钦斯基之间，隔着一整个十四区加半个第三区——这近百万米的距离，已经快占到整幅地图的三分之一。

难怪达里娅太太说她十几年都未能回去一趟……

这真的太远了。

入夜，千叶把赫斯塔重新送回基地，路上，赫斯塔将前几天自己与肖恩的对峙讲给了千叶听。令她有些意外的是，千叶似乎并没有为她感到高兴。

“千叶小姐觉得这样的处理方式怎么样？”

千叶努了努嘴：“挺好。”

“我想，我可以先这么拖着。”赫斯塔轻声道，“接下来我打算去和迦尔文谈谈，他看起来没有肖恩那么不讲道理，如果能得到他的帮助，我相信事情会变好的。”

“你认为他能帮到你什么？”千叶淡淡地问。

“给我一些预警？”赫斯塔回答，“既然他们兄弟总是形影不离，他肯定是对肖恩状态最熟悉的人，如果我身边既有莉兹，又有熟悉肖恩的迦尔文，总归是更好的。”

灯光晦暗的路面，迎面驶来另一辆车，车灯的光影照亮千叶的脸，又很快暗淡下去。

赫斯塔看见千叶陷入了沉思，似乎在琢磨什么难解的问题。

“是我还有什么地方考虑得不够周到吗？”

“没有。”千叶缓缓开口，“就是让事情变复杂了。”

回到公寓，赫斯塔推开403的门，屋子里一片漆黑，图兰和莉兹这会儿都不在。

赫斯塔猜想她们可能是在二楼的健身房或者图书室，她将从“白轮船”带回来的甜点放进了冰箱。

冰箱里的橘黄色暖光照在她的脸上，她望着水果塔上的草莓尖尖一时有些出神。

直到此刻，她也没有想明白千叶所指的“复杂”具体是什么——无论从何种角度看，她选择的都是解决成本更低的做法。

或许千叶小姐是觉得，直接给肖恩一个教训会更好？

可是，要谋划一个精巧的计划并恰到好处地打断他的子弹时间，复杂程度只会更高。

赫斯塔关上冰箱门。

也许，千叶小姐就是这样的个性。

她之前不声不响地寄了把武器来，再见面的时候也没有直说究竟要怎么做，直到两人在射击场第一次打靶过后，她才将自己的想法娓娓道来。

在千叶小姐那里，大概有一条“能沟通”与“不能沟通”的界限，只有当她觉得对方跨入了“能沟通”的范畴，才会开口讲自己的想法。

如果是这样，那赫斯塔就只能等下去了。

约莫过了半个小时，门外传来脚步声，莉兹和图兰一前一后进了门。

两人几乎立刻就嗅到了空气中不寻常的奶油香味，图兰一眼看见冰箱旁边放着的陌生纸袋。

赫斯塔从自己房间里探出头来：“我从市中心带了几块点心，你们吃吗？”

…………

客厅的桌子上，三人围着那张大白方桌坐成一排，莉兹坐在中间，她小心地拆下纸盒上的红色缎带，里面是四块拼在一起的方形小蛋糕。

图兰和莉兹不约而同地发出了一声感叹——自从来到基地，她们已经快忘记了奶油蛋糕的味道。

两人大快朵颐，等吃到还剩最后一点点，又有些不舍。

“之前几次出任务都是直接去的目的地，他们根本不给时间让我们这些预备役闲逛。”莉兹说道，“我到现在也只去过市中心一次——还是坐在车里隔着深灰色玻璃看的。”

“我也好想出去看看。”图兰咬着金属叉，轻叹了一声，“我都快忘了外面是什么样子了。”

赫斯塔着实没想到两人竟在基地里一直待了两年。

“本质上，基地并不属于谭伊市，也不属于第三区，你踏出基地一步，就相当于从一个行政区走到另一个行政区——这么说你能明白吗？”莉兹解释道。

“转正的水银针享有一定程度的区域自由，所以他们可以在部分大区随意来去，但如果我们预备役要出去，就得有合理的事由。”图兰在一旁补充，“像是实习任务、探亲——”

“真羡慕你。”莉兹望着赫斯塔，“你下次出去是什么时候？我得掐着算算。”

“这个不看我，得看千叶小姐的时间。”赫斯塔回答，“可能是周一早晨、周三上午、周四下午、周五早晨，还有周六周日全天中的任何一个时段。”

图兰趴在桌子上，意犹未尽地望着已经空空如也的蛋糕盒：“这家店叫什么名字？下次有机会我也要去看看。”

“‘白轮船’。”赫斯塔回答。

莉兹的眼睛睁大了一些，她轻声重复这个词，神情如同遇见一个久别重逢的亲切好友：“老板是哪里人？”

“维柳钦斯基荒原，十四区最东边的。”赫斯塔答道，“老板叫达里娅太太，她也和我说起过阿斯基亚。”

莉兹发出一声由衷的叹息——这声叹息里全是惊喜，同时脸上浮起微笑。命运带来的巧合犹如一件并未期许过的礼物，突然落在她的头顶。

“你们认识？”

莉兹摇头：“应该不认识。”

图兰望着莉兹变幻的神情，不由得好奇：“‘白轮船’……是什么典故吗？”

“是那首歌呀。”

莉兹轻轻哼唱起来，赫斯塔很快听出，这正是几周前，莉兹带着她学习水银针战歌时曾唱过的一首阿斯基亚小调：

有没有比你更宽阔的河流，艾涅塞？
有没有比你更亲切的土地，艾涅塞？
有没有比你更深重的苦难，艾涅塞？
有没有比你更自由的意志，艾涅塞？[1]
…………

① 引自作家艾特玛托夫的长篇小说《白轮船》卷首诗。艾涅塞，意即“母亲河”。

第十二章

NEVER END

旧梦

三人去到莉兹的房间里，莉兹从自己的抽屉里取出一张陈旧但保存完好的地图。

她小心地将地图铺在床上，展示给赫斯塔和图兰两人看。

这是阿斯基亚荒原的地图，它号称第三区最大的荒原，有三个谭伊那么大——土地面积究竟是不是最大的还有待考证，但它确实曾经是一处极繁华的城邦，鼎盛时甚至可以媲美一些远离核心城的宜居地。

阿斯基亚落在一片广袤的平原上，虽然交通极为便利，却无险可守。

整个阿斯基亚有五个区域，莉兹的家坐落在东城某条人工河的转角。离那儿不远的地方有一个小公园，周末的时候很多养狗的居民会在那儿和宠物一起玩飞盘。

莉兹熟悉那附近的每一条街道，她甚至能凭着印象依次说出某条街上的店铺和它们店主的名字。

“荒原上的区域限制没有那么严格，”莉兹轻声道，“就比方说阿斯基亚和维柳钦斯基，虽然一个在第三区中北部，一个在十四区最东边，但如果有人愿意还是可以迁移过去——最早去维柳钦斯基的那批人里好像也有我家的长辈，但时间隔得实在太久了，两边早就断了联系。”

图兰在脑海中稍微估算了一下两者之间的距离。

“好远……好危险。”

“一片土地能养活的人始终是有限的，想活下去，总得有人做开拓者。”莉兹轻声道，“而且，这一路往东也不都是无人区，往往隔一段路就会遇到不同的城镇，只是大家对陌生人的防备心都很强，轻易不放外乡人进入。”

“那想落脚怎么办？”

“大一些的荒原一般都有自己专门的联络站和隔离地带，大都是水银针牵头建的。一般流程是先提出申请，递交材料，等审核通过以后再抽取脑脊液检测，并在特殊的隔离所里待上三个月……总之很麻烦。

“小一些的荒原就不太严格，怎么做的都有。毕竟在阿斯基亚爆发螯合物潮之前，大家已经几十年没有见过螯合物了——在这种情况下要所有人自觉遵循一套麻烦至极的规则，几乎不可能。”

赫斯塔也曾听阿诺德提及过这一点。4620 年的阿斯基亚、4621 年的赫克拉是近年来第三区内仅有的两次螯合物潮发生地，基地里的这 67 个预备役大都来自这两个荒原周边的村落。莉兹和格兰古瓦兄弟作为生活在爆发点中心的居民，能幸存几乎是一种奇迹。

莉兹望着地图：“两次螯合物潮，算是给宜居地和其他荒原的人都敲了一遍警钟吧。”

“不好说，如果真能敲上警钟，卡特拉城里也就不会溜进两只螯合物了。”图兰侧卧着，“之前市政在城外的工事就修得敷衍了事，治安部也没有尽到每夜在隔离带巡回放哨的职责，大家都觉得第三区西部的赫克拉荒原离第四区的卡特拉城远着呢，即便出事也暂时轮不到我们这儿……不真的看到血，谁能记得住教训？”

三人趴在床上，各自想起一些过去的事，一时都陷入了沉默。

莉兹忽然侧目：“简，短鸣巷是怎样的地方？”

赫斯塔没有料想到这话题突然转向，一时只能发出一声轻而缓慢的“嗯——”。

“真的到处都是罪犯吗？”图兰问道。

“大概……是的吧？但也没有那么可怕。”赫斯塔回忆着，“毕竟要找到足够的食物、干净的水、必需的药品……就得在一块儿做交易。所以大部分情况下，大家会主动避免一些无意义的争端，很多人只把短鸣巷当成一个暂时落脚的地方，最终还是要想办法去别的地方安家。”

莉兹若有所思地点了点头：“听起来确实和赫克拉那边的情况有点类似。”

“哪里像？”

“在赫克拉荒原的中心位置有一块大概四十平方千米的小镇，叫绿洲地，你听说过吗？”

赫斯塔摇头。

莉兹接着道：“那里有地下交易站、医院、药店和一些采购点……除了会贩卖人口、军火和毒品，那里和别的荒原没什么两样。绿洲地是所有赫克拉人都默认的‘停战地’，因为当地人也需要一个能救命和收集情报的地方，所以不论是什么纠纷，但凡进入了绿洲地，双方都要暂时放下争端。”

赫斯塔：“好像教堂里的庇护所。”

“是吗？”莉兹眨了眨眼睛。

“嗯，以前有位修女告诉我，在大断电时代以前，教会有‘庇护权’。不论是谁，不论他犯下了怎样的罪过，只要他踏入了教堂，敲响忏悔钟，那么他将立刻得到保护。”

“警察也不能进去抓？”

赫斯塔点头：“对，主教、神甫或是领班修女会根据情况给予他们半个月到四十天不等的庇护期，之后他们要么被永久驱逐出境，要么接受世俗法庭的审判——也不算逍遥法外。”

图兰忽地一怔：“卡特拉也有这种地方。离教堂比较近的地方都会有一个避难所——就是用来干这些事的。”

“可能这片土地上的一些习惯，就是从黄金时代延续下来的？虽然它们可能换了一种面貌……”莉兹道。

图兰笑了一声：“那这么说，虽然隔了八百多年，我们也还是黄金时代的遗民。”

三人之中，唯有莉兹的表情忽然变得复杂。

她起身下地，走到墙边取下了自己的巴扬手风琴。

“《白轮船》就是一首从黄金时代传下的民歌，是我祖母教我的。”莉兹的声音非常轻柔，“她还教过我另一首歌，你们想听吗？”

同一个夜晚，同样的歌曲，此刻也正回荡在千叶的办公室里。

她摆在窗台下的指针唱片机正在旋转，带着金属镀层的唱针正源源不断地读出一段一段陌生的语言。

千叶哼唱着这首歌的旋律，她曾拿着这张唱片的外壳，向“白轮船”的达里娅太太请教过它歌名的含义。

这些斑驳字符拼成了一句诗名：《我愿在年轻时死去》①。

我愿在年轻时死去，既无爱恋，也无忧虑

如金色的星辰陨落，如不谢的花朵升起

我希望被长久敌意所苦恼的人和我一起，在我的墓碑上找到欢愉

请把我安葬在那远离喧嚣大路的地方

那里垂柳弯腰，撩弄水波，未收割的无叶豆泛着金黄

愿睡意蒙眬的罂粟盛开，愿风吹过我的头顶

我不回顾走过的道路，不回顾逝去的疯狂岁月

当唱完最后一首赞歌，我会无忧无虑地睡去

但请别让火焰彻底熄灭，请别把那个女人忘记，她曾唤醒每个人的心

我愿在年轻时死去……

门外响起规律的敲门声，随着千叶的应声，埃卢推门而入。

“千叶小姐，您找我？”

千叶将唱片机的声音调小，转身伸手将两张她已经签字盖章过的文件递给埃卢。

“嗯，你去趟核心城，今晚就走。”

埃卢接过看了看，着实有些惊讶：“您要把之前持有的谭伊市城市债券全部抛售？”

“对，越快越好，最好不要超过半个月，套现的资金先存进灰度银行里别动，等等消息。”

“请允许我问问原因。”埃卢轻轻皱眉，“两年前您说过这批债券最少要持有十年，因为谭伊是整个第三区最适合中产养老的城市，这两年也不断有人从核心城迁出，在谭伊置业，可见您

① 即米拉·罗赫维茨卡娅的诗《我愿在年轻时死去》。

当初的判断是没错的。现在就抛售，我们的收益只能达到预期的16%……不，可能还不到10%。”

“那当然是因为情况有变。”千叶摘下眼镜，“抢在前面至少还能卖出价，再等下去就得亏钱了。”

埃卢不解：“什么让您改主意了呢？”

“这里适合养老，是因为AHgAs的新人基地在这里。”千叶答得不急不缓，“所有人都相信，整个第三区除了核心城，没有哪个地方比这儿更安全。”

埃卢意味深长地吸了口气：“那么，这里将要变得不安全了吗？”

“那谁知道呢？”千叶捏了捏脖子，“人的想法总是会变的，这有时候并不取决于事实如何。”

埃卢将文件收起。

“明白了，我今晚就动身。”

或许是因为今晚回忆了太多从前的事，这天夜里，赫斯塔又一次梦见了短鸣巷的一切。

在一间破破烂烂的小木屋里，母亲围着一条竖条纹围裙，正在尝新煮的羹汤。

这么多年过去，她又一次见到了妈妈。

那时的妈妈非常年轻。

年轻，清瘦。

她的样子仍停留在与赫斯塔分别前的样子，一条墨绿色的绒缎将她及肩的软发绑成一束，头发沿着细长的脖子垂在右肩。

她的肩膀，单薄得像一只鸟。

母亲的头发此刻是深褐色的——赫斯塔的也是。这些是后天染上的发色，但发根处仍能看见些火焰般明亮的微红。毕竟，想要平平安安地藏于人海，就得做一些必要的伪装。

不论在什么地方，像她们这样的红发都太过扎眼。

环顾四周，赫斯塔发现自己坐在一张绿色的小木凳子上。这是自己从短鸣巷附近的16号垃圾场捡回来的。

老查理帮她修了一条被雨水泡烂了的凳子腿，还找来了小半桶油漆。

她自己亲手用油漆把小木凳漆成了绿色的，然后才送给母亲。

家里的桌子是一个空酒桶加一块半圆形的木板，两者被她们用锤子和钉子固定在一起。母亲还在上面铺了一层桌布，让它看起来真的像一个小茶几。

茶几的下头垫着一层已经踩得有点毛糙的绒布地毯。妈妈特意将十几块不同材质的浅绿色布块缝在一起——它们来自床单、旧大衣、帆布包或长短裙，材料自身的花纹在这种拼接下呈现出一种碰撞的活力。

桌面上，一朵用铁丝和卡纸叠成的纸花插在海绵垫子上，那把与伯衡有关的银色小钥匙就放在一旁，一本已经被翻烂的《埃德加黑暗故事集·上》紧靠着纸花。

她伸手轻轻触碰母亲亲手做的海绵花台。

还好，重要的东西都在。

这一定是梦。

赫斯塔很快意识到这一点。

但是拜托了，先不要醒。

在短鸣巷，赫斯塔常常听妈妈说起她以前在十四区的生活。妈妈对过去的一切都很怀念——虽然十四区北部的气候远不如这里宜人。

听说，那里的冬天十分漫长，从当年十月到次年四月，大雪几乎不化，然而，冬天却是围炉聊天和读书的日子，所以妈妈的生活并不孤独。

妈妈经常说起她小时候有一间完全按照埃德加小说描述来布置的房间：木质的茶几，墨绿色的铸铁椅，绿色波点地毯，白色的、垂直于地面的窗帘……

而妈妈的妈妈则常常会在冬日的午后，与她坐在同一张茶几边上一起读书。

这些昔日的光景就像是妈妈的“锚”，它们牢牢抓着她，让她始终记得自己是谁，记得自己从哪里来。

可惜短鸣巷几乎搞不到什么纸质书，在闲暇时候，母女俩只能坐在茶几边上读旧报纸——直到有一天，真就出现了那么一件凑巧的事，她们从老查理那里得到了一本《埃德加黑暗故事集·上》。

妈妈用她两个月的微薄薪水向老查理换来这本书，老查理也爽快答应。

这本《埃德加黑暗故事集·上》是十四区的译本，上面的文字方方正正，与短鸣巷里能见到的文字截然不同。

很多个日夜，母亲和赫斯塔围坐在小茶几旁一起读这本书，这本书成了她的启蒙读物。她有时听着母亲读故事、解释词汇，有时抄写被重点画线的优美文句。

…………

梦里，赫斯塔又一次低下头，把侧脸贴在了桌面上。

她两手扣住桌子的边沿——每当她这样趴下来的时候，视线总是能刚好落在灶台前面。

炉灶上蒸腾的氤氲水汽。

妈妈哼着歌。

赫斯塔晃着脚，在她的脚底下，母亲亲手缝制的拼接地毯正摩挲着她暖和的脚掌。

最好还是要有一个玻璃钟罩，赫斯塔想，不然总还是差了点东西。

想到这儿，赫斯塔一下从凳子上跳了下来，推门就要往外走。

“要去哪儿？马上要吃饭了。”母亲的声音从身后传来。

“我去找老查理，妈妈。”赫斯塔答道，“今天是‘补给日’，我去他那儿看看有没有新玩意儿。”

年轻的母亲笑了一声：“先吃饭吧？”

“不了，我一会儿就回来！”

赫斯塔说着就跑了出去。

她的家就在老查理商店的后院，穿过仓库，前面就是老查理的店面。果然，老查理叼着烟斗，正在用一块干净的白棉布擦他的火器步枪。

老查理个头很矮，佝偻着背，一只眼睛瞎了，据说是年轻时猎鸟，不慎被走火的霰弹枪伤到的。

老人一见赫斯塔就笑起来：“我还以为你没胆子来。”

“我有！”

“哈哈哈哈哈，你有个屁！”老查理大笑着从自己乱糟糟的架子上抽出一本书，“拿了这个赶紧回家，别耽误我干正事。”

赫斯塔接了书一看——正是《埃德加黑暗故事集·下》。

“可我要的是一个玻璃钟罩！”赫斯塔大声说。

“没什么玻璃钟罩，这地方哪有这么金贵的东西？扒拉一下就碎个稀巴烂。”

“可你之前说有办法——”

“喏。”老查理把手里的步枪推到赫斯塔面前，“你要真想要什么东西，就自己去打，晓得吗？”

“那走，”赫斯塔抱着枪看了看，“我们现在就去。”

在短鸣巷，每个月至少有一天的“补给日”。

从前赫斯塔并不明白什么是“补给日”，她只知道每隔十几二十天，老查理就会早早出发，一个人带着枪、牵着马，往南走十几里路。

等到入夜，他会连人带马，驮一大批物资回来。

他不能保证每次驮回的东西都是眼下必需的，但这些东西总是很少见，而且极其有用。

稍微大一些以后，赫斯塔才知道所谓的“补给”并不是谁悄悄送给老查理的，而是他想办法截获的。

每个月，外面都有些来历不明的飞机往短鸣巷附近的荒野投放物资，有些是枪械，有些是罐头。

这些飞机会在临近投放地点的时候将物资连同降落伞一同抛下，如果能提前知晓投放地点，那么老查理就能在附近找到一处合适的地方——通常是某处山顶上——做好埋伏。

当被投放的物资箱带着初始速度开始滑翔降落，他就立刻用子弹打断降落伞的绳索。

在高空失去平衡的物资箱大都会飞快坠落，老查理在山顶大致记下它们的位置，等确认安全之后，就去捡漏。

虽然这种办法并不是每一次都能奏效，有时是因为打不中，有时是因为对方循着枪声摸了过来，但大部分情况下，他都能顺利得手。因为投放地点为了隐蔽总是选择短鸣巷附近的密林，拿货的人并不总是敢于深入林间——就为了那么一两箱状况外的物资，冒这种险不值当。

“每种武器的弹夹都不一样，你得自己观察。”

老查理把赫斯塔抱在怀里，手把手教她使用步枪。

“像这种，你得握着弹夹，从前头卡进去，不能直上直下。

“上膛的时候，很多人老习惯用自己的优势手——也就是扳机手，来拉这个栓，这是不对的。”

老查理抓着赫斯塔的左手，将它从武器的下方绕到右侧，来了个左手上膛。

“不管什么时候，你的扳机指都不能离扳机太远，懂吗？这样你才能一直维持有效的攻击姿势。”

赫斯塔沉默点头。

“那现在，把你的手指放在扳机外侧，托把顶着肩，身体重心要稍微往前靠一点——做好迎接后坐力的准备。”

老查理抓住赫斯塔的脑袋，往枪托上按：“脸，紧紧贴在托把上。然后，找到准星。”

“看哪个？”赫斯塔问道。

“看前瞄，永远用前瞄对准靶子，后瞄是给你当参照的，看你有没有把武器端平。”

说着，老查理突然拍了赫斯塔的肩膀一下。

“我刚说什么了？托把牢牢顶着肩！不然按下扳机，你的肩膀非被撞断不可！”

赫斯塔立刻照做了。

远处的天空隐隐传来飞机的声响，赫斯塔已经能看见黑色的小点慢慢朝自己的方向靠近。

“最后一点，你一定要记着。”老人声音沙哑，“一定、一定要记着。”

“嗯？”

“绝对不要在危险的地方射击。”

“那遇到危险的时候……怎么做？”

“跑，跑得远远的，让那些跑得比你慢的人替你送死。”老查理拉着脸，“绝不能让自己落到只能独自对敌的境地，懂吗？”

老查理的声音变得朦胧起来。

周围的一切开始变得沉重，天上突然劈下一道闪电，骤然落下的雷雨打在赫斯塔的脸上——她和老查理又回到了商铺的后院。

老查理一把拎着她的后领，正奋力蹚过已经没过膝盖的雨水，要带她离开。

天地又变回了深蓝色的，只有在闪电的瞬间才突然变得一片白亮。

滂沱的大雨被风裹着拍在身上几乎是痛的，赫斯塔意识到了什么，想要竭力挣开老查理的手。

“你要——你要带我去哪儿？”

“离开这儿！”

“不！妈妈……妈妈还没有回来——”

老查理的声音和惊雷同时响起：“她不会再回来了！我当初就不该救你们……她的脑子是彻底锈住了，这辈子都记不住教训——小崽子，你听着，她不要你了！你也给我滚出短鸣巷——”

老查理把赫斯塔绑在了马上。

雨夜，他带着赫斯塔一路向北狂奔，马蹄一夜未停。拂晓时，老人把赫斯塔扔在路边，他解开了她身上的绳索，丢给她一包罐头。

“下次我再看到你，就宰了你——”

老查理坐在马上，掉转了马头。

“想活命就往北走……一直往北，去塞文山，永远都别再回来！”

…………

赫斯塔骤然睁开眼睛。

眼前的一切静谧而平和，月光透过窗，洒落在她床前的地板上。

赫斯塔深深呼吸，牙关微颤，她单手撑着床坐起身。

枕头已经被浸湿，她的脸上满是泪水。

第十三章

受伤

次日，太阳照常升起。

因为要提前递交转职材料，莉兹难得一次没有跟大部队出行，请事假留在了基地。

午饭时，图兰问莉兹：“你有没有觉得，基地最近的安保好像比之前更松散了？”

“有一点，不过地面上的安保本来也不是基地的主要力量，”莉兹边吃边答，“松散或者严密，应该都不太重要吧。”

“还是挺讨厌的，”图兰皱着眉头，“今天有两个人不知道从哪边溜进了基地，在瓦伦蒂小姐她们的办公楼前面用扩音器要求我们放人，吵死人了。”

莉兹突然想起莫利女士提起的事——联合政府与AHgAs争夺赫斯塔抚养权，这正是基地不能在明面上继续调查并处置肖恩的原因。

可是这段时间下来，外面的声浪并没有停息，反而好像比之前还要闹腾。

不知道莫利女士她们这段时间到底在做什么，说好的“解决问题”呢？

“你上午看到简了吗？”莉兹突然问。

“没，她有课吧？”图兰回答，“怎么了，你找她有事？”

莉兹沉默了一会儿。昨天半夜简的情绪有过一次非常剧烈的波动，但因为被系统判定为噩梦，所以当时没有作为紧急情况提示，她是今早照例查看信息时看见的。

“也……没什么事，就是想着这会儿用午饭呢，怎么没见到她人——”

话音未落，莉兹的手机突然发出一阵刺耳的脉冲提示音，她迅速拿起查看。

图兰也凑过来：“出什么事了？”

“是简……”

莉兹皱起眉头打开新收到的提示简讯，和上次简·赫斯塔按下火警警报一样，这次的简讯是紧急情况下自动触发的提示信息。

然而，看完了这一次的提示内容以后，莉兹一度震惊。

她在和人……斗殴？

莉兹来不及解释，丢下餐具，飞快地冲向了事发地点。

…………

学生公寓的一楼走廊里，整个过道都回荡着拉维特太太的尖叫。

“打人……打人啦——啊啊，天哪……住手吧孩子们——呜呜呜……来人啊——”她喊得上气不接下气，一边远远看着，一边不停往公寓入口处看。

该打的电话拉维特太太已经全都打过了，然而就在这不到半分钟的工夫里，那边扭打在一块儿的两个人已经从过道中间打到了走廊尽头。

伤痕累累的肖恩退无可退，他的左眼已经成了青紫色，微微肿胀起来，止不住的鼻血一路往下流。

这些温热的血液也粘在赫斯塔的拳头上，她的拳头像雨一样落在肖恩的额头上、脸颊上、下颌处、胸腹处。

肖恩抬手抹了一把脸，撑着墙试图站起，五个鲜红的血手印摁在墙上，还没来得及着力，人就被赫斯塔一脚踢翻。

“我的钥匙呢？”赫斯塔发出低沉的咆哮，“还给我。”

赫斯塔的脸映在肖恩的眸子中——她的脸颊上满是溅起的血点，愤怒从她蓝色的眼眸里喷涌而出，血丝爬满了她的眼白。她的脸因为愤怒和憎恶而变得狰狞，此时的她与昔日沉默冷淡的女孩判若两人。

肖恩望着眼前陷入疯狂的赫斯塔，嘲讽地笑了起来。

“看看你现在的样子，赫斯塔……怎样？你还……真想杀了我吗？”

肖恩完全没有还手，他满嘴的血，往身旁啐了一口后笑嘻嘻地把头昂了昂，露出自己的脖子：“拉维特太太看着呢。”

赫斯塔揪着肖恩的衣领，把他从地上拽起。

她的头稍稍低了下去，额前的刘海挡住了她的眼睛。

“我再最后问你一遍……你到底把我的钥匙藏到哪里去了？”

肖恩有气无力地笑了两声，喃喃开口。

“大点声。”赫斯塔冷声道。

肖恩向着赫斯塔轻轻招手，示意她靠到自己身边，等到赫斯塔靠近，他带着颤抖的笑意开了口。

“你猜……我会不会告诉你？”

赫斯塔的瞳孔骤然缩小，她松开手，直起身，往后退了半步，呼吸再一次变得平稳。

一时间，一直在看戏的肖恩竟真的感到了些微寒意，对敌的本能使他敏锐地捕捉到了一些不寻常的变化，他有些怀疑地看着眼前人。

“赫斯塔？”

赫斯塔微微抬头，在走廊并不明亮的光照里，她的半张脸沉在阴影中。

然而，那张脸上已经没有了愤怒，一切不解、屈辱、憎恨的表情都消失了，取而代之的是……微笑。

微笑……

肖恩以为自己看错了。

她的眼睛仍带着灼人的炽热目光，但下半张脸确实是在笑。

赫斯塔上唇与下唇轻碰，吐出几个无声的字。肖恩已经无心再想她说了什么，他瞬间进入了子弹时间，像一支离弦之箭一样向着近旁的窗户冲逃。

在起跳的一瞬，肖恩感到有什么东西牢牢抓住了自己的脚踝，他觉得那是赫斯塔的手。

但不可能，她不可能在这种状态下抓得住自己——

下一瞬，他整个人已经失了平衡，被重重摔在地上。

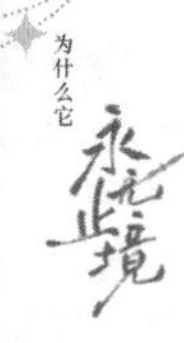

他忽然反应过来方才赫斯塔在说什么。

“如你所愿。”

整个世界都陷入了沉寂，肖恩甚至还未来得及细想这一切到底是怎么发生的，死亡的气息就已经逼近，他只觉得脑海中一片空白，甚至来不及恐惧。

“简！”

莉兹的声音突然传入耳中。

肖恩回过头，莉兹不知道什么时候出现在赫斯塔的背后，从身后牢牢抱住了她的身体。

一切像是慢动作，赫斯塔的额发飘起又落下，像一个溺水者。

远处的拉维特太太已经吓哭了，她两手捂着嘴，满脸泪痕地朝这边望过来，这场预备役之间的冲突看起来似乎终于告一段落。

赫斯塔整个人倒在了莉兹的怀中，一动不动。

“简？”莉兹松开了手，声音有些颤抖，“简？”

赫斯塔表情痛苦，她闭着眼睛，没有回答，很快，她的身体突然抽动了一下，一口血喷了出来。

公寓外，基地内收到警报的安保人员终于赶到，他们冲进走廊：“这里都发生什么——”

莉兹回过头，她手臂上都是赫斯塔刚吐的血。

“快……快救人。”

莫利的办公室里，莫利面对着肖恩、莉兹和图兰三人。

“为什么你们就是不相信我？！她二次觉醒了，她肯定是二次觉醒了——”

“格兰古瓦！”

莫利喝止了情绪激动的肖恩，与此同时，办公室桌面上的电话响了起来。

莫利接起电话：“你好，秩序官办公室。”

她听着电话另一头的话语，接连“嗯”了好几声，最后叹了一声：“那真是太好了。”

莉兹热切地望着莫利——虽然不确定对方现在究竟是在和谁打电话，但她觉得十有八九是地下医院打来的。

“好的，我再多问一句，”莫利的目光朝肖恩那边扫了一眼，

“赫斯塔现在的觉醒状态是？”

所有人都屏住了呼吸。

“好的，我明白了。”莫利放下电话，对肖恩道，“赫斯塔并没有二次觉醒，她只是受了伤，昏厥过去了。”

莉兹听得当场站了起来，对着肖恩厉声道：“你对赫斯塔做了什么？”

“你们休想再诬赖我！我除了挨她的打，别的什么都没做！”

“弗莱彻，你也坐下！”莫利也严厉道，“赫斯塔受伤确实不是因为肖恩。”

办公室又恢复了暂时的宁静。

一旁肖恩冷笑了一声：“我说了吧。”

“把你们的脾气都收一收。”莫利冷冷地扫了他一眼，“不论如何，你作为一个已经二次觉醒的预备役水银针，在赫斯塔主动寻衅的时候你总有办法逃走——为什么要故意停在那里和她纠缠？”

肖恩眯起被赫斯塔打肿了的眼睛，整张脸呈现出一种戏剧性的荒诞神态。

“真是匪夷所思，莫利女士……”他摊开手，“你都说了是赫斯塔主动挑衅啊，那你现在是在怪我吗？你是觉得我作为一个受害者，在面对加害者的时候还表现得不够完美？”

莫利丝毫不为所动：“请直接回答我的问题。”

“那当然是因为我一直在试图弄明白发生了什么事情啊！”肖恩据理力争，声音非常激动，“就是因为知道她那点力气也伤不了我的筋骨，所以我才强忍着痛，试图和她澄清——”

莉兹恼火地打断他的话：“你肯定又做了什么招惹她的事。”

“证据呢？”肖恩侧目，“我刚刚已经说过无数遍了，今天上午我只是在走廊上意外碰见了赫斯塔，不小心撞到了她一下，她就疯了似的追过来揍我——我已经保持了作为一个绅士最大的克制和容忍，我一下都没有还手，看看！”

肖恩撸起自己的衣袖，向莉兹展示自己身上的伤痕。

“赫斯塔不会无缘无故找你的麻烦——”

“她今天就是无缘无故找我的麻烦！”

“都住口！”莫利皱起眉头，她的邮箱里刚刚收到了中午的

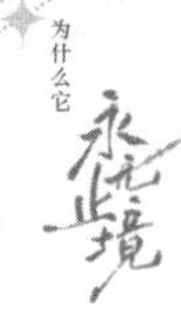

监控片段与拉维特太太的证词——拉维特太太因为惊吓过度，现在也已经躺在了地下医院里。

莫利打开页面，一言不发地看完了整场监控——

12:36:14 两个人在走廊上相遇，擦肩而过，肖恩撞了赫斯塔一下。

12:36:38 肖恩抬起手，似乎是在对赫斯塔说“对不起”。

12:36:43 赫斯塔没有理会，两人各自朝自己的方向走。

12:37:21 赫斯塔突然原地站住了，她背对着监控，撸起了自己的袖子，不知道在干什么。

12:37:27 赫斯塔转身，向着肖恩的方向飞奔，并很快和他扭打在一块儿。

肖恩确实没有说谎——他从头到尾都在挨揍，压根儿没有还手，哪怕一次。

再看拉维特太太的供词……莫利眯起了眼睛。

“赫斯塔一直在向你问她的钥匙？”莫利看向肖恩，“你拿了她的什么钥匙吗？”

“我一直在问的就是这个啊，基地哪有什么钥匙？我们不都是用门卡的吗？退一万步说，我又不和她住一起，我怎么知道她的钥匙在哪里？她丢了钥匙就能随随便便把我揍一顿？”

“你们知道吗？”莫利看向莉兹和图兰，“是对赫斯塔很重要的什么东西吗？”

莉兹和图兰都有些茫然地摇头，图兰突然想起什么：“之前洗澡的时候好像看到过她手臂上绑了一把钥匙。”

“是用来做什么的？”

“不知道。”

肖恩站起身：“我是否可以离开了，莫利女士？”

“可以了。”莫利答道，“但在赫斯塔醒来以前，请你留在公寓内，不要去任何地方。”

“理解。”肖恩往前一步，走到莫利跟前，“我再多问一句，莫利女士，赫斯塔趁着公寓没人，公然对我施加暴力——基地对她的处理，应该会一视同仁的吧？”

“当然。”莫利的眉毛微微抬起，她望向肖恩，“基地不会偏向任何一方。”

“那就好，我可就拭目以待了。”说罢，他转过身看向莉兹，“弗莱彻小姐，我希望你永远记住，是你一开始的纵容导致了她现在的过激行为——有时候对一方的极端保护，就是对另一方的极端不公。”

肖恩面对着眼前几人，做了个摘下“空气礼帽”的姿势：“几位慢聊，我要回去养伤了。”

肖恩走后，莫利看向莉兹。

“赫斯塔虽然已经脱离了危险，但她的肱骨、肩胛骨、肋骨都出现了不同程度的骨折，莉兹。”

莉兹先是一怔，继而立刻起身往外冲：“肖恩这小子——”

“这不是因为别人，而是因为你。”莫利沉声道。

莉兹的动作再次僵住了，她有些不可置信地回过头：“是因为……我？”

“你在开启着子弹时间的情况下抱住了她——你怎么会做这种事，在子弹时间内用全力去抱一个普通人？你有没有想过，你的行为可能会直接把她整个上半身勒成三截？”莫利严厉地道，“到底是为什么？”

莉兹一时间不知如何回答。

在当时的那一瞬，她有一种强烈的直觉——如果不开启子弹时间，她可能拦不住赫斯塔。

但这说不通……赫斯塔又没有二次觉醒，自己怎么可能会拦不住呢？

莉兹抬手，将五指插进了自己的头发，用力往后捋。

“我不知道，莫利女士，可能……我判断失误了。”

“你也回去好好反思。”莫利道，“或许当初让你来做赫斯塔的辅佐官，并不是一个明智的决定。”

…………

离开了办公楼，肖恩一个人哼着歌在路上走。

今日天气很好，他的心情更好，在无人的过道上，他不自觉地踏起了舞步。

经过一处喷泉的时候，他身姿轻巧地旋转，顺手将一样东西丢入了水池。

一道极轻的水花过后，一把银色的钥匙渐渐沉入水底。

…………

傍晚，莫利突然听见走廊上传来一阵脚步声，她即便不抬头也知道是谁来了。

“莫利！”千叶单手倚在门框上，“我就一天没来，又出大新闻了嘛。”

莫利没有理会，千叶径直踏进了她的办公室。

“她醒了吗？”

“没有。”

“什么时候醒？”

“你要做什么？”

“做什么？当然是和她谈谈啊。”千叶撑着莫利的办公桌，“不然呢？”

“我职业生涯到现在最后悔的一件事，就是让你介入了基地事务。”莫利摘下了眼镜，“别再来搅浑水了，千叶。”

千叶笑了笑：“你现在是在以什么身份和我说话？”

“以 AHgAs 第三区基地秩序官的——”

“四个大区，莫利。”千叶声音缓慢，“我现在在做的事，已经波及四个大区，如果后续出现了偏差，你担得起责任吗？”

“你在威胁我？”

“这怎么是威胁？”千叶稍稍侧头，“你要干涉，就要对干涉的后果负责。”

“那么反过来也是一样。”莫利毫不退缩，“你在以干涉基地日常管理的方式胡作非为……我看不到这其中有任何对整个 AHgAs 的益处。”

“你不是预备役基地的秩序官吗？你怎么对整个 AHgAs 负责？”千叶往后退了一步，“你现在就可以给上面写邮件，举报我在基地作恶，我绝对承担我的后果。”

“你要去哪儿？”

走到门口的千叶停了下来，稍稍转身：“你好像一直搞错了一件事情……我总是来征询你的同意，是因为我尊重你的意见，既然你是这种态度，那我就要行使我原本的权力了。”

莫利目光凛冽。

“别这么严肃，莫利。”千叶微微一笑，“我早就和你说过了，我永远会优先考虑一些更文明、更道德的做法，只要事情没有到不可收拾的地步。”

千叶伸手抓住门把。

“等等——”莫利身体微微前倾，“今天别去，下午赫斯塔刚做完手术，现在需要休息，你最好不要现在去打扰她。”

“好，那什么时候来方便？”

“看情况，明天总局会派独立调查小组过来，你可以跟他们一起过去。”莫利轻轻捏了捏鼻梁，“两个预备役水银针在没有正当事由的情况下，同时启动了子弹时间……你真当这是小事吗？”

“那辛苦你了，”千叶伸出两指轻点额头，“你一定还有很多报告要写，不打扰了，拜。”

“千叶！”莫利咬牙望着她，“这件事到底……还要持续多久？”

“不好说，不过你不用担心，我本来以为事情在向糟糕的方向走……”千叶笑道，“但幸运女神这次，好像还是站在我这边。”

说完，门“砰”的一声从外面带上了。

次日下午，赫斯塔坐在病床上接受了调查小组的询问。

对面先是拿出了当日的监控录像，向赫斯塔询问画面上一直在施暴的人是不是她本人，赫斯塔点头。

但当他们进一步询问原因时，赫斯塔的目光就失焦了。

她戴着氧气面罩，水雾随着她呼吸的节奏渐显渐消，不论其他人问什么，她只是望着床尾，一言不发。

“赫斯塔小姐，我重申一遍，”来人的声音稍稍带了些威胁，“这可能是你唯一为自己申辩的机会，要放弃吗？”

赫斯塔依旧没有回答。

千叶双手抱怀，一直站在不远处望着这一幕。

问询陷入僵局，调查小组也只能暂时离开。临行前他们向千叶抬手行礼，千叶点头致意。

“那个，”千叶突然想到什么，喊住了这行人，“你们的那台设备，能借我一下吗？”

“是指这块平板电脑？”

“对。”千叶点头，“我一会儿就还给你们。”

几人面面相觑：“可以倒是可以，不过一会儿千叶小姐需要补个文件，我们会写清楚你借这样东西的时间和地点，需要您签字，可以吗？”

“当然可以。”

人群散去，千叶抱着平板电脑坐到赫斯塔身边。

她重新点开无声的监控录像，画面从肖恩与赫斯塔在走廊相遇开始——碰撞，擦身而过，赫斯塔折返，开始施暴。

赫斯塔稍稍蹙眉，将目光移向另一侧，以躲开接下来的画面。

“为什么不看了？”千叶开口。

“不喜欢。”赫斯塔轻声回答。

“不喜欢什么？”

“不喜欢……我自己。”

赫斯塔的呼吸稍稍加快了些，她的目光再次滑过屏幕，整个过程的后半部分已经到了监控的盲区，于是一切又从头开始播放——画面中，她野蛮地揪起了肖恩的头发，将他推在墙上。

“简直像个疯子……”赫斯塔凝视着画面喃喃道。

“是吗？但我觉得很有力量，”千叶也把头伸来瞄屏幕，“你在愤怒。”

千叶看了一会儿，又抬头：“你在为什么愤怒，简？”

赫斯塔的眉心轻轻抽动，她仍旧望着监控画面里完全失控的自己，眼眶慢慢变红，呼吸也开始颤抖。

她几次张开了口，却很久都没有给出回答。

赫斯塔竭力让自己变得平静，但有些情绪越是遏制越是汹涌，哽咽的气息冲上咽喉，几乎让她有些窒息，

“他……他抢走了……”赫斯塔艰难地说。

她强行做了几个吞咽的动作，试图将这股剧烈而尖锐的痛苦咽下。

然而，她每一次呼吸都伴随着泪水，她的眼泪大滴大滴地落在了手背上，整个肺部和眼睛都是灼热的，她的手再一次紧紧攥成了拳头。

“他……抢走了……我的……钥匙。”

赫斯塔皱紧了眉头，声音接近嘶哑。

泪眼蒙眬间，她忽然想起许多人的脸，有伯衡，有格尔丁修女与艾尔玛院长，有老查理，还有妈妈。

她想起塞文山的薄雾和晨钟；她想起主显日的午夜，她和修女们一起点亮教堂所剩无多的白蜡烛；她想起每一个“补给日”，她被老查理包在那件又脏又旧的羊毛夹克里，在天不亮的时候就和老查理一起骑马去事前踩好点的地方准备狩猎；想起妈妈……

想起妈妈的一切。

命运总是在给予时锱铢必较，在收回时野蛮豪横。

过去的一切已经面目全非，而当下，命运的钟摆仍在往复，好像永无止境。

泪水像是暴雨洗去她的心火。

在熄灭的余烬中，赫斯塔第一次看见自己身上的重枷。

这些重如巨石的枷锁压在她的背上，日日夜夜，她却浑然不觉。

因为眼前永远有新的事情要做，身边不断有新的人出现又离开，在一次次相遇和离别后，命运总是留下更多纠结、尖锐的核等她消解。

她浑浑噩噩地照单全收。

如今千叶给了这种感受一个名字，赫斯塔试图理解，可是眼泪越来越多，心中的困顿越来越重。哭到最后，她甚至有点恍惚，不记得也不在乎自己为什么而哭，只觉得每一滴眼泪都扎扎实实地裹满了痛苦。

千叶什么也没有说，她站在一旁，既不阻止也不安慰。

许久之后，赫斯塔最后的一点力气也用尽了，虚弱得像是随时要昏过去，两只眼睛又红又肿。

千叶走近：“哭完了？有感觉好一点吗？”

赫斯塔摇了摇头，皱眉看向千叶：“千叶小姐今天，到底是来干什么的？”

千叶抬起右手，一个银色的钥匙圈在她指尖轻轻旋转，像变了一个魔术。

“锵锵。”

钥匙圈上挂着一把小钥匙，和被肖恩抢走的那把一模一样。

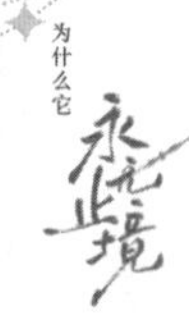

刹那间，赫斯塔觉得自己的眼睛又热了起来。

“一把钥匙而已，不用在意。”千叶平静地说，“只要人还在，钥匙要多少有多少。”

她将钥匙放在了赫斯塔的手边：“今天我来，是专门来告诉你，愤怒很重要。”

“愤怒……很重要。”

“对，愤怒很重要，它是一个人在这世上唯一的矛。因为它粗暴、锋利，所以当你陷入威胁、变得虚弱、感到屈辱的时候，它才不会理会什么世俗的礼仪规则，它会不顾一切地跳出来，保护你，叫你反抗……每个人都应当握好自己的矛。”

赫斯塔调整着呼吸，望着天花板，眼泪在她的眼眶里打转。

我应当……握好我的矛。

“知道为什么我要来特地跟你强调这个吗？”千叶问道。

赫斯塔哽咽摇头。

千叶笑了笑：“你所处的境地越是弱势，你就越容易被剥夺愤怒的权力。因为这种情绪丑陋、原始，又带着相当大的破坏力，其他人很容易因为你的愤怒而更加排斥你。基地是个极度强调秩序的地方，别被这里的氛围哄骗。尤其不要因为自己的愤怒而自我厌恶。”

千叶点了点自己的脑袋：“在你愤怒的时候，往往是你最有力量的时候——要学会驾驭它。”

赫斯塔全神贯注地聆听，眼泪在不知不觉中流干了。她忍受着上肢的疼痛，细细思索着千叶的每一句话，风暴在她心中涌起，仿佛山雨欲来。

“我问过医生了，他们说你差不多一两周就能出院。”千叶双手抱怀，“想好出去以后怎么办了吗？”

赫斯塔一言不发地点了点头。

“说说看？”

千叶向赫斯塔俯身，在听了一会儿以后，不由得皱起了眉。

在两人的讨论中，探视的时间倏然而过。

这日临别前，千叶取下自己挂在衣架上的薄风衣。

“好好休息，简。”她拿着平板电脑站在床尾，笑着向不得动弹的女孩挥了挥手，“别让我失望。”

入夜，图兰站在莉兹的房间门口。

“莉兹、莉兹，能开一下门吗？”

门内没有人响应。

图兰将头抵在了门板上，她的眉头拧成了一团：“莉兹，和我说说话好吗？别把自己一个人关在里面……拜托了。”

门内，屋子里的灯暗着。

莉兹躺在地板上，侧卧着，蜷着膝。

在她的手边放着一个木质相框，相框里是一张已经有些褪色的黑白全家福。她闭着眼睛，指尖轻轻触在相框的玻璃表面。

门外图兰等了许久，里面的人许久未应，她走到客厅一角，用座机给瓦伦蒂打了个电话。

虽然已经是夜里九点多，但瓦伦蒂办公室的电话还是一拨就通了。

“喂？”瓦伦蒂接起电话，“图兰是吗？嗯，你说……嗯，嗯，我明白，嗯。是的，是的……别担心……你今晚早些休息吧，莉兹她也需要一些时间独自消化，明天我会去找她谈谈，嗯，不客气，再见。”

办公室门口，千叶靠着门：“简她们宿舍的？”

“嗯，莉兹今晚状态有点低落，所以图兰打电话来说了一下。”瓦伦蒂背起自己的包，“我现在可以走了。”

两人并排下楼，很快沿着电梯进入基地的地下部分。

“我还是第一次收到莫利女士这样的指令……”瓦伦蒂一边输入密码一边说，“按从前的作风，她是不可能让我带任何人直接进入保存基地新人资料的档案室的。”

“我可不是‘任何人’。”千叶站在瓦伦蒂身后，笑着说道，“再说莫利女士一向很支持我工作，很通情达理的——”

瓦伦蒂翻了个白眼，回过头：“你认真的？”

千叶挑眉，指了指瓦伦蒂前方突然明亮的一块光板：“要扫你虹膜了。”

瓦伦蒂笑了一声，将自己的眼睛对准了对应区域。

很快，在千叶也留下了自己的生物信息之后，两人正式进入地下基地的档案室。

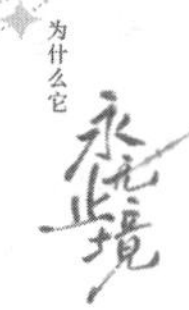

这是一间层高九米左右的地下仓库，随着两人的进入，顶层与档案架上数以千计的冷光灯渐次亮起，如同一道向远处延展的光浪。

两人一边聊着天，一边向F序列的档案区走去。

千叶两手插在口袋里，目光顺着一列列陈列架上悬挂的字符向前。

千叶步伐飞快，瓦伦蒂小跑着跟在后面："这次你要找谁的档案，格兰古瓦兄弟的吗？"

"不，我找莉兹·弗莱彻。"

"莉兹？"瓦伦蒂目光不解，"她的个人数据，上次应该和肖恩的一起都给到你了。"

"不用战斗数据，"千叶回答，"我要看看她更多的个人背景。"

"为什么？"瓦伦蒂好奇心大起，"除了简，你又对基地的其他人感兴趣啦？"

"我当然感兴趣。"千叶皱着眉头回答，"我今天下午见了简，问她要不要跟肖恩来点真格的，她说不要，因为'动了真格，莉兹会伤心'。"

千叶的表情有些烦躁："简进入基地两个月不到吧？这莉兹什么来路，这么快就把人带沟里去了？"

瓦伦蒂当场站住了——千叶嘴里的"真格"和普通语境里的"真格"绝不可同日而语。

"你先说清楚，什么真格的？你想教唆简干什么？"

"我能干什么？"千叶也站住了，她转过身，"我的小女孩被欺负了，还不让我教她怎么还手？"

"之……之前的事暂时不表，但昨天打人的是简，挨揍的是肖恩啊。"

"那算什么挨揍？他除了鼻梁骨折还有其他大伤吗？等简出院，以莫利的性格，必然要按基地的规章制度降她的评级——啊，我找到了。"

千叶终于看到了F序列，快步朝着目标进发。

瓦伦蒂追了上去："千叶，不管怎么样，你作为一个成年人都不应该直接插手到他们之间——"

“我没插手啊，你看我找肖恩了吗？我来基地这么多次，连肖恩的面我都没见过。”千叶站上陈列架上的移动双人梯，回过头对瓦伦蒂道，“上来吗？”

瓦伦蒂咬住了下唇，抓着千叶伸来的手，踏上了移动梯。

千叶在检索界面输入了莉兹·弗莱彻的名字，移动梯开始平稳上升，在第四层的位置停下，开始向左滑行。

“我也在这个基地待过，我太清楚莫利所谓的‘秩序’是怎么回事了。她为人确实非常公正，但说真的，在基地这种完全封闭的地方，这种一厢情愿的公正有什么用呢？”

“为什么没用啊？”

“对某些水银针来说，在预备役基地的生活，要远远比他们转职独立以后的生活艰难得多，甚至残酷得多。”千叶看向瓦伦蒂，“你知道为什么吗？”

瓦伦蒂有些茫然，她不明白千叶的所指，在离开预备役基地以后，年轻的水银针们就要真正面对无止境的螯合物战斗，无论从何种角度看，基地内的生活都更像是一个美好的茧，而基地就是一个暂时风平浪静的避风港。

千叶没有等瓦伦蒂给出答案就说了下去：“我告诉你为什么，因为预备役基地，就是这个世界上最像丛林的地方。”

瓦伦蒂眨了眨眼睛：“丛林？你说基地？”

“丛林啊，”千叶说道，“人只有在没长大的时候才最喜欢扮演成年人，他们能通过贯彻各种‘法则’，来感受自定义的‘大人’是什么滋味。在这一点上，肖恩、简、莉兹都是一样的。”

千叶一边说着，一边从档案架上找到了写着莉兹·弗莱彻名字的档案袋。

过了一会儿，她直接把一排文件全部取下，抱在怀里，而后一本一本看上面的文字批注。

“可这时候他们又没有长大，不知道真正的现实是什么样子，所以就只能想象出一套世界运行的法则，什么物竞天择了、弱肉强食……

“刚好，他们这个阶段又生活在基地、学校这类相对封闭的地方。在这里，人和人之间的关系非常单一，不存在什么实际利益上的冲突，所以，这些年轻人才能将他们想象出的那套规则执行得格外彻底。

“你说要在普通学校，谁做得过分了谁就退学，再不济，受害者转学也行，你在基地有退学转学这种选项吗？”千叶反问道，“基地就是世界上最像丛林的地方——被针对的人除了正面击破，根本没有其他选择。”

“也没你说的这么严重吧。”瓦伦蒂微微眯起眼睛，“这次引起的链式反应确实是有点过，但以往我们也不是没有处理过这种冲突，比如——”

“我知道你们的处理方式，”千叶回答，“不就是我没回复莫利邮件的那段‘和平期’吗？肖恩还是在背地里捣鬼，只不过碍于基地的惩罚，他没有让赫斯塔觉察到——沉在水面以下的恶行并不造成实际伤害，所以就懒得追究了，是吧？”

“当然不是！”瓦伦蒂严厉地回答，“如果我们当时知道肖恩背地里还在干坏事，我们肯定会追究的——”

“你们的追究，永远是在伤害造成以后去追责，所以你们永远晚一步。”千叶望着她，“而且追责的威慑力如何显然也得打一个问号。”

瓦伦蒂深吸了一口气：“这是一个漫长的过程啊，千叶，你不记得了吗？你刚到第三区的时候，我也遇到过这种事。当时基地里有几个男生一直找我的麻烦，是当时在岗的艾达小姐全程负责了这件事，最后他们都改邪归正，收敛了自己的行为。”

千叶没有抬眸，只是笑了一声，她低头从不同的档案袋里抽出自己感兴趣的文件，在电梯的铁板上铺平。

“你看着我的眼睛！”瓦伦蒂身体前倾，“我说得不对吗？”

千叶微笑：“你真信他们是因为受到艾达小姐的感化才改正的吗？”

“什么意思？”

千叶没有回答。

瓦伦蒂愣了愣，回想起当年的种种，她终于领悟出千叶的些许弦外之音。

“你当初……是为我做了什么吗？”

“都过去了，”千叶活动了一下指关节，发出“咔嗒咔嗒”的声响，“反正我的方法已经验证了无数次，你要是觉得莫利那套也有用，就证明给我看。”

瓦伦蒂还想再说什么，千叶向她比了个噤声的手势。

千叶已经找到了当初将莉兹带回基地的水银针的采访，以及在那之后由基地咨询师整理的几次重要咨询记录。

第十四章

NEVER END

阿斯基亚

莉兹·弗莱彻，本名莉莉娅·亚历山德罗夫娜·奥克佳布里斯卡娅。

她出生于 4609 年的阿斯基亚荒原东城，家在船夫街 12 号的一栋小公寓里，父亲是医生，母亲是药剂师。

她家中与她平辈的还有一个哥哥和两个妹妹，哥哥已经成家，也住在船夫街 12 号附近。

惨剧发生时，莉兹家的公寓内共住着八口人，分别是莉兹的祖母、父母、哥哥、两个妹妹、怀孕待产的嫂子和她本人——在离预产期不到两个月的时候，为了方便照顾，哥嫂二人重新搬回了莉兹的家。

像这样的家庭结构在阿斯基亚非常常见，他们一向有几代人住在一处的传统。由于传承完整，阿斯基亚一度是荒原上防范螯合病的典范，再加上它是少数对宜居地非常友好的荒原地，AHgAs 甚至曾考虑过专门募集一批资金，用于在阿斯基亚设立一处 AHgAs 工作点。

这样一来，水银针就可以以阿斯基亚为中心，将日常保障的覆盖范围向外辐射两百千米，甚至将阿斯基亚从荒原转化为新的宜居地。

AHgAs 内部已经开始评估这个提案的可行性，但计划赶不上变化。

作为第三区最为繁华的荒原，阿斯基亚所发生的惨剧是一个巨大的巧合——它由若干个意外环环相扣，最终引发雪崩式的灾难。

“你看吗？”千叶将剩下几个档案袋推向瓦伦蒂那边，可瓦伦蒂很快将它们推了回来。

“负责莉兹的咨询师不是我。”瓦伦蒂答道，“如果她发现我知道了一些本不该知道的事，她会觉得我刺探了她的秘密，我会很容易失去她的信任。”

千叶有些感慨地抬头看了一眼瓦伦蒂，目光里多了几分温情。

瓦伦蒂颦蹙：“看我……干吗？”

“就是感叹一下。”千叶索性坐了下来，“有你这样的人在，那这个世界应该还算有救吧？”

这个赞美来得措手不及，让瓦伦蒂一下笑了起来。她两手环膝，轻声道：“像我这样一直窝在宜居地里的人，真的遇到螯合物什么忙都帮不上……得像你这样的人多一些才好。”

千叶自嘲地笑了一声，显然对这个假设所带来的后果有个更加糟糕的预测。

瓦伦蒂的表情一时有些不解，她不明白千叶的这个笑，但对方已经进入了读材料的工作状态，她便暂时住了口，没有打扰。

整个地下档案室一片寂静，一时间只有千叶翻动纸页的声音。

瓦伦蒂发了一会儿呆，也不知过了多久，她开始扣装档案的纸壳子：“真崎，这里面有单独的、关于阿斯基亚的介绍吗？”

“没。你想看阿斯基亚的介绍直接上网搜不就好了？就是一个荒原，和别的荒原也没什么不一样。”

“是吗？”瓦伦蒂有些意外，她撩了撩耳边的长发，发出一声若有所思的低吟，“我总感觉，阿斯基亚应该是个特别有正义感、有黄金时代余温的地方。”

千叶稍稍抬眉：“要真那么好，阿斯基亚的居民为什么也都削尖了脑袋申请迁入宜居地呢？你从哪儿听来的这种话？”

“莉兹那里。”瓦伦蒂撑着脸颊，“和莉兹待在一块儿的时候，我也有这种感觉。”

“人对自己的故乡永远有滤镜，更何况是一个永远消失了的故乡。”千叶短暂地放下了手里的文档，“整个阿斯基亚的犯罪率和人均粮食占有量，你知道是多少吗？”

“多少？”

“截至4619年——也就是惨剧发生前一年的年末，阿斯基亚共有居民1,448,277人，全年共发生252,630起违法犯罪案，该年的人均遭遇犯罪率为17.44%。

“再说粮食，现在粮食安全的共识线是年人均粮食占有量390kg，而第三区的宜居地这几年一直维持在900kg左右。至于阿斯基亚，4619那年恰好是他们的丰年，当年的年人均粮食供给量是多少呢——177kg。”

瓦伦蒂目光发直：“这么……少？”

千叶单手撑着脸颊，目光微垂：“你还觉得它是‘余温’吗？”

瓦伦蒂无言以对。

“荒原上的死亡率一直很高，宜居地里没人关心罢了。”千叶“哗啦啦”地翻页，“但莉兹也没有说谎。因为阿斯基亚一共有东、南、西、北、中五个城区，刚才说的犯罪率还有粮食产量都是刨开东城以后的数据——而阿斯基亚的繁华，说到底是东城的繁华，莉兹就是在那里出生的。”

“东城的情况是什么样的呢？”

“不知道啊，它们那儿数据一向不对外公布，估计一公布，第三区就会中止对阿斯基亚的经济援助吧。”千叶答道，“整个阿斯基亚荒原的行政机构都聚集在东城，所以警力也集中在那里，‘小宜居地’的称号不白叫……能在那里出生，莉兹也算中‘子宫彩票’了。”

瓦伦蒂刚想就着这个话题再说些什么，却见拿着材料的千叶突然皱眉沉默，表情也变得严肃——想来是材料里出现了什么令她在意的细节。

“莉兹是下半年就转职了吗？”千叶问道。

“嗯，听说她的作战能力很优秀，所以转职后会先去核心城实习一段时间，然后再决定具体去哪里驻扎。”瓦伦蒂说道，“怎么了？”

“我觉得……她不适合作战。”千叶突然说。

瓦伦蒂有些诧异：“很少听你给出这样的建议，你能说说原因吗？”

“不能，这只是我的私人建议，她在非战斗岗位应该能发挥更大的作用，你可以劝劝她，她听就听，不听拉倒——”

“别啊，说话说一半算怎么回事？就算我去劝，我也没法就直接丢下一句话‘喂，你别去战斗岗了’吧……到底为什么？你哪怕简单讲讲呢？”

千叶试图把手从瓦伦蒂那儿抽开，无奈瓦伦蒂的手像章鱼似的，就是死缠着不放。

千叶无奈。

“这么说吧……”千叶思索着开口，“她就是天生适合在后方做事的人，她有同情心，有想法，善良，热情，有一点理想主义，有感染力……这不就是我们最想要的那种水银针形象吗？”

“更重要的一点，阿斯基亚东城本来也和宜居地差不多，她懂得怎么和文明世界打交道，这是非常稀缺的能力。”千叶认真道，“这种事你让很多水银针学一辈子他们都学不会，莉兹生下来就会了，这是第一点。”

“嗯。”瓦伦蒂赞同地点了点头。

千叶轻声道：“第二点是我瞎猜的，真要面对螯合物作战，莉兹可能会比其他人面临更高的风险——道德上的风险。这一点是致命的。我们是缺人，但没必要把兰花种进防沙林里。”

瓦伦蒂仍想追问，但千叶已经开始就新的资料做笔记了。

两人在地下档案室待了差不多两个小时。

离开前，瓦伦蒂望向千叶：“先前你说的‘道德上的风险’具体是指什么呢？是更容易患 PTSD（创伤后应激障碍）这类精神疾病，还是她会适应不了残酷的作战环境，对敌人下不了手？”

“都不是。”千叶否认得很干脆，但她沉默了一会儿，还是摇了摇头，“我也说不清……就是个直觉。”

“那你愿意约个时间和莉兹聊聊吗？把你刚才说的这些，直接和她——”

“打住。”千叶两臂置于胸前比了个叉，“像这种麻烦的人，我认识你一个就够了。”

瓦伦蒂只能叹息——在这些事情上她从来勉强不了千叶，谁也勉强不了千叶，千叶不想说的事，什么人来了都撬不开她的嘴。

瓦伦蒂两手交握在背后，侧目望向一旁的千叶：“那你现在有答案了吗？”

“什么答案？”

“关于‘莉兹是如何把简带沟里’的答案？你不就是为这个来的吗？”

“哈，大概……有的吧。”千叶两手合掌，撑过头顶伸了个懒腰，“也还行，不算太坑。”

瓦伦蒂又笑了起来：“莉兹在她们中确实很有感染力，不只是对简，对图兰、黎各也是一样。我觉得就是真心换真心吧……女孩之间的友谊，不都是这样的吗？”

一周之后，赫斯塔已经可以靠自己下床走路。

在周围没有护士的时候，她曾偷偷跑去卫生间检查自己的身体，看看医院有没有给自己换个“新的部件”——就像千叶小姐那样。

还好，看起来似乎没有。

每天午饭过后，如果是晴天，护士会推着轮椅带赫斯塔回地面散步。赫斯塔原以为只是上去透透气，但年轻的护士总是不辞辛劳地推着她去基地西边的树林里走走，一晃就是一个多小时。

雨天，大家就推着她绕着地下医院的走廊转转。有一次她碰上了黎各，当时她正一个人扶着一辆助步车做步行复健。

两人不算很熟，彼此点了下头，打了个招呼就走了。不过黎各身上的文身还是给赫斯塔留下了非常深刻的印象。

初见时匆匆一面，赫斯塔没来得及细看，现在她看清了：那是一只黑羽的渡鸦，它的翅膀在黎各的后背与左臂张开。鸟颈沿着左肩绕到前面，鸟喙伸向黎各的心脏。

渡鸦的眼睛是鲜艳的赤红色，如果只从前面看，很容易把它当成某种妖怪的魔眼。

分别后，赫斯塔忍不住低头看向自己的左手手腕，那里现在有一道浅浅的疤，是当时植入芯片的时候留下的。

等到明年，十二岁生日的时候，也许她也可以在谭伊找到一位文身师，文一只鹰上去。

不过，她实在是有点不记得母亲手腕上的鹰是什么样子的了。

每天 16:00 到 18:00 是这里的探望时间，不过没什么人来。大部分时候赫斯塔在读书或者听广播，有时也练习射击——护士严厉禁止她现在做过于激烈的动作，她只能关起门偷偷地练。

“简——”门突然从外面被推开，莉兹的身影出现在门后。

赫斯塔一个激灵但还是没来得及把武器收起来，莉兹已经愣在门口：“你拿着什么？”

“啊……这个是……”

赫斯塔还没解释，莉兹已经迅速把门关了起来，以免从走廊上经过的人看见房里的一幕。

她快步走来，把武器从赫斯塔手中夺过。

“是玩具啦。”赫斯塔笑着解释。

试图拆卸武器的莉兹也很快发现这只是一个塑料模型，她长吁一口气，在赫斯塔身旁坐了下来，表情如释重负。

“我还以为……”

“我之前看了一些射击的教学视频，就想练练。”赫斯塔解释，“在这里待得挺无聊的，我就让千叶小姐帮我买了一把。你怎么来了？”

莉兹深吸一口气，轻声道：“我来道歉，你会受伤都是我的错，是我没掌握好分寸——”

“别在意这些小事，是我冲动了，不该当场打人。”赫斯塔重新把枪放回自己的枕头下面，“肖恩他人还好吗？”

“他能有什么事？”

赫斯塔心平气和地笑了：“那就好。”

莉兹余光看见叠在墙边的轮椅：“我推你出去走走？”

“好啊。”

今日午后下了些雨，但又很快停了。地面此刻还是潮湿的，却没有什么积水，赫斯塔蜷在轮椅里，一直仰头看着不时从枝头飞过的鸟雀。

在某个转角的路口，她隐隐能看见远处教堂的尖顶。

“我还有一件事，想来和你商量。”莉兹轻声道。

“什么呢？”

“你的辅佐官这个职位，也许我确实不是最好的人选。”

赫斯塔几乎立刻回过头来：“为什么？莫利她们找你麻烦了吗？”

莉兹立刻摇了摇头，赫斯塔望着她的眼神让她忽然有点心碎。

莉兹连忙看向别处："不是，没有人找我麻烦，是我自己这么觉得的。其实很早以前莫利女士就和我提过这方面的事……我也是最近才意识到，也许她是对的。"

"她到底说什么了？"赫斯塔的声音不由自主地升高了，"她不能光凭这么一件事就——"

"不是莫利的问题，是我的问题，简。"莉兹抬手，扶住了自己的前额，"也许现在的我，根本就当不好一个辅佐官。"

赫斯塔眉头紧皱，她干脆扶着轮椅站了起来，回身走到莉兹身边。

"你说什么呢？莉兹，这两个多月，你倾听我的心语、照顾我，教我怎么在这里生活，送我书，帮我解决各种各样的问题……我觉得你特别合适啊，谁说你不合适？"

莉兹欲言又止，她转过身，再次伸手捋了捋头发。

两人走到林间小道旁的长椅上坐下，赫斯塔面朝莉兹，等她开口。

"这个想法，其实是我和瓦伦蒂小姐商量以后才决定的。"莉兹轻声道，"我可能……把一些我自己的问题，投射在了你身上。"

赫斯塔疑惑地追问："什么意思？"

"很早以前，莫利女士曾经质疑，我是不是在你的事上投入了过多的精力，其实那个时候我就已经有点意识到问题所在，虽然看起来可能是我在维护你，但这样其实……对你并不好，就……"

莉兹的手在半空中做着画圈的手势，后半句话却过了很久才说出来。

"我以前……我以前家里，也有个妹妹。"她小声道，"在阿斯基亚。"

"我猜到了！"赫斯塔高兴地说，"因为你看起来就像个姐姐！"

莉兹一下笑了出来。

"有什么不好呢？"赫斯塔问。

莉兹慢慢红了眼睛，她望着赫斯塔："有些事，如果我告诉你……你能替我保密吗？"

赫斯塔郑重地点头："我能。"

莉兹调整了一下自己的呼吸，两手交握，手肘撑在膝盖上，身体微微前倾。

“阿斯基亚惨剧的起因……我不记得有没有和你说过，是一对老夫妇。

“他们本来和自己的孩子们一起住在荒原附近的一个小镇里，那个镇子上只有十几户人，很偏僻，但很安静。

“有一天，这对老人的孙子和孙女意外坠河死了。一家人开始以为是两个孩子贪玩，不慎落水，但捞上尸体的时候，他们发现两个孩子身上都有被殴打的痕迹。

“这对老夫妇，还有孩子的父母，都试图搞清楚真相，于是他们在阿斯基亚的每一个城区，还有附近的小镇里，都贴上了悬赏海报……寻找可能存在的证人。

“这件事当时在东城引起过轩然大波，因为当时所有证据都指向……指向阿斯基亚东城里，一个官员的儿子。

“我为什么记这件事记得特别清楚呢？因为当时大家都在谴责这件事，要求市政厅给个说法。”

莉兹仰起头，望着树梢与树梢间的一线天，这道明亮的光线投在她的眼睛里。

赫斯塔问：“然后呢？”

“两个孩子的母亲因为伤心过度，几次昏厥，不得不送回家中休养。考虑到这对老夫妇年轻时都在东城工作过，对阿斯基亚非常熟悉，所以，他们留在城中的小公寓里继续走司法程序。而他们的儿子就送妻子回家，筹办孩子们的葬礼，并暂时清休一段时间。

“几周后，这对老夫妇在小镇上的家意外起火，整个院子都付之一炬，老人的儿媳死在了里面，儿子活着，但被坠落的门栏砸断了腿。”

“谁干的？”赫斯塔问道。

“有很多说法，但真相是什么……谁也不知道。”

赫斯塔稍稍颦蹙：“然后呢？”

“你很难想象当时整个东城是如何沸腾，因为这件事已经残酷到令人发指，所有人都走上街头，要求还老人一家公道。在所有传闻中，流传最广的一种是那位官员的儿子策划了这一切，目的是给这家人留个教训；而两位老人家却真的在这时候撤诉了。”

“这又是为什么，他们真的怕了？”

“当时大家并不理解。不过案子已经提起了公诉，就算老人撤诉也会继续审理下去。我记得有天晚上爸爸在饭桌上和我们谈论过这个话题，他说这件事到最后一定会水落石出，只是需要时间。

“如果这是在宜居地，主要道路上都有监控，那么求证从一开始就会很容易——可是荒原上没有电力，我们能做的就只有从孩子们的指甲中取出皮肤组织，派人骑快马送去宜居地，拿它和嫌疑人的进行对比。

“那一个多月，大家都在等宜居地那边传来的消息，谁也没有去打扰那对闭门不出的老夫妇，毕竟他们遇到这样的悲剧，陷入极度的灰心和哀伤之中，不愿出门也是合情合理的事。

“后来，消息从宜居地传来，核验的结果是一致的——杀害两个小孩子的凶手就是那个人。于是老人委托中间人送信，他们不要任何赔偿，只要立即执行死刑，但那个时候阿斯基亚政府却犹豫了。”

“为什么？”

“因为，阿斯基亚一直想加入第三区宜居地，但第三区联合政府对治下的所有宜居地有一项铁律：不能对任何罪行执行死刑。在那之前，阿斯基亚虽然在法律中保留着死刑的条目，但已经二十多年没有真正执行过了……如果这次执行了死刑，那么就对将来阿斯基亚加入宜居地……非常不利。

“审理还在继续进行，但所有人都明白了，最后的结果应该是巨额罚款，加上无限期的刑期，禁止减刑。

“大家都对这件事感到愤怒，市政厅前围满了前去抗议的居民，但人群很快就被驱散了——因为阿斯基亚又出现了新的怪事，每天都有人突然失踪，没人知道他们去了哪里，活不见人，死不见尸。这在阿斯基亚还是前所未有过的……人们顿时忧心忡忡，不再有人敢贸然出门了。

“但其实，这些人全都被关进了那对老夫妇的公寓地窖里。”

赫斯塔一怔：“那对老夫妇是不是感染了？”

莉兹点了点头。

“他们之前撤诉就是因为这个，老太太的手在那时就已经开始螯钳化，本来也撑不了多久了。这对夫妇几乎是同时发病成为螯合物的，我猜想他们原本是为了复仇，但两人不知道，人在发病以后不仅会放下自己的所爱，也会放下所有的仇恨……除了作恶取乐，再没有别的目的。

“阿斯基亚在五十多年前有过一次针对螯合病防疫做出的全面翻修。当时为了能够在紧急状况下与宜居地取得联系，阿斯基亚准备了三套方案。其中前两套都是通过无线电联络，一种是通过蓄电池发电，一种是通过柴油发电。每年夏天，宜居地会派专人来更换电池，检查发电机、柴油储备和通信设备。

“而第三套方案尤其耗费精力——他们拉了一条非常隐秘的地下通信线路，即便所有发电设施在紧急状况下失效，这条有线通信依旧能保证让宜居地第一时间知道阿斯基亚发生了险情。

“这三套方案在规划时都做了严格的保密，因为每一个螯合物都会保留生前的大部分知识、技能和习惯。所以水银针也好，联合政府也好，大家在科普螯合病的时候，都会把重点放在疾病的预防和自我识别上，很少提及这些更高层面的防御措施，以免一些原发性螯合物根据这些公开信息，对抗疫设施进行针对性的破坏。”

莉兹稍微停顿了一下，才道：“但是谁都没有想到，这对夫妇作为城市规划师，全程参与了那次工程。”

“所有通信设施……都被破坏了吗？”

莉兹点头。

“对……原本两边都应该很快觉察到不对，因为按照规定，阿斯基亚和宜居地每天都应当在清晨和傍晚检查一次有线通信是否保持正常——这个习惯虽然单调，但已经保持了几十年，可是很不巧，被老人家掳去地下室监禁的人里，有两个都是负责通信工作的专员。

“那个时候，整个阿斯基亚都像一团沸腾的岩浆，市政厅自己就乱了阵脚，因为内部保密做得太好，临时派到通信岗位上的人并没有被告知存在地下通信的事。而第三区联合政府那边的负责人尸位素餐，严重渎职——在阿斯基亚连日失联的情况下，他竟然没有向上报告，而是像之前一样照常打卡。

“直到螯合物潮爆发前夕，水银针那边才先反应了过来……但那个时候已经晚了。”

赫斯塔追问：“水银针……是怎么觉察到不对的？”

“在当年翻修的时候，参与工程的水银针小队留了一道最后防线——他们在城外安装了四个螯合物诱捕装置，诱饵是一种特殊的信息素，它和初次觉醒的水银针气味相似，但只有一小撮身体素质绝佳的螯合物才能嗅到。

“当这些螯合物沿着气息找来，并破坏了整个装置的时候，最近的 AHgAs 工作点就会收到警报。

“这些装置，从研发、设计到生产、安装，全部由 AHgAs 独立完成，他们没有知会过任何人，所以这些设施……保留到了最后。

“那对老夫妇原本的计划，应该是先把那几十个人囚到发病，再一起放出——但地下室里惊人的臭味提前引起了邻人的警觉，治安警察很快发现了这个地方。那个时候，那对老夫妇已经在公寓中奄奄一息，他们已经走到了身为螯合物的尽头，无力抵抗了。

“直到那时，当局才意识到螯合病已经在阿斯基亚悄然散开。阿斯基亚政府立刻启动了最高级别的防御备案，也终于发现自己已经和宜居地失联，于是派出了骑兵，用最快的速度赶向邻近的荒原和宜居地——既是去告知这里的险情，也是去寻求救援。

“与此同时，整个阿斯基亚——五座城区，全部封禁。

“家家户户都拿出了备用的防疫喷剂，往人和家具上喷——这批喷剂是 AHgAs 留下的，他们说这种浓烈的香味，能在一定程度上引起螯合物的厌恶。”

“真的可以吗？”赫斯塔问道。

莉兹摇了摇头。

“其实不行，螯合物的嗅觉确实非常灵敏，但他们对香臭并没有什么好恶——这些喷剂真正的用途，是保护人群中尚未被发现的水银针。

“你还记得刚才和你说过的诱捕器吗？在正面遭遇螯合物后，大多数水银针都会一次觉醒，在没有掩护的情况下，他们很容易因为自身的特殊气味而被部分螯合物锁定，成为最早的牺牲者。所以水银针才会假借‘喷剂能够引起螯合物厌恶’为借口，让人们在发现螯合病苗头的时候，主动采取这些干扰措施。

“我们当时按照螯合病应对手册做好了所有工作。起初，我们在门口挂上了白丝带，表示家中还没有人感到有疾病的征兆；

“过了几天，我们换上了黄丝带，表示家里有成员出现怠惰、低迷的情绪，可能是螯合病患者；

“等半个月后，我们又换上了黑丝带，表示家中已有成员手臂出现螯钳化的征兆。”

莉兹表情平静地讲述着她的过去，好像在讲一个陌生人的故事。

在阿斯基亚最后的时光里，莉兹和她的家人静静地等待着水银针的救援。

然而，那时的她们并不知道，所有派出去通风报信的马匹与骑兵，都在南下途中被螯合物截杀了——那些在封城前仓皇逃出的感染者此时已经发病，早已在四野游荡多时。

整个阿斯基亚在等候中慢慢消亡。随着发病的人越来越多，这座城市变成了恐怖的地狱，螯合物不仅以猎杀平民为乐，且他们彼此之间也展开了极为激烈的恶斗。

莉兹一家早早搬进了自家的暗窖，她们常常能听见地面上传来微弱而沉闷的撞击声，那是螯合物们在城中游乐。

虽然暗窖里储备着食物和水，但螯合病的侵蚀是她们挡不住的。

首先出现肢体变异的人是莉兹的祖母。她一直平静地指挥着所有人应对这场灾难，在意识到自己可能中招之后，立刻对自己进行了隔离，但忧郁和绝望早就降在了所有人的头顶，没有人能幸免于难。

祖母告诉他们，在发现有人出现螯钳以后，不可手软——要么让那人自裁，要么其他人一起动手解决掉威胁，大家绝不能坐以待毙，一定要熬到最后。只要熬得够久，熬到水银针赶来，一切就结束了。

之后，祖母用一把镰刀割破了自己的颈动脉。

在流过许多的眼泪后，父亲和哥哥一起将祖母的尸体拖去了暗窖的一间储藏室，一个远离通风口的地方。

随后出现螯钳的是莉兹的妈妈，在一场她永生难忘的告别过后，她也步祖母的后尘而去。

接下来，厄运再度降临……在极度的绝望中，莉兹躲开了众人，将自己关进了祖母所在的储藏室。

在那个暗无天日的地下密室，她依偎着祖母腐臭的尸体，与它一起待了三天。

等到门再次被打开的时候，暗窖里所有人的尸体已经不见了踪影——它们全都被搬出了地面，并集中掩埋。

整个阿斯基亚已是一座死城。

“一切和我祖母说的一样，”莉兹轻声说，“水银针赶来了，一切都结束了。”

赫斯塔伸出手，轻轻按住了莉兹冰凉的手背。

“刚来基地的时候我常常做噩梦，现在不会了。但有时候我也会想，如果那一年，有人一直看护着那对老夫妇和他们的孩子，如果大家能多放一些注意力在还活着的人身上，又或者，阿斯基亚没有顾及第三区的死刑禁令，而是坚持我们自己的法例……是不是……事情就不会走到最后那一步？毕竟阿斯基亚以前也出现过意外感染，大家早早上报，安排病人去往宜居地医治，排查隔离所有密接者……都挺过去了。”

莉兹交握的双手渐渐握紧了，弯曲的指节发白。

“如果有任何一步我们做到了，是不是整个阿斯基亚，都可以避免那种惨烈的结局？”

树林的风吹过她们的身体，将两人的头发吹乱，林海传出阵阵摩挲声，像真正的海浪波涛。

莉兹看向赫斯塔：“之前莫利女士说我对惩罚本身过于执着，可能确实有一点。我没法不执着。在处理这些事情的时候，我总是难免带入我个人的情绪……所以我才觉得，我不适合做这个辅佐官。尤其……”

莉兹低头看了看自己的手：“我怕我会再伤到你，就像这次……我失了分寸。”

“这不是你的错。”赫斯塔说。

“但是，我不希望你走极端也不全是这个缘故。”莉兹调整了呼吸，尽量让自己的声音重新恢复平稳，她低声道，“肖恩是个比预想中更狡猾的对手，你现在就直接和他硬碰硬实在容易吃亏。必要的话，等我卸下辅佐官的职位以后，我也可以帮你——”

莉兹还未说完，赫斯塔已经摇了摇头。

“你有没有听过一句这样的话？”赫斯塔说，“所谓复仇，不仅非要惩罚他不可，而且必须做到惩罚他之后我自己不受惩罚。若是复仇者自己受到了惩罚，那就不能算是报仇雪恨。若是复仇者没让那作恶者知道是谁在报复，那同样也不能算是报仇雪恨。”

“这是谁说的？”

“埃德加。”赫斯塔坐在长椅上，悠悠地晃动她的两只脚，“是他在《一桶蒙特亚白葡萄酒》里写的。”

听到埃德加这个名字，莉兹又笑了起来——她早该猜到的。

“这么说来……你已经有自己的计划了。”

“嗯。”赫斯塔点了点头，“可能做不到这么完美，但必须是我亲自来。”

“那……祝你顺利。”

赫斯塔犹豫了片刻：“如果将来，你不再是我的辅佐官了……我们也还可以是朋友，是吗？”

莉兹轻轻笑了起来。

“我祖母以前说，给予、接受、告诉秘密、问问题、一起吃饭——这是友谊的五个证明。”莉兹说，“我们已经是朋友了。”

她向赫斯塔伸出了手，赫斯塔望着她，用力地握住了她的手。

这天下午，莉兹推着赫斯塔回到病房，在离开前，她忽然想起了什么：“对了，下午图兰是不是来过了？”

“没有。”赫斯塔摇头，“你在这儿看到她了吗？”

“是的……我下午过来的时候在地下电梯那儿碰到她了，她说是过来看你来着。”

赫斯塔想了一会儿：“可能她没找对病房？”

莉兹表情微妙，心想应该不至于。

“但她今天确实没有来过我这儿。”赫斯塔说道，“你去黎各那边问问呢？”

“我正打算现在去呢。”莉兹笑了笑，“黎各最近状态变好了，说不定你们俩能一起出院。”

第十五章

NEVER END

会面

阴沉的天空下，千叶独自一人开着车来到谭伊市的市政厅，才一抬头就发现已经有人在远处等她——那是市政秘书处的副秘书长。

“阿朗先生！”千叶摇下车窗，热情地打了个招呼，“你还亲自来接我吗？太荣幸了。”

对面的中年人有些拘谨，此前他一直有些紧张地捏着自己手腕上的袖扣。

在千叶搭话之后，他轻咳一声，礼貌回应道：“我们也是没想到千叶小姐会亲自送材料过来，不然我们应当派车去接您。”

“就跑一趟的事，不用那么兴师动众的。”

汽车熄火，发出两声“啾啾”的鸣叫。千叶抱着一包文件下车，快步走到阿朗的跟前。

阿朗的目光不禁随着千叶手中的文件袋而动，他侧身向千叶示意：“您这边走。”

两人穿过市政厅高而宽阔的长廊，在经过一道道灰白色的岩柱之后，进入建筑内部。

议事厅的地板陈旧暗淡，千叶与阿朗的鞋跟踏在上面发出嗒嗒的撞击声。

“听说您前不久去了趟第五区？”阿朗问道。

“嗯。”

“那边情况怎么样了？听说又是一起螯合物潮……”

“是啊，”千叶漫不经心地回答，“但对第五区的宜居地没什么影响，现存螯合物也已经都清零了，您不用担心。”

两人的声音都很轻，但在幽暗封闭的走廊里还是激起了回声。

阿朗叹了口气：“怎么可能不担心呢？但也可能是我太关心这方面的新闻……最近几个月，螯合病似乎在各区荒原都有所回暖。”

千叶笑了笑：“那确实。”

两人在一道沉且厚实的木门前停下。阿朗推开门，会议室里已经坐了四个人。会议室的正中央摆着一张椭圆形的巨型圆桌，天花板的正中间垂落一盏水晶吊灯，那四个人就并排坐在椭圆桌靠窗的一侧。

见到千叶，四人中的三人立刻站了起来。

眼前的这四张面孔，千叶有些认识，有些不认识。

“各位好。”她打了声招呼，径直走到四人对面的位子上坐下。

落座之后，空气像是凝固的冰块，谁也没有先开口。

“就开门见山地说吧。”千叶先打破沉默，将手里的档案袋直接丢在桌上，“这里是赫斯塔的个人档案，移交流程什么时候开始，只取决于市政厅什么时候给基地发移送函。到时我们会全力配合。换句话说，恭喜各位，你们赢了。”

对面的几人面面相觑，反而有些拘束，坐在中间的人咳了一声：“局面发展到现在这种情况我们也很遗憾，毕竟让赫斯塔离开水银针组织，回归宜居地平稳生活，是市民们的心愿。”

千叶两手交握，面带微笑：“当然了，一切取决于公众的意志，我们也是出于同样的原因才做出了让步，选择让赫斯塔回到市民中间。”

听闻此言，对面的人才开始迅速地拆文档袋——里面的文件厚厚一沓，包含了赫斯塔的个人信息、体检结果和当初进入基地时办下的各种手续。

几个官员的严肃表情顿时有所缓和，他们很快将文件放回纸袋中，并抬手交给坐在最旁边的阿朗：“夜长梦多，务必今天下午就将移送函发到基地——”

“还是别这么着急吧。”千叶笑着道。

手拿文件的男人动作顿了顿，他望向千叶：“是基地这边还有什么条件吗？”

“没有什么条件，只是赫斯塔现在还在基地医院疗养，你们今天把文件递过去了我们也不好立刻开始准备移交，一切还要看赫斯塔的恢复情况。”

“受伤？”几个官员十分惊讶，“怎么会受伤呢？严重吗？”

“不严重，她和基地的另一个预备役起了冲突，一言不合就把人家打骨折了，自己也受了点伤。”千叶笑着道，“不过没什么大不了的，这个年龄的孩子多少都有一点叛逆心。”

“要多久恢复？”

“两三天吧。”千叶答得漫不经心。

“那我们今天就把文件送过去也是没问题的。”另一位官员对千叶道，“这样也可以给你们留出更多的准备时间。”

听到对面滴水不漏的解释，千叶耸了耸肩：“也行，我反正是提醒过了。”

于是阿朗取了文件，离席而去。

整个房间再次安静下来。千叶稍稍往后靠了靠：“接下来聊聊更重要的事吧，你们决定怎么收拾现在的局面？”

“明天我们会召开发布会。”最左边的官员答道，“赫斯塔回归宜居地的消息会通过多方渠道，在第三区进行全区公布。想必千叶小姐也知道，事情闹到现在已经远远超过了我们的想象。在过去的两周时间内，第三区的 47 处宜居地里有超过半数的地区爆发了游行……”

说到这里，官员特地顿了顿，语调一转，颇为乐观地望向千叶：“但是我们相信，贵方这一次的让步，一定能够平息这场无妄之灾。”

“更实际的举措呢？这些游行带来的后续影响，已经严重影响了基地的正常运作。既然你们都已经安排上了发布会，不知会一下我们，说不过去吧？”千叶的手指轻轻敲击着桌面，“流程呢？”

坐在对面一直未曾开口的老人突然抬起了头：“当然，即便你不问，我们也会尽快通知你们。”

千叶看向他：“不好意思，您是哪位？”

那老人身边的官员连忙道：“这位是市政厅秘书长罗贝尔先生，是负责此次事件的最高长官。”

“哦，很高兴认识您。”千叶躬身向前，对着老人伸出了手，

“千叶真崎。”

罗贝尔却在这时摘下了眼镜，他目光低垂，用随身携带的手帕擦着镜片，如此恰到好处地避开了千叶伸来的手。

千叶单眉微扬，从容地收手并坐回了自己的位子上。

罗贝尔随即戴上了眼镜。

就着发布会的话题，罗贝尔开始滔滔不绝，千叶一边听，一边翻看着对面递来的预备发言稿。

千叶很清楚这个发布会的意义——如果基地坚持不交人，那么这个发布会就用来拱火；如果基地交了人，那么这个发布会就用来给联合政府的人道主义行为贴金。

突然，她目光一动。

“等等。”千叶将发言稿横在几位官员面前，“麻烦解释一下，什么叫——‘我们相信，同样的幸运也能降落在更多的孩子身上’？”

对面的人轻轻搓了一下鼻子。

“怎么说呢？这也是公众的一种愿望。”罗贝尔语调平静，“我无意冒犯，但 AHgAs 的大部分行事准则都太残酷了。”

“比如说？”

“比如强迫水银针离开宜居地，去与荒原上的螯合物战斗。”

千叶缩了缩脖子，挤出一个双下巴：“您知道水银针的新人都是从哪儿发现的吗？”

“这不重要。”罗贝尔平淡地回答，“重要的是，水银针也是人，应当得到保护和爱惜。荒原上的危险远远胜过宜居地，保护的难度、付出的代价都极高，然而，每一次打捞行动只能换来不到五十个预备役——第三区幅员辽阔，可到目前为止只有区区二百余个现役水银针，这合理吗？”

“这很合理。”千叶答道，“各区分布的水银针数量与当地暴发的螯合病情况紧密相关，螯合病暴发得越频繁的地方拥有的水银针数量就越多。第三区除了近几年阿斯基亚与赫克拉的两次螯合物潮，哪里还有其他螯合病大规模暴发的情况？”

“没错，我要说的正是阿斯基亚与赫克拉。”罗贝尔反唇相讥，“它们已经敲响了螯合病抬头的警钟，虽然目前这股邪风还没有刮进宜居地，但也已经不远——圣安妮修道院就是血淋淋的例

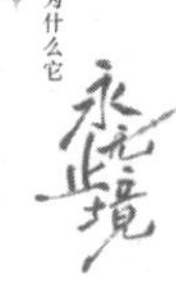

子。事情关乎整个第三区的安全，但……AHgAs真的值得我们信任吗？”

“为什么不值得呢？”

“直到现在，你们都不肯共享自己的核心科技。”罗贝尔慢条斯理，“联合政府不能将安防这么重要的事完全交付给一个外邦的机构，我们组建一支属于自己的水银针队伍是迟早的事，贵方不必如此大惊小怪。”

“那这就有的聊了，秘书长先生。AHgAs与第一区、第五区、第四区、第九区、第十四区都存在深度的合作——也即你提到的共享核心科技，但是，第三区的母城到现在为止也没有对我们开放过。合作的诚意，您觉得这个东西它有没有可能是需要双方共同展示，而不是单方面给予的呢？”

罗贝尔不为所动：“你从第五区回来之后曾预约过一场手术，是吗？”

“对。”

“手术的大夫与设备，都是从第三区的母城内调取的——这算不算诚意？”

对峙的几人再次安静下来。

席间的突然沉默令罗贝尔感觉自己大概是捅到了千叶的软肋，然而，千叶双手交叠，置于脑后。她嘴角微沉地望着罗贝尔，似乎在思忖着什么。

这情景叫罗贝尔略有些得意。

“我冒昧问一句……”千叶忽然说，“您是不是连那场手术涉及的技术是什么都不知道？”

“我不需要知道这些细节。”罗贝尔的表情稍显阴沉，“很遗憾，千叶女士，看来我们不能说服彼此。”

千叶已经明白过来，罗贝尔显然不知道，方才他提及的那项技术——仿生科技，恰恰是在第三区与第四区签订“卡特拉互助协议”之后，由AHgAs先共享给第四区，再由第四区有条件地分享到了第三区核心城。那项技术被规定，仅能用于治疗在螯合物对抗事件中负伤的水银针，且需要经过大区当地AHgAs总部的批准。

“确实。”千叶单手撑着下巴，“恕我再问一个问题，我实在是有些好奇……”

“嗯？”

“您只是谭伊市的市政官，但谈起鳌合病，您似乎又是站在整个第三区的立场来考虑的，这是您个人的责任感使然，还是——”

“我无可奉告。”罗贝尔淡淡地答道。

“那换个角度，就算一切都如您所言，”千叶紧接着问道，“今后我们遵循第三区的人道主义精神，将宜居地外的若干荒原全部弃之不顾，只关注宜居地内的安防——那水银针们的纳新，究竟该如何解决呢？”

“毕竟我们的大部分新人都是从荒原上发现的，就算你们把整个预备役基地的新人都挖过去，整个第三大区的水银针数量也到不了三百人。”

“有很多种方法，”罗贝尔脸上浮起一个公事公办的微笑，“比如说，招纳其他十三大区内二十五岁及以上的水银针——只要我们开出足够高的条件。”

“呵……这确实是一个不错的方法。”千叶颇为赞同地点点头，“五年后我差不多也要考虑退休的事了，到时候，是不是也能来找秘书长先生聊一聊？”

罗贝尔略微地惊讶了一瞬，很快又恢复了正常：“当然。我们非常、非常欢迎像您这样的资深人士。”

“那你们给阿维纳什开了什么条件？也许我能拿他的标准来做个参考。”

一时间，除了罗贝尔，其他几人的脸上都露出了些微迷茫的神色。

阿维纳什……

听起来像是一个第十一区人的名字。

罗贝尔的脸色又变得冷漠：“等阁下过了二十五岁我们再谈吧，现在说这些还太早。”

“好吧。”千叶站起身，拉开身后的椅子，“那就祝愿您的仕途能够坚持到我退休的那一天，几位还有什么话需要我带回去吗？”

其他几人都看向罗贝尔，没有说话。

罗贝尔抬眼望向千叶。

“没有别的了，千叶女士。”老人的脸上带着胜券在握的微笑，

“也祝您能平安存活到那一天，我一定为您留下最丰厚的报价。”

千叶抿了抿唇，如同叹息一般地笑出了声。

“请务必记住您刚才说过的这句话。”她望着罗贝尔，“这就是‘原因’。”

一刻钟以后，罗贝尔独自回到了自己的办公室。

他像往常一样踏进了门，两只脚在门口地毯上轻踩几步，然后停了下来——他的位子上已经坐着一个人。

“下午好，秘书长先生。”

一个年轻男子的声音传来，这是典型的青年人声线，音域偏高，他偶尔低声说话的时候会带上略显压抑的鼻音。

“阿维纳什？”罗贝尔低声喊出这个名字。

软椅“嘎吱”一下转了过来，椅子上的年轻人向罗贝尔挥了挥手。

从血统上讲，阿维纳什属于十一区。他有着十一区人常见的棕色的皮肤和稍显卷曲的黑发。他眼窝深邃，目光明亮，那双葡萄石一样的浅绿色眼眸，就像他整个人给人的第一印象——温润、清澈。

对在此刻见到阿维纳什本人，罗贝尔并不觉奇怪，是他昨晚亲自给这个年轻人下了最后通牒：如果今天下午六点以前再不露面，那么此前他与第三区联合政府私下签订的入职协议就直接作废。

“明天下午，这里会有一场发布会。”罗贝尔开门见山，“我们需要你出席并发言——作为谭伊市第一支水银针特遣队的代表，是时候公布我们的计划了。”

“恕难从命。”阿维纳什声音平静，“之前不是早就说好了吗？您什么时候把那个新人带来，我什么时候接手特遣队……我不喜欢和媒体打交道。”

虽然已经不是第一次与阿维纳什交谈，但对方直白到不近人情的态度，依旧激起了罗贝尔的暗恼，他眯起细长的眼睛：“如果我非要你出席不可呢？”

“那我需要第三区议事会的全体亲笔信。”阿维纳什抬起头，“虽然特遣队明面上归属于谭伊……但您还是按章程来办事比较好。”

罗贝尔沿着办公室的边沿在这间宽阔的屋子里踱步，他的目光几乎没有离开过椅子上的阿维纳什。

“千叶真崎今天来过。”罗贝尔忽然说，“她还提起了你。”

“我知道，我看到她的车了……她都提起了我什么？”

“她问第三区给你开的条件。”罗贝尔顿了顿，目光显得有些怀疑，“她是怎么知道的这件事，阿维纳什？”

阿维纳什轻轻摇头，笑了笑：“说真的，秘书长先生，您要么是低估了 AHgAs 的情报系统，要么是低估了千叶在 AHgAs 内部的影响力……”他抬眸望向罗贝尔，“她知道这些事情，一点都不奇怪。”

“难道不是我们之中的某人透露给她的吗？”

阿维纳什的脑袋朝肩侧稍稍倾斜：“你怀疑我？”

罗贝尔板着脸，没有回答。阿维纳什此刻有些轻浮的微笑已然激怒了他，但他克制着，只是嘲讽地昂起了下颌。

“我只想知道，你屡次推阻特遣队的任务，究竟是不是和千叶有关？”

“是的。”阿维纳什答道。

“是你主动的，还是她胁迫你的？”

“很难回答，秘书长先生。”阿维纳什说道，他目光低垂，长长的睫毛下眼睛半睁半闭。沉默间，他拿起罗贝尔桌上的一支羽毛笔，面无表情地捋着上头松散柔和的羽毛：“您相信命运吗？”

“什么意思？”

“如果您是为了那个修道院来的小姑娘，大可不用如此大动肝火——只要你们真的将她带出了基地，我立刻开始接手特遣队事宜。”

罗贝尔恼火极了，眉毛紧紧拧在一起，他一字一顿地开口：“说到底，你还是不相信我们能把人带出来，你这种态度，我们到底要怎么合作？”

“一切合作都要建立在分工的基础上，您完成了您的部分，我就会完成我的。”阿维纳什说着，从椅子上起身，“我今天就是来提醒您，注意边界。”

两人无声地对峙着，随后阿维纳什躬身致意，朝着大门走去。

“等等！”罗贝尔向着阿维纳什的背影大喊，“你刚才说的命运……是什么意思？”

“一个经验之谈罢了。”阿维纳什笑着说，“千叶真崎的命运，就是把所有靠近她的人都拖向不幸，不管是她的朋友、她的爱人，还是她的仇敌。这是我送给您的忠告：不要和这样的人为友，但更不要和她为敌。”

阿维纳什没有停下，他拉开门，回过头：“您保重。”

门“砰”的一声关了起来，罗贝尔独自一人站在自己的办公室中，忽然感到一阵战栗。

出院的最后一天清晨，赫斯塔像往常一样静静坐在床上等候护士来查房。

她的伤已经完全康复，以一种她自己都不能理解的速度。

从几天前开始，她的床头就堆满了各种各样的花，大部分花束中都夹带着写着祝福的小卡片，落款的名字赫斯塔一个都不认得。

这些花束接连不断，每天傍晚护士会帮忙清掉一批，第二天又有新的花送来。

门外传来了脚步声，赫斯塔放下书，望着门口。

“简？”医生与护士一起推门进来，“今天感觉还好吗？”

赫斯塔点了点头。

护士微笑着将一沓大小不一的卡片放在赫斯塔的床头，从卡片的材质与花纹来看，它们应该也是夹在花朵中的祝福卡。

“今天寄来的花实在是太多了，根本收不过来。”护士笑着将卡片整理对齐，“恭喜你，明天就要离开基地了。”

“您是说出院？”赫斯塔有些疑惑地问道。

医生与护士面面相觑：“千叶小姐没有和你说吗？基地已经同意了市政厅的要求，会让你回到市民中间去过普通人的生活。前几天发布会都开过了，就等你这边康复出院。”

赫斯塔轻轻“哦”了一声，千叶确实没有和她讲过。

不过既然千叶小姐没有讲，那就说明这件事情不重要。

这一天，她像往常一样接受了医生的问询和检查，而后安静地坐在床上等待着。

时钟的指针慢慢从“7”指向“9”，病房外终于再一次传来叩门声。

赫斯塔抬起头："请进。"

年轻的护士探进半个身子："赫斯塔，你有个朋友来找你，他说是你要他这个时候来的……有这回事吗？"

"有的。"赫斯塔点头。

护士嘴角微沉："现在可不是医院的探访时间，下不为例，好吗？"

赫斯塔微笑："谢谢您。"

护士也笑了："他在护士台。"

护士离开后，赫斯塔换了身衣服——那是千叶留给她的一件麂皮夹克，衣服的后摆宽松垂落，挡住了赫斯塔别在后腰的两把武器。

她向护士台走去，道路尽头，肖恩已经等在了那里。

肖恩穿着一件老旧且不合身的黑色皮衣，两只手插在上衣口袋里，脚上穿着一双灰灰的老球鞋，鞋带绑得松松垮垮。

半个多月没见，肖恩把头发重新染回了黑色，短发蓬松微鬈。这样的肖恩看起来比之前清爽得多，甚至透着一点乖巧。

然而，当他看见赫斯塔，脸上的神情再次变得轻佻——这正是赫斯塔无比熟悉也无比厌恶的表情。

"嘿。"肖恩走上前，向赫斯塔打了个招呼，"真没想到你还会给我写信……莫利跟我说你想当面来向我道歉的时候，我还以为她在诈我。"

赫斯塔稍稍往后退了一步，和肖恩保持着距离。

赫斯塔望着肖恩的脸，靠近看的时候才发现他脸上的伤还没有消，眼眶、颧骨和嘴角边全是自己之前打下的淤青。

"你还好吗？"赫斯塔问，"方便的话，我今天有好几个问题，想当面和你聊聊。"

"好，好得很。我刚好也有一堆问题想问你……"肖恩漫不经心地回答，他发现旁边护士站里的几个护士来来去去，还时不时往自己这边瞟一眼，他压低声音，"你是打算就在这儿和我说话？"

"这里不合适，换个安静的地方吧。"

"你们俩先等等。"一直听着两人谈话的护士长，此刻终于打断了这两个年轻人的谈话，她俏皮地笑着，向肖恩和赫斯塔递去一块夹着登记单的木板，"先来签个字，你们要出去多久？"

肖恩拿起笔，看向赫斯塔："多久？"

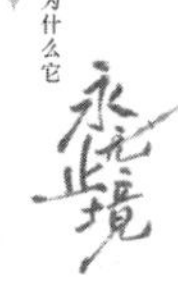

“半个小时？”赫斯塔望着肖恩的笔尖，“半个小时，应该够了吧。”

“行。”肖恩低头填表。

肖恩·格兰古瓦
简·赫斯塔

当日出入名单上，这两个名字挨在一块儿。

护士长收起登记单，笑着向两人挥挥手：“不要出去太久，说完了你们的悄悄话就赶紧回来，知道吗？”

悄悄话……

赫斯塔在心里无声重复着这个词——从几位护士的目光里，她看出她们的误会。

在这几位善良的护士小姐眼中，自己和肖恩是什么关系？

恍惚中，赫斯塔又想起第一次搭千叶小姐的车去市中心时，遭遇的游行人群，

在那些善良的市民眼中，自己和预备役基地又是什么关系？

她不由得皱起了眉。

在赫斯塔有限的人生里，她第一次意识到他者与自我之间的鸿沟，有时竟会有这样巨大的差别。

“我们去哪儿？”肖恩的声音非常快活，连走路的步子都显得轻快，“回地面？”

“非探视时间我不能离开地下医院，我们可以去连接处。”赫斯塔轻声回答，“那里一般没有人。”

连接处是基地十几栋地下建筑之间的通道，现在这个时候确实没什么人。

肖恩耸了耸肩：“行。”

两人沉默同行，肖恩渐渐感到一些不安。

这条路他从前未必走过，却让他感到无比熟悉——为了方便抢救，基地的地下医院与二次觉醒的训练场几乎是连着的，而医院的每一层都装修得差不多，此刻的道路，让他骤然想起去年他二次觉醒时的光景。

那是他离开赫克拉以后第二次正面遭遇螯合物，当时他被单

独带向训练场，身边没有任何伙伴。一个在役水银针送他过来，并粗暴地将他推进囚室内，那人声称有一个站在二楼的安全员会保证他的安全，然后就退了出去。

紧接着，两只螯合物被放了进来。

…………

肖恩打了个寒战。

他突然停下了脚步，赫斯塔也随之停了下来，她有些意外地回过头，见肖恩吐了一口气。

“我看到这里就够了吧。”肖恩说，“不用再往前走了。”

赫斯塔凝视着肖恩的脸：“你在……害怕什么？”

“什么害怕？我有什么好怕的？”肖恩笑起来，“你今天非要把我约到这里见面，不全是为了道歉吧？”

“确实。”赫斯塔平静地答道，“你先站在这里，不要动。”

肖恩眨了眨眼睛：“嗯？”

赫斯塔没有解释更多，只是背对着肖恩朝回走。

一、二、三、四……

赫斯塔走了十五米之远，当她再次回过头，身后的肖恩手里已经多了一架随身DV（数码摄像机）。

肖恩的目光透过黑洞洞的镜头，落在赫斯塔身上。

“你在干什么？”赫斯塔问。

“没什么，就记录一下。”肖恩轻描淡写地回答，“毕竟被这招暗算过，我也得有点防范意识，免得再掉进什么坑里……你走那么远干什么？”

“我有几个问题想问。”赫斯塔轻声说，“在这个距离开口，比较合适。”

“嗯。”

“第一个问题，是莉兹问我的。”赫斯塔两手背在身后，目光越过肖恩，看向更远处的顶灯，“她说，在我被送进医院的那天，你们被莫利女士带进了她的办公室。莫利问你为什么不逃走，而是要挨我的打，你提出，这是在要求你成为一个‘完美受害者’。”

肖恩笑一声：“没错，有什么问题吗？”

赫斯塔的头稍稍倾斜，她的目光由远及近，慢慢落回肖恩的身上。

“莉兹问我，‘为什么我们帮受害者松绑的理由，总是被加害者拿去当脱罪的借口’，你有什么头绪吗？”

“那要看情况了，赫斯塔。首要问题是，谁来定义‘受害者’？”肖恩淡淡地答道，“谁拥有定义的权力，谁就拥有一切。下一个问题。”

“第二个问题，是千叶小姐问我的。”赫斯塔缓缓呼吸，“她说世上可以无所顾忌的人有三种，一是贵族，二是怪才，三是狂徒。贵族权势熏天，怪才天赋异禀，狂徒失无可失，所以他们都能藐视规则，让其他人觉得难以对付。”

“你是哪一种，肖恩？”

肖恩稍稍皱眉，着实认真地想了一会儿。

“非要选一个，怪才吧。”肖恩抬起头，“为什么要问这种问题，有什么意义吗？”

“那……第三个问题。”

赫斯塔陷入了短暂的沉默，肖恩饶有兴致地等待着。

他低着头扭动 DV 的旋钮，给赫斯塔此刻的表情拉了个特写——只见她反复深呼吸，仿佛接下来要开口的问询，需要极大的决心。

小屏幕里，赫斯塔突然看了镜头。

“你觉得，我是哪一种？”

“砰！”

在一声毫无征兆的响声降临之后，肖恩感到右手传来一阵强劲的拉扯，一直稳稳拿在手中的 DV 被击飞，机器的碎片向四周迸发，嵌扎进他的皮肤。

远处赫斯塔双手各持武器，一支武器的口子已经泛起青烟，那是未燃尽的火药、金属屑与烟灰共同组成的硝烟。

当他意识到危险，第二声响声已然响起——

“砰！”

肖恩终于开始进入子弹时间，这刹那间的变化在他的视角中变得无比漫长——前一枚子弹的弹壳撞地反弹，落在了赫斯塔的脚边；第二枚空弹壳正从武器的后上方斜飞而出。

而那颗高速喷射出的暗金色子弹，已经抵达了肖恩胸口的正前方，他甚至看见子弹头正将他的皮衣压下一个浅浅的坑……

完了。

来不及了……

垂死的恐惧慑住了肖恩的心魄，到头来他的子弹时间只能用来拉长这个死亡的瞬间。

这个瞬间如此迅疾，又如此难熬。

心口传来剧烈的疼痛，使得肖恩整个人向后仰跌。

一声沉闷的撞击过后，肖恩倒在地上。他望着头顶惨白的灯光，五官因为剧烈的疼痛拧在了一起，一阵强烈的虚弱感席卷四肢百骸。

这就是……死亡吗?

肖恩听见了清晰的脚步声，那是赫斯塔的软皮鞋跟踩在基地石面地板上发出的。

她在肖恩身边停了下来，面无表情地俯视着他的脸，像看一只蝼蚁。

“难怪千叶小姐之前说我把事情搞复杂了，”赫斯塔从容收起了武器，“原来这件事这么容易。”

第十六章
NEVER END
反击

肖恩又惊又恨，他徒劳地向赫斯塔伸出了手，恨不得将她捏碎。

然而，这毕竟是办不到了。

这就是我……死前的最后一刻吗？

肖恩死死盯着眼前人的眼睛，满心的不甘与怨怼。

很快，半分钟过去了。

肖恩终于意识到有什么地方不太对劲，他瞪着赫斯塔的目光渐渐从憎恨转向惊疑——子弹都射穿心口这么久了，我怎么还没死？

肖恩想去看自己胸前的伤口，然而他太虚弱了，虚弱到连抬头都做不到。

赫斯塔突然抬起脚，一脚踩在了肖恩的脸上。

她低着头，面无表情。

“看看你现在的样子，肖恩。”

“你……你都……干了什么？”肖恩的声音完全哑了，他断断续续地开口，“为什么？”

“打在DV上的，是十九毫米的帕拉贝鲁姆弹；但打在你身上的，是橡胶弹。”

赫斯塔用食指与中指夹着一枚黑色弹壳，将它拿到了肖恩眼前。

“想用它杀你，威力是有点不够，不过让你跌出子弹时间，足够了。”

说着，赫斯塔随手将弹壳丢开，它跌在地上，骨碌碌地滚向墙边。

肖恩震惊地望着这枚弹壳，额上青筋凸起。

赫斯塔轻声道："说真的，我也觉得你是怪才，人在有了一技之长以后总是特别容易依赖它，我懂这种感觉……但这种依赖很危险，因为说不上什么时候，它就会叫你膨胀得忘记了自己的弱点，成为你的障碍，是不是？"

已经进入制约时间的肖恩仍在挣扎，但他费尽力气也只能仰面扭动。

他的脸还被赫斯塔死死踩着——赫斯塔在来真的，他的脑袋硌在地板上，已经疼得快裂开了。

短短几分钟时间里，肖恩已经想通了这件事的来龙去脉：

赫斯塔假意将他约到这里，第一次射穿他的DV，促使他进入子弹时间；与此同时，第二颗子弹射向他的心口，目的就是利用他对死亡的恐惧来瓦解他抵抗的意志，从而让他彻底跌出子弹时间。

她成功了。

但，这怎么可能？

她怎么可能精确到这一步？

她的射击是什么时候练出来的？

不对，她哪来的武器？

"你……你完了……"肖恩竭力露出一个狰狞的笑脸，"等……等其他人来……"

"先别说话，听。"

静默中，远处的走廊传来接连不断的金属撞击声。

肖恩意识到了什么，眼睛因为诧异而瞪得浑圆——他太知道这是什么声音了，那是所有基地地下建筑里都装有的隔断装置。

考虑到一切极端情况：外部武装力量入侵、内部螯合物外逃、间谍或其他危险人员意外进入基地活动……这里每一处交会的路口都装有备用隔断门，门板全是厚达七十厘米的钢板，平时它们收在墙内，当检测到基地内部发生了极其严重的入侵活动，隔断装置会依照预定算法，各自启动。

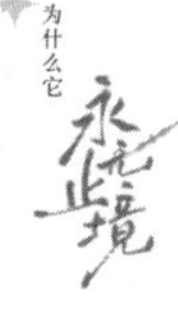

而“有人持武器闯入了基地的地下医院”，显然属于“极其严重”的那一档。

“其他人来也需要时间，你不用着急。”

在赫斯塔的目光中，肖恩打了个寒战，彻底安静了下来。

女孩蹲下来，抓起肖恩的头发，将他的头颅从地面扯起。

四目相对，赫斯塔神情冷极了。

“记得吗？你之前说我像花。我后来想了想，说不定真是这样。在短鸣巷，在圣安妮修道院，包括在基地，我总是能遇上一些真心待我的人，她们就像待一朵花一样用心待我。

“在我生病时，有人寸步不离地照料我，有人为我守夜，为我祷告，求神减轻我的痛苦；有人教我识字，教我唱歌。为了我的幸福，她们甘愿冒险，甚至在危机时刻，她们之中有人甘心用自己的死来换我的生……总是有人，把我看得比她们的性命还要重。”

赫斯塔看向肖恩：“你被人这样照顾过吗，肖恩？有人为你做过这些事吗？”

不等肖恩回答，赫斯塔已经浮起一个轻蔑的微笑。

“怎么可能有呢？你配吗？你不配。”她轻声道，“一个像臭虫、像老鼠，总之不像个人的东西，没人会在乎。因为像你这样的懦夫、浑蛋、鬼话连篇的骗子，注定一辈子都是被人踩在脚底的杂碎……还妄想向上走吗？你只配活在臭水沟里。”

肖恩说不出话来——这些话里的一些词汇，是他曾经对迦尔文说过的，他不知道赫斯塔究竟是从哪里打听到的。

但此刻肖恩也顾不了那么多了，他的下颌微微颤抖，胸口剧烈地起伏，眼睛因为愤怒而充血，鼓胀的青筋从他的脖子一直延伸到他的太阳穴。

他一言不发，死死盯着赫斯塔。

从来没有人……这样侮辱过他。

赫斯塔无声凝视着肖恩愤怒的脸。

“你知道吗？”她轻声说，“不久前，有人和我说，愤怒是一个人在这世上唯一的矛，因为它粗暴、丑陋、锋利，所以当你陷入威胁、变得虚弱、感到屈辱的时候，它会不顾一切地跳出来，叫你反抗。”

“想反抗吗，肖恩？”赫斯塔抓着肖恩的头，重重撞在了墙上，“我这段时间，每天都在咀嚼这种心情，每天。”

赫斯塔又一次想起深夜走廊上一盏盏熄灭的灯，想起肖恩藏在每一个监控摄像头后面的眼睛。这段时间以来，肖恩的言语冒犯与肢体挑衅几乎没有间断，甚至还用卑劣的手段偷走了那把对她意义重大的钥匙……

念及此处，赫斯塔的拳头捏得更紧。

肖恩的喉间发出一声痛苦的低喘，他的嘴角再一次淌出鲜血，然而即便如此，他依旧艰难地侧过头，用仇恨的目光盯着赫斯塔的眼睛，一刻也不肯放松。

“你……你等着……”

赫斯塔笑了一声。

“据说人在愤怒的时候，往往是他最有力量的时候，你觉得是吗？”

赫斯塔声音淡漠，她提出问题，但不期待肖恩的答案，在片刻的沉思之后，她又自顾自地说了下去。

“可我后来想想，当一个人最愤怒的时候，好像也是他最恐惧的时候。就像你抢走一个饥民最后的口粮——他靠这东西活下去，如果这份凭依被随便抢走，他怎么活？

“所以，他要用最大的愤怒去告诫每一个掠夺者，‘休想靠近我，因为我要不惜一切代价，捍卫它’。

“愤怒是盔甲，恐惧是内核，你说是不是？”

赫斯塔微微昂起下颌。

“告诉我，肖恩，当我在说这些话的时候，你在愤怒什么、恐惧什么？为什么你会盯上我、刁难我？在我身上，你看见了什么？”

肖恩的呼吸变得急促起来，他皱紧了眉，下意识地将目光转向了别处——赫斯塔的目光、神情、话语，都像锋利的手术刀，精确地捅向了他的心脏，它们搅动着，让他混乱又痛彻心扉。

肖恩觉得脑子一片混沌，他剧烈地喘息，可面对着赫斯塔的追问，他竟一句话都说不出来。

沉默之中，赫斯塔表情忽然凝滞，她朝着肖恩的脸伸出手。

“呵……你哭了吗？”

她轻轻刮去肖恩脸颊上的泪水——这些新鲜的眼泪甚至是温

热的。

肖恩一怔，更加羞愤地转过了头。

赫斯塔嗤了一声，把眼泪和血一起甩在了地面上。

她站起身，一脚踢翻了斜靠在墙边的肖恩，他翻滚了半圈，趴在了地上。

“恶心。”赫斯塔冷声说。

肖恩的眼睛慢慢转向一旁赫斯塔的脚踝。

“你不如……现在就出手……”

“少在这里对我指手画脚。”赫斯塔低声道，“我和你不一样，肖恩，我的手上从来没有沾过人命，知道为什么吗？这些肮脏又危险的事情，从来没有人舍得让我来做。如果我杀了你，莉兹会伤心——为我伤心，你懂吗？”

赫斯塔踩住了肖恩的后颈，将他整个人再次踉在了地上。

肖恩不可抑制地呜咽起来，他不明白自己为什么而哭，他不想哭，尤其不想在这个时候当着赫斯塔的面掉眼泪。

赫斯塔看了一眼时间，距离肖恩跌出子弹时间刚刚过去 7 分 53 秒。

“记不记得我上次警告过你？我让你别再来找我麻烦，结果你不听。”赫斯塔冷声道，“我等着你再放马过来，肖恩，对付你，我有的是办法。”

赫斯塔从兜里掏出一包纸巾，砸在了肖恩的脸上。

“慢慢反刍吧。”

赫斯塔接下来要做的事情很简单——隔断门已经放下，医院本部是暂时回不去了，她需要去一趟本层的紧急避险室。

千叶说她要过来一趟，因为有很重要的事要当面说。

赫斯塔低头给千叶发了一条消息：我这边结束了。

直到这时，赫斯塔的脚步才慢了下来，她的双手微微发抖。

她觉得心里好像有一团火焰正恣意燃烧，它们以一种残酷暴虐的气势，像是活生生的精灵，一口气荡平了这些天沉积在她心底的阴霾。

在进入基地以后，她有过好几次此前从未有过的体验与经历，但哪一次都没有今日的遭遇令她印象深刻。

所有她曾预想过的心情，在此刻的心境面前都显得苍白干瘪——复仇的甜美心情和快意感觉，任何未曾经历的人都无法想象。

赫斯塔的呼吸变得深而缓慢，她感到自己的眼眶在发热。

真是奇怪啊，世界上的一切情感，不论是快乐、悲伤、羞愧、愤怒……到极致的时候似乎都是落泪，但直到此刻，这些眼泪才真正让她感到轻盈。

她在今天第一次感受到自己的力量，一种坚固、锋利且磅礴的力量。它们在她心底奔涌，好像在呐喊着——只要握紧了拳头，你是可以活下去的！

你是可以好好活下去的。

赫斯塔的脚步渐快，她沿着来时路奔跑起来，像只轻快的燕子。

然而，在快要靠近紧急避险室的时候，赫斯塔突然听见些微奇怪的声响，似乎是锁链碰撞的声音。

空气中弥散着淡淡的血腥味。

赫斯塔停下了脚步。

她站在走廊上，避险室就在道路尽头靠右边的房间。它的门似乎开着……有什么东西正在慢慢从里面向外爬。

赫斯塔蹙眉，稍稍往后退了一步。

先是一只染满鲜血的手探了出来，然后是脑袋和肩膀……

赫斯塔认出了眼前人，心中错愕，她快步上前："图兰？你怎么——"

在认出来人是赫斯塔以后，图兰突然发出一声撕心裂肺的尖叫。

"不要过来！"

哽咽的状态让她说话有些吃力，她哆哆嗦嗦地说了几句无声的"对不起"，用最后的力气向赫斯塔哭喊。

"快逃……快逃……简……"

避险室里传来脚步声，图兰整个人突然被向后拖拽，她绝望地拉住了门框，啜泣变成了含混不清的呢喃。

然而下一瞬她还是被拖进了房间。地上只剩一道血印，图兰的哭声戛然而止。

这一切发生得如此迅速，当赫斯塔意识到发生了什么，她已经看见了一对粗如螯钳的赤红色双手从门内伸出。

紧接着，一个穿着深蓝色囚衣的男人出现。

他手中拿着一条松开了镣铐的铁链，衣服上溅满深色的血迹。

在他踏上走廊地面的瞬间，整条走廊的灯光瞬间转为暗红色，刺耳的警报声响起，它以每秒三次的频率警告所有人——

地下基地内，发现螯合物！

赫斯塔浑身的肌肉再一次绷紧，每当遭遇比自己强大许多的对手，她的身体就会不可控制地变僵硬——在修道院最后的夜晚，她正是在这种情况下眼睁睁看着螯合物斩去格尔丁修女的右手；而第一次与格兰古瓦兄弟遭遇时，迦尔文身上的压迫感亦让她动弹不得。

赫斯塔骤然咬紧了牙关。

为什么？

为什么动不了？

暗红色的灯光下，对面螯合物没有表现出喜悦或是兴奋的神情，它看起来像一个非常消瘦的成年男性，目光中带着一种散漫的厌世感。

与赫斯塔四目相对的一刻，这只螯合物发出了一声疑惑的低吟。

它闭上眼睛，认真嗅了嗅走廊上的空气，然后有些费解地挠了几下头。

“你闻起来和她不一样，为什么？”

螯合物的声音毫无感情，甚至听起来很是虚弱，但赫斯塔分明从它的身上感受到了前所未有的威胁。

“哦，我知道了，”螯合物的两只螯钳对撞了一下，“你还没有二次觉醒，是吗？”

女孩的脸上已经没有了血色：“你都……做了什么？”

螯合物发出一声很轻的嬉笑，这种笑容看起来甚至有些腼腆。

“我能对水银针做什么？”螯合物侧目望向避险室，从他的角度，还能看见仰面躺着的图兰。女孩倒在血泊里，一动不动。

螯合物收回目光，神情一时迷离，好像陷入回忆。

“她主动找上我说要提高她的子弹时间，我感觉这种事可能挺有趣的吧，就配合了一段时间……但，还是很快就厌倦了。”

它低头看了看自己的两只手，而后走到赫斯塔的身边，熟练地从她口袋里取出了手机，一下折成两段。

“说到底还是我自己的原因，自从手变成了这样，做什么都不方便，所以做什么都没趣味……”

螯合物面无表情，尽管赫斯塔什么都没问，但它一股脑说了很多。一些生活日常，一些训练细节，还有一些抱怨，声音平淡，带着点怨气。

然而很快，它的这些喃喃低语又毫无征兆地戛然而止——这只螯合物突然意识到了一个问题，它垂眸望着眼前这个比图兰更加瘦小的女孩。

“你……为什么不跑？”

赫斯塔解释不了这个问题，她像是被囚在了一间看不见的冰室中，僵硬的手脚被牢牢固定着，她不知道如何从这个囚笼中脱身。

螯合物绕着赫斯塔转了一圈。

“你也厌倦了追逐的游戏吗？”螯合物蹙眉低语，又很快摇头，“不，你可不能厌倦啊……这已经是，我唯一的乐趣了。”

它退回到避险室的门口，用商量的语气问道：“你看，我多给你十秒钟。你跑，我追，好不好？”

它背过身。

“十、九、八……”

赫斯塔整个背都汗湿了，冷汗从她的额头滑过半张脸，砸在地面上。

“七、六、五……”

她的心脏在狂跳，激烈到让她有些头昏眼花。

眼前的画面从红色变为跃动的深紫色，螯合物的轮廓变成了重叠的剪影。

“四、三、二……”

在极致的恐惧中，赫斯塔的手忽然动了动，一切好像正渐渐缓和，她不由自主地伸手探向腰后的武器，毕竟这两把武器在几分钟前刚刚让她体验过什么是绝对的控制与力量。

这一瞬，赫斯塔的脑海内闪过了许多人的脸，他们之中有好有坏。所有的过去都轻飘飘的，像一条抓不住的河流，只有老查理的话如同惊雷——

你一定要记着，一定、一定要记着。
绝对不要在危险的地方射击。
跑，跑得远远的，让那些跑得比你慢的人替你送死。
绝不能让自己落到只能独自对敌的地步，懂吗？

“一。”

螯合物转过身来，眼中的不解慢慢转为恼火。

“你在耍我吗？”螯合物的声音陡然抬高，变为骇人的咆哮，“我叫你跑啊！没听到吗？”

螯合物骤然暴起，朝着赫斯塔扑了过来，它的速度极其迅猛，像一颗出膛的子弹，然而赫斯塔又再一次感到，眼前的一切……似乎变慢了。

这一幕再次令她感到熟悉——在修道院的那个夜晚，当艾尔玛的匕首在她面前高高举起，她也曾感到周遭的时空在那一刻凝滞。

原本已是残影的螯合物在这一刻变得轮廓清晰，赫斯塔看见它坚硬的螯钳正捅向自己的心口。

她紧紧盯着利刃的轨迹，向墙一侧后仰闪身——

扑空的螯合物几个踉跄，在赫斯塔身后几步远的地方刹住了车。

这一切行云流水，不远处的螯合物再次发出一声疑惑的低吟，回过头。

赫斯塔看了看自己的手脚。

刚才是……

闪开了？

“你是……怎么做到的？”

汗水淌进了赫斯塔的眼睛，蜇得生疼，但她不敢放松警惕，仍是屏住呼吸，全神贯注地盯着眼前的敌人。

她感到先前激烈跳动的心脏正在趋于平和，呼吸的节奏也正在恢复——这种体验早已不是第一次了，但直到此刻，直到她完全靠自己的力量躲开了一只螯合物的蓄力一击，她才真正觉察到这种平静下的不寻常。

螯合物再次向她猛攻过来，赫斯塔又一次闪避，这次她没有再逗留，而是一路向前，狂奔而去。

螯合物怔了片刻，旋即发出兴奋的大笑，如愿以偿地开始了追逐。

大部分伸向功能区的道路已经封死，留给赫斯塔的只有一条主干道，她突然想到了什么，立刻大喊："螯合物——螯合物在这儿！"

赫斯塔看了一眼表，距离肖恩跌出子弹时间刚刚过去 19 分 57 秒。

肖恩进入虚弱期的制约时间是——22 分 6 秒。

赫斯塔皱紧眉头，不再叫喊。她明白，即便喊了也没有意义。

很快，她看见了前方道路上正在扶墙慢走的肖恩——肖恩明白警报的含义，也听见了赫斯塔的呼喊，只是他能做的实在不多。

他不知道这条路的尽头通向哪里，是否有生机，但他了解螯合物的凶残，他了解此刻的自己是真正的命悬一线。

肖恩两腿发软颤抖，每走两三步就会因为过于心急而跌在地上，他没时间去想这如同蜗牛前行一般的逃生是否徒劳，只是不想坐以待毙。

他唯一的希望就是那只螯合物能死死盯着赫斯塔，只要它能被赫斯塔引开，不要留心到路边的自己，那就暂时安全了……

所以，当赫斯塔像一阵风一样从他身边跑过，他的整颗心提了起来。

十几秒过去了，没有人追过去。

肖恩的脸在等待中慢慢被恐惧变得扭曲，他不敢回头，直到一道瘦削的影子投在了他近旁的地面上。

肖恩已经发不出声音，他无声地痛哭着，只有喉咙深处挤出的一点气流。

"救救我……谁来……救救我？

"卡尔……卡尔……

"妈妈……"

当被螯合物提着后领悬在半空中的时候，他只觉得一切非常荒唐——地下基地怎么会出现螯合物？

这里不是荒原，是宜居地，而且应该是宜居地内最安全、最不可能出现螯合物的地方。

他竭力为自己规划了一个遍地鲜花的将来，在那个时候，水银针们的伤亡情况对他而言就只是一个数字，他会在每天早晨匆匆往报纸上看一眼，然后忘记这一切，安心享用自己的牛角面包和咖啡。

远处的哭声与他无关，因为他将彻底跳出被牺牲的命运，像任何一个宜居地内的普通人一样，在安全的后方，过上衣食无忧的平凡生活……

“别哭，站好。”螯合物声音单薄，它将肖恩扶在墙边，拍了拍他的脸，“看看我？”

肖恩脑海中的最后一根理性之弦已经崩断，他顺从地听从了螯合物的指令，只是眼神完全地空洞了下来。

螯合物反而皱起了眉头，它原想看看男孩垂死挣扎时的丑态，这对它而言有莫大的乐趣。然而这个年轻人似乎是被吓魔怔了，没有半点反抗和求生的意思，像一个坏掉的玩具。

“呼吸。”

螯合物抬起手，示意肖恩跟着自己手臂的节奏吸气、呼气。

死亡带来的崩溃在一呼一吸之间短暂退潮，肖恩打了一个寒战，终于从癔症般的谵妄① 中苏醒。

直到这一刻，他才真真正正看清了眼前的螯合物，整个人再次滑坐在地上，不可控制地颤抖着。

螯合物轻轻吐了口气——不管怎么说，这人现在的表情还是比之前生动了许多。

“你叫什么名字，年轻人？”

“肖恩……肖恩·格兰古瓦。”

“家里还有什么亲人吗，肖恩？”螯合物平静地问道，“重要的朋友？老师？我不知道……平时谁在照顾你？”

肖恩颤颤巍巍地答了，只是声音太小，螯合物弯下腰，将耳朵贴在他的嘴边才听到。

“哦，你哥哥。”螯合物露出一个悲伤的笑脸，“好了，知道了……你走吧。”

---

① 指神志错乱、迷惑、语无伦次、不安宁、激动等特征并时常带有妄想或幻觉的暂时性精神失常。

肖恩不懂："去……去哪儿？"

"去哪儿都行，离开这儿，这里不安全。"螯合物往来路看了一眼，"今天逃出来的螯合物不止我一个……想保命，就快走。"

肖恩怔了怔，不可置信地望着眼前的螯合物："为什么？为什么你……你要……"

"因为我和你一样，也有一个哥哥，肖恩，但他死在了荒原上，我这辈子都见不到他了。"

螯合物望着肖恩，语气中带着一丝温情，它甚至伸出了自己的螯钳为肖恩拨了拨前额的头发。

"我多羡慕你，有一个相依为命的兄弟。别耽误了，快逃吧。"

肖恩的眼中渐渐燃起微光，这突如其来的幸福让他有点冲昏了头脑，他过了好一会儿才反应过来。

他感觉自己的手脚正在回温，制约时间似乎就快结束了。

肖恩撑着墙，慢慢站起身，踉踉跄跄地向前走了几步，回过头望着身后的螯合物，目光中仍带着一点不确定。

螯合物向他挥了挥手，像是在告别。

肖恩深深地吸了一口气——他感觉到自己的制约时间结束了，一瞬间，他的求生本能再次像熔岩一样喷涌。

要活着……

要活下去！

起跑的时刻，肖恩像抓住救命稻草一般试图再次进入子弹时间，他摆臂狂奔，感到熟悉的力量正在身体中回复，像一点火星溅射在满是干燥柴草的地方。

然而下一刻，他看见自己的右手飞去了身前。

喷溅的热血染红了近旁的墙面、地面，仍在惯性中的肖恩还没有感到疼痛，就看见自己的左臂也飞了出去。

在一阵撕裂的剧痛下，肖恩再度失去了平衡，冲跌在地上。

不远处，他的断肢在地上落下又弹起，滚了几圈，不动了，而他自己也再一次跌出了子弹时间。

在浓雾般的绝望中，肖恩终于意识到——没有机会了……

肖恩听见螯合物在身后狂笑，也听见了对方迅速接近的步伐——眼下自己还是成了一块案板上任人宰割的肉块，成为无数螯合物手下亡魂中籍籍无名的一个。

“救救我……我不想……我不想死……”

他的哭声像一段音乐的前奏，这份对生的强烈渴求如同骤起的风暴，令螯合物顿时陷入狂喜——

“砰！”

“砰、砰！”

突如其来的射击声响打断了螯合物的进攻，它闪过第一次攻击，并用坚硬的螯钳挡过了随后的两次。

肖恩再一次抬头，他方才的求救也许是喊向虚空中的某个救世主，喊向一个缥缈的奇迹，甚至仅仅是最后一刻毫无意义的内心剖白……他并未真的奢望哪一个具体的对象能在这最后关头出现。

远处站着一个模糊的人影，随着那人不断靠近，肖恩的表情凝固在脸上。

是赫斯塔。

赫斯塔持武器穿过硝烟，再次进入了这条死亡走廊。

螯合物的身影映在赫斯塔的眼眸中，在它深蓝色的囚衣之下有若干柄锋利的手术刀，这些金属利刃在螯合物的大力投掷之下威力不能小觑——肖恩就是例子。

但是，如果之前在避险室前的时候，她已经能闪开这只螯合物的进攻……是否说明，她是有可能正面突破的呢？

“你又回来了？”螯合物同样不可置信，他看了看地上的肖恩，“你是来救他的？”

赫斯塔没有回答，只是低声说：“让开，我要过去。”

螯合物两手合十，掌根贴合，它飞快地拍手：“好感人……好感人啊。”

双方对峙之时，地上的肖恩终于反应了过来，他朝着赫斯塔大喊：“破坏……破坏它的前额叶——”

赫斯塔迷惑地看了他一眼——你在说什么东西？

肖恩痛苦地大喊：“用枪打它的眼睛！”

就在这时，螯合物开始了它的高速冲刺，它跃至半空，左臂抬起挡住了上半张脸，只有右眼透过螯钳的缝隙凝视着赫斯塔的一举一动。

赫斯塔屏住了呼吸。

她的猜测没有错，在避险室前发生的一幕并非偶然：在她的视野中，螯合物仿佛做起了慢动作。

赫斯塔蹙眉握拳，虽然此刻的螯合物依然迅猛，但是——

这个速度，我跟得上。

在肖恩的眼中，赫斯塔以一种难以想象的速度边打边退，慢慢将螯合物带向道路的更深处，直到消失在他的视野。

肖恩趴在地上，默默数着赫斯塔的射击声。

赫斯塔带着两把武器，一把是基地用的练习装备，装配十五枚橡胶子弹，杀伤力一般；另一把可堪使用的是贝雷塔 92 式，看弹匣大小应该是十五发或十七发的容量。

赫斯塔手里没有别的武器，一旦子弹耗尽，她就只能陷入被动防御的境地。

在十一声声响过后，射击声停了片刻，但搏击声仍在继续。

肖恩的心沉了下去——赫斯塔的贝雷塔92式已经耗尽子弹了。

她另一把练习装备里应该还剩十四枚橡胶弹，但这种子弹在相距十五米左右的距离下，连他的血肉之躯都打不穿，指望这种东西来对抗螯合物，是痴心妄想……

果然，当射击声再响起时，已经不再有先前那般震耳欲聋的轰鸣。

肖恩感到一阵寒冷，大量的失血带来了困意，他真正陷入了一种平静之中——不再是因为过度惊吓而导致的断片，也不是因为对一切了若指掌而产生的笃定，这种虚无的感觉如同醉酒，让他感到超脱，感到自由。

肖恩轻叹一声，毫不抵抗地闭上了眼睛。

就这样死去也不错，至少不会受到更多的恐吓了……

脑海中，迦尔文的脸忽然浮现，肖恩眉心颦蹙，又有些难过起来——到头来，还是只能留你一个人在世界上……

迷蒙中，肖恩感到一个温暖的怀抱正向自己张开，他知道这是死亡的羽翼。身体正在变得麻木，死亡的镰刀在收割他的性命时，也在平息他的痛苦。

遥远的地方传来一声巨响，肖恩只感到吵闹，直到他觉得身边似乎有什么人在拖动他的身体，他才勉强睁开眼睛。

他看见了赫斯塔的脸。

肖恩一个激灵清醒过来，两臂的疼痛骤然间又变得尖锐。他低

下头，发现赫斯塔拆了自己的鞋带，正在帮他把两只断臂的末端紧紧绑住。

远处的巨响仍在继续，好像有什么人在轰隆隆地用巨锤抡打战鼓。

“螯合物呢？”

“那边有个手动触发的隔断门。”赫斯塔飞速答道，“我引它过去以后暂时把它关在那头了，虽然不知道能撑多久……”

肖恩明白过来——这一声声巨大的撞击，是螯合物在用它的巨力与钢铁般的双手冲击隔断门。

“你……你二次觉醒了？”

“别说话了。”

赫斯塔打断了肖恩的询问，背起肖恩，快步朝避险室的方向奔跑。

背上多了一个人，狂奔的赫斯塔又一次感到自己的肺管开始烧了起来，但断了两条胳膊的肖恩已经轻了将近二十斤，她勉强能撑住。

肖恩虚弱地趴在赫斯塔背上：“你的速度，怎么又……这么慢了？”

赫斯塔冷笑一声：“你怎么不再断两条腿？那我肯定能跑得更快一点。”

肖恩讪讪地闭了嘴，但仍感到疑惑。

这会儿的赫斯塔就像一个普通的小女孩，在走廊上普通地奔跑，与方才高速战斗中的她判若两人。

肖恩独自思索了一会儿，忽然意识到赫斯塔应该是没有二次觉醒的，不然就她刚才用鞋带给自己止血的力度，肯定会把他的残臂再勒断一截。

如何在子弹时间中学会控制自身力度，对所有水银针新人来说都是一项极有挑战性的技能。没有长期的刻意练习，很少有新人能掌握得了它，即便初步掌握了，也很有可能因为各种因素而失控——就像上次莉兹在子弹时间下把赫斯塔给抱骨折了一样。

肖恩喘息着，意识又再次陷入了混沌，他没有力气再想这些了。

避险室已经近在咫尺。

第十七章 营救

“图兰！”赫斯塔呼喊着。

当她终于踏进那扇门，立刻就看见了倒在地上的图兰。

血泊中的图兰蜷卧着，表情痛苦，但她仍保持着清醒的意识，在听到赫斯塔的声音时，难以置信地朝着大门处仰起了头。

“简？”图兰道。

赫斯塔将肖恩放在了墙角，而后迅速转身关上了避险室的门。

在反锁了大门以后，赫斯塔来到图兰身边：“图兰，你怎么样？”

“别……别碰我！”图兰的声音突然变得急促而虚弱。

赫斯塔很快就明白了原因：图兰的腹部几乎被横着切开了一半，一些腹内的脏器已经顺着伤口流了出来，只剩一些脆弱纤细的血管附着其上。

图兰望着赫斯塔，她的眼睛仍像宝石一样碧绿，但眸子周围多了一圈银边——那是水银针进入子弹时间的标志。

“我没事。”图兰虚弱地说，“别怕，我挺得住。”

不远处，被赫斯塔放在墙边的肖恩已经彻底失去意识，进入休克状态，整个人沿着墙慢慢滑倒。

这动静引起了图兰的注意，她看见肖恩的手臂断口，立刻明白了他与赫斯塔两人的遭遇。

“简……那边……那边的柜子，第二列，”图兰断断续续地开口，“你去……打开。”

赫斯塔立刻站起来，去到了图兰指定的位置——但柜门被锁住了，根本拉不开。

“是这个吗？”

“对……”图兰低声道，“输入你的……ID（编号）。”

赫斯塔这时才留意到这个深色的金属柜子中央有一块数字键盘，她飞快地键入“4623030042403”，刚刚输完最后一个数字，这块数字键盘消失了，变成了一块实时的屏幕，映着赫斯塔的人像。

红色的定格方块牢牢框住了赫斯塔脸部的轮廓，几秒后，红色转蓝色，赫斯塔听见有齿轮咬合旋转的声音，门随之弹开。

“这是战地输血装置……你把它……推到肖恩身边，他看起来……快不行了。”

“不用先给你吗？”

图兰摇了摇头：“我……我不适合用这个了……它只会……加快我的出血……”

在图兰的指导下，赫斯塔将输血装置推到肖恩身边，从装置中抽出几条无菌管，并将末端的圆罩固定在了肖恩的手臂断口上。装置开启之后，她解开了绑在肖恩上肢的鞋带。

在一段女性合成音的说明之后，装置内的微型机械手开始了清创处理，不久后，乳白色的通用血液通过透明的输液管，流入肖恩的身体。

赫斯塔很快回到图兰身边，眼前的惨状令她不忍目视：“我还能为你做些什么，图兰？”

图兰笑了一声：“我没事，只要还在子弹时间内，我……就撑得住。”

“你的子弹时间有多长？”

“一小时零三分……够的，肯定够的。”图兰的脸惨白如纸，她微微一笑，“你……你来了真好……简，我……我好困啊……和我……和我说说话吧……”

“你……你怎么……又回来了？”图兰低声询问，“那只……螯合物呢？”

“它现在被关在走廊上，另一头。”赫斯塔轻声回答，“那道隔离门应该能撑一段时间，千叶小姐和我约好在这里见面，她很快就会过来。”

“千叶会来啊……”图兰的呼吸颤抖着，“那真的……太好了……”

图兰的声音有些微弱，赫斯塔竭力思索着话题，看着远处的肖恩，她突然想起了什么。

“对了，什么是‘前额叶’？”

“前额叶……哦，前额叶是大脑最前端的……一个脑区。”听到这个问题，图兰已经明白了赫斯塔的提问意图，接着道，“捣毁它，是杀死一只螯合物……最直接、最彻底的办法……”

赫斯塔的耳朵一下竖了起来。

“如果能用热武器……在大范围内，密集使用燃烧弹，就能批量地……毁灭螯合物，因为……高温能让蛋白质……变性。

“但……如果是在……宜居地，或是有待解救平民的……荒原，就需要水银针们，近战。”

图兰轻轻哆嗦了一下。

赫斯塔关切道：“你还有力气说吗？”

“有。”图兰望着她，“这个问题很重要，你……听我……说完。”

赫斯塔无声点头。

“在发病以后，螯合物们的骨骼，和……大部分非关节处的皮肤……都会得到强化，普通的子弹和冷兵器，很难击穿它们的防御……除了，眼球……和鼻腔。”

眼球。

鼻腔。

赫斯塔的大脑高速运转着——之前和螯合物战斗的时候，她试着按肖恩的建议专门攻击螯合物的眼睛，每当子弹有可能对眼周部位产生伤害时，螯合物就会停止进攻，转向防御。

这就是弱点吗？

“但……仅仅伤害这些部位，是……不够的。”图兰接着道，“要将攻击聚焦在眼球和……鼻腔，是因为通过这些弱点，我们才有可能……用武器捣毁螯合物的大脑，尤其是……前额叶。前额叶，是管理认知、情绪和行为相关的脑叶，也是它主导了螯合物的……杀戮行为，捣毁了它，螯合物就会变得无害……或者死亡……”

“原来如此。”

图兰长长地吁了口气："简。"

"我在呢。"

"千叶……什么时候来？"

"她今天一整天都在基地，过来应该很快的。"赫斯塔低声道，"最多三分钟，她一定会到——她是个急性子，从来不会拖延。"

"好……好……"图兰喘息着，"三分钟，我……我可以的。"

话音未落，两人同时听见门外的走廊上传来脚步声，紧接着，门口传来输入十三位数字编号的键盘音——有人在门口输入水银针ID。

图兰和赫斯塔的目光同时望着紧闭的大门："千叶小姐！"

然而，大门并没有被打开，一个毫无感情的合成女声机械地响起："ID 与生物信息匹配失败，你的行为已构成非法入侵，请立刻离开。"

图兰霎时陷入绝望——门外的人不会是千叶，多半是那只螯合物在尝试输入 ID。

果然，门外，螯合物撇了撇嘴。

避险室的门和走廊上的隔离门一样，都是十分坚固、难以破坏的材料，但这又有什么关系呢？门捶不破，那就把这道门所嵌的墙体一并砸碎如何？无非花的时间再多一些而已。

螯合物抡起拳头，每一拳砸下去，这里的地面都会为之震颤。

避险室内，肖恩已经昏厥过去，只有图兰和赫斯塔正忍受着这难熬的每分每秒。

图兰抬头看向赫斯塔："躲起来，简，你先自己找地方躲起来……能拖一会儿是一会儿——不对，你先……你先去拿防疫喷剂，不然它一进来就能闻到你在哪儿……快……快快！"

赫斯塔没有动，她望着眼前震动的墙与门，忽然想起修道院休憩室的那扇门。

她曾无数次推开那扇门，并在那扇门后收获老人的拥抱和亲吻。

她想起了一个遥远的下午，想起了一位人类学家，想起了一本厚厚的书册和艾尔玛缓慢而温和的读书声——

"简！"图兰厉声呵斥，"你听到没有？快——躲起来！"

赫斯塔回过神来。

过去与现在重叠，一切仿佛重蹈覆辙，正摧枯拉朽地走向毁灭。

砸门声持续了十几次，随着最后的一声巨响，螯合物终于将整个避险室的门都拆了下来。

弥散的灰尘散去，螯合物闻到一阵浓烈到近乎刺鼻的香味——防疫喷剂几乎遮盖了屋子里任何其他的气味。

它先看见了勉强昂起头颅的图兰，在她身后不远，那个黑发小子正倒在墙边输血。

“你竟然还没有死？”螯合物着实愕然，它皱眉挡住了鼻子，左右看了看，“那个红头发的呢？”

“不要过来……”图兰声音低沉，发出一声苍白的威胁，“其他水银针……马上就要来了。”

螯合物笑了一声，缓步走到图兰跟前，蹲下。

“我从未想过活着离开这里，图兰……我太知道这儿是什么地方了，我不可能逃得出去的。

“如果不是基地每天给我注射的延长剂，我都活不过上个礼拜。当螯合物的日子到底有多无聊，你根本想象不到……不过，我真应该谢谢你，让我在临死前有这么一次愉快的游戏体验。”

它微笑着。

“我之前不该不检查尸体就走……是我的错，让你在这儿白白吃了这么久的苦头，别怕，别担心，很快就不痛了。”

螯合物的手托起图兰的下巴，慢慢掐住了她的咽喉。

“再见，来自卡特拉的小姑娘，我会……记住你的。”

一滴汗水……

一滴汗水像雨滴一样落下。

它轻轻地砸在了螯合物的手臂上。

几乎就在同一时刻，这只螯合物突然感到一阵凛冽的杀意，这杀意是如此充沛，瞬间搅乱了它的心神。

一瞬间，螯合物抬起了头——

在天花板的吊灯上，红发的赫斯塔倒悬在天顶。

但此刻，她已经像一支离弦之箭般向下飞来。

螯合物立刻侧移闪身，可赫斯塔已经向它伸出了手，她像死神的燕子，落向它的肩头。

女孩一手抱着螯合物的脖子，另一只手紧握着那把练习用的武器，毫不留情地将它抵向了螯合物的眼睛——

爆裂的眼球像烟花一样炸开，飞速出膛的子弹瞬间射穿了螯合物的大脑，炽热的子弹搅动，腥热的血与脑浆穿过后脑向外喷射，与若干弹壳一同被抛掷到空中。

尽管从第一颗子弹出膛后，螯合物就已经不再挣扎，但赫斯塔始终紧勒着螯合物的脖子。

弹匣里仅剩的六发橡胶子弹，被她一发不剩地全部射进了螯合物的左眼。

…………

当千叶与救援队先后冲入避险室时，一切已经结束了。

救护人员很快抬走了肖恩，在对图兰腹部的伤口进行简单处理后，立刻将她送进了同层的抢救室。

只有赫斯塔仍有些出神地坐在原地，她浑身是血，两只手还紧紧抱着那只螯合物的头。

千叶在她面前蹲下，轻轻喊她的名字。

赫斯塔抬头望向千叶——千叶的眼眸周围，也像图兰一样有着一圈银边。

赫斯塔喉咙微动，过了很久，她才自言自语般地开口。

“我……我杀了一只螯合物，千叶小姐。”

赫斯塔低下头，将武器从螯合物的眼眶中缓缓拔出，并轻轻擦去上面残留的血肉组织。

“用……您给我的这把武器。”

当天夜里，基地的某处会议室内，共有六人一同参加了AHgAs的线上会议。千叶的位子一直空着，她没有请假，也没有出席。

这是针对第三区预备役基地的内部听证会，在莫利的基地秩序官任期内，第三区预备役基地发生了如此重大的事故，AHgAs总部不能不过问。

听证会由五位其他大区预备役基地的秩序官共同组成，莫利需要向他们解释事故原因、事故处理进展和今后的预防措施，并接受质询。

仅仅过去了半天，调查已经进行得初具雏形——自参加今年二次觉醒的惯例训练开始，图兰就一直在申请与螯合物进行实战。基地内的训练老师几乎都了解图兰的战斗渴望，尽管没有人提，但许多人内心都为她子弹时间的短暂而感到可惜，作为对她的安抚，她申请的实战训练基本都被通过了。

但所有人都没有留意的是，图兰一直在领基地的勤工俭学补助，她在日常生活中会承担一部分的基地事务。

在今年，考虑到她是有经验的二年生，且进入基地的两年内表现一直很优秀，所以她被分配到地下基地的训练场，监督训练用螯合物的药剂配给。

原本这份工作只需要图兰坐在监管室内就可以完成，但她因此有了巡视螯合物囚室的权限。

“文件的第二条附录是图兰的完整供词。”莫利的声音着实有些疲倦，“概括来说，这次涉事螯合物曾在第四区军区研究所任职，所以它对螯合病的发生机理、水银针觉醒的生理机制都有一定了解。”

“在一次实战训练中，它对图兰说，如果一名水银针能够在子弹时间结束前，通过控制自己精神状态的方式强行推迟阿刻戎时刻降临，那么，水银针的作战时间就能够得到永久延长。

“之后，图兰查阅材料，确实找到了一些语焉不详的相关记录。于是她利用职务便利，私下与螯合物有了更深的接触。其间，螯合物非常克制地配合了图兰的所有要求——也正是这段经历，让图兰产生了能够与螯合物合作的错觉。

“由于基地会对所有预备役水银针进入子弹时间的状态进行记录和甄别，图兰不可能在训练场内进行这项尝试——安全员会在她子弹时间的末尾强制她退出场地。该螯合物提出，它熟悉地下基地的技术，知道怎么在无伤的情况下，将预备役体内芯片进行短暂屏蔽，只是这一切需要图兰带着工具到它的囚室里，它可以亲自操作。

“之后的事情，大家都知道了。”

整个会议室内一片漆黑，也一片沉寂。

其他五个位置的桌面上浮现着其他与会人员的半身投影，每个人的影像都呈现出轻微的淡蓝色，虽然身处不同空间，但他们的目光都落在各自桌前的报告文件上。

“别的事我们都明白，但莫利女士——”其中一人抬起头来，“为什么那个时刻赫斯塔会带着肖恩出现在现场？而且她还带着武器？”

莫利忍不住轻轻捏了一下鼻梁：“不知道。”

“不知道？”另外几人都有些意外，“除了避险室内附近的监控，她之前应该还和螯合物在靠近连接处的地方发生了战斗吧？那段的监控呢？”

“这部分的内容都属于暂不公开的秘密。”

“对我们也是秘密吗？”

“对，”莫利淡淡地答道，“如果各位对这个原因实在好奇，可以直接向总部提交权限申请。”

“它的保密等级是？”

“‘绝密’，”莫利答道，“保密期9年。”

五名秩序官都不约而同地皱起了眉头，表情玩味。

其中一人突然咳了一声：“其实，莫利，我们都理解你近来的压力，最近在第三区爆发的游行我们也都在关注——”

“两码事。”莫利摇了摇头，“这是我的失职，我愿意接受任何处理，包括免职和——”

“那不至于，莫利。以往这类听证会都是公开的，这次单独转为了非公开会议，想必你也能感觉到总部在这件事上的态度……”说罢，他看向另外几位与会者，“我个人没有其他想问的问题了，你们呢？”

“我也没有。”

“没有。”

“没有。”

“没有了。”

那人又道：“那，我们这次听证会，应该就可以结束了？”

众人目光交汇，再一次默契地微笑。

莫利左侧的一位中年女性望向莫利：“也许我们应该恭喜你，莫利。我看了这次事故的部分监控……这应该是那个叫赫斯塔的预备役女孩在二次觉醒以后初次对敌吧？第一次进入子弹时间就能表现得如此出色，她会是个未来可期的好苗子……”

听着对方语气轻松的祝贺，莫利心如止水。

她摘下眼镜，慢慢靠在身后的软椅上。在第三区基地工作的这几十年里，她很少展现出这样倦怠的一面。

其他人并不知晓详情，莫利也不准备辩解——赫斯塔并没有二次觉醒。

基地已经检查过赫斯塔的眼睛，那儿确实没有任何产生过“虹膜反应”的迹象。

虽然难以置信，但事实就是如此——她在没有二次觉醒的情况下，以媲美水银针的作战素质，对螯合物进行了猎杀。

同样漆黑的房间，千叶独自坐在基地指挥室的曲面屏前，反复观看赫斯塔的这场战斗。

从她逃离避险室开始，到俯冲射杀螯合物结束，整个过程只有 11 分 52 秒。在关键部分，千叶几乎是一帧一帧地定格、审阅。

赫斯塔没有二次觉醒，这毋庸置疑，但她确确实实躲过了许多次螯合物的进攻……以一种笨拙但有效的方式。

赫斯塔从来没有接受过正式的近战训练，她能侥幸求生，很大一部分原因在于这次被图兰放出来的螯合物生前是第四区的研究员——它身材虚瘦，也没有任何格斗基础。

但凡对方在力量或技巧上略胜一筹，就不会是现在的结局。

虽然基地现在还无法解释赫斯塔为什么能够在这种情况下跟上螯合物的速度，但有一点千叶非常确定——赫斯塔的高速作战，只发生在与螯合物近战的时刻。

当螯合物与她在走廊上竞逐，她能跑出其他水银针在子弹时间下的速度；

当她持武器与螯合物对峙，她能捕捉到敌方的行动轨迹，在战斗中持续精准射击；

但是，当螯合物被关在走廊另一头，她背着肖恩向避险室移动的时候，她跑得非常吃力，速度也迅速回落到常态。

观看着影像的千叶突然感到一阵悚然。

如果赫斯塔真的被罗贝尔之流带走，她的特殊体质几乎完全契合联合政府的需求——面对螯合物，她能表现出一个水银针的作战素质；面对普通人，一个稍显强壮的成年人就能轻易将她制服。

她的力量不会带来任何威胁，把她控制起来也轻而易举……换言之，这是一个前所未有、完全无害的水银针。

难道罗贝尔已经知道了赫斯塔的特别之处，所以才如此大费周章地与基地抢人？

千叶咬紧牙关——

如果真是这样，她就大大低估了对方在这件事上的决心，也就进一步低估了联合政府愿意付出的代价。

但很快，千叶又摇了摇头。

不。

这不太可能。

那个瞬间冒出的想法几乎立刻被千叶自己否定——

如果联合政府真的一早就知道赫斯塔是这样的角色，那么当初赫斯塔刚刚离开修道院的时候，他们就该开足马力过来抢人，而不是她这边已经带赫斯塔来办手续了，两个治安队新人才姗姗来迟地跑来周旋。

那么……有没有可能在这段时间内，联合政府从其他地方取得了新的情报，意识到赫斯塔有抢夺的价值？

千叶陷入沉思。

虽然这种可能性确实存在，但概率极低。

被隔绝在外的联合政府不太可能在第一时间拿到与赫斯塔有关的数据。

他们这一次会锁定赫斯塔，多半还是因为她既有在宜居地生活的身份，又有拯救修道院孩子们的经历，所以比较适合用来激发民众的同情心。

如果是这样，那么当务之急就是在联合政府意识到赫斯塔的价值以前，彻底断了他们抢人的念头。

千叶几乎立刻起身，走向近旁的电脑。

门外响起了敲门声，但千叶没有理会。

不一会儿，莫利直接推开了门。

走廊上的白光顺着门缝，在指挥室的地板上投下一道光影。

莫利站在门口，望着似乎正在工作的千叶。

她的脸色并不好看，因为这场所谓的听证会，不要说是追责，那些听证官对她连一句口头的批评都没有。

一场如此严重的事故，竟就如此轻飘飘地化解于无形，这非但没有让莫利轻松，反而令她感到一种莫大的侮辱——那些被她视如铁律的规则，就这样轻易地被千叶搅碎。

“听证会结束了。”莫利冷声说道，“千叶，你是不是——”

“出去。”千叶甚至没有抬头，“天大的事也等明天再说，我现在没空。”

莫利的怒气值瞬间蓄满，她重重地合上门，离开了。

指挥室内又恢复了先前的黑暗——除了千叶正对着的那块屏幕。

她的指尖在键盘上飞速敲击，屏幕的冷光映照在她的镜片上，令她整个人看起来格外锋利。

周日的清晨，日光和煦。

盛夏已至，但天气并不算热。罗贝尔早早醒了，他像往常一样先吻了吻熟睡的妻子，然后悄无声息地穿着棉拖鞋朝衣帽间去了。

管家已经将他今天要换的衣服全都准备好，因为他答应孙子和孙女今天上午要带他们俩出去钓鱼，他不必再像从前一样西装革履——他今年年初的时候就定做了一条华达呢[①]的工装裤，然而这半年他实在是太忙了，直到今天，才有了第一个可以自由出行的周日。

他下了楼，看见两个小家伙已经围坐在桌边，吃着已经准备好的早餐。

小孙女先发现了罗贝尔的身影，她跳下椅子，快活地张开双臂，跑向罗贝尔。

“哟……”

罗贝尔把孩子抱起，笑着走回餐桌旁。管家默默地帮罗贝尔拉开了他的椅子。在小女孩被重新放回座位以后，罗贝尔也坐在了自己的主位上。

“您要看看今天的报纸吗？”管家问道。

罗贝尔瞥了一眼不远处叠放在编织筐里的晨报——每天早晨他都会在早餐的时候看报，管家会先将当天的新闻全部通读一遍，并把罗贝尔可能感兴趣的内容全部标记出来，以便节约他的时间。

① 用精梳毛纱织制、有一定防水性的紧密斜纹毛织物。

不过今天罗贝尔好不容易才能抽出时间陪陪孩子们，于是他摇头："不用了，"

他看向孙子孙女："爷爷今天不工作，只陪乖孩子们一起玩，好不好？"

两个孩子高兴地应声答"好"。餐桌上，罗贝尔问了问两个孩子最近在学校的情况，小娃娃们仿佛有说不完的话，他们彼此告状，并兴奋地将假期里发生的趣事报告给爷爷。

电话在这时响了一声，不远处的管家立刻接起了。

他听了一会儿，放下话筒，走到罗贝尔身边："先生，找您的。"

"我已经和秘书办说过了，今天一天，我是自由的。"罗贝尔低声道，"如果是工作上的事，让他们去找阿朗吧。"

"好的。"

管家刚要移步，罗贝尔又习惯性地问了一句："谁打来的电话？"

"阿维纳什。"管家答道。

罗贝尔稍稍颦蹙，不一会儿，还是亲自起身接起了这个电话。

"喂？"

"早上好，秘书长先生。"电话另一头传来阿维纳什熟悉的声音，"您起得真早。"

"什么事？"

"您看到今天的报纸了吗？《不屈报》的头版头条。"

罗贝尔侧目，伸手示意管家帮自己把报纸拿过来。

阿维纳什接着道："如果没看的话，我建议您看一看，我没别的事了，再见。"

电话另一头传来了忙音，阿维纳什已经挂断了电话。

管家拿来了对折的报纸，在展开的瞬间，罗贝尔的血压随之升高。

报纸的头版是赫斯塔的人像——女孩正盯着镜头，她的目光穿透纸面，像一把刀子一样扎了过来。

这瞬间的冲击甚至让罗贝尔一时有些站不稳，一旁的管家连忙扶住了他的手臂。

赫斯塔的脸颊上有些微残存的血点，她那双冰蓝色的眼睛带着冷漠、锋利，仿佛一只气势凶虐的野兽，最富有冲击力的是她火红的短发，它们像是恶魔的火焰，正熊熊燃烧。

罗贝尔扶住了一旁的壁炉，低声道："拿我的眼镜来。"

管家立刻照做了。

罗贝尔再次展开报纸，眯起眼睛看向硕大的标题——

《操纵！愚弄！撕下伪装，看一个天生的恶魔如何骗过所有人的眼睛！》

"备车……备车！"罗贝尔已经有些慌神，他高声道，"我要立刻去一趟办公室！"

谭伊的市政大楼此刻已经有三三两两的记者围在门口，罗贝尔一眼就看见了这些扛着摄像机与收音话筒的好事者。在他眼中，这些记者就像循血腥而来的猎鲨，自己只要稍有不慎，就会被撕出更大的伤口。

他立刻让司机换路，直接去市政大楼的地下停车场。有记者认出了罗贝尔的车，但这边已经掉转车头，绝尘而去。

一番周旋过后，罗贝尔终于悄无声息地踏进了大楼，阿朗已经等候多时。

"秘书长先生！"

罗贝尔健步如飞，阿朗立刻跟了上来。

罗贝尔声音低沉："《不屈报》今天的报道是怎么回事？"

"是他们的一个实习调查记者干的，一个去年刚从伦邦大学毕业的年轻人，叫斯黛拉·维京。"

阿朗说着抬起了手，斯黛拉·维京的全息半身像出现在两人的面前。

罗贝尔皱起眉——这是一个年轻姑娘，有着一头棕红色的卷曲长发，微笑中带着鲜明的侵略性。

罗贝尔停下了脚步，开始在走廊上滑动空气屏，浏览这个年轻人的背景。

斯黛拉·维京，二十一岁，五岁时被第三区医生约翰·维京收养，十六岁前往核心城伦邦大学接受初阶教育，去年回到谭伊，进入《不屈报》成为见习调查记者。

罗贝尔厌恶地挥手关闭这个悬浮窗口——“红发女性”这个特质已经令他感到一阵不适。

“在上次关于赫斯塔的报道发表以后，维京就开始了她的调查，她伪装身份进入福利院做了半个月的清洁工，重新暗访了一遍修道院的孩子。赫斯塔从前在修道院的时候根本没有那么美好……

“她性格孤僻，在修道院里一直显得和其他人格格不入，除了艾尔玛院长和一个十四区来的小男孩，平时根本没什么人和她在一起，格尔丁修女更是隔三岔五就被她惹得暴跳如雷，三天两头关她进禁闭室反省。

“还有之前我们提到的那只松鼠，其实松鼠是另一个叫芙拉桑的女孩发现的，赫斯塔非但没有配合祈祷，还提出要吃了它——”

“这些我都看过了！你不用再复述一遍！”罗贝尔不耐烦地回答。

今早那一整版的文字报道，罗贝尔已经在来这儿的车上通读了一遍。报道中，斯黛拉把之前那个“天使般的赫斯塔”完全击碎了，取而代之的，是一个像赫克拉兄弟般残忍、冷漠，甚至缺乏基本道德观念的荒原野人。

早些时候，为了避免像今天这样的事情发生，市政厅特意派发了文件，禁止所有媒体以采访之名前去打扰这些幸存孩童的生活——不知道底下这些人是干什么吃的，为什么在招工的时候连基本的背景调查都不做，就这么放了一个调查记者进来？

“撤稿！”罗贝尔怒不可遏，“让他们立刻撤稿！”

“我们已经派人去回收、销毁今天的报纸了，包括这篇文章的线上版本，现在已经从《不屈报》的网站上下架——但 AHgAs 在今早就转载了全文，还放在了他们的网站首页，目前已经同步翻译、转推到了第一区、第四区、第五区、第十一区、第十四区，剩下的几个大区也先公布了通用语版本，翻译成本土文字应该只是时间问题……”

罗贝尔不愿再听下去：“还有什么新的消息吗？”

“斯黛拉·维京还在十分钟前刚刚发布了一条新消息。”阿朗脸色非常难看，“她……她还发现，赫斯塔根本不是宜居地的弃婴或流浪儿。两名修女出于善心，在档案中刻意隐瞒了这一点——在被圣安妮修道院收养之前，她一直生活在……短鸣巷。”

短鸣巷。

臭名昭著的短鸣巷。

罗贝尔一时又听得气血上头。

完了……怎么会是短鸣巷?

在宜居地，短鸣巷是个比赫克拉还要出名的地方，谁都知道里面住满了强盗、妓女、亡命之徒……对雇佣者而言，短鸣巷的杀手们不仅要价比赫克拉的更低廉，手段也更为残暴无情，只不过这些人的行为不大受控制，如非必要，大家还是喜欢更懂江湖规矩的赫克拉打手。

“这个斯黛拉·维京现在人在哪里？！”罗贝尔怒斥道，“她写这些东西有什么目的、谁指使她写的、她背后是谁——去查！查清楚！”

“她现在……应该是在预备役基地。”阿朗的声音很轻，“因为她十分钟前发的那条消息……定位就在那边。”

罗贝尔一巴掌挥在了近旁的墙面上——他就知道。

一定是千叶真崎，一定是她搞的鬼！

“另外，”阿朗喉咙动了动，“AHgAs 转载的报道版本里，还有一些……更新的内容，是直接针对我们的。”

“是什么？”

“有点长……”阿朗默默地重新打开悬浮窗口，调出了斯黛拉更新后的文章，“我不太好口述，您直接看吧。”

> 在过去的半个月内，基地内的研究人员共同经历了一场难以想象的霸凌——他们的私人邮箱、住所，甚至是曾经所在的学校院系，都收到了海量的警告信与诅咒，仿佛一夜之间，这些一直奋战在抗击螯合病一线的研究者，成了恶魔的爪牙。
>
> 所有人，包括他们身边最亲近、最熟悉的人也在不断质问，为什么 AHgAs 不肯释放赫斯塔？为什么基地内的工会没有组织罢工和示威？他们个人在这件事上的态度是怎样的？但出于保密条例，他们无法做出解释——当真正的阴谋家挑起舆论，试图利用市民的同情击溃水银针的防线，他们只能沉默。
>
> 据可靠消息来源，第十一区退役水银针阿维纳什·拉科蒂亚日前已经抵达谭伊，他将领导第三区联合政府的第一支水银

针特遣队，而整个针对赫斯塔的争夺与舆论煽动正是特遣队“纳新计划”的一部分，所谓“让她自由”只是一层糖衣，即便赫斯塔真的是一个天使般的小女孩，等待她的也只是另一重布满荆棘的道路。

如今，迫于疯狂的舆论压力，世界范围内已有27所基金会向第三区AHgAs预备役基地做出了书面警告或暂时中断资金支持的决定。与此同时，不断有愤怒的市民冲进这里的办公楼，对水银针的冷血和官僚主义表示抗议，但大多数市民不了解的是，在这里的工作人员中，有2/3是和笔者一样的普通人，在多重压力下，他们已经自顾不暇。

就在本月14日，位于谭伊市的水银针地下基地刚刚经历了一场浩劫，一只研究用螯合物冲出囚笼，袭击了三名预备役水银针。这些孩子中，最大的不过14岁，最小的只有11岁，两人重伤，一人轻微伤，正在基地医院接受救治。

截至目前，事故原因仍在调查中，但是，一些问题已经摆在了我们每一个人面前：要合作，还是要对抗？是彻底醒来，还是继续忍受蒙蔽？要厘清偏见，在合力中走向生存，还是要在阴谋中走向双输局面？

到底谁是我们的朋友，谁是我们的敌人？

最后这一句，甚至进行了加粗处理。

罗贝尔看得一口血涌上心头。

“他们水银针内部螯合物跑出来了跟我们有什么关系？这个记者这么春秋笔法，她基本的职业操守呢？她的良心呢？！”

阿朗不知如何回答，只是神情担忧地望着上级。

罗贝尔脸上的肌肉微微抽动，在极度的愤怒中，他忽然想起阿维纳什当初关于千叶的忠告——不要和这样的人为友，但更不要和她为敌。

急火攻心之间，罗贝尔竟又一次觉得有几分头晕目眩。

阿朗在一旁小声问道：“已经有很多媒体联系了我们，想要我们对这篇报道的回应……我们要现在开个会，先内部‘勾兑’[①]

① 本词原意指将不同的酒类混合调味配制，此处引申为彼此为达成某一目的而进行不便于公开的活动，且多指暗箱操作之事。

一下话术吗？”

地下医院，手术后的图兰睁开了眼睛。

眼前是陌生的病房，整个房间是明亮的，但她自己好像飘浮在一个透明的棺椁里。

图兰的第一反应是自己已经死了，此刻是她灵魂的自由时刻，就像许多濒死体验里提到的那样，她即将飘浮着离开自己的肉身，前往天堂。

直到她看见莉兹正坐在离她不远的地方翻书，表情很是平静。图兰有些疑惑，再侧目，她身体的另一侧放着心电图监视器，屏幕上的折线规律地跳动着。

她还活着啊。

莉兹也觉察到图兰醒来，她立刻放下了书，将凳子往图兰的床边拖了拖。

“你睡了好久。”莉兹低声道，“要是再过两个小时还没动静，我又得去喊医生了。”

图兰的嘴角向上微提，勉强露出一个笑脸。

两人虽然离得很近，但中间仍旧隔着一层透明幕墙，幕墙内是三立方米的无菌室，图兰就躺在里面。

现在，以图兰的个人视野，她看不见自己的下半身——她腰部以下的原生血肉已经因为失血而严重坏死，此刻，数不清的输液管与协助循环装置从她开放的腹腔中延伸出来，维系着她的生命。

基地前几天已经为图兰提交了定做义体的申请，在义体制作完成并运送到谭伊之前，图兰只能暂时生活在这间无菌支持舱。

“那天……还有……其他伤亡吗？”图兰问道。

“没有了。”莉兹立刻答道，“原本还有其他几只螯合物跟着一起逃了出来，在地下基地分别逃窜。但也不知道为什么，在这些螯合物抵达边界之地前，通向普通工作区的隔断门就已经落下了——所以，受到这次事故波及的人，除了你，只有简和肖恩。”

图兰轻轻松了口气：“简……还好？”

“她很好，几乎没怎么受伤，不过这几天我没怎么见到她，她被基地安排开始特训了。”

“二次觉醒？”

“对。”

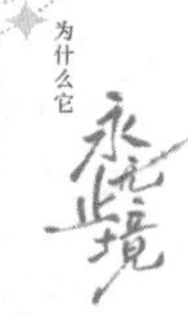

图兰有一点点惊讶："不是说……联合政府那边在要人吗？她……她能留下了？"

莉兹笑了笑，顺手拿起了一旁的报纸："你看这是什么。"

图兰微微眯起眼睛——在报纸的封面上印着赫斯塔的人像特写，这正是今晨刊印的首批《不屈报》。

图兰的心脏突然猛烈地跳动了一下。

封面上万分凶狠的赫斯塔，让她骤然回想起最后的猎杀时刻。

赫斯塔从吊灯上向下一跃的那个瞬间，锋芒足以令所有旁观者——乃至盟友——都心生战栗。

图兰记得，那把武器当时不仅对着螯合物的眼睛，也几乎对着赫斯塔的心口。如今回想起来，她甚至分不清那时的赫斯塔究竟是在专心猎敌，还是打算和螯合物同归于尽。

那一刻的赫斯塔……是完全陌生的。

"有消息说已经有人开始组织新的示威活动了。"莉兹轻声道，"这一届谭伊市政的内部，有人用非常卑劣的手段挑起了争端，很快核心城那边会有调查专组过来彻查事情的来龙去脉……"

莉兹望着图兰，笑着道："所以，简暂时不会走了……至少现在，外面已经没有人在喊放她出去了。"

同一日，地下基地的二次觉醒训练室，赫斯塔已经精疲力竭。

她赤手空拳地面对着两只螯合物，汗水又一次渗进了眼睛，她再次被逼入绝境。

这次的两只螯合物和上次意外碰上的完全不可同日而语，一个身形极为健硕、力量巨大，另一个矮小但灵活，且手持利刃。赫斯塔的脸颊已经被刀锋划出几道浅浅的血口。

她独自拖延了将近半个小时，根本伤不到对手分毫。

赫斯塔一次次按下了墙边的救援按钮——安全员曾经说过，到了实在撑不下去的时候，按下这个按钮就会有水银针出现。

赫斯塔感觉自己已经撑到了极限，甚至早就超过了极限。

但是，根本没有人来。

"有……有人吗？"赫斯塔喘息着，重重地哈着气，"救……救命……"

二楼的单向玻璃后，千叶和几位安全员共同注视着这一幕。

虽然直到今天人们也没有搞清楚二次觉醒的机制，但在这些年的摸索中，他们对如何激发水银针的觉醒状态亦有所得。

首先，应当让水银针与螯合物发生近距离接触；其次，水银针能够明确意识到自身生命已遭到严重威胁并在主观上认为自己已陷入孤立无援的绝境；第三，以上状态保持四分钟及以上。

当年轻的水银针们放弃一切幻想，认定所谓的“安全员”根本不存在，进而将所有的力量都押注在他们自己身上时，二次觉醒的时刻就会到来。

这个过程往往伴随着严重的外伤，但除此之外，别无他法。

除了极少部分人是在与螯合物遭遇的初回就连续经历了第一次、第二次觉醒，绝大部分在役水银针都是通过这种方式开启的子弹时间。

“我觉得不用试了。”千叶望着赫斯塔狼狈的样子，有些看不下去了，“如果这种老办法对赫斯塔有用，她在避险室的时候就该二次觉醒了。停下吧，停下。”

另外几位分析师也看出了赫斯塔的勉强，他们拿起话筒，对在一楼暗处待命的安全员下达了救人的命令，于是赫斯塔终于从这命悬一线的危机中解脱。她整个人脱力倒在地上，又很快被安全员扶起。

安全员们摘下贴在赫斯塔身上的监测设备，带着她去外面的恢复室休息。

二楼的观察间，分析师们开始统合整理赫斯塔的战斗数据。

尽管在这一次的对战里，赫斯塔几乎全程处于逃窜的状态，但她表现出的数据水平依旧不俗，尤其是在反应时间和运动速度上。

倘若能将她身高和体重上的劣势补齐，结果一定会更好。

观察间内，分析师们“太了不起了”的感叹声接连不断，所有人都敏锐地意识到，赫斯塔的这种特殊体质，意味着一旦进入猎杀行动，她将完全摆脱以往水银针们在作战中的桎梏——她拥有近乎无限的子弹时间。

未能二次觉醒的赫斯塔既不用考虑制约时间，也不用担心阿刻戎时刻。疲惫的时候她可以随时休息，一旦觉察到身边危险，她也能随时再次投入战斗。

她将全程维持一个平滑的战斗状态，在这过程中，唯一的限制就是她个人的体能。

这是何等惊人的天赋。

观察间内电话响起，一位分析师接起电话，而后望向千叶："安全员询问，等赫斯塔恢复以后，是否可以让她先去吃晚饭？"

"可以，今天就到这里吧。"千叶回答。

"哎，"分析师对千叶的用词感到意外，"难道明天，您还要让赫斯塔继续过来训练吗？"

"当然要来。"千叶答道，"二次觉醒的特训就不用再搞了，但接下来我们还有很多事情要做——究竟是什么东西能够激发赫斯塔进入作战状态？螯合物的气味？呼吸？声音？视觉影像？螯合物能够激发她作战能力的最远距离是多少？有没有其他限制——"

说到这里，千叶突然陷入沉默，一段不久前的回忆突然闯进她的脑海。

据说，肖恩在公寓走廊被赫斯塔暴揍的那一天，曾非常激动地向莫利声称赫斯塔一定已经二次觉醒了，因为当时赫斯塔在他进入子弹时间以后，直接抓住了他腾空的脚踝。

"说到底，真的需要有螯合物这么个东西吗？如果她只是……单纯地陷入了危险或是被激怒了呢？"

分析师们面面相觑："我们明白您的意思了，但这很难明天就开始，我们也需要一些时间来筹备。"

"你们要多长时间？"

"很难现在就给您答复。"分析师认真答道，"您刚才提到的这些，本质上是针对赫斯塔个人的极限测试。像她这样的情况在水银针中尚属首例，我们需要先花时间确定整体待测试的框架——就像您刚才提到的，激发指标、临界距离，等等。只有先确认了测试需求，我们才能预估整个测试计划可能要准备多久。"

"好。"千叶点头，"你们确认需求要多长时间？"

分析师想了片刻："一般需要三四天，最长不会超过一周。"

"那我等你们消息。"千叶取下自己披在椅背上的外套，"这期间，你们所有讨论会的会议纪要，记得都抄送我一份。"

"明白。"

"辛苦了，随时保持联系。"千叶向所有人点头致意，然后快步踏出了观察间的大门。

她沉默地朝一楼恢复室走去。在那里，赫斯塔已经接受了几位医生的伤口处理，换了另一身干净衣服。

千叶进门的时候，赫斯塔并没有太多惊讶，只是像往常一样向千叶打招呼。

千叶有些意外："你知道我在这儿？"

赫斯塔点头："上午经过住院部的时候，那边的护士长让我代她向您问好。"

千叶自觉无解地挠了挠头。

难怪……

那今天的觉醒训练，好像根本没什么意义……

赫斯塔看着突然沉默下来的千叶，有些不确定自己是不是说错了什么，于是她小声喊了一句："千叶小姐？"

千叶摇了摇头，拍拍赫斯塔的肩膀："走吧，带你出去吃点东西。"

第十八章 原因

像前几次一样，千叶驱车带赫斯塔来到老城区。周日的夜晚街上几乎没有人，所有的商铺灯都很暗。

赫斯塔直接在副驾驶座位上睡了过去，等到抵达目的地，她看见车窗外是完全陌生的街景。

赫斯塔解开安全带，下车，抬起头，看见头顶墨绿色的招牌上写着“树上的男爵”——看起来像一间餐厅。

整条街上，也就只有这一家店还挂着营业的招牌。

她跟着千叶推开店门，厅堂里熄着灯，到处黑幽幽的。

这里的装修显然有了年岁，空间逼仄，所有椅子都倒扣在桌面上，没有一位顾客。

整个店面一时间只有门上的风铃在轻响。

“这真的还在营业吗？”赫斯塔低声问。

“在。”千叶回答，“我特意预约了今晚。”

一串脚步声从一侧过道传来，赫斯塔很快看见了一个戴着黑领结、身着马甲与衬衣的服务生，他向两人打了招呼，引二人去后院落座。

赫斯塔这才发觉这里别有洞天——尽管餐厅的前厅十分狭小，但它有个非常温馨美好的后花园。在盛夏的夜晚，风摇曳着桂树下的月影，不知名的花草暗香随之浮动。

服务生帮两人拉开椅子，并点亮了悬挂在附近的庭灯。

“星期天晚上大家不出门也好，这样你就不用戴假发做伪装了。”千叶坐了下来，“这是另一家我常来的餐厅，你看看喜不喜欢。”

正说着，服务生过来上餐具，他在赫斯塔这边放下了刀叉，又在千叶那边放下一双筷子和铁匙。

前菜是洋葱浓汤和鹅肝冷盘，搭配着烘烤过的面包片和奶酪拼盘。洋葱汤的碗面上焗有一层厚厚的芝士盖，底下汤料中的洋葱和牛肉已经被蒜末和黄油炒香。

敲碎芝士脆壳后，香浓的芝士落进底下的牛肉汤中，赫斯塔搅动汤匙，又闻到一点若有若无的酒香——这来自在烹煮之末加入的白兰地。

赫斯塔并不能辨析这些混合在一块儿的香味究竟是什么和什么，但拌着这样的浓汤，她感觉自己应该能吃下这里四人份的面包片。

千叶不得不几次提醒赫斯塔吃慢一点，这会儿面包吃得太多，一会儿主菜上来就该吃不下了。

赫斯塔只能艰难地克制着食欲——第三区的人一顿晚饭能吃上两三个钟头甚至更久，这也意味着主菜并不会上得那么快。

看着赫斯塔，千叶忽然想起以前被瓦伦蒂偷偷拐进宿舍的流浪猫。

刚捡回来的小猫浑身毛发打结，两只眼睛被眼屎、泥巴和伤口结的硬痂牢牢糊着，窝成一团时像一块抹布。不过，在被瓦伦蒂捡回并精心照顾以后，那只猫完全变了样子。

千叶忽然有些好奇，也不知道瓦伦蒂的那只小猫后来怎么样了。那时宿舍禁止饲养任何宠物，纵然一开始瓦伦蒂百般小心地绕开了其他人，但当猫进入发情期，她们就再也瞒不住了。那只小猫后来被安娜带走，她已经很久没有见过它了。

在千叶的印象里，初见时的赫斯塔也不比一只流浪猫强到哪里去——她的前胸几乎可以清楚地数出肋骨，在肩膀与胳膊的关节处甚至能看见肩骨与上臂骨的轮廓……而今不到三个月，诚然赫斯塔的身体依旧不够壮实，但那种瘦骨嶙峋的体态已经完全消失，她看起来生龙活虎，很有朝气。

也不知道她再过几年会怎么样。

“我看了之前的监控。”千叶突然想起了什么，开口问道，“我发现在避险室外面，你在刚遇上鳌合物的时候在原地站了很久，当时你在想什么？为什么不赶紧跑？”

想起当时的情形，赫斯塔又皱了眉：“嗯……想跑是想跑，但手脚都和冻住了一样，动不了。”

千叶没听懂：“为什么冻住了？”

赫斯塔只得又说起从前在修道院时的遭遇，但她只能叙述感受，并不能解释原因，然而，当她话到一半，对面的千叶突然又笑了起来。

赫斯塔等了一会儿——千叶实在笑得太夸张了，赫斯塔甚至看见了她笑出来的一点泪花。

“千叶小姐？”

千叶按着眼角，恢复了一会儿：“你……你听过田纳西羊的故事吗？”

赫斯塔摇头。

千叶接着道：“这是一种特别的羊，牧民们为了保护羊群安全，有时候会在自己养殖的羊群中专门放上几只田纳西羊，这样一旦遇上狼群袭击牧群，就能将损失降到最低，你知道为什么吗？”

赫斯塔想了一会儿：“这种羊战斗力很强吗？”

千叶又笑出了声：“不，这种羊和你一样，遇到了危险就手脚僵硬，直接一动不动倒在地上，这样一来，跑来偷袭的狼群会优先把攻击目标锁定在这些田纳西羊身上，那么整个羊群就不至于被彻底冲散，牧民也能很快调整方向把羊群赶去安全地带……哈哈，对不起，我不该笑的……但真的太好笑了——”

赫斯塔略微后仰，表情复杂。

千叶笑撑着脸：“你和训练中心的人讲过这个吗？”

“没有。”

“那得说一下……”千叶取出自己随身的备忘本，用铅笔在上面随手记了几笔。

“但这个状态不会持续很久，可能就……半分钟？”赫斯塔微微涨红了脸，“之后就可以自由行动了——”

千叶笑着打断了赫斯塔的话：“你知道图兰的制约时间是多久吗？”

“多久？”

“二十七秒。”千叶笑着答，“这也是她能从上次的重伤状态中存活的原因。和其他人动辄十几二十分钟的制约时间相比，这算是短得惊人了吧？但面对螯合物，有时候胜负是以毫秒来决定的——除了你们在地下基地遇到的那只脑筋有点不正常的螯合物，还有谁会在开局给你预留半分钟的准备时间？”

记录完毕，千叶将备忘录重新放进外套内侧的口袋。

“如果还有别的细节——就像刚才你提到的躯体僵硬这种，所有可能会影响你作战状态的细节，你自己也总结一下，一并交给训练中心的分析师，能做到吗？”

“嗯。”

“将来，如果你愿意，你也可以选择独立作战，但如非万不得已，永远不要自己一个人单打独斗，让其他经验更丰富的人来和你一起想办法——训练中心就是干这个的。”

千叶轻声道：“遇到问题及时开口、及时求助，你在日常训练中暴露的短板越多，那在正式战斗里遇到的意外就越少，记住了吗？”

“明白。”

“要真是出现了什么克服不了的短板，也没关系，大不了以后你就像瓦伦蒂一样在后方待着，那也挺好的，等我退休了说不定还能找时间带你出去逛逛。”

赫斯塔抬起头：“去哪里逛？”

“随便哪里。”千叶回答，“雪山、草地、江河、山川、群屿——除了尚未开放过的十五区和十六区，到处都可以去……对了，我接下来要去趟十四区，下个月你可能见不到我，提前和你说一下。”

赫斯塔忽然陷入沉思，想起了与莉兹第一次见面的夜晚，那时莉兹说，或许千叶是在为今后的作战小组挑选候选人——因为传闻中千叶真崎是个非常精明的人，她从来不在无用的事情上花费时间——从前在预备役基地的时候，千叶小姐甚至从来没有做过谁的辅佐官。”

但是今晚，千叶看起来似乎也不那么在意自己以后是不是真的能作战，因为她刚刚说“克服不了也没关系”。

“怎么了？”千叶看着突然呆掉的赫斯塔，伸手在她面前晃了晃。

“呃……我在想，如果您下个月不在谭伊，我们是不是就完不成下个月陪伴时间的指标了？”

千叶笑起来：“‘预备役监护令’只有前两个月需要监护者提供在陪伴期的实时位置，正式审核通过以后，出于保护隐私的目的不再需要分享位置信息。所以以后，只需要你每个月去填写表格，再签个字，就可以了。我是不是真的在，没关系。”

“千叶小姐要去十四区出差吗？”

“嗯。”千叶靠在椅子上，“我今年两个月的年假已经在谭伊休完了，整个下半年都要恢复以前的工作节奏，所以没办法再像现在这样经常出现。不过，你遇到问题还是可以给我写邮件、发消息……电话也可以打，但我很难接到。”

“好。”赫斯塔点了点头。

千叶又絮絮叨叨地交代了更多细节上需要赫斯塔留心的地方。赫斯塔一面听着，一面有些出神。

驱车回基地的时候，天上又开始下雨，它热烈地倾倒，又很快停下。短暂的雨水带走了这个夜晚最后的一点闷热。

回程路上，赫斯塔仍想着这件事，一处红绿灯前，赫斯塔侧目看向千叶。

“千叶小姐，我能问你一个问题吗？”

“嗯？”

“为什么您要做我的监护人？”

斜对侧马路的车流缓慢启动，湿漉漉的地面映照出车流灿烂的金黄色车灯，一道道光在这辆酒红色折背车里拉起长长短短的光影。

千叶好像没有听到这个问题。她沉默着，过了一会儿，赫斯塔看见她伸手去摸放在驾驶台前面的烟。

赫斯塔的心一下悬了起来——这难道是个严重到会让千叶不知该如何开口，以至她必须先点支烟才能思索怎么说的话题吗？

街道的红绿灯又亮了起来，千叶的车重新启动，她半只手架在车窗外，夜风将她指间的烟吹出一道明亮的红圈。

“因为这样最合理。”千叶望着前路，“由我来做这个申请，是最符合‘预备役监护令’的。”

赫斯塔沉默不言。

她感觉千叶好像是回避了这个问题，但这个答案，她也能接受。

车窗外的风景飞速后退，赫斯塔主动换了个话题。

“我昨天，听到莫利女士和瓦伦蒂小姐谈到图兰了……瓦伦蒂小姐哭得很伤心。”

“嗯？”千叶竖起耳朵，“她哭什么？”

“她说不明白图兰为什么那么傻，竟然会去相信一只螯合物的谎话。瓦伦蒂小姐对此很愧疚，说都是因为她低估了图兰过去的创伤，才造成了图兰今天的铤而走险。”

千叶笑了一声：“那你呢，你怎么看这件事？”

赫斯塔沉吟片刻：“瓦伦蒂小姐可能太自责了，这不是她的错……是螯合物太狡猾，才让图兰上了当。”

“怎么说呢？图兰确实有点傻，但也没有‘那么傻’，而且这也不算上当，毕竟那只螯合物又没有说谎。”

赫斯塔整个人愣住了：“什么？”

“在阿刻戎时刻到来之际，如果水银针能撑住自己的状态，确实是能够永久延长子弹时间——只不过，在子弹时间接近尾声的时刻，想靠自身意志不向阿刻戎时刻滑落难度极高，非常危险，所以 AHgAs 内部从很早开始就全面封禁了这类尝试。

“图兰会相信那只螯合物的话，想必是翻到了什么关键资料，所以决定冒险了。”

赫斯塔消化了很久：“这么说来，图兰的尝试是有意义的？”

“有啊。”千叶说道，“所以在这件事以后，我反而是对她刮目相看了。”

“为什么？”

“你知道怎么才能毫不动摇地在一件事上坚持下去吗？”千叶笑着道，“其实很简单，如果你能一直在一件事上赢，赢过所有对手，那你就能很轻松地坚持下去。你可以持续且轻而易举地投入常人难以想象的努力，并同时领会到其他人想象不到的快乐。”

“但如果你一直在输，情况就不一样了。”千叶轻声道，“我前几天去翻过图兰的战斗记录，在和螯合物的战斗里，她一直在输——因为子弹时间的限制，她很难在那么短的时间和那么小的空间里战胜对手，但她看起来完全是一副越挫越勇的样子。”

千叶看向赫斯塔：“学她的勇气，别学她的脑子。”

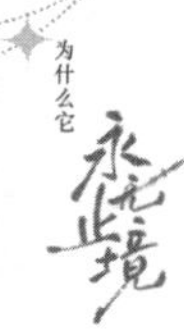

赫斯塔若有所思。

接下来的路程里，两人都不再说话。千叶打开了车内的电台，她先切掉了悠扬的小提琴独奏，而后又切掉了一段如歌的田园交响，当频道跳至某段略显嘈杂的对谈时，广播中出现了赫斯塔的名字，几个节目嘉宾正言辞激烈地讨论着最近的变故。

千叶直接关掉了广播。

“最近不要看报纸，也不要听广播、看电视……暂时切断自己和外界的联系，能做到吗？”

“嗯。”赫斯塔点头。

千叶原本正想着怎么和赫斯塔解释整件事的来龙去脉，但她没想到赫斯塔竟然什么也没有问。

犹豫了片刻，千叶往赫斯塔那边看了一眼：“你就没什么问题想问我？”

赫斯塔想了想：“千叶小姐是怎么知道那种延长子弹时间的方法的？”

“哈，我就是知道。但这件事你别往外说，图兰最好永远把它当成螯合物的一个谎言，否则还不知道她后面会干出什么事来。”

又一个路口，趁着等红灯的时间，千叶打开自己的私藏 CD，开始放起了童声合唱。

在天籁般的童声唱诗里，赫斯塔忽然想起千叶长达七十六个小时的子弹时间。

沉默中，她慢慢生出一个惊人的猜想。

这一天晚上九点，谭伊市长在电视上发布公开讲话，正面回应了上周日《不屈报》关于简·赫斯塔的“不实报道”。

在讲话中，罗贝尔作为主导整个项目的实际负责人全程参与了连线。他们还邀来了几个从圣安妮修道院出来的孩子，让他们当着镜头再一次复述赫斯塔有着一颗如何善良、纯洁的心。

随后，罗贝尔痛斥了某些“居心叵测”的年轻记者，在缺乏实据的情况下主观臆断、捏造谎言，企图误导市民，颠倒黑白。

当晚十点二十分，一段没有任何文字说明的视频突然在网上流传。

画面中有一条走廊，一个红头发的女孩揪着一个瘦弱的男孩一通暴打，那男孩看起来非常可怜，他全程没有还手，只是不断挣扎着往外爬，可红发女孩不依不饶，只管对着那瘦弱男孩饱以老拳。

在画面之外，还有一个苍白而惊恐的女声——

“打人……打人啦——啊啊，天哪……住手吧孩子——呜呜呜……来人啊——”

虽然画面上的男孩女孩都已经打了马赛克，但人们还是凭借那独一无二的发色认出了赫斯塔。

这可谓铁证如山了。

这个红头发小姑娘究竟是有一颗水晶般心灵的小天使，还是一个行事暴虐凶残的潜在恶魔，每个人都有了自己的答案。

谭伊市市政厅整个哑火，打脸的证据来得如此之快，他们不确定 AHgAs 手里是否还有其他未放出的材料。

坏事接踵而至，一个小时后，AHgAs 预备役基地发布消息，将在次日早晨八点对此次基地内部螯合物袭人事件做出详细说明。

要员们的电话被他们各自的亲友打到一直占线——预备役基地内部怎么还养着螯合物？且据说还差点跑出来了？

与此同时，多位持有谭伊市大额城市债券的债权人已经开始预约次日的债券抛售，等到明天太阳升起，还不知道会卷起多少风浪。

罗贝尔只能脸色苍白地面对着这一切。

针对他个人的专项调查组已经成立。

事情败露得如此难看，先前他施予对手的影响，此刻全部变成了对自身的反噬——他将要面对一场来自各方的审讯，政治生涯彻底结束已是板上钉钉，晚年能否免除牢狱之灾还是个未知数。

一切怎会忽然走到如此田地？

恍惚间，千叶真崎临别前的话浮响耳际——“这就是原因。”

但当时自己到底说了什么，才激出她这样一句话？

罗贝尔皱起眉头。

他已经有点想不起来了。

凌晨一点。

赫斯塔洗完澡一个人上楼，莉兹仍没有睡，她抱着电脑坐在公共区的沙发上，正围观论坛上大家的讨论——上面的大多数讨论都让莉兹大为光火。

“你在看什么？”赫斯塔一边擦头发，一边问，“这么晚了，还不睡吗？”

莉兹把键盘敲得“啪啪”作响，她正和几个无中生有的“键盘党”进行“赛博交锋”[①]，眼看赫斯塔靠近，她一下把屏幕转向另一侧：“你别看了，看得人来气。”

“为什么要生气呢？”赫斯塔稍稍侧头，“这些评价，不会构成万分之一的我。”

一个月后。

肖恩已经不记得自己在这段时间里做了多少个手术，他不断地发烧、退烧，意识在昏迷与清醒之间短暂地反复游移，他好像沉在一个漫长的梦里，分不清梦与现实的边界。

八月的第二个星期日，肖恩醒来，发现自己又长回了两只手。

他以为自己在做梦，但在抬手的瞬间，他感觉到了不协调。

首先，这不是他的手。

因为常年拆卸电器，他的指尖和指节都磨出了茧，但这双手是完美的。

其次，这双手的动作对比他的预期总有微妙的延迟——或许在其他人眼里，他只是在随意地挥动双手而已，但他自己能明显地感觉到，手的反应比他的脑子慢一拍。

“你醒了。”一个合成人声突然响起，肖恩吓了一跳，他左右环视想找到声音的来源，但周围没有人。

“下床，出门，不要多问。”那个声音又说道。

虽然这里让肖恩感到陌生，但肖恩猜测，这里仍然是预备役基地。他顺从地下地，赤着脚离开了这间房。

外面是空无一人的走廊，这景象几乎立刻让肖恩回想起前不久遭遇螯合物的景象。他脚有些发软，两手抱着头，瑟瑟发抖地靠着墙。

“向前。”合成音命令道。

① 此处意指网络交锋。

“这是哪儿？”肖恩紧紧闭着眼睛，“你是谁？”

“向前。”合成的人声语气明显更重了些。

他不得已，只能重新站起身，一步一步地向前挪动。

那个声音倒没有嫌弃他走得慢。在关键的路口，肖恩按照指示，左转、右转或直走，最后，他走到了一间纯白的审讯室。

整个屋子都是一片纯白，他甚至分不清哪里是地面哪里是墙面，屋子的正中间放着一把椅子，除此以外，这里别无他物。

“去，坐下。”

肖恩慢慢移动到椅子旁边，战战兢兢地坐了下来。

不一会儿，肖恩的正前方出现了一个由四条黑色线段组成的正方形，它缓缓上移，像一个滑盖，一支黑色的镜头从后面伸了出来，正对着肖恩的眼睛。

与此同时，肖恩的正前方浮现出一段文字——他这时才意识到，这里的每一面墙可能都是一块屏幕。

“把这段文字，大声念出来。”

肖恩打了个寒战。

“我……我在，未经授权的情况下，访问了……第三区联合政府的……计算机系统。”肖恩磕磕巴巴地凝视着眼前的巨大文字，“我通过……技术和非技术的手段，成功获得了各类操作系统与信息设备的源码，以便……研究它们的弱点。”

黑色的镜头忠实地记录下肖恩的言行。

“但我只是好奇——我只是好奇罢了！我想看看自己能做到什么，我不是故意的！我没有恶意！”

肖恩望着镜头大声辩解，但镜头已经缩回去了。

“你有两个选择。”合成的人声冷冰冰地开口，“你未经授权，擅自窃取和非法使用机构信息，已构成严重的信息窃取罪，你将面临最高三十年的监禁——”

“另一个选择呢？”肖恩已经叫了起来，“我选另一个！”

合成人声沉默了片刻，而后以同样冰冷的语调开口：“第二个选择，你将参与一个荣誉项目，帮助第三区政府的机构或个人增强他们的计算机安全，完成以后，AHgAs 与第三区联合政府会视项目完成情况给予你一定嘉奖。”

肖恩愣住了——他忽然明白，自己根本没有选择，第一个选项只是用来恐吓他的，他必须选第二个。

肖恩的眼睛里涌出泪水。

代价是什么呢？

他的肩膀微微颤抖：“仅仅是……帮助他们，增强计算机安全……而已吗？”

“如果之后还要做什么，我们会通知你的，你执行就好。”合成人声语调毫无起伏，“同意的话就点头，我们会采集指纹并录制承诺书。”

肖恩按照指示，哽咽着对着镜头说了一大段承诺。

与此同时，他也十分清楚地意识到，自己那个退去第三区宜居地做普通人的美梦，已经永远地破碎了。

…………

当肖恩再次回到预备役基地的时候，这里已经恢复了以往的平静。

迦尔文已经经历了他的第一次外出实战——并不是他们以为的对抗螯合物，毕竟这里是宜居地，不会有那么多螯合物供水银针抓捕，而荒原上的战斗意外又太多，并不适合新人，所以迦尔文第一次实战的对手，是人类中的犯罪分子。

他成功从一群绑匪手中解救了人质，甚至没有开启子弹时间。

相比较而言，肖恩要消沉得多。

基地要求他开始准备宣讲的大纲——为一个长度在六周左右的基础安全课，届时他需要去到谭伊市政府大楼，亲自为那些要员讲课。

借着备课的理由，肖恩彻底闭门不出了。基地的心理援助对他毫无用处，以前他有一千、一万种方法把那些准备倾听的咨询师唬得团团转，现在他沉默以对，一言不发——这些人懂什么呢？以为张开一副自以为是的宽厚肩膀，就能让所有人都安全降落了吗？

他把自己关在屋子里。迦尔文不在的时候，他白天睡觉晚上工作，等到迦尔文回来，他又被强行纠正了作息。

不过肖恩选择昼伏夜出还有另一个重要原因——他要避开赫斯塔。

这并非什么强制条例，而是他必须这么做。好几次在睡梦中，赫斯塔成了他的梦魇。她总是冷不丁地出现在梦中某个拐角的路口，肖恩一见，拔腿就跑——然而走廊的另一头往往还站着一只螯合物。

这个噩梦以各种各样的形式重复，但有些东西永远不变：一边是赫斯塔，一边是螯合物，两边同时迫近。

与此同时，赫斯塔的问询如魔音贯耳。

——你在愤怒什么、恐惧什么？

——你为什么盯上我、刁难我？

——你在我身上看见了什么？

肖恩一个都答不出来，只能一身冷汗地惊醒。

某天晨起刷牙，肖恩突然又想起这几个问题，他再次感到一阵无由来的痛苦，好像被人闷头打了几棍子。

他脱力蜷坐在马桶上，手里的牙刷却仍在用力地刷洗着牙齿和牙龈，直到刷得满口是血。

他心里突然浮起尖锐的恐惧——赫斯塔在走廊上说的那些话，是不是真的？

肖恩回到镜子前面，看着眼睛涨红了的自己。

他想起以前自己对未来生活的幻想，脸上的神色慢慢变得狰狞。

我配吗？

我不配。

他靠近镜面，与自己四目相对。

我只配……活在臭水沟里。

临近九月，梧桐的叶子已经慢慢转黄，八月的最后一周是所有预备役的公共假期，他们在这一周里不会被安排任何训练，一小部分人能被外面的亲友接回家团聚，剩下的可以在基地里自由活动一周，随便做点什么。

肖恩仍旧无精打采，但在迦尔文的强烈要求下，他还是在某个上午磨磨蹭蹭地出了公寓门，和迦尔文一起去食堂吃饭。

肖恩想着自己的事，脑子完全放空，他看着树叶打着旋儿从枝头降落，或是快速计算那些路边车牌上的数字之和。

这一路他漫无目的地跟在迦尔文身后，基地食堂的自助餐他确实好久没有吃过了，但他也不太想念。

他像从前一样拿了餐盘，打了一些肉、菜和水果，最后用小盘子捡了两块面包，端去微波炉里热。

面包在微波炉里转了几十圈，肖恩就这么看着它发呆，直到响起一声“叮——”，他伸手去拉微波炉的把手。

突然，一个熟悉的身影进入他的余光。

赫斯塔和莉兹、黎各几人一起从食堂深处往外走。

梦中的恐惧照进现实，肖恩顿时绷紧了神经，他突然觉得有点肠胃痉挛，有点想吐，有点喘不上气，甚至还有点耳鸣。

所幸，赫斯塔似乎只是往他这里看了一眼，没有丝毫停留地离开了。

肖恩的额头渗出了汗水。

“格兰古瓦，你东西好了。”站在肖恩身后排队等用微波炉的人提醒了一句。

“哦，好。”

肖恩反应过来，左手拉开微波炉的门，右手去拿里面的盘子。

然而，他突然发现自己的右手举不起来了。

他皱紧了眉，一下没理解到底发生了什么情况——也许是仿生手臂出了问题。

肖恩尴尬极了，他打算不要面包，直接走人，然而直到他试图往旁边撤，他才发现自己的左手仍牢牢握着微波炉的把手，根本松不了手。

“怎么了？”后面的同学又问。

肖恩的脸一下涨红了，他挥动右臂，试图用已经失灵的右手强行抵着门，好把左手硬拽下来，然而这么做的后果却是整台微波炉瞬间被他拽翻在地，里面装着的面包、盘子，以及微波炉的玻璃底盘全都摔在地上，一阵碎裂声惊得所有人都回过头往这边看。可那台开着门的微波炉，仍然被肖恩的左手紧紧攥着。

肖恩疯了一样地咆哮着把微波炉用力砸在地上。他身边所有的人瞬间散开，都用惊异的目光看着他。

“肖恩！肖恩！冷静下来——”

迦尔文终于跑来，从身后紧紧抱住了肖恩，牢牢钳制住了他的行动。

肖恩挣脱不开哥哥的手，最后只能放声大哭。迦尔文试图安慰，但始终不得其法。

“卡尔……”肖恩哽咽低语，“我……我昨晚……忘记给手臂充电了。”

迦尔文怔了怔，轻轻拍了拍肖恩的肩膀。

“没事的，都会没事的。”

这场食堂风波，最后以几位好心的同学帮肖恩取来充电器告终。

当天下午，迦尔文再次出外勤。当他次日中午回来的时候，肖恩仍像昨天他临走前一样，把头用被子蒙着，一动不动地躺在房间里。

迦尔文看了一眼房间里的垃圾桶。昨天他出门前新拆了一卷垃圾袋，当时他顺手把外包装的塑料薄膜丢在里面。可一天过去，垃圾桶里除了那团薄膜什么也没有。

“没吃东西吗？”迦尔文问。

肖恩没回答。

他又看了一眼肖恩放在桌上的杯子：“也没喝水？”

床上的肖恩两手抱着头，背过身去。

迦尔文无声地叹了口气，出了房间。

肖恩听见外面传来很多声音，先是冰箱开关门的声音，然后是刀切在砧板上的声音，热油刺刺作响，迦尔文走来走去。

在迦尔文来把他抓走之前，肖恩自己赤脚下地，表情寡淡地坐到了桌子前面——他们的宿舍也和赫斯塔的宿舍一样，在客厅里放着一张巨大的长方形白桌。

迦尔文把盘子端上来，里面是一堆混在一起的生菜叶和刚刚煎好的鸡胸肉，旁边的一个白色小盘子里放着几块面包。

肖恩一言不发，让吃就吃。

“我有个东西送给你。”迦尔文突然说。

说着，他从桌子旁边拿起一个大纸盒，示意肖恩看。盒子上印着一个银色的金属盒子——这个纸盒已经拆过了，里头的金属盒子此刻就放在桌面上。

肖恩仍低头咀嚼着，并没有接话。

“本来任务结束以后我是不能进市区的，但配合我的警官帮了我这个忙。”迦尔文看着进食的肖恩，“不吃面包吗？”

肖恩摇了摇头。

迦尔文伸手将两片面包取过，放进了这个银色的金属盒子。他起身拽起银盒子的小尾巴，给它通上电，并按下开关。

肖恩并不关心这东西的用处，直到他闻到一股烤面包的焦香。

“叮——”一声响，两片烤完的面包跳了出来。

“这是专门用来烤面包的。”迦尔文说道，“我看你平常用微波炉几乎都是在烤面包，就给你买了这个。昨晚我已经给韦尔先生写过邮件了，希望他能在食堂里也加上一个，他说可以。这个东西没有把手，你不用担心它会困住你。”

迦尔文捏着滚烫的面包边把它丢回盘子里，然后将盘子推到了肖恩面前。

肖恩没有伸手拿，他仍在咀嚼，但呼吸已经有些混乱——他之前往嘴里塞了太多的东西，一时半会儿有点咽不下。

“这东西……叫什么？”肖恩声音含混地问。

“就叫‘烤面包机’……好像。”

肖恩放下刀叉，从盘子里取出另外两片面包，放进了烤面包机的铁凹槽，然后又像迦尔文示范的那样，按下了旁边的开关。他动作有些笨拙，但成功了。

面包再次开始被烘烤。

肖恩感觉两腮有些发涩、僵硬，他趴在了桌上，肩膀耸动起来。

“谢谢你，卡尔。”

第十九章 练习

又一个午后。

403 的房间里，赫斯塔一个人在卧室里待了很久。

今天莉兹有事出去了，图兰还在地下基地里参加复健训练，黎各和赫斯塔一样是个平时宅在屋子里没人喊就不出门的家伙。不过每次去客厅的时候，赫斯塔都能听见从黎各屋子里传来的喧嚣乐声。

她看起来也挺自得其乐的。

赫斯塔趴在床上，看了一整天的《第三区社交礼仪与安全规范》。

这是一本以场景划分的系列丛书，当初选课的时候她和莉兹都直接把它跳过了，直到上个月，拉维特太太特意申购了一套送给她。

在《日常社交》分册中，赫斯塔发现，第三区的日常礼仪复杂到远超她的预想。

这段时间，她试图找莉兹和黎各进行对话练习，然而每一次练了没两句，这两人都会忍不住笑场——两人都表示，除了一小撮自称贵族的骗子和某些从坟墓里刨出来的死人，整个第三区已经没谁会这样说话了。

但赫斯塔对这套用语依旧产生了一种莉兹与黎各都难以理解的热情。

她一手举着书，起身——

“（敬语）下午好，黎贝卡女士。”

“（敬语）您好，管理员先生，请问有什么事？”

“（敬语）我们发现您的信件在前台放了好几天，请务必记得经常查看前台信箱。”

“（敬语）谢谢。”

赫斯塔做了个接物的动作，如舞台上演员谢幕般地向身后扬起手。

“（敬语）您要进屋来喝杯茶吗？”

如此练习了几次，赫斯塔渐渐能完全脱稿。她翻了一页，又把书扣在了桌上，开始了自己的下一段无实物表演。

课本上有十几段短对话，全都发生在玄关，除了拿取物品的场景，还有电费水费催缴、上门驱虫服务与电器维修，等等。

它们总是以“您好”开头，以“您请进”或“请进屋喝杯茶/喝杯咖啡/坐坐”结束。

有些细节赫斯塔从来没有和莉兹她们说过，比如这本书里提到的很多变形以后的敬语词汇，她其实并不感到陌生，因为以前伯衡与两位修女沟通时就会这样说话。

两位修女曾专门抽出时间教了伯衡半年文法——每当修道院里有将满十四岁的孩子，修女们都会这么做。

如果一切顺利，伯衡原本应该在今年下半年成为第三区某间教会的执事，协助司铎与神父协理当地的教会事务，虽然伯衡志不在此。

如果赫斯塔能在修道院一直待到十四岁，想必格尔丁小姐和艾尔玛院长也会教她这些。她会像几个已经离开了修道院的姐姐一样，许下誓愿，开始修女们的修习。

那又会是怎样的光景呢？

正当赫斯塔因回忆陷入怅惘时，外面传来了叩门声。

赫斯塔没有理会，但过了好一会儿，那敲门声还在响。黎各好像也没有去开门。

于是赫斯塔披上外套，动身去客厅，在她靠近大门的时候，一种令人不适的压迫感传来。

“哪位？”赫斯塔颦蹙问道。

“（敬语）我是迦尔文·格兰古瓦。”门外的声音回答，“（敬语）我来找简·赫斯塔女士。”

赫斯塔狐疑地开了门。

门外只有迦尔文一人，他穿着基地的短袖衬衫，手里提着一袋杧果、一瓶酒和一个扎着红色蝴蝶结的白色纸盒子。

四目相对，两人一时谁也没有说话。

过了一会儿，迦尔文突然咳了一声，他屏息凝神，说出了准备已久的开场语。

“（敬语）下午好，赫斯塔小姐。”

赫斯塔表情严肃——这段话她刚才还在课本上背过。

她挠了几下后脑勺，有些磕巴地答道：“（敬语）您好，管……嗯，格兰古瓦先生，请问有什么事？”

迦尔文：“（敬语）很抱歉现在才来登门拜访，其实这个月里，我来找过您很多次，但每次您都不在。”

说着，迦尔文提起手中的礼袋。

“（敬语）我今天来，不仅要特地向您道歉，也要特地向您表示感谢，这是我们的一些心意，请您务必收下。”

一时间，站在门口的赫斯塔有很多话想说。

比方说，你刚才话中的“我们”是否指你和肖恩？

所有和肖恩有关的事，就都这么翻篇过去吧，我不想再追究什么。

只要肖恩以后离我远点，别再搞些让人讨厌的小动作，我们之间就没别的事了。

这些东西都拿回去，不用这样。

但是……

赫斯塔搓了搓手掌。

这么多动词的敬语变位是什么？

“赫斯塔小姐？”迦尔文将手里的东西又提高了一点，“（敬语）这是我们的一些心意，请您务必收下。”

赫斯塔伸手扶住了额头，几次欲言又止。

“（敬语）您想说什么？”迦尔文问道。

赫斯塔皱起眉，想了很久。

一段令人尴尬的沉默过后，赫斯塔抬头看着迦尔文。

“（敬语）您要进屋来喝杯茶吗？”

…………

进屋以后，迦尔文安静地坐下。

虽然赫斯塔刚才说的是“茶”，但她转身就打了两杯热可可——宿舍里的茶和咖啡刚好都喝完了，这会儿只有热可可。

迦尔文有点犹豫要不要说自己喝水就可以了。基地的热可可太苦了，尽管这种苦味被其他人称之为“口感醇厚”，但他和肖恩一直喝不惯。

不过，赫斯塔已经把杯子放到了自己跟前。

“请用。”赫斯塔轻声说。

迦尔文双手接过杯子：“（敬语）谢谢，我——”

“你们的好意我心领了。”赫斯塔抢先一步打断了迦尔文的话，这会儿场景好不容易从玄关换到客厅，她必须把握住主场优势，抢先把语言从敬语转向日常用语。

“肖恩他怎么样了，恢复得好吗？”

“不是很好，不过也没有什么大问题。”迦尔文望着她，“莫利女士把那天的前因后果告诉了我，多亏你——”

“不用谢我。”赫斯塔拉开椅子，坐在了迦尔文的对面，“如果不是我，肖恩不会出现在那里。虽然我确实救了他，但那也只是顺势为之……算扯平了吧？他只要别再因为记恨我而跑来找麻烦，我就谢天谢地了。”

“应该不会了。”迦尔文答道，“在给市政厅开设计算机安全课以后，他整个人变了很多——我指好的那方面。瓦伦蒂小姐觉得这是你的功劳。”

“我的功劳？”赫斯塔以为自己听错了，她带着疑问重复了一遍迦尔文的话，并着重强调了“功劳”两个字。

迦尔文点了点头：“我今天过来拜访也是瓦伦蒂小姐的建议。其实很早之前我就想来单独见一见你，但又担心这样会让事情变得更复杂……”

迦尔文的手抓着马克杯的把手，杯子在他掌心里慢慢转圈，他盯着杯子上的图案，每一句话都再三斟酌，因此说得很慢。

“你知道，经常有那样的事，原本只是两个人的恩怨，因为参与的人越来越多，就变得越来越复杂，也越来越凶险……”

“唔，我明白。”赫斯塔半垂眼眸，忽然想起许多短鸣巷的往事，“确实，经常有这样的事。”

“我尝试做过一些努力，对肖恩，基地里也经常有这样的命令给到我，像是限制肖恩做一些——”

“莉兹和我说过。”赫斯塔望向他，“手和脚长在肖恩身上，你也不可能二十四小时黏在他身边。”

迦尔文没想到赫斯塔会这样轻易地给出理解，这反而让他有些不知所措。迦尔文沉了沉肩，轻轻吁了口气，而后挺直了腰，身体微微前倾：“总之，我来为我们之前的种种冒犯道歉，希望能得到您的原谅。”

赫斯塔轻轻颦蹙：“是需要我签署什么谅解书吗？”

“哦，不，不需要。”迦尔文连忙摇了摇头，“抱歉，我可能带来了什么误解，因为之前练习过的那一段都是用敬语说的，现在不用变位我有点，呃，不知道怎么——”

赫斯塔忽然笑了一声。

迦尔文立刻停了下来，有些不解地望着赫斯塔。

赫斯塔沉眸想了想，用极缓慢的语速开口：“（敬语）您也在学《第三区社交礼仪与安全规范》……是吗？”

“是的。”迦尔文很快点头——这门课相当无用，加上又是选修课，所以平时基本没什么人会修它，但对肖恩这种动辄违反条例的预备役就不同了。

托肖恩的福，这两年的时间里，迦尔文已经跟着选了三次这门课。

然而，这些用语在日常生活里没什么用武之地，因而这些早就作古的语言与礼仪对迦尔文而言，永远是学了就忘。

赫斯塔沉吟了片刻：“（敬语）我最近也在自学这个，因为拉维特太太送了我一套教材，但语言……语言这种东西，如果不经常开口，总是学不会的。我不知道您是否介意，成为……呃，成为……”

“和你一起练习的伙伴？”

“对。”赫斯塔立刻点头，“我就是这个意思，您有时间吗？”

“有。”迦尔文答得干脆利落，“我每周的这个时间应该都是空的，包括在休息周结束以后。”

“我也是。”赫斯塔松了口气，站起身，“那就这么说好了？从下周开始吗？”

迦尔文站起身，向着赫斯塔伸出了手：“荣幸之至。”

复课的前一日，刚从十四区回来的千叶又开着她的车来到基地。

她把若干会议挪来挪去，最后腾出了今天的下午和晚上。她打算趁着赫斯塔最后的半天假期，带赫斯塔出去逛逛。

她给赫斯塔准备了一个非常特别的礼物，很期待赫斯塔到时的反应。

约定的时间是下午两点。不过千叶刚从谭伊市的市政厅赶来，她光顾着不要迟到，没留心具体时间。等车停稳了，她才发现这会儿才下午一点二十六分。

难得半个小时什么也不用干的空闲，千叶放平座椅，打开音乐电台，调整了一下仰卧的姿势，准备在基地的停车场里眯一会儿。

然而，才翻出眼罩，还没来得及戴上，千叶就看见了站在不远处的莫利。

莫利正指挥着两个年轻教职工帮她搬箱子，她开着一辆四座小型车，黑色的车身看起来已经有了些年头。

千叶看了一会儿，下车走近：“嘿，莫利。”

莫利轻轻瞥了她一眼：“下午好。”

千叶扫了一眼莫利的后备厢和车后座，一共六七个大小不一的纸箱子填满了所有空间，纸箱子都被仔细地用胶带封了口，并写着编号。

“你在干什么？”千叶问道，“搬家吗？”

莫利没有立刻回答，她调整了一下后备厢边沿一个纸箱的位置，而后将车后盖放下。

她对两个年轻人挥手感谢并告别，等他们走后，才回过头看向千叶：“看来你没有看最近的基地通告。”

千叶努了努嘴：“确实，这些校务如果没有专门指给我，我一般都直接归档——”

“我辞职了。”莫利言简意赅，“新的秩序官今天已经到任，她会负责基地接下来的各项事务。”

千叶站在原地，看着莫利检查后侧车门。过了好一会儿，她眯起眼睛：“等等？你要去哪儿？”

“第四区和十一区都有待建的预备役基地，我可能会去，可能不会去，具体等总部调令。”莫利淡淡地道，“在此之前，我会休半年的假，不接任何工作。”

“为什么？”千叶跟在莫利的身后，“你在这儿待了二十多年了，为什么突然想辞职？”

“你不明白吗，千叶？”

千叶笑了一声：“就因为这段时间让你配合了一下我的工作？”

莫利没有回答，兀自关上了后备厢的车盖，往驾驶室走去。

“莫利，”千叶紧跟在莫利身后，“与赫斯塔有关的后果我全部负责了，至于螯合物越狱，我也已经往上写过报告了，是罗贝尔他们施压过大导致我们内部工作出现问题——是人就会犯错，上面也不打算严肃追究……你这样自我惩罚是在干什么？我们之间是不是有什么误会？”

莫利轻嗤了一声：“没有误会，千叶，你做得好——”

她说着，径直拉开了驾驶室的车门，千叶随即拦住了她的手。

“如果你愿意听，我可以解释。

“想从我们这儿抢人的联合政府不只第三区一个，至少第一区和十一区从几年前开始就有这方面的动作。

“虽然现在，第三区联合政府把所有责任都推到了罗贝尔一个人的头上，但这次从预备役抢人计划的背后，就是他们对我们的试探。不只是他们，所有大区都看着我们。如果这一次我们没有守住边界，没有给出足够有力的还击，接下来我们在其他大区的预备役基地都会如临大敌。特别时期有特别的行事方法，这难道很难理解吗，莫利？”

莫利瞥了千叶一眼。

“两年前，”她的声音平静冷漠，“当格兰古瓦兄弟刚进基地就因为猎鹿而深陷舆论旋涡的时候，我们扛住了所有压力，到最后也没有公布过他们的个人信息，这是基地对新人的保护。千叶，你呢？你作为赫斯塔的监护人，不仅直接给出了她的面部特写，甚至主动诋毁她的人格——”

“市政那边早就把赫斯塔的老照片公布了，现在死抠肖像问题还有什么用？等过两年她正式转职及开始接手螯合物的猎杀任务，今时今日的‘恶魔’形象，不过是来日‘战士’年少时的一点剪影趣事罢了——谁会因为一个水银针过于锋利而责难她？”

莫利冷笑了一声：“那我只有一个问题了，千叶。”

“你说。”

“践踏规则，让你有快感吗？”

千叶微怔，她望着莫利，此刻对方脸上的憎恶与挑衅，让她觉得刚才那一大堆话全都白讲了。

千叶左眉微挑，微微低头：“怎么说？”

“所谓的大局所需的证据，你早就有了，不是吗？你想毁掉赫斯塔在公众眼中的完美形象，只需要把那段赫斯塔暴打肖恩的视频和‘短鸣巷’这个名字一起放出来就够了——但你止步于此了吗？你没有。

“你背地里教唆赫斯塔袭击肖恩，你鼓励她以牙还牙，为了促成这个计划你给她大开方便之门，你把整个预备役基地的规则踩在脚下……你想告诉我这也是为了大局着想？你觉得我会信吗？！”

莫利的每一句话都像骤然迸发的岩浆，这是她积压已久的怒火，她的手随着每一句话的重音而挥动，一绺额边的黑发因此滑落，垂在她的左眼之前。

千叶冷笑一声，抬起双手，拍出几个稀稀拉拉的掌声。

“教训的是啊，莫利，肖恩靠着基地内技术漏洞为所欲为的时候，你在哪里？赫斯塔被骚扰的时候你在哪里？在她需要帮助的时候——”

莫利厉声打断了千叶的话：

“这就是宜居地里的规则，千叶，这就是文明的獠牙。没有任何一种文明能让弱者完全不受欺辱——不管是在荒原还是在宜居地，弱小就是原罪，没有任何一种规则可以像温室一样呵护每一个人的方方面面，文明只能划定一条理论上的底线，而如何处理底线之上的冲突，恰恰就是赫斯塔最需要在基地学会的事情！

“我问你千叶，肖恩闹了这么久，他对赫斯塔造成过任何实质性的伤害吗？他有让她断一条胳膊或是一条腿吗？没有。

“因为这两年的时间，我们教会了这个从赫克拉来的小子什么是规则，不容忍任何欺凌行为是基地的铁律。他对任何人做出的任何伤害，一旦被确认，他都要付出相应的代价。

“与此相对，赫斯塔也必须在交锋中学会用诉诸暴力以外的手段来自保，她应该学会用自己的眼睛看见更多选择——除了拿着武器顶人脑门，她本可以找到其他在既定规则里自保的方法。我今天话就放在这里，如果她学不会这种手段，她就永远学不会如何在宜居地生活。

“如果你不能保证赫斯塔以后会像你一样强，不能保证她能和你一样睥睨一切规则，她就迟早要撞上更霸道、更难以对付的对手，到时候她既不懂如何寻求既有规则的庇护，也无法强压过对手——”

千叶冷笑一声：“她会！她会像我一样——”

“那她也会变成像你一样的边缘人！”

莫利的声音如同一记洪钟，严厉地打断了千叶的话。

“她会永远形单影只，像游魂，像野火，永远孤零零地飘荡，不被任何人接纳！”

下午两点三十六分，瓦伦蒂气喘吁吁地跑到了地下停车场，看见赫斯塔正一个人等在出口。

“简！”瓦伦蒂远远喊了一声，向着赫斯塔挥手，“到这儿来。”

赫斯塔小跑着去到了瓦伦蒂身旁。

瓦伦蒂半蹲下来：“你在这儿等多久了？”

“我是一点五十分到的，”赫斯塔回答，“千叶小姐约我两点的时候在这儿见面，说要带我出去一趟。”

瓦伦蒂长吁一声，拉住了赫斯塔的手：“不好意思，我来晚了，让你白等了这么久。千叶下午临时有事，她给我发了消息，让我过来带你回去，但我下午在开会，一直没看手机……”

赫斯塔有些疑惑地拿出自己的手机看了看——既没有未接电话，也没有未读消息。

“但千叶小姐并没有联系我。”

“她这个人就是这样。”瓦伦蒂露出一个无奈的微笑，“事情通知了一遍就不多说了……你下午没别的事了，对吗？”

赫斯塔点头。

“那和我一起去趟图书馆吧，刚好我得整理一些文件……来帮我个忙，好吗？”

“嗯。”

赫斯塔答应下来，跟着瓦伦蒂开始往回走。几步之后，她又一次回头环视整个停车场。

这里确实没有千叶小姐的影子。

她失约了？为什么？

“千叶小姐最近好像很忙？”赫斯塔问。

“是啊，她能抽空回一趟谭伊还挺不容易的，这段时间她跑了好多发布会，也参加了很多会议……”瓦伦蒂顿了顿，“工作性质如此，也没有办法。”

“她这次会在谭伊待多久？”

瓦伦蒂仰头想了想。

“三天……吧？”

赫斯塔轻轻叹了口气，错过了今天就等不到周末了——她接下来这一周的训练任务也很重。

瓦伦蒂笑了笑：“你很想她吗？”

“嗯。”

“那你可以给她写一封邮件，告诉她你最近在基地的见闻。”瓦伦蒂轻声道，“她收到了应该也会很高兴。”

…………

第二十章 谈话

NEVER END

接下来的几天，千叶都没有在基地露面。

第三天黄昏，她一个人坐在老城区教堂顶的钟楼上俯瞰落日中的整座城市，成群的鸽子掠过城市的上空，像一阵有形的风。

千叶坐在钟楼一只石像怪的长颈上，两个小时后她就要乘船离开这里，她正用自己的方式消磨等待的时间。

宜居地街道的路灯次第亮起，人们离开办公的区域，走上街道，拥向酒馆和餐厅。千叶听不见底下的声音，底下也没有人抬头往上瞧。

高处风声猎猎，她的衣摆旗帜似的飞扬。

忽然，千叶听到一些细碎的声响，她侧目而视，见不远处临时搭起的钢筋悬桥上，瓦伦蒂正颤颤巍巍地向自己这边走来。

因为年久失修，那条原本通向钟楼的窄小木梯早已断裂了，这条钢板是修顶工人用来往下送空石料桶的，所以只有差不多一掌宽。

瓦伦蒂踩着钢筋独木桥慢慢靠近，她脚下是近乎百米的高空。

千叶几乎立刻屏住了呼吸，背也像拉开的弓弦一样弯曲——她随时准备着，去接一脚踩空的瓦伦蒂。

不过一切有惊无险，瓦伦蒂最后还是平平安安地走到了钟楼的悬廊上，眼看她还想继续向外走，去到千叶所在的石像怪那里，千叶立刻站起了身。

“别动！”千叶蜻蜓点水般跳上悬廊，翻身跃进铁围栏，“你疯了？刚才有多危险！”

瓦伦蒂哈哈大笑，倒是颇为得意地对着千叶叉起了腰。

远处的斜阳倾洒，日光像流金之河，千叶和瓦伦蒂一起站在镂刻着天使与鸢尾花的铁栅栏后面，千叶皱着眉：“你怎么知道我在这儿？”

“我猜的。”

夕阳下，瓦伦蒂席地而坐，她的脸因为栅栏的阴影而映出明与暗的色块，她仰头望向千叶。

“你还记得吗？以前基地重建，我们到这边老校区来上过半年的课，那个时候你就很喜欢一个人偷偷溜到这里来。”

千叶单眉微挑：“是吗？”

“刚好今天我来市里送文件路过这边，就想着，你这会儿会不会也在这儿待着呢？”

千叶轻哼了一声，望着半沉的日头：“这边风景好。”

“确实。”瓦伦蒂与千叶望着相同的方向，“从这儿看，整个老城区更漂亮了。”

“你送什么文件，还要专门往市里跑一趟？”

“对肖恩的行为分析，你知道，我的督导一直在这边工作。”

“哦。”千叶确实有点印象，“你们分析出什么了？”

“很有趣，”瓦伦蒂笑着道，“我们感觉肖恩正在经历一段变化，比方说昨天，他给韦尔先生写了第一封邮件，邮件里申请购买了一堆电子组件，什么传感器之类的。”

“嗯？”千叶有些警惕，“他想干什么？”

“他可能是想解决一些日常生活里的实际问题——前段时间他在食堂被一台微波炉卡住了手。”

瓦伦蒂一提到“卡住了手”，千叶就明白了具体原因，她对着天空伸出五指：“在安装义体的头半年确实挺难熬，习惯了就好。这双手能做到的事情远比血肉之躯更多。不过，放在肖恩身上……这不一定是好事。”

“我明白，就目前来看，他想试试改造一下身边的电器，比方说冰箱、烤箱，只要能做到远程控制开门关门，他就不用再担心被什么东西卡住了。我们之后会跟进的。”瓦伦蒂笑着道，“但是，我觉得肖恩以后都不会找简的麻烦了。”

“是吗？原因？”

“我之前一直没想明白一件事，就是他为什么会突然盯上简。虽然肖恩一直在暗地里做些坏事，但是，他并不算一个冲动莽撞的人。相反，在和迦尔文两个人进入基地以后，肖恩很谨慎，在任何事情上都非常谨慎——所有明面上会被处罚的事，他都会想方设法地绕开。

“然而，简是一个活生生的人，她不是一段任意删减、调试的程序。一个活生生的人是很难被彻底控制的。既然肖恩想去找简的麻烦，那他必然明白，但凡简会开口、会求助，基地就会立刻发现他的欺凌行为，并进行惩治。

“可就算如此，他也还是乐此不疲，那就只能说明一点——”

瓦伦蒂望着远处深蓝的天幕。

“对当时的肖恩来说，恐吓、捉弄简带来的乐趣，远胜他对基地惩罚的恐惧。”

说到这儿，瓦伦蒂忽然想起什么，看向千叶：“我这样说会让你不舒服吗？”

“不会，你继续说。”

“前段时间，我整理肖恩档案的时候听到了你偷录的那段对话——就是他和迦尔文在通向图书馆的走廊时发生的对话。那个时候我突然有点明白了，为什么肖恩非接近简不可——但凡基地里来了一个出身短鸣巷或赫克拉荒原的新人，且这个新人看起来又相对柔弱，她对肖恩来说就会有莫大的吸引力。根本原因只在一点：这个人的身上能否完整地投射出肖恩所厌恶的自我。”

“投射……呵，有意思，”千叶想了想，“你是想到两年前格兰古瓦兄弟的猎鹿案了吗？”

“正是。比起荒原，肖恩当然更喜欢宜居地里的生活，但是当他幻想着拥抱宜居地的时候，感受到的却是非常尖锐的敌意。他明白自己不属于这里，但他又极其渴望留下，这种煎熬让他痛苦。

“肖恩现在可以把自己伪装成一个孤僻的天才，但我猜想他可能从来没有对自己赫克拉的出身感到释怀，这是个永远摆脱不掉的标签。

“在这个时候，简出现了——她看起来那么瘦弱、那么无助，又来自比赫克拉更为声名狼藉的地方，肖恩当然会对她感兴趣。因为，那是另一个自己啊。”

远处的日头已经完全沉了下去，天幕变成了深海般的暗淡微蓝，骤起的晚风突然吹起了瓦伦蒂厚厚的长发。她连忙伸手去绾，用手腕上的发绳把长而蓬松的头发绑成一束。

夜有些凉了，她收了收自己的长裙，用裙摆紧紧裹住了小腿。

千叶完全没有感觉，不论是微凉的晚风还是瓦伦蒂的这些动作。她想着瓦伦蒂的话，想了很久，直到瓦伦蒂打了个喷嚏，她才回过头。

“这里是不是太冷？我们下去找个地方坐着聊吧。”

“不用。”瓦伦蒂伸手撩了撩耳前的乱发，“好久没在这么高的地方看整个谭伊……就在这儿吧。”

“‘另一个自己’，然后呢？”

“就我个人的观察而言，我认为肖恩是把一部分的自我攻击，转嫁到了简的身上。”

“怎么说？”

“他厌恶自己身上与赫克拉有关的部分，而自我厌恶是痛苦的，甚至比基地的惩罚更加令人难以忍受。因为想避开基地的规章制度很容易，但人对自身的审视是时时刻刻都存在着的。人只要清醒一刻，这种审视就存在一刻，它存在一刻，折磨就延续一刻。

“简的出现，对肖恩来说就像多出了一面行走的镜子。在其他人面前，肖恩或许能继续扮演那个孤僻的天才，但在简的面前，他做不到，他每时每刻都要担心自身被洞察。”

“简又不会读心术，怎么可能一眼就看穿他在想什么。”

“很简单，因为简的出身和他是相似的，既然他会以赫克拉的行事准则去推衍简的心理和行为，那么反过来，在他的想象中，简就一定会以短鸣巷的行事准则来看他——如果是这样，那他所有的表演、伪装，就都失去了意义。

“我想简的存在对他而言非常复杂，他憎恶她、畏惧她，但或许也有那么一点同情她，甚至想要保护她。但所有这些趋于正向的情感，都有一个成立的前提，就是简向他归顺。”

“归顺？”

“就是把简变成‘自己人’、一个跟班，或者说，一个情绪的容器。只有当简被折磨得筋疲力尽，没有力气再挣扎，进而失去了自己的主体性，甘心向肖恩臣服的时候，她才能免除被凝视的危险。”

瓦伦蒂轻声道：“肖恩的手段是层层加码的，最开始，他只是入侵简的计算机账户，去观察她每天都在看些什么；然后是自习室内的恐吓，他要向简展示自己的力量和对环境的操控；紧接着，当他发现莉兹和图兰似乎在帮简利用基地的规则自保时，他又通过激怒简的方式，警告她基地的规则并不总是站在她们那边。”

“概括起来，我觉得在这一阶段，肖恩正在尝试用一些相对温和的方式对简进行驯化，毕竟他对基地内的游戏规则理解得更深，也更熟悉这里的人，做到这些事情不算困难。虽然，他的这些行为目前来看似乎并没有激起简的恐惧，反而让简每一次的反击都比上一次更为激烈，但这样下去也很危险……幸好这一次简针对肖恩的突围做得非常漂亮。”瓦伦蒂笑着道，“我看了她和肖恩在地下走廊上的对峙——那些话，是你教她说的吗？”

千叶想了一会儿，才想起来瓦伦蒂口中的“那些话”是指什么。

她摇了摇头：“我没教得那么细，整个流程是简自己想的，我帮她解决了武器和地图，顺便带她实地逛了几趟她所在的那个楼层。”

“那就更让人惊叹了。”瓦伦蒂轻声道，“不管是出于直觉还是观察，简能直击要害都很了不起，因为她说的正是肖恩最害怕听到的。我觉得在那个对峙时刻，她可能把肖恩这两年来精心营造的防御彻底击碎了——虽然是用一种，嗯……过于粗暴的方式。”

“那么你觉得这件事算了结了吗？”

“算。”瓦伦蒂坚定地说，“经此一役，肖恩不可能再想着驯化简了，因为这是不可能办到的事。她内在的自我比她的外表要坚硬得多，也牢固得多。虽然简过去的物质环境可能非常糟糕，但她被很多人用共同的爱意浇灌过。既然她被人真正地爱过，知道被人呵护是什么滋味，那么肖恩那些大棒加糖的伎俩，就不可能骗过她。”

“即便失去一切，简也不可能失去自己，心甘情愿地变成其他人的附庸，相较之下反是肖恩丑态百出。以肖恩的性格，我想以后他不仅不会再靠近简，反而会想方设法地避开她——在这方面肖恩一直很聪明的，在明确一件事的结果以后，他撤得很快，绝不会太过固执。”

“你这是在夸他？”

“可能……也算？”瓦伦蒂笑了笑，“我觉得这次危机对肖恩来说，或许也是个机会。他的壁垒太厚了，除了迦尔文，基地里没有什么人能触及他的真心，有时连迦尔文也是一样。赫克拉荒原那么特殊，他在进入基地的时候又发生过那么严重的事故……想拨开云雾，和他坦诚交谈，真的很难。关于他们这样的人到底要如何在宜居地内生活，以前迦尔文给出的算是一个还不错的答案，现在，简又给出了另一个答案。”

“怎么说？”

瓦伦蒂思忖了一会儿。

“迦尔文从不计较其他人如何看他，他不在乎外面发生了什么，也很少去想那些尚未发生的问题，他只做眼下该做的事。

“更重要的是，迦尔文所有的愿望都非常具体：比如买一栋两层的大房子，要有一个六百平方米的后院和一个地窖，他会在院子里养三条狗……诸如此类，这两年，他每天都在离这个目标更近。

“而简的答案会更温柔，但也更难得——在宜居地里，有时候你会很幸运地遇上像莉兹这样的朋友，她们会照顾你、帮助你。在其他人向你释放善意的时候，你也可以用同样的善意回馈她们，人和人之间的联结就是这样建立的。也许迦尔文和肖恩以后也会遇到这样的契机，虽然这需要一点点运气……但未必就不可能发生。”

千叶静静地看着瓦伦蒂。

“为什么又这样看我？”瓦伦蒂问。

“什么时候能听你这样分析一下简的心路历程就好了。”

“现在还办不到，太难了，真崎。”瓦伦蒂摇头笑了起来，“直到今天，我们对她的过去仍然知之甚少，但我觉得你不用太过为她担心。”

“哈？你是不是太乐观了？”

“我会这么说当然是有原因的，前几天你让我去停车场找她的时候，我顺道问了她一个问题。”瓦伦蒂笑着道，“我问她，‘那天——就是你们在地下基地遭遇螯合物的那一天，当你发现走廊里有一道可以手动开关的阻隔门时，为什么你选择冒险回头，而不是立刻把门放下呢？’，你猜，简的回答是什么？”

“嗯？”

“简说，‘因为图兰在避险室，她可能需要帮助’。”瓦伦蒂轻声道，“曾经有人告诉她，‘当我们处在困顿的情形中，却依然能够帮助彼此，这就是我们文明的起点’。”

千叶的心着实为这个答案微微震动。

她沉默了很久，才开口问：“谁教她的这个？”

瓦伦蒂双手合十：“好像是圣安妮修道院的修女们，真是个令人肃然起敬的答案……”

过了一会儿，瓦伦蒂往千叶身边挪了挪：“那你呢，真崎？”

“我什么？”

“你现在，或者这几天，有没有什么需要帮助的地方？”

千叶先是颦蹙，继而移开目光：“什么啊？”

“那天你突然放了简鸽子，这几天又完全不在基地露面，我还感觉挺奇怪的，你很少像这样突然失约，是遇上什么事了吗？”瓦伦蒂两手撑在身后，眼睛始终望着千叶的侧脸，“你要是愿意，可以和我讲讲。”

千叶坐在原地，只是摇头。她渐渐放松地后仰，有些疲倦地沉默着。

半晌，千叶终于低声开口：“也没什么，我和莫利……有了一点分歧，这几天我就在琢磨这事。”

“什么事？”

“就是……有点累。”

“累？”

千叶叹了口气，身子一斜，轻轻栽在了瓦伦蒂的肩头。

夜幕下，谭伊的老城区被路灯衬出淡淡的暖光轮廓。千叶看了一眼时间，再有四十多分钟她就该启程了。

“瓦伦蒂。”

“嗯？”

“你觉得我能做好一个监护人吗？”

瓦伦蒂的眼睛微微睁大了——她实在对千叶这个问题感到惊

异，但她旋即又发出一阵轻笑。

“我不知道，最近我也在怀疑我到底能不能干好基地的咨询师。”

“为什么？”千叶看向她，“你还有什么地方做得不够好？”

瓦伦蒂抱紧了双膝。

“陪她们成长的时间越久，我反而越觉得自己能做的事情有限。

“我发现，对一些孩子来说，有些墙非得是她们撞过了，撞得头破血流，她们才会开始听旁人的劝，找找别的办法。

“而另一些孩子呢，则是即便撞了个头破血流，她们也不甘心，大有要把自己死磕在上面的冲动……你除了能在旁边陪着她，时不时提醒她或许是时候换个方向了，又能做什么呢？

“更要命的是，她们不是普通的孩子，如果你指望她们事事听话，循规蹈矩，又怎么能指望若干年后她们能在险恶的战场上出其不意呢？可能，对简，对图兰，对肖恩，都是如此吧……”

瓦伦蒂望向千叶：“我不懂，我没上过战场，你觉得呢？”

“我也不知道。”千叶直白地回答，“我这几天还在想由我担任简的监护人是不是不合适。也许，在这件事结束以后，我应该离她远一点。”

瓦伦蒂非常疑惑：“这不像你，真崎，你怎么会有这种想法？哪里不合适？”

千叶望着前方。

“我问你一个问题，瓦伦蒂，如果有一个按钮，按下它，你身边的一个朋友就会在来生——假设存在这么个东西的话——成为你，否则，她就会接受一个随机的命运，你会按吗？”

“成为我？”瓦伦蒂侧过头，“什么意思？这个人会在下一世经历一遍我活到目前为止的人生吗？”

“对，你愿意吗？”

瓦伦蒂捂着脸颊沉思了好一会儿。

“感觉有点难为情。不过，如果是传统的那种转世轮回，这个人一到来生就完全忘记了她是谁、我是谁，那好像也没什么不好……”

“也就是说你会按？”

“嗯。”瓦伦蒂答道，“真崎呢，你会吗？”

“我不会。”千叶回过头，“这就是我觉得我不适合当监护人的原因。”

瓦伦蒂想了一会儿，低吟了一声：“我不明白。”

“如果不是莫利我可能还想不到这一层。一个人的经验来自他全部的个人经历，这其中当然会有一些收益，但相应的，也会有一些代价。我擅长的方式自然是能规避大多数我所厌恶的风险，得到我最期望的收益，但对其他人来说，代价或许不可承受。”

“你说的这些也对，但这不构成理由，我看你就挺合适。”

“为什么？”

“我听说简前段时间二次觉醒的特训一直没有进展，是不是你的功劳？”

“我怎么知道？”

瓦伦蒂叹了一声：“人和人的联结是很奇怪的。虽然理论上存在某些最佳模式，但实际上大家有千万种方法缔造信任。虽说爱是想触碰又收回手，可你也不用太谨慎——你不觉得，简已经认可你了吗？”

千叶稍稍活动了一下肩膀，没有说话。

“放轻松。”瓦伦蒂伸手戳了一下千叶的脸，“退一万步，简有她自己的想法，对于她不愿意做的事，肖恩勉强不了她，你也未必就勉强得了——也许我们需要接受我们对其他人的影响非常有限这一事实，这虽然有时候让人无奈，但有时候也让人释怀。”

“我觉得，我们都只做我们认为正确的事就行，人和人之间不太可能达到完全的相互理解——即便在我和你之间，也仍有一些不可调和的分歧，不是吗？倘若这其中有一些道理她们并不认同，那将来，我们就让她们来反哺我们，我们等着学，这样是不是就好了？”

千叶仰起头，发出了一声轻而长的叹息。

“多谢你，瓦伦蒂……”

瓦伦蒂举起双手，做了个秀肌肉的动作：“不客气。”

千叶起身：“那，我差不多也该走了。”

“这么快？”

千叶伸手指了指远处街角的一辆黑色汽车：“喏，接我的人一刻钟前就在那儿等了，我接下来要去趟十一区。”

“这次又要去多久？”

千叶站起身：“不知道，可能半个多月吧。”

“你等等！”瓦伦蒂忽然抓住了千叶的袖子，“我……我还有一件事想问你。”

“什么？你说。”

瓦伦蒂深吸了一口气：“两个月前，你去地下档案室里看莉兹档案的时候，曾经说她不适合去前线作战，当时你做出这个判断的原因是什么？”

这次轮到千叶意外了：“你不是说你不能听吗？你说万一莉兹以后发现了，她会觉得你窥探了她的秘密什么的。”

“唉，她的转职意见今天刚刚下来了。咨询评估的结果和你说的一模一样，估计下周就会有调令安排她成为宜居地内的侦查哨兵——当然是不参与任何对螯合物的作战的……”瓦伦蒂仰起头，“我以后应该都不太可能成为她的咨询师，所以现在我可以问了——你当时下这个结论的原因，到底是什么？”

“你真的要听？”千叶轻声问，“其实你真想知道，自己再下一趟档案室不就好了？”

瓦伦蒂连连摇头：“那不太方便。”

新来的秩序官，比莫利还不好讲话……

“好吧。”千叶眨了眨眼睛，俯瞰着夜幕下的谭伊，“我之所以那么说，是因为，莉兹在一些很重要的事情上说了谎。”

瓦伦蒂分明感觉到千叶的语气变得沉重了起来。

“你指……什么？”

“在阿斯基亚暴发螯合物潮时，她和家人们一起躲藏在地下暗窖的那段时间，她说，她的祖母在发现自己染病后选择了自尽，而后，每当家人中有人出现螯钳，那人就选择自尽或是由其他人共同杀死……直到撑到水银针来。”

“嗯。我对这个故事也略有些耳闻。”

“但实际上，在那次针对阿斯基亚荒原的打捞行动中，虽然我们确实在船夫街 12 号的公寓地窖里发现了七具尸体，但那七具尸体全都是病发后的螯合物尸骸。”

说罢，千叶望向瓦伦蒂，而瓦伦蒂也正望着她。

瓦伦蒂的表情凝固在脸上，夜风吹得她打了寒战。

“我……我可能有点没听明白……”

“如果真的在刚出现螯钳的时候就自裁或是被杀，那尸体就应该是未发病的状态。”

千叶的声音很轻，非常轻。

瓦伦蒂已然确认了千叶的所指，尽管目光里仍是不可置信，她的眼眶和鼻尖也还是慢慢开始变红。

“当时具体的细节如何，我们永远都不可能知道了，但有一点很明确——船夫街 12 号的地窖里发生过一场猎杀，只有莉兹一个人从这场猎杀里活了下来。

“我记得你说过，莉兹对她身边的所有人都有非常慷慨的善意，也许这种强烈的付出背后也有更深的原因。莉兹现在才多大？她才十四岁，如果现在她还不能原谅自己，也不能接受‘人在那种极端情况下不论做出什么行为都是可以理解的’这个观点，那她就不可能放下。这也势必会影响她在战场上的判断。

“她的肩膀还太稚嫩，一边赎罪一边战斗的生活方式不适合她，至少现在不适合，就是这样。”

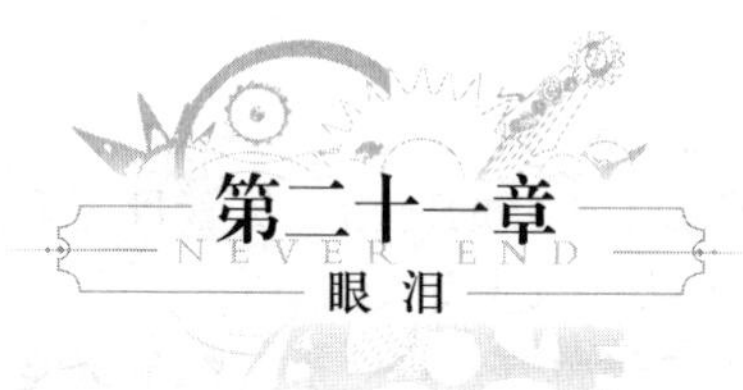

第二十一章 眼泪

瓦伦蒂独自回到基地时，已经是夜里九点多。

一路上，瓦伦蒂都有些出神。当埃卢从驾驶座回过头，提醒她已经到了目的地时，她才如梦初醒。

她一直想着莉兹的事，并不可抑制地掉着眼泪。

这个点，办公楼里的人都已经下班了，瓦伦蒂还要回去放些文件。她一边揉着眼睛一边踩着阶梯往上走，刚抵达自己办公室所在的楼层，就听到一个熟悉的声音——“瓦伦蒂小姐？”

瓦伦蒂吓了一跳，定睛一看，发现赫斯塔站在离她几步远的地方，正关切地望着她。

“您怎么了？在哭吗？”

瓦伦蒂叹了口气：“没什么，别在意，我就是想到一些伤心的事，我还以为这儿没人呢，就想哭一会儿……”

瓦伦蒂开始深呼吸，调整起自己说话的气息。

“你是来找我的吗，简？”

“嗯。”赫斯塔点头，“我想查询一些信息，问了一圈老师，发现好像只能从您这里查。”

“哦，是吗？”瓦伦蒂连忙取出钥匙，“那你一定等很久了……我们先进办公室吧。”

推开办公室的门，瓦伦蒂先去里面的洗手间洗了把脸，当她重新出现的时候，心绪已经平复得差不多了。

“你想查什么呢，简？”

“最近有没有基地外的人提出想见我一面？”

“嗯？”瓦伦蒂有些在意地抬起头，“什么样的人？”

“就是……我听说，前段时间有很多人向基地写了邮件，想探望我，甚至领养我——我想知道在斯黛拉·维京小姐的报道刊登以后，还有没有这样的人。”

瓦伦蒂反应过来：“哦，我明白了……前段时间确实有很多人给我们发这样的邮件，我来查查看。”

说着，瓦伦蒂佯作不经意地向赫斯塔那边望了一眼。她从未在赫斯塔脸上看见这样生动的表情——既期待又惶恐，既喜悦又不安。

她一定是在期待来自某个人的讯息。

“名字？”瓦伦蒂问。

“我不确定……她可能是任何一个名字。”

“是女性？”

“对，”赫斯塔点了点头，“女性。”

瓦伦蒂开始检索，尽管还不知道结果，但她的心已经有些下沉——她记得大多数探访申请都发生在斯黛拉那篇报道刊登之前，在那篇报道以后，公众对赫斯塔的态度完全转向了另一个极端。

在这种情况下，当然不能还希求什么探访申请……

然而，在若干次点击与按下回车键之后，瓦伦蒂眼前一亮。

“哎，还真有，不过都不是女性呢。”

赫斯塔的眼睛也随之亮起：“是谁？”

“一位是唐格拉尔男爵，一位是维尔福公爵，两封都是今天下午发过来的新邮件——你认识他们吗？”

赫斯塔有些茫然，她想了一会儿，摇了摇头。

“我对维尔福公爵有些印象。”瓦伦蒂轻轻侧头，“他是我父亲的朋友，是谭伊城里一位很仁慈的绅士——”

“他们有说为什么要见我吗？”赫斯塔追问道，“他们有受什么人之托吗？”

瓦伦蒂向着赫斯塔招招手，示意她坐到自己身边来。

赫斯塔早已等不及了。在瓦伦蒂的操作下，她通读了两位爵士的邮件，然而，信中仅仅是一些套话。两位爵士出于对基地以及基地内所有预备役未成年人的关切，希望前来探访，亲自见见这位传说中如同恶魔的简·赫斯塔。

“这些探视申请一般都会被基地直接回绝的。”瓦伦蒂轻声道，“你是想见见他们吗？”

赫斯塔安静地坐在那里，一时间什么也没有说。

“简？”

“不，不用了。”赫斯塔低声道，她站了起来，椅子在地面擦出一声短促的摩擦声，“我明白了，谢谢您。”

“你是想找谁，简？”瓦伦蒂又问，“你还有其他亲人在第三区吗？”

赫斯塔摇了摇头：“没有了，瓦伦蒂小姐，我回去了。”

“等等——”

瓦伦蒂拉住了赫斯塔的手。

“等等，简。”

“您还有什么事吗？”

“我下午碰到真崎了，她有个东西送给你，我给带回来了……”

瓦伦蒂说着开始翻自己的帆布包，接连取出了两串钥匙、一个零钱包、三支不同颜色的笔、两片创可贴、两块锡纸包着的酒心巧克力，还有三颗第三区非常流行的黑茶硬糖……

“啊，找到了，这个！”

瓦伦蒂终于从包里掏出了一个巴掌大小的纸袋，把它放在了赫斯塔的手掌上。

“这是什么？”赫斯塔问。

“你打开看看？”

赫斯塔拆开纸袋，一枚金币滑落出来。

“祷祝金币？”

瓦伦蒂笑起来：“看来真崎说得没错，她说你看到这个东西应该就能认出来。”

赫斯塔的拇指轻轻摩挲着硬币反面的鹰。

她将硬币翻转过来，意外地在正面看见了一连串的名字。这些密密麻麻的名字写得很小，每一个名字都紧紧连着下一个名字，形成一条缓缓向圆心缠绕的螺旋。

瓦伦蒂轻声道：“真崎上个月不是去了趟十四区吗？在经过

交质山的时候，她刚好碰到一些赫斯塔人在给他们的一个新生儿办百日宴，意外得了这样一件礼物。她本来是打算前天亲手交给你的，结果遇到了一些意外，耽误了。”

这一次轮到瓦伦蒂发问：“你再说一遍，这东西是什么？”

“这是赫斯塔人的祷祝金币。”赫斯塔低声道，“每当有婴儿降生，家族里的人就会准备一枚祷祝金币，希望孩子健康、平安。”

“这些符文好漂亮，写的是什么？”

“是名字。在孩子降生以后，当地的祭司会将家族里往上七代的女性长辈名字刻上去，在金币上最靠近圆心的地方放孩子的名字，象征家族里的长辈一层层围绕着孩子，将孩子庇护在最安全的地方。”

赫斯塔将掌心的金币递到瓦伦蒂面前，好教她看得更真切些。

瓦伦蒂若有所思地凝视着金币。

“那这里刻的名字，又都是谁呢？”

“我猜，是祭司们的。”赫斯塔答道，“我以前听人说起过，如果祭司遇上了未归的子嗣，或是要给罪人的后人铸造祷祝金币，就会把她自己的家族分享出来。这些应该是祭司本人、她的妈妈、她妈妈的妈妈……是她们的名字。”

“哪一段是你的名字？”

赫斯塔辨认了一会儿，最后终于找到了一个断句符。

她将这段文字誊抄在纸上给瓦伦蒂看，瓦伦蒂惊叹不已：“这就是赫斯塔人的文字吗？要怎么念？”

“念不出来，金币上写下的名字都刻意违背了赫斯塔人语言的发音规则——因为这些名字是供神称呼的名字，赫斯塔人不愿让人的声音污染它，所以故意这么做。每个赫斯塔人一生都有两个名字，一个是家人给予的，另一个是祭司赐予的——也就是金币上的这个名字。”

赫斯塔顿了顿：“但我不太认识这些文字……千叶小姐有说这个名字是什么意思吗？”

瓦伦蒂一下想起来：“哦，是的……真崎说过。你写在这上面的名字如果翻译过来，就是‘异乡人’。”

异乡人……

赫斯塔两手捧着这枚金币。

她曾经也有过一枚差不多大小的，但早就遗失了。

那枚金币的背面也写着密密麻麻的名字，并不出自哪位祭司之手，而是母亲找短鸣巷里的匠人打的。

母亲曾经和她解释过那些名字的含义，在那枚金币上，赫斯塔的名字意指“被神明祝福的红色花”。

如今，祷祝金币又以这样一种方式失而复得，赫斯塔一时间竟不知做何感想，此刻她心中并没有喜忧，只觉得一条命运的河似乎正从身上奔涌而过。

“喜欢这个礼物吗？”瓦伦蒂小声问。

“很珍贵。”赫斯塔喃喃道，“谢谢。”

瓦伦蒂望着她，笑了起来，伸手拢了拢赫斯塔的头发。

“我不知道今晚你想来找谁，简。如果你不想说，我就不问。

“但你不要伤心，今天没有那个人的消息，也许明天会有；明天没有，也许下个礼拜会有；即便往后总是没有，也还是会有很多人一直牵挂着你，比如千叶，比如莉兹，比如我。”

同一个夜晚，莉兹正一个人趴在自己的书桌上，她的啜泣声很轻，几乎没有人听得到。

桌面上放着两封纸质信件，一封是基地的心理评测结果，上面有用钢印敲出的“作战适应性较低”，另一封是来自第三区乌连省特设 AHgAs 侦查哨兵的任命文书。

在收到这两封信以前，莉兹觉得自己对能否加入一线作战部队这件事应该是没什么执念的，至少不会像图兰那样执着，但她也从来没有想到自己会真的直接被任命到后方。

各区水银针的作战部队永远短缺，这一点莉兹再清楚不过。也正因如此，像肖恩这样的预备役才一直没有被基地放弃。她知道瓦伦蒂她们一直在努力，努力让肖恩回到正轨。

但她的正轨又在哪里呢？

许多种复杂的情感在莉兹心中缠绕，她说不清自己在为什么而伤心。当身边朋友对她没有被编入作战部队表示诧异的时候，她确实感到苦涩。但平心而论，她接受基地给出的若干“你更适合参与后方工作”的理由，对那句“作战适应性低”的结论，她并不质疑，甚至不敢深想。

“莉兹，睡了吗？”

门外忽然传来赫斯塔的声音，莉兹立刻收了声音，皱着眉头紧紧抿住了嘴巴。

外面的赫斯塔又敲了敲门，然后没有了声音。

莉兹以为赫斯塔已经离开，轻手轻脚地起身，打算躺回床上，可是门忽然在这个时候从外面打开了。

客厅的光顺着门缝洒进来，握着门把的赫斯塔也很震惊，她有些磕磕巴巴地解释道：“对不起……我就是想试试，我没想到门真的没锁……嗯？”

见赫斯塔望着自己的脸，莉兹连忙背过身擦了擦眼泪。

“什么事，简？”

赫斯塔回头看了一眼门外，而后关上了门。

她走到莉兹的桌前：“瓦伦蒂小姐给了我两块巧克力，我吃了一块，给你留了一块……她说你很喜欢这个牌子的口味。”

莉兹低头笑了笑，伸手拨弄了一下小石子一样的巧克力：“我已经刷过牙了，明早吃吧，谢谢你。”

“你哭了吗？”

“没有。”

赫斯塔稍稍弯下腰，又抬头去看莉兹藏住的脸：“是哭了吧？我听瓦伦蒂小姐说你两周后要去乌连那边入职，你不高兴？”

“高兴。”

“那你为什么哭？”

莉兹转身，在桌与床中间的过道上缓步走了几步，而后忽然倒在床上。她望着赫斯塔，摇了摇头：“就是想到了一些伤心的事，简，我没事。”

赫斯塔也直接倒在了莉兹的床上。她调整姿势，侧身转向莉兹这面：“你知道吗？我晚上去找瓦伦蒂小姐的时候她也在哭，我问为什么，她也告诉我想起了伤心的事——你们在想一样的事吗？”

莉兹一下笑出了声：“怎么可能？”

“乌连在什么地方？”赫斯塔忽然问。

“在南边。”莉兹回答，“那边好像有很多酒庄……你喝过酒吗，简？”

“和千叶小姐一起吃饭的时候尝过一小口，太辣了，而且冲鼻子，我不喜欢。”

“我也不喜欢。”

房间里没有开灯，两个女孩就这么仰卧在床上谈着天，她们的声音很轻，莉兹的每一句话都还带着一些鼻音，但这不影响她们的聊天。

“再过三年，等你也到了转职的时候……你想做什么，简？”

“我也想去乌连。”赫斯塔侧目，“到时候刚好去找你，和你一起做侦查哨兵，不知道可不可以？”

莉兹又笑了起来，摇了摇头：“别说这种话，优秀的水银针，是绝不会甘心留在宜居地里的。”

赫斯塔翻了个身，在莉兹的软床上滚了一圈。

“那我就做不优秀的水银针吧。”

“为什么？”莉兹问道。

“什么为什么？”

“之前在地下基地，你在那么危险的情况下都敢回头……为什么还是不愿做优秀的水银针呢？”

见莉兹似乎非常在意这个问题的答案，赫斯塔也收起了自己玩笑似的口吻，开始认真地思考这个提问。

“也不是不能做，就是……更喜欢在这里生活吧。”赫斯塔伸了个懒腰，“千叶小姐第一次带我去‘白轮船’的时候，我遇到过一个女孩……”

赫斯塔说话的时候，莉兹转头望向了她。

黑暗中，赫斯塔就躺在离她几厘米远的地方，当她发出一声长叹或是长音的时候，莉兹能感觉到一些扑面而来的暖风。

这情景骤然令莉兹回想起从前与家人躺在一起说悄悄话的情形，几乎激起她一阵战栗。

赫斯塔仍沉浸在她的回忆中，她讲述着那对在雨中走进“白轮船”的母女——女孩脚下是明亮的棕红色布洛克皮鞋，母亲肩上挂着皮革制的小提琴琴盒，光是看见它的纹路，赫斯塔就能想象出它摸起来的感觉。

女孩在抱怨，抱怨的内容包括年迈的小提琴课老师，无法插足好友之间的新话题，违背约定没有带她去看新年话剧的爸爸——

在赫斯塔听来都充满了新奇感。

还有那一天，当女孩离开的时候，她的母亲为她买的那个水果塔还剩下一大半，她们谁也没有想到要将它打包带走，就那么直接留在了客座的桌子上。

越是回忆，赫斯塔脑海中涌现的细节就越多。

她并没有细想为什么自己会对这对萍水相逢的母女印象如此深刻，只是饶有兴致地将那些她感到有趣的画面，事无巨细地讲给莉兹听。

“你会拉小提琴吗，莉兹？”赫斯塔忽然问，“莉兹？”

莉兹如梦初醒：“我？哦，我不会。”

“小提琴难学吗？”

“难。”莉兹肯定地答道，“我妈妈会拉，小时候她教过我一段时间，但那实在太枯燥了，当时我太小，没有耐心……你想学小提琴？”

“嗯。”赫斯塔点点头，“那天从‘白轮船’出来的时候，我问千叶小姐，水银针有没有可能回到普通的生活中去，她说没有。”

赫斯塔看向莉兹：“你说，真的没有吗？”

莉兹笑了起来：“不知道。”

“笑什么？”

“你知道吗？简，我小时候，大家问我长大了以后想做什么，我每次都会答‘水银针’。”

赫斯塔屏住了呼吸。

“为什么？”

“因为那个时候，我觉得水银针是个完美的职业。”

赫斯塔揉了揉耳朵，用更加不解的声音重复道：“哪里完美？”

莉兹掰着手指，轻声开口。

“第一，水银针任期内的报酬非常丰厚，而且永远不会失业，你永远不用担心连着一两年的荒年就没饭吃，或是过了某个年龄就被解雇。我在阿斯基亚的时候见到过好几个上了年纪的水银针，他们已经不再直接参与对螯合物的作战了，但仍以各自的方式活跃在与螯合病有关的其他领域。

“即便说你时运不济，在二十五岁前就牺牲了，AHgAs 的抚恤金也足以让你的家人安度余生。

“第二，水银针们一生的目的都非常明确——消灭螯合物，让螯合病从这个世界上消失。这是一个……气势恢宏的理想。

“我在阿斯基亚见过很多英雄，也见过很多醉生梦死的浑蛋，比英雄和浑蛋更多的，是生活在荒原上的无名之辈。无名，并不意味着没有姓名，而是这些人的姓名不会流传下去，最多过上几代就被忘却了。

“阿斯基亚的东墓园有很多墓群，有些你能看出它们曾经的显赫，但如今衰草覆盖，风蚀雨刻，连墓碑上的字和年月都看不清了。

“历史明明是由无数无名之辈共同缔造的，我们生存的这个世界也正是由这些人组成坚固的基石，但这些无名之辈，往往也是在动乱中最早被抛掷、在动乱平定后最快被遗忘的人。每当我想到自己也会步这样的后尘，就会有一种强烈的、想要抓住什么的冲动……你有过这种感觉吗，简？”

赫斯塔摇了摇头。

“总之，在当时的我看来，水银针唯一的缺点就是不公开招募，谁也不知道水银针们究竟是如何被选拔出来的。”

莉兹笑了笑：“这些念头，我和我祖母简单说起过，当时她为我非要当一个水银针的念头感到惊异，等听完我的理由，她哈哈大笑，然后和我说了一句话。”

“什么？”赫斯塔问。

“她说，在维柳钦斯基荒原的最南端，有一座戍卫战争纪念碑，上面有一句碑文，在十四区好像非常有名。”

莉兹顿了顿道，轻声道：“‘最高尚的人，接受最残酷的试炼；最纯粹的理想，总以最沉重的代价实现’。她老人家拿这句话问我‘莉莉娅，你做好准备了吗？’。”

赫斯塔听见莉兹的尾音中带着轻微的颤抖，什么也没有说，安静地抱住了莉兹。

莉兹的眼泪打湿了赫斯塔的肩膀，赫斯塔轻轻拍着她的背。

尽管此刻赫斯塔并不完全明白莉兹说的这些话究竟是什么意思，但她确实感受到一些磅礴又沉重的东西似乎正从黑暗的角落里呼啸而来，压向她的心口，压得她喘不过气。

“还有其他办法吗？去前线的办法。”赫斯塔小声问，“你的子弹时间时长足够，应该还有一些余地？”

莉兹摇了摇头：“不会有用的，这件事的问题不在别的，在我。”

赫斯塔望着莉兹，此刻她实在想说些什么，又实在不知该说什么。

莉兹擦去眼泪，又笑起来。

“要我说，那些伟大杰出的人物，不管在怎样的位置上都会发出她自身的光彩。”莉兹低声道，“不管是在作战部队还是在后方，我都不会让自己被埋没的……你说得没错，简，宜居地也很好，我先去乌连，如果以后你要过来，那我们又可以一起工作、一起生活了。”

“你什么时候走？”

“倒是不急，我还要在基地待一个多月，算是最后的假期。”莉兹回想着转职文件上的信息，“到时候我好像还要和其他人一起先去一趟核心城，在那边待上两周，最后才启程去乌连。”

“我会想你的，莉兹。”

“我也是。”

两个人紧紧握住了彼此的手。忽然，莉兹像是想起了什么，坐起身，看了一眼自己挂在墙上的手风琴。

“虽然我不会拉小提琴，简，但我要是教你手风琴呢，你学不学？”

赫斯塔愣了一下。

“一个月……学得会吗？”

“学不了多少，但简单入个门肯定够了。”莉兹侧着头，“等我走了，我把琴留给你，你可以自己练习，我这儿还留着很多新手练习曲，你可以对着书自己练。”

“好啊！”

当晚，当赫斯塔回到自己的房间，发现自己的邮箱里多了一封回信——几天前她按照瓦伦蒂小姐的建议，给千叶写了一封问候邮件。

那封邮件写得不算长，信中，赫斯塔将自己新的训练计划讲给了千叶听。基于之前的表现，基地决定临时调整她的第一年课程，比如“基本射击见习”被直接提为了“普通射击训练”，她现在直接和二年生、三年生们在一起受训，成绩毫不逊色于人。

在体能方面，四个月下来，她的体重已经由最初的 24kg 迅速上升到 30kg，身高也由 1.31 米长到了 1.34 米。虽然她自觉身高的长势并不喜人，但据阿诺德教官说，这不用着急，因为当她再长大一些，进入了青春期，她的个头就会立刻蹿起来。

为此，赫斯塔去网上找了数据，据说青春期的前 2~3 年，青少年每年能长上 8~12 厘米的个头，这让她稍微感到一些安慰。因为按照标准身高，十一岁的女童标准身高在 1.45 米——她现在比这个标准整整矮了十一厘米。

不过，这段时间也还是有一些好消息，比如阿诺德教官已经开始帮她进行新项目申请，顺利的话两周后会有一场体能考核。通过考核以后，她可以参加一个为期二十四周的加强特训，虽然到时候具体时间还要看基地安排，但在这二十四周结束以后，她就可以和室友图兰、黎各她们一起行动。

赫斯塔有些紧张地打开了千叶的回复邮件。她不知道千叶会回复什么，会给出夸奖吗？还是会觉得这些东西都无关紧要？毕竟这些东西在千叶小姐眼中，大概是些微不足道的事。

当邮件打开，赫斯塔一时怔然。

千叶的邮件开头是五张连着的照片，全是草原上的人与风景。

第一张照片里，日光炽热耀眼，极远的地方能看见连绵起伏的群峦，一条曲折的雪线将山体分成雪白与藏青色两部分。而从遥远雪山到脚下，莽莽的草场像一道天堑，牧草向两端无限延伸，不知尽头。

第二张，牧羊人怀里抱着杆子鞭和一只刚出生不久的羊羔，烈日将他裸露在外的皮肤灼成了油亮的古铜色，在手背与手掌交接的地方，甚至能看见黑色与粉白色的分界。

第三张照片让赫斯塔短暂失神——因为在照片的角落，她看见了和自己一样的红发女人。她们头上戴着宝石，身上穿着花纹繁复的衣裳。入镜的红发女人骄傲地提着裙摆，挺着胸膛，正在与身旁的女伴共舞。

等看到第五张照片时，赫斯塔立刻瞪大了眼睛。

这是一张七人合影，照片上，千叶和六个年纪各异的赫斯塔女人对着镜头方向大笑——最老的那位看起来已经非常年迈，她的头发已是一片银白，眼珠有些发灰，可能是严重的白内障所致，但头饰和裙子仍是赫斯塔族的传统服饰。

余下的女人除了千叶全都是红发蓝眸，她们向着千叶的镜头热情地打招呼，像是在隔着屏幕向赫斯塔问好。

赫斯塔继续下拉页面，在这张照片下面，千叶写下了一行简短的文字：

这是我上个月在十四区中部交质山一带拍的照片，有机会带你去看看。

邮件的末尾，依然是千叶的手写体签名和一个露齿笑的戏谑表情，和上次千叶的手写卡片如出一辙。

赫斯塔反复将邮件上下拖动了好几遍，整封邮件里千叶留下的话确实只有这一句。

对她上一封邮件里提到的那些生活日常，千叶没有给出任何回应，哪怕只是一句“知道了”“好的”。

赫斯塔坐在原地发了一会儿呆，脸稍稍涨红了一些。

可能那些基地内琐碎的生活细节，对千叶小姐来说真的太无聊了吧。

赫斯塔在桌上趴了一会儿，又很快抬头，反复看自己之前的邮件——

下次是不是不该写这么长？应该写得再短一点。

不，也许这些事情都太小了，写得再短也只是一些可有可无的东西，自己就不该写；但之前千叶小姐说过，邮件、电话只能用来沟通一些不重要的事，重要的事，永远当面说。

这又该怎么办呢？

就在这时，页面忽然刷新了——原来千叶又写了一封邮件来。

亲爱的简：

刚才忘了讲了，训练的事我都知道，你不要为了跟上进度就给自己胡乱加练。在你现在的阶段，力量训练太多了才容易长不高。十四区有句老话，“一味求快，反而难以达到目的”，一切听阿诺德给你的建议。

二十四周特训会非常辛苦，虽然基地这边肯定会帮你记录每天的数据，但我建议你自己也准备一个记录本，把当天遇到的问题、感悟都记下来，不用长篇大论，一天写一两句话就可以。你试试看能不能养成这个习惯。

对了，你收到瓦伦蒂的礼物了吗？喜欢吗？

千叶真崎

这一头，千叶坐在游轮餐厅靠窗的位置，皱眉紧盯着屏幕。

自从发出了第二封邮件以后她就一直在抖腿，鞋跟反复敲击着木质地板，发出一串让人焦虑的连击。

周围的几桌人不时往她这里投来抱怨的目光，但她浑然未觉。

船再往外开一会儿就该彻底没信号了，但连着两封邮件出去，她一直没等到赫斯塔的回复。

不过邮件本来就不是即时通信。

说不定简这会儿已经睡了呢？

很快，信号开始变得不稳定。

正当千叶打算关上电脑埋头吃饭的时候，旁边的收件箱提示数忽然从“21”跳到了“22”。

她刷新页面，双眉微扬。

简回信了，不过她的回复也很短。

千叶小姐：

您好。

金币已经收到了，我非常喜欢，它是意义非凡的礼物，谢谢您。

我会认真听取您的建议，请您放心。

简·赫斯塔

千叶望着屏幕，两手交叠在脑后，整个人稍稍往后靠了靠，目光顺势望向窗外大海。

是的嘛，这会儿已经是晚上的自由时间了，简现在又没有外出任务，肯定在公寓里，加上她们寝室所有人都睡得晚，她应该能看到。

不过真奇怪，她怎么没问一句和交质山有关的事呢？千叶还以为简看了照片会非常惊喜，很快来问交质山的详情。

“快十点了，千叶小姐。”对面的埃卢低声道，“这里十点打烊。”

千叶回过神来，收起电脑，开始吃饭。

夜幕下的大海风平浪静，半圆的月亮在黑色的海面上映射出破碎的光，巨大的游轮在辽阔无边的水面航行，并留下一条堆满了白色泡沫的轨迹。

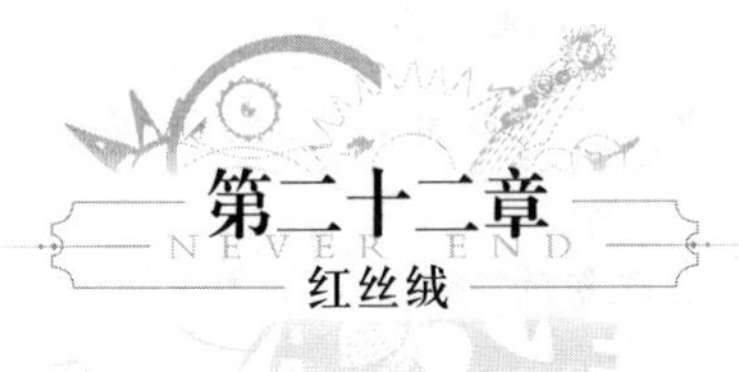

第二十二章 红丝绒

接下来的一个月对赫斯塔来说就像打仗，若干件事情堆在一起，让她几乎没有任何闲暇。

尽管她日常的训练已经非常辛苦，但莉兹的手风琴课雷打不动。从认琴、识谱、持琴姿势到指法，这些枯燥的入门知识莉兹教得非常扎实，这常常让赫斯塔想起千叶纠正自己射击习惯的经历——学琴和学射击之间，好像根本没什么区别。

日子过得飞快，在莉兹离开前的最后一周，黎各来了初潮，即第一次月经。

最开始发现这一点的人是赫斯塔，当黎各从她身边经过时，她在黎各的裤子上看到了血迹。

随后，赫斯塔的惊呼引来了莉兹和图兰，两人一起安慰了同样受到惊吓的黎各，并很快教她如何使用卫生棉条，在这过程中赫斯塔也一直紧张地旁听。

莉兹和图兰匀出了一些基地开给她们的布洛芬，不过黎各没有什么经期反应，除了一点隐隐的坠胀感，她并不觉得疼。

当晚，几个女孩聚在一起为黎各庆祝，图兰做了卡特拉的烘焙特产“猩红雪莉”——一块足够四人食的红色树莓派。

莉兹则送了黎各一条红丝绒毛毯，赫斯塔也有一份。用莉兹的话说，“这算是提前备上了”。

除此之外，她们还从食堂拿了一些石榴汁和现打的红李果浆，蜜烤甜菜根和小番茄。黎各本来还想去后厨偷一瓶红酒，被莉兹义正词严地拒绝了。

这一切的准备都源自阿斯基亚的习俗，每当一个女孩的初潮降临，她的家人们会在家中为她准备许多红色食物，既为她即将踏入青春期的人生庆祝，也让其他女性长辈分享一些经验或趣事，好让孩子们明白这一切意味着什么。

“一个女人一生中大概要经过四百五十次月经，它以二十八天为一个周期，会从少年时期陪伴我们，直到中年。”

在403的客厅，几个女孩围坐在一起，莉兹在纸上简单画出了女性生殖系统的示意图，倒梨状的子宫、悬在子宫两侧的卵巢和输卵管。

“当我们出生时，我们的卵巢里就已经有了成千上万的卵泡，它们就像一个一个的小袋子，每一个袋子里都装着一个卵母细胞，也就是卵子的原形。

“虽然它们数量众多，但每个月也只有一个卵子——发育得最成熟的那一个——能冲出卵泡，穿越子房壁，走向输卵管。

“与此同时，卵泡开始释放黄体酮，这种激素会刺激子宫内膜，产生血液和各种营养物质，为孕育一个新生命做准备。

“如果我们没有怀孕，那么几天后我们体内的黄体酮和雌激素都会骤降，与此同时子宫会停止补充养分，子宫内膜也开始退化、脱落。当它离开我们的身体，就变成了月经。

“而如果我们怀了孕，即有精子在输卵管和卵子相遇，结合形成了一个受精卵，那么，这颗受精卵将优哉游哉地落向子宫，开始着床。

“我们的子宫会像一块温暖的红丝绒，接住它，照顾它，直到它变成一个成熟的婴儿——我们每一个人，都是这样降生的。”

赫斯塔和黎各都发出一声轻微的“哦”，不约而同地裹紧了身上的丝绒毯。

这一连串的变化令赫斯塔感到神奇——原来人们体内的激素会这样精密地控制着身体内部的运作。一个以二十八天为周期的时钟，会在接下来的三四十年的时间里孜孜不倦地运转，而此前，她对这一切毫不知晓。

“过两天支援中心那边的老师也会专门来给黎各讲这些的，她会比我讲得更深入，不过大体上就是这样。”莉兹举起了杯中鲜红的石榴汁，“让我们一起祝贺黎各——”

四人的杯盏碰在了一起。

黎各两只脚踩在椅子上，以一个蹲坐的姿势喝了一口红李果浆。

她披散着头发，一直挂在脖子上的耳机把她垂落的中长发朝上弯折，她不时伸手将头发重新捋直，再抛甩向脑后。

等黎各放下了杯子，她望着莉兹：“所以，我是不是可以理解成……来了月经，我就可以怀孕了？”

“是的。”

黎各立刻嘴角下沉，表情夸张地做了一个鬼脸：“呵，那听起来可不像什么值得庆祝的事。”

一向和黎各交集不深的图兰，在听到这句话时突然举起了杯子，主动朝黎各那边碰了一下。

“我同意，但我们还是要庆祝——因为你的童年从这一刻起也结束了，黎各。”

两个人再次欢乐地碰杯。

一旁赫斯塔撑着脸：“为什么不值得庆祝？你有了一项新的能力。”

黎各“哈哈”笑起来，当她的胸口随呼吸起伏的时候，那只从肩膀向心口延伸的渡鸦刺青也在随之颤动。

“你以前在孕妇身边待过吗？就那种，挺着个大肚子，肚皮发青，一天到晚只会哭的女人。”

赫斯塔摇了摇头——短鸣巷里少有孕妇，却经常有流产后需要静养的女人，她帮着母亲一起照顾过她们。

黎各朝赫斯塔那边挪了挪：“你过来点，我来告诉你怀孕意味着什么。”

她望着赫斯塔的眼睛非常有神，这表情永远怀着一种下一刻就要去干什么坏事的生动。她对着赫斯塔勾勾手指，等到赫斯塔靠近，又用图兰和莉兹都能听见的声音小声开口。

“怀孕就意味着，将来你男人打你的时候，你没力气还手。”

赫斯塔这就明白了。

那确实，本来就有体力差距，再挺着个大肚子，肯定打不过。

“不是的！”一旁的莉兹企图解释，“一般来说——”

“不只是这样。”图兰截断了莉兹的话，“等孩子出生以后，你的噩梦刚刚开始——你得洗衣做饭，勤俭持家，每天大清早就起来忙活，夜里还要照顾孩子。出嫁的时候遇上丈夫打人，可能你的兄弟还会在你挨打了以后帮你出头，可等你生了孩子，你就完完全全是丈夫家的人了。兄弟不再是你自己的兄弟，而是你丈夫的兄弟。你要是胆敢在外面让你丈夫丢脸，你的兄弟会和你丈夫一起狠狠教训你。”

黎各茫然地眨了眨眼睛：“哦，这我不清楚，我没有兄弟……你说的这是谁，你姐姐吗？”

“对，我姐姐。”

“那我懂了。最聪明的女人总是不结婚，次聪明的女人则不生孩子，只有好女人才会想着擦亮眼睛，找个好男人过日子……你姐姐是个顶好的女人，是不是？”

图兰仰头望着天花板。

她们都靠在各自的椅子上，尽管今晚这里没有人喝酒，但每个人的脸上都浮现出一种与醉态相似的松弛。

“是的，好女人。”图兰仿佛在自言自语，“好女人太多了。”

今晚的这番对话让图兰非常意外。过去图兰一直不太喜欢黎各这个人，觉得她孤僻怪异，不仅对其他人主动给予的帮助从无感恩，还几次三番给莉兹添麻烦，而今她却在某些观点上与自己有着惊人的一致。

两人又谈起过去见过的种种教训，莉兹已经绕到了赫斯塔身后，伸手捂住了赫斯塔的耳朵。

赫斯塔仰头望着她：“莉兹？”

“太晚了，你去休息吧。”莉兹有些无奈，“今晚这里我来收拾。”

…………

十月的第二个星期一，莉兹与若干今年确认转职的同学一道离开基地，动身前往第三区核心城。

莉兹正式更换代号为“多娜”。

她换上水银针的正式礼服：一身黑色的翻领军装，内着白色礼服衬衣，系领带，两侧领子上用细金属丝绣着一柄穿透螯钳的长剑。

她左胸口的口袋上别着姓名牌，上面用漂亮的花体字印着“多娜中士”。

在这一身制服外头还有一件黑色毛呢斗篷，斗篷内侧是赤红色的。斗篷之下，一柄大碗护手佩剑别在腰间。这把剑没开过刃，仅作佩饰用。

行走时，莉兹戴上漂亮的大檐帽，她的左手隐在斗篷下按着剑柄，右手正常挥摆，脚下黑色高筒军靴踩出“嗒嗒”的清脆声响，身后斗篷翻飞飘扬，带出红与黑交错的色彩。

莉兹记得当她第一次在寝室里试穿这件衣服的时候，引起了其他三人一声又一声的惊呼。这身衣服实在太好看，连她自己都对上身效果感到惊异。

只可惜此刻403的其他人都在各自的训练场上，不能亲自来送别。不过，昨夜四人在客厅打了个地铺，进行了最后一次睡前谈天。

那是四个人的告别会，几个人算着，今年是莉兹，明年是图兰，后年是黎各，最后是简。这期间，也许会有新人入住403，重新住进莉兹或其他三人的房间，并一个个将她们替换，好像一艘“忒修斯之船”①。

上车前，莉兹最后一眼回望这片生活了将近三年的基地，心中忽感不舍。

这些年间，不知有多少位预备役水银针从这里走出，而她也是其中籍籍无名的一个。

而今，一条新的道路已经在眼前铺展，她虽然不知这条路会通向何方，但往昔的一切都在告诫她，不要彷徨。

不要彷徨，向前。

向前吧。

次年春。

日子过得飞快，转眼间，简的二十四周特训就只剩下最后半个月。

这一天是3月19日，从未有过缺勤记录的简·赫斯塔向基地告假，乘车前往圣安妮修道院，祭奠故人。

去年的今天，化身螯合物的艾尔玛院长袭击了她和格尔丁修女，而伯衡至今下落不明——这可能是一个相对委婉的说法。

在去年《不屈报》风波彻底尘埃落定前，谭伊市政府曾秘密销

① 此处隐喻一种有关身份更替的悖论。古罗马作家、哲学家普鲁塔克曾提出一个问题：如果忒修斯（传说中的雅典国王）船上的木头被逐渐替换，直到所有的木头都不是原来的木头，那这艘船还是原来的那艘船吗？

毁了所有与圣安妮修道院有关的资料，以期隐瞒下更多的信息。

其中也包括了伯衡的照片。

仅仅一年时间，这位老朋友的长相对赫斯塔而言已经变得有些模糊，她已经不能像从前一样，闭上眼睛就准确地回忆起他的样子，但偶尔见到来自十四区的男性脸孔，伯衡的音容笑貌仍会像一个幽灵，从她的脑海中突然浮起，穿过，而后湮灭。

在从基地前往修道院的路上，赫斯塔拿着手机查看邮箱邮件。除了少数来自重要收信人的信会进入收件箱，其他所有基地的通知邮件，她都分门别类做了自动归档。如今在查阅的时候，她只需要进入分类迅速扫一眼邮件标题，就能确定这封邮件有没有打开的必要。

这个方法和每日短记一样，都是千叶小姐传授的技巧。

等粗略看完了基地内近二十周的基地通知，赫斯塔切入自己的私人收信箱，忽然发出了一声惊叹。旁边的司机往她这儿看了一眼："怎么了？"

"没事。"赫斯塔平静地回答。

赫斯塔屏住了呼吸，在过去二十二周的时间里她几乎完全和外界断了联系，不管是手机还是电脑，她都完全没有碰过。高强度的特训——毒气耐受、近身格斗、快速移动射击，等等，几乎占据了她全部的时间和精力。

直到最近，其中一位教官才告诉她，鉴于整场特训的参与者只有她一个人，她的训练项目和其他人相比要少不少。像莉兹、图兰她们在经历二十四周特训的时候还需要分班，以团队为基本单位进行对抗活动。

尽管项目已经比从前要少，赫斯塔依旧感到精疲力竭，这样的生活节奏让她根本没有闲暇去伤感或怀念。

每天夜里，她甚至连做梦的力气都没有，闭上眼睛就立刻入睡，醒来以后又精神百倍地投入接下来的训练之中。

而就这五个多月的时间里，莉兹给她写了十七封邮件……

整整十七封。

看发送日期，她几乎每个礼拜都在写。

赫斯塔还来不及看详细内容，就立刻仰头靠了一会儿。

和莉兹她们分别，已经快半年了。

发件人：多娜（Donna）　　日期：19/10/4623

邮件标题：来自核心城的问候

收件人：简

亲爱的简：

你最近过得还好吗？我现在正坐在前往乌连的火车上给你写信。在核心城待了一周，现在才有了一点闲暇。

这将近一周的核心城之行安排得相当紧凑，我们这支不到二十人的队伍，先后经过了十几次的检阅。除了一些我们叫不出名字的联合政府官员接连出席，还有好几位 AHgAs 的高层也以虚拟投影的方式参与。他们似乎要拍一个什么纪录片，刚好我们这一届赶上了。

虽然这里繁文缛节一大堆，但我还是觉得不虚此行。简，你也一定要亲自来核心城一趟，我永远不会忘记自己透过轻轨的车窗，看见这个城市的第一眼——

一座座巨大的、灰蒙蒙的建筑拔地而起，你第一眼几乎看不见窗户，它们就像接连不断的墓碑，伫立在深秋的浓雾中。

地面的街道上看不见行人，也没有车流，像一座废弃的死城。我们在悬于空中的车厢里静坐，像一群不合时宜的来客，正在深入死神栖居的腹地。

我一直在往窗外看，在水泥森林中偶尔会出现一两座空旷的公园，它们让我想起以前在阿斯基亚的光景，可是那些青葱的草坪上没有人，红白相间的跑道上也空空荡荡，只有一些形状诡异的纪念碑伫立在公园中心。

它们大都是银色的，少部分是与周围建筑一样的灰暗色。它们充满了对称的美感，有的像鹿角，有的像羽翼——或者说像一双伸向天空的巨手。

可当轻轨从地面驶入地下，一切又恢复了我们所熟悉的世界的样子——就像我们的地下基地那样。这里的地下车站有着光洁的白色幕墙和一尘不染的地板。当我们依次将车票投入检票机以后，我们手边的幕墙上就出现了色彩鲜艳的道路指示信息。

这里到处都是履带，到处都是电梯，它们组成了一张巨网，将整个核心城的地下车站网罗其间。但它们又伪装得那样好，以至很多人在履带启动的瞬间都跳了起来。

从我们下车的车站到下榻之地，我估算了一下我实际迈步的数量，可能还不到两百步？同行的爱莲娜——就是之前和我们一块儿学歌的那个女孩，说这地方看起来简直不像是运人的，而像是运送机器的。

她这么一说，我倒真有几分这种感觉。站在传送履带上的时候，所有人都保持着一个姿势。大家沉默着，茫然地望着前方，任由脚下的履带将自己带到不同的车厢入口，像极了一个个制作考究、精美到足以乱真的仿生人。

在接下来的几天时间里，我一有空闲时间就往外跑，拍了很多照片。在随行者的介绍里，我才知道那些像墓碑一样耸立的高楼并没有被废弃，它们大都是办公楼或生产车间，而且也并非没有窗户——只不过和高楼的体量相比，那些细而窄的窗子就像是混凝土的一条纹理。

我本来想申请到建筑外的地面上看看，结果申请批下来了，时间却不够了，只能作罢。在核心城最内侧的一栋高楼里，我看到了母城的轮廓，本想拍下来也给你们看看，但那里不能摄影。

母城和我想象中的形象相去甚远，它的外表看起来就像一颗椭圆形的卵，或是一粒滴落在地面的水银。据说母城浮现后不久，这层看起来薄如蝉翼的外壳就自行张开，形成了一个半圆形的空腔，将母城覆盖。

母城内有专门的维修机器人针对这层外壳进行巡检，每当发现潜在坏点，它们就会自行向城内的车间报备、生产，而后进行更替。

直到去年，第三区才第一次成功复刻了一个维修机器人，它的外形像一只鳐鱼，只是没有尾刺。在检修的时候，它会将自己紧紧吸附在母城的外壳上，通过探测不同区域进光量的变化来进行诊断。

这层保护壳能极大减轻极端天气带来的负面影响，只可惜我们至今也未能完全理解它背后的技术原理。

在听到这些介绍的时候，我觉得很感慨，那一刻我忽然觉得这像是一道文明的隐喻——我们现有世界的一切都建立在这十六座母城上，它精确、复杂，蕴含着我们难以企及的力量，但它本身又是如此神秘脆弱，充满未知，危如累卵。

核心城里还有一些博物馆，同样因为时间关系，我没能把它们全走一趟，希望以后能有机会再来，如果能和你们一块儿，就更好啦。

今天就写到这里吧。

希望你一切顺利。

多娜

（见鬼，我刚刚又敲下了原来的名字……要习惯一个新名字真的好难！）

19/10/4623

…………

发件人：多娜（Donna）　　日期：25/10/4623

邮件标题：才知道你在训练呢！

收件人：简·赫斯塔

亲爱的简：

我前几天还在奇怪你怎么一直没有回信，今天和图兰闲聊的时候才知道你的二十四周特训已经开始了，祝贺你！

我前天刚刚入职，结果今天就遇上了警署和社保局同时罢工，除了少数必要人员仍在执勤，其他人都去游行了。要和我办理交接的那个老头子根本找不到人，我没想到来这儿的第一件事就是写投诉邮件……不过这样一来，我这几天刚好有时间静下心来阅读以前的卷宗，勉强不算坏事吧。

乌连这个地方临近南部内海，虽然没有从其他大区直接驶来的邮轮，但也是运输要地，尤其这里盛产葡萄酒，所以比谭伊要繁华，街上的老房子都五颜六色的，好像童话小镇。

前天我第一次见到我在乌连的同事们时，他们都很震惊，并对水银针如此明目张胆地使用我这种年纪的人表示谴责——我费了好大力气才和他们解释清楚我们的工作机制，包括我们理论上二十五岁就能退休这件事，大家的态度忽然又变得很羡慕。

我好像是第一个被派到这里来的水银针，这里的人不太关心与螯合病有关的事，他们的生活节奏很慢，每周只工作三十五个小时，每年有一个月左右的带薪休假。除此之外，部门里还有一个已经成摆设的调休制度——如果你当周工作满四十个小时，那么下一周的周五也纳入周末假期，可以多休一天。

他们管这叫大小周制度。

但是，这里根本就没有过休大周的人，因为没人能做到每周工作四十个小时。甚至于，即便有人希望主动工作满四十个小时，那也不可能办到——这里的很多工作都盘根错节，一个任务往往拆给两到三个部门同时协理，而每个部门的权责又都非常有限。

这种分工使得任何一个人都受着牵制，其他人不工作，你也就没法工作。刨除掉每天喝喝咖啡聊聊天的时间，我保守估计乌连的公职人员每周工作时间在二十八个小时到三十个小时。

我真是不理解。我想起在阿斯基亚，大家对待工作的态度都是勤勤恳恳的，因为工作不仅仅是一份糊口的手段，而且也应当是一个不断使自身更完整、努力寻找自身使命的过程。空领一份薪水，却在可以预见的未来浪费、作践自己的人生……这样真是令人恼火！

他们完全不知道自己当下享受到的物质生活有多丰厚、多难得，荒原的存在对他们中的某些人来说是“真实性有待检验”的“猎奇故事”，而螯合病则是政府为了“限制公民自由”而夸大其词编造的“阴谋”之一。

想想那么多人在荒原上流过的血……我觉得我永远不可能

和这些人成为朋友。

我已经想你们想到发疯了。

多娜

25/10/4623

…………

发件人：多娜（Donna）　　日期：22/01/4624

邮件标题：震惊！AHgAs内部极优水银针竟立志成为同样优秀的装修工人

收件人：简·赫斯塔

亲爱的简：

昨天我刚刚收到了来自总部对我上一季度的工作评估，结果是A++（虽然是非常难得的成绩，不过也在我意料之中啦）。

在上一封信里和你提到的老房子，我想来想去还是买下来了，手续真是办得我脱了两层皮。因为还没到特定年纪，我只能委托AHgAs的后勤以集体财产的名义将房产购入，并赠予到我名下，距离我真正拿到这间房子还有好些年的时间——二十岁！我真是殷切期盼它的到来！

这间老房子虽然有个漂亮的后花园，但它毕竟已经有近两百年的历史了，想搬进去，第一件事就是要重新翻修，这件事只能我一个人来做。你知道为什么吗？我和你讲件小事，你就明白了。

上个月，我办公室的阳台漏雨了，因为平时我喜欢在阳台上办公，所以立刻联系秘书来修，结果秘书看了以后表示，这不算"紧急情况"下的损坏，所以我只能先提交申请，然后排队等待上面派修理工下来。

我问这一般要等多久，秘书查看系统以后告诉我，七个月。

我说这不行，我不能等这么久，秘书被我磨得没办法，最后她想了一个招：我自己联系一个房屋修补公司的泥瓦匠过来先修着并垫付钱款，相关费用我可以走“办公损耗”报销，虽然钱还是得等年底才能报销，但这样我至少能立刻找人来解决阳台的漏雨问题。

你以为这就完了吗？不！

我预约了那位泥瓦匠三天以后的时间，约定时间是上午9:00，结果他9:25才晃晃悠悠地出现在我办公室门口。接着，他架着梯子上阳台顶看了看，告诉我今天没法修，因为一些这样那样的问题，这不是普通的渗漏，他没带够材料。

第二天，9:44了他才姗姗来迟，这次他大概是准备妥当了，调好了需要的东西就上房开始工作。我听着他唱歌唱了快一个小时，10:30他下来，告诉我完成了一半，但鉴于明天是周六，所以他下周一上午9:30会再来。

周一，他终于在9:30准时出现了，然而这次他上房半个小时不到，天就开始下雨，他收拾起东西就准备离开，说今天天气不好，明天继续——我拒绝了他这个提议，付了他一半的工钱让他赶紧走人。

然后，趁着下班前的最后半个小时，我自己去附近的五金店里找老板买了一块防雨毡和半桶沥青。我上了房顶，找到了漏雨的地方，不到一刻钟就把问题搞定了。

我以前一直觉得“专业的事交给专业的人来做”是真理，但是，谁来判断一个人是否真的“专业”呢？这次老房的装修，我已经从图书馆借了好几本相关的工具书，这一次无论如何我都要先上手试试，等撞上实在迈不过去的坎再说。

你还记得之前有一次，你、我还有图兰三个人一起在我的房间里谈天的事吗？那时我们聊到荒原上的检疫措施，我曾经说，两次螯合物潮，算是给宜居地和其他荒原的人都敲了警钟，现在我必须收回这句话，完完全全地收回。

这半年来我一直强忍着一些焦躁和怒火，在乌连，大部分防疫措施形同虚设，人们像应付一桩苦差事一样应付这些事情。如果今时今日这里暴发螯合病，我敢断言它只会陷落得比荒原更快，也更加彻底。

这话我不该说，因为我的任务就是避免这一切发生，但我还是觉得我们陷入了一种悖论——在最开始，我们设置了几百道与螯合物相关的有效防线，即便有个别防线在极端情况下失灵，剩下的那些依旧能将危险抵御在外。

正因如此，宜居地才能固若金汤，成为一处世外伊甸。然而，这里的人被保护得越好，他们就越意识不到外部的危险，意识不到一些微小的变化与这里的每一个人都息息相关，继而越是松懈。

当防线从内部溃烂，根本不需要多么大的外力，它就会自行崩塌。

唉，不说这些了，我在宜居地内的生活真是步履维艰……但往好处想，至少等到你正式离开基地的那一天，我在这儿就能有一栋收拾得漂漂亮亮的阿斯基亚风情院落来请你喝下午茶了。

期待那一天的到来，希望你一切顺利。

你正在向泥瓦匠进化的朋友 多娜

22/01/4624

…………

赫斯塔一封一封地往后看，莉兹的每封邮件都写了一些她生活中的小事，像是为年龄差距过大找不到和同事的共同话题而烦恼，偶尔以水银针的身份参与当地警方针对犯罪分子的围剿并成功营救了人质，更有那么几个令人恼火的时刻，她不得不翻遍 AHgAs 与联合政府合作纲领的文件细则，铆足一口气，与乌连一整个冗余的行政系统相对抗……

诸如此类的故事，生动又鲜活。

这快半年的时间，莉兹始终在努力熟悉乌连的政府架构与安防架构，并且在最近才终于有些开窍之感。目前她已经在邻省另一位水银针的帮助下，开始重启省内荒废了好几年的螯合菌监防计划。

看完最后一封信，赫斯塔将手机贴近心口。

看得出来，莉兹的这半年过得很艰辛，也很精彩。

接送赫斯塔的汽车停在了离圣安妮修道院不远的空地上。

原本坐落着主教堂的地方，如今已经修了一座四米高的圣修女悼念碑，在略有些阴沉的天幕下，它呈现出礁石一样润泽的灰黑色。

在石像下面，有金色数字蚀刻在同样灰黑的石面上：19-03-4623。

赫斯塔在圣修女的石碑下停下了脚步，目光从日期开始慢慢上移，直到落在石像低垂的眼眸上。

仅仅过去了一年，除了不远处几处断井颓垣中仍残留着当年大火的痕迹，这里的一切都被春日里郁郁葱葱的草木所覆盖。

赫斯塔拨开草木向修道院的更深处走去，很快找到一块墓。

这是她去年在训练前专门来立的，不过石板下没有埋葬任何人，只有两把十字架和一把银钥匙。

这一天，她在碑前放了一束花，并花了两个多小时的时间除草、擦拭墓碑，而后在碑前站了很久。

“我回来了。”

赫斯塔低声说。

“再见。”

4624 年 10 月，图兰、迦尔文离开谭伊的预备役基地。

图兰成功申请到当年 AHgAs 的第一区、第三区联合培养计划的名额，前往位于第一区的阿伦特大学医学院就读。

迦尔文被编入预备作战部队，并于当年 12 月正式参与第三区西北部荒原的螯合物歼灭作战，战绩卓越。

4625 年 10 月，黎各离开基地，被编入预备作战部队。

次年 2 月，黎各与所在队伍在荒原巡视途中遭遇螯合物袭击。黎各在与主队失联的情况下，成功预判到附近荒原暴发螯合物潮的事实，及时向附近工作点发出了警报。她不仅将本队伤亡降至了最低，且为边境宜居地争取到了宝贵的作战准备时间，因此被授予第三区自由功绩勋章，成为获得这一勋章的人员中最年轻的一位。

4626 年 7 月，南部宜居地防线重整完毕，第三区联合政府对一些岗位上表现突出的成员进行了褒奖。其中，莉兹由少尉晋升为中尉，并获得在乌连招募民间志愿者的特殊权限。

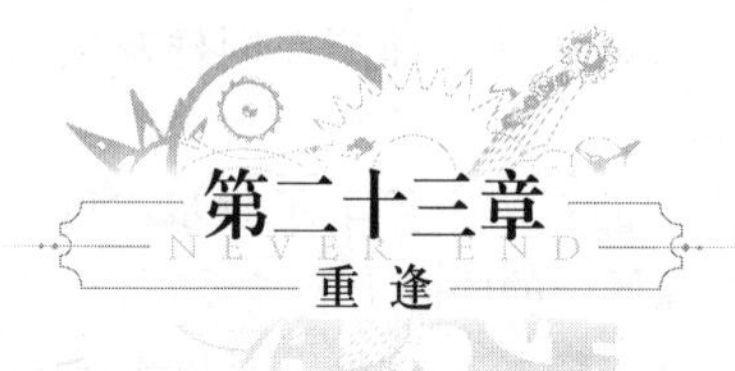

第二十三章
重逢

4627年春，一个细雨不停的清晨，莉兹提着一个小行李箱，快步从靠站的列车上跳了下来。

莉兹刚刚从邻省出差回来，今明两天是她的调休假期，但她行色匆匆，显然没有在休假的惬意。

这一切只因为图兰和黎各两人会在今天上午十一点乘车抵达乌连，她们将在这里待上三天——这是自4623年基地分别后，三人的第一次碰头。

唯一的遗憾是赫斯塔无法前来，她没有解释原因，剩下的三人都非常默契地不询问。

从4623年的秋天到现在，基地有两个人一直没有出现在毕业名单上，简·赫斯塔就是其中一个。

基地总是有基地的安排，如果简没有主动提及，那必然是因为她也不能说。

莉兹乘车回到办公室，这是她一向的习惯——在回城的第一天，即便是假期也要先回办公室一趟，以便快速处理一些重要但不紧急的积压任务。

早晨7:30，莉兹走进了办公室，她将两只用纸包着的牛角面包和一杯咖啡放在了桌上，并抬头看了一眼时间。

挺好的，接下来她可以在这儿一直坐到10:15，这两个小时足够她处理很多事情，再之后，就可以出门去接图兰和黎各了。

7:45，一个电话打进了莉兹的办公室，她有些意外，但还是很快接起。

“你好，哪位？”

“您好！多娜中尉！这里是保卫科！您有一位访客！”

莉兹颦蹙：“访客？谁？”

“是一位女士，希望能见您一面。”

“她的姓名？”

“呃……她说不方便告知。”

“那就让她预约我后天上午的时间，今天是我的假期，我不见访客。”说罢，莉兹挂了电话。

然而没过多久，电话铃又响了起来。

“你好？”

“您好中尉！她说，她今天务必要见到您，否则她就不走了。”

“不走了？”莉兹狐疑地眯起了眼睛，“她长什么样子？”

“黑头发，黑眼睛，呃，长发，戴眼镜，还有——”

“我知道了。她不走，就请您帮个忙，赶她出去。”

莉兹再次挂断了电话。

电话没有再响，不过很快，莉兹听见外面的走廊上传来两人的脚步声——显然，以这里其他职员的习惯，他们不可能在不到早上八点的时候就赶着来上班。

仔细辨认脚步，其中一人应该是楼下保卫科的守卫，那么另一位显然就是今天这位不速之客了。

这种情况在乌连并不少见，虽然这里理论上也是公务员们办公的地方，闲人不得入内，但实际上，官僚们内部并不将此地视为市政系统的一部分，故而很多规章制度即便执行得马马虎虎也没有人会追究。

只要来访者衣着光鲜、名头响亮，看起来像个有身份的人物，那么，这里的保卫科很少会阻拦。

一般这种情况交给秘书去周旋会比较合适——但秘书们这会儿根本没上班。

很快，外面响起敲门声。

莉兹并没有停下笔，头也不抬地道：“请进。”

门从外面被打开，然而，没有人说话，对方似乎也没有踏进办公室一步。

“多娜中士……不，中尉，好久不见了。”

这个声音让莉兹感到有些陌生，可陌生之中，又有那么一点说不清道不明的熟悉感，而且她说“好久不见”……

莉兹抬起头，尽管第一眼看到来人时，眼前人的装扮与她昔日印象中的故人完全不符，可她还是一眼认出了来人。

这人一身高领黑裙，手中提着一把花伞，身形挺拔。

她的眸子不知为什么从蓝色变成了黑色，发色也完全变了，但那双眼睛依旧像从前那样明亮，永远带着一点对周遭事与物的警惕。

四年不见，她的个子一下蹿了起来，记忆里那个瘦弱的小女孩远去了，此刻的她像一棵杨树，在春雨里舒展了枝条，每一片叶子都精神抖擞。

莉兹立刻站起了身，快步走向站在门口的女子，一声“简”几乎是被她牢牢咬在了嘴里，才没有喊出来。

“优莱卡，我是优莱卡。”赫斯塔向莉兹伸出了手，“真高兴再见到你，多娜中尉。”

莉兹笑着摇了摇头，握住赫斯塔的手，紧接着用力地抱住了她，赫斯塔也同样热烈地回应。

守卫看了看莉兹的反应——看来，这个清早来访的女人显然没有说谎，中尉确实认识她。于是守卫安心地松了口气，对莉兹道：“那么，您二位慢聊。”

很快，守卫离开，莉兹目送他离去的背影消失在楼道口，这才回过头来。赫斯塔已经坐在了莉兹的工位上——她一眼就看到了桌上装满了酒心巧克力的玻璃罐，这会儿正尝试着打开盖子。

莉兹关上门，回身便朝着赫斯塔的肩膀用力打了一拳。

“你既然今天能过来，为什么之前还骗我们说你没时间？”

赫斯塔手里刚剥开的巧克力差点跌在地上。

“我没说谎，我正要和你说呢，我今天只能在这儿待一个多小时，一会儿我就得去乌连北站，换乘列车到博尔桥，再从那儿前往第三区的南部边境。我想着，既然见不着图兰和黎各，那就不多这一句嘴了，免得叫她们难受。”

赫斯塔一边回答，一边把豆子大小的巧克力抛起来，然后一口一个接着吃。

这些巧克力正是从前瓦伦蒂小姐常备在身上的零食。不过，直到不久前赫斯塔第一次尝到真正的酒心巧克力，并被浓郁辛辣的酒味甜浆呛得说不出话，她才意识到瓦伦蒂小姐所谓的“酒心”只是一种哄小孩的修辞。

“还有任务？”

“嗯。”赫斯塔咀嚼着巧克力，“这里不方便聊天，我们去外面走走？”

“好啊。”莉兹声音轻快，“去哪儿都行。”

两人离开办公室，在朦朦胧胧的细雨里散着步，雨雾凝成细小的水珠，粘在她们的衣服上、头发上。

“你这副打扮是怎么回事？优莱卡又是什么，你的代号？”

“不是，我还没有代号，优莱卡就是一个临时的假名。”赫斯塔一一回答，“我已经有十几个这样的名字了，黎贝卡、杰西卡、莫妮卡……一个任务一个身份。”

说着，赫斯塔揪了揪自己的“头皮”：“这是假发，是不是看不出来？”

“已经……十几个任务了？”莉兹感到不可思议，“怎么会这么多？去年基地的毕业名单上明明没有你……你现在应该还是预备役啊，他们不能这么对你。”

“已经不是了。”赫斯塔摇头，“二十四周特训结束以后，基地方面觉得我的能力相对特殊，就直接让我转了职，只不过现在我对外还维持着预备役的身份，我也不能以书面方式告诉其他人。”

莉兹突然沉默了片刻，而后道：“那你现在都在做些什么，我能问吗？”

“能。我在来这儿之前向基地和千叶小姐同时确认了我们的谈话范畴，但你需要对我们的谈话保密。”

“我懂了，你继续讲。”莉兹轻声道，“特殊是指什么？”

“鉴于我现在还没有二次觉醒——”

“什么？”莉兹再次感到愕然，“之前你和图兰遇险的那次——”

“对，因为只有在面对螯合物的时候我才能暂时进入子弹时间的状态，基地觉得我非常适合用来引诱藏匿在荒原上的畸变者。”

畸变者，特指发病后经过多次变异的螯合物。

畸变者的出现概率极低，一般只在彻底失控的荒原螯合物潮中才会产生。

相较于普通螯合物而言，畸变者的能力增幅更强、寿命更长，产生合作行为的可能性更大；甚至曾有少量证据表明，在畸变者面前，普通螯合物可能会表现出一定的服从性。

在螯合物潮暴发后，邻近的宜居地如何在四散的螯合物中标记出畸变者并尽快将其歼灭，始终是一个令人头疼的问题。

一开始，人们识别畸变者的办法通常是逐级筛选，先以密集的燃烧弹对螯合物进行批量杀伤，并在隔离区设置燃烧带。在这种情况下仍能突破重围的螯合物一律视为畸变者，由水银针的精锐小组负责歼灭。

这种状况持续到 4601 年，有人发现畸变者似乎对部分预备役水银针的气味非常敏锐，尤其是对那些尚未二次觉醒的幼苗，畸变者有着近乎执拗的猎杀欲望。

至此，水银针们终于开始了一系列主动标记并诱杀畸变者的尝试。他们让特别善于奔跑的水银针携带模拟信息素向无人区狂奔，以期将畸变者引出，一旦标记出畸变者，水银针们就能以更高效、更安全的方式解决余下的螯合物威胁。

此种办法被称为“信息素诱捕标记法”，它的成功率只有 30%～45%——畸变者对相关信息素的感知非常敏锐，一旦它们意识到气味并非来自真实的初觉水银针，会立刻放弃追逐。

莉兹的脸色几乎随之变得苍白：所有针对螯合物潮的行动计划，不论是寻找水银针新人的打捞行动还是负责歼敌的猎杀行动，都必须由战斗经验五年以上的资深水银针来执行，可 AHgAs 竟会让赫斯塔一个新人参与“诱杀畸变者”这类危险系数极高的任务……

想都不用想，提出这个作战方案的人里必然有千叶真崎。

难怪这几年基地完全隐藏了赫斯塔的去向，难怪今天她出现时名字与身份都是假的……

这其中固然有一些传统的保密理由：比如所有非水银针都有成为螯合物乃至畸变者的可能，为了避免普通人在病变后知晓太多水银针的作战细节，水银针的大部分战斗详情都不会轻易向公众披露。

但是，标记畸变者这一任务极其危险，倘使被有心人得知AHgAs竟让赫斯塔这样的年轻人直接参与，那必然又能够酝酿出另一场舆论风波了。

“莉兹。”赫斯塔突然喊了她一声。

“嗯？”

“你这几年过得不开心吗？”

莉兹不解：“我很开心啊，谁告诉你我过得不开心？”

赫斯塔伸出手指，按向莉兹皱起的眉心。

“现在你面无表情的时候，眉头这里也是皱着的，以前不会。”

莉兹怔了一下——有这样的变化吗？她自己倒没有发现。不过，或许也只有像赫斯塔这样几年不见的朋友才能在相逢的第一刻敏锐地觉察出她的不同。

想到这儿，她轻笑一声，拨开了赫斯塔的手。

便是这短暂的一瞥，她看见赫斯塔右手手背上有一点微妙的色差，像是戴着露指手套暴晒后留下的印痕。

“你是刚从热带地区回来吗？”

“哦，不是。”赫斯塔顺着莉兹的目光看向自己的右手，“第二次参与诱杀任务的时候，右手的四根手指头不小心被一只螯合物削掉了，之后手术不够及时，只有食指接了回来，剩下的，基地给我装了义肢——就像图兰那样。”

当着莉兹的面，赫斯塔握拳、伸展，如此反复，动作灵巧。

“结果现在食指还不如剩下的几根手指灵活，偶尔还会关节痛，当时真不该接回来。”

莉兹什么也没有说，只是眉心又蹙起来。她握住赫斯塔的手，用拇指的指腹轻轻抚过断指与义体的接口。

“已经不疼了。”赫斯塔回答。

莉兹摇了摇头。细雨中，她直接坐在了道旁湿漉漉的长椅上，赫斯塔也坐到了她身旁。

这一幕让两人不约而同地想起从前在基地的一次长谈，那时她们也像今天这样坐在一处。

“瓦伦蒂小姐说她很担心你的状态，她已经很久没有你的消息了。”

“应该是我把 AHgAs 的心理咨询停了的关系吧，但我每年还是在据实填 AHgAs 的心理量表，评估结果都还行，除了睡眠有点不好其他都没事……你现在还在接受基地的每周心理咨询吗？”

赫斯塔摇了摇头：“没有那么多时间，现在基本是三周一次，我每次都不知道说什么，一般都是在说训练的事。”

莉兹笑了一声：“我停下咨询的原因也差不多，连睡觉的时间都不够还做什么咨询呢？不过我确实觉得我不再需要这些东西了。我知道我在做什么，也知道我要做什么，现在无端要我将许多事全都说出来给另一个人听，我觉得没必要，而且……”

莉兹沉默了一会儿，似乎在犹豫该不该说后半截话。

“而且什么？”

“如果我回答你，那我们今天的谈话，你能替我保密吗？”

赫斯塔望着莉兹，像从前一样郑重地点头：“我能。”

“有一些问题，我是在离开基地以后才意识到的。”莉兹斟酌着开口，“从前没有觉得有什么，反而是这几年，慢慢开始觉得不妥。”

“比如什么呢？”

“比如芯片。”

莉兹抬起了自己的右手手腕，她和赫斯塔的右手腕口都有一道相似的浅浅疤痕——那是刚进基地时为了植入芯片留下的。

“两年前，在我向总部做述职报告的时候，他们忽然问了我一个与工作无关的问题——‘4625 年 7 月里你曾有两周情绪波动非常大，你是否遭遇了什么工作之外的困扰？’。

“确实，那两周时间里，有一位曾经在阿斯基亚生活过十年的摄影家正在乌连艺术展览馆办个展，个展的名字叫‘不存在的荒原’。那两周，我几乎天天下班后都会去那里坐上两三个小时。”

莉兹顿了顿，目光看向自己的手腕。

“这枚芯片，不仅可以侦测我们是否进入了子弹时间，还可以在许多特定区域内准确识别我们所在的位置，甚至能记录我们每时每刻的情绪变化。

“我以前想当然地以为退休以后就可以取掉它，但后来我意识到所有指导手册上都没有提及取芯片的事。去年我给‘作战保障事务司’写过邮件询问这件事，得到的答复是，为我们的安全考虑，这枚芯片将永久植入，不考虑摘取。

“不仅如此，我还怀疑我们的所有通信——电话、邮件、手写信件可能也都会经过审查。它们的数字备份或影像记录都会被准确地留在某台 AHgAs 的服务器上——还记得吗？千叶也和你讲过的，重要的事情，永远‘当面说’。

“当然，你可以说这是组织对我们的一种保护，但它，显然也是一种……”

最后一个词，莉兹说得很轻。

“是一种什么？”

“不论它是什么，”莉兹望着前方，“你有没有觉得这样有哪里不对？”

赫斯塔没有回答——这个问题很难回答，因为她从来没有考虑过这方面的事。所有水银针的身体里都载有一枚芯片，包括千叶小姐。

在许多基地以外的地方，这枚手腕上的芯片如同一把随身携带的钥匙，能够以极快的速度完成各类身份验证，非常方便。

“算了，不说这些了。”莉兹迅速地结束了这个过于艰深的话题，“只是我的一个想法罢了……也可能，是我在乌连待得太久了。”

赫斯塔听着这番话，忽然感觉心里无由来地落下一道阴霾。

“简？”莉兹看着陷入深思的赫斯塔，轻轻唤了一声，“在想什么？”

赫斯塔沉默良久，才缓缓开口：“上周，我梦见了……艾尔玛院长。”

“圣安妮修道院的那位修女吗？”

赫斯塔点了点头。

上周四正是修道院事故的四年祭，今年因为在外地执勤，她无法在祭日当天赶回谭伊，结果当晚就梦见了老院长。

“我明白，你还是很想念她们。”莉兹轻声道。

赫斯塔应和地“嗯”了一声，但很快又摇了摇头：“莉兹，我不知道怎么说……”

赫斯塔望着莉兹的眼睛，目光里带着一点词不达意的焦灼和痛苦。

从老院长那里赫斯塔第一次领悟到，“助人”这件事能否发生有时并不取决于谁能伸出援手，而在于受难者是否愿意开口。

而今她之所以能在经过乌连的时候来见莉兹一面，很大程度上是瓦伦蒂小姐争取来的。莉兹这几年停下咨询的举动让瓦伦蒂非常不安，尤其是这几年里，莉兹在乌连处于一种近乎自我燃烧的工作状态。

瓦伦蒂曾给莉兹写过几封邮件，莉兹也回复了，但这些无关痛痒的问候根本于事无补。莉兹不主动开口，瓦伦蒂能做的事情非常有限，尤其她连莉兹的咨询师都不是。她只能写信给图兰她们，让这些从未与莉兹断过通信的好友多关注一下莉兹的状态。

“我能为你做些什么吗？”赫斯塔小声问。

“暂时没有什么需要你为我做的。”莉兹的神情依旧像从前一样温和，“我取消 AHgAs 的咨询还有一个原因是我不喜欢总是被刺探的感觉，这几年我也越来越不相信所谓的咨询师能够替我们保守秘密，而每个人都会有不愿让他人知晓的影子……我知道简你一定也有，是吗？”

赫斯塔沉默无言，半晌才点头：“对，我有。”

“那就是了。”莉兹莞尔，“所以，你一定明白。”

不一会儿，莉兹起身带着赫斯塔顺着街一路往前走，去到街角一家她经常光顾的咖啡馆，领着赫斯塔吃了早餐。

席间，莉兹坐在赫斯塔对面，优哉游哉地望着雨中疾行的行人。

“对了，肖恩怎么样了？我好像也一直没在毕业名单上看见他的名字，他也还在基地吗？有再找你麻烦吗？”

“他在，他好像也有自己的任务。我这几年没怎么和他见过面，他也没来找过我，不过……”

这一声“不过”又引起了莉兹的警惕：“不过什么？他背地里又搞小动作了？”

赫斯塔摇头，想起肖恩，她稍稍颦蹙：“我觉得他变得有点神经兮兮的，有一次我去基地的地下医院接种疫苗，刚好在转角的时候撞上了他，我刚说了一句‘是你啊’，他就跑了。”

“跑了？”

“对，当时他手里的病历单掉了一地，他捡都不捡，拔腿就跑，好像我是什么洪水猛兽，碰上了就要他命一样。”

莉兹很是欣慰："那就好。"

谈起肖恩，赫斯塔话匣子一下打开——

之前迦尔文还在基地的时候，她时不时会去找他练习敬语对话，地点一般在公寓楼下，两人围着公寓边走边说。

有好几次练到一半，赫斯塔就感到有幽幽的视线落在身上，后来发现那是一直在公寓楼的各扇窗户前游走的肖恩。当她和迦尔文觉察并抬头的时候，肖恩就倏然消失在窗后的阴影里。

当时她问迦尔文："肖恩这又是在干什么？"

迦尔文答："我也不知道。"

接着，迦尔文就冲着楼上连喊了几声"肖恩"，一切归于沉寂。自那以后，肖恩再也没有在赫斯塔与迦尔文两人独处的时候暗中窥视。

一提起这些往事，赫斯塔就表情费解："他这又是想干什么？"

"这种奇奇怪怪的事情，很多啦。"莉兹不以为意地摆摆手，"前段时间我们这儿的一家公立疗养院里转来了一个很特殊的病人，好像是从核心城那边过来的——他一听到类似脉冲电波的'嘀嘀'声，就会立刻倒在地上抽搐，不受控制地流泪，听说叫'脉冲音恐惧症'。"

听到"脉冲音恐惧症"，赫斯塔立刻反应过来："我好像有点印象。是那个十四区的语言学家，伯山甫吗？"

"对，就是他，他的真名应该是叫陈道平——虽然伯山甫这个笔名更出名。你从哪儿听到的这个名字？"

"报纸上。"赫斯塔回答，"我看前天《不屈报》的头版提到了伯山甫的古周语研究……他们把头版头条的位置给一个十四区的男性，这不太常见。"

最初引起赫斯塔注意的，也仅仅是"伯山甫"这个名字而已，这是这些年来，她第一次看到一个和伯衡相同姓氏的人。

"我听到消息说，十四区那边提出愿意用十几个间谍来交换这位学者，也不知道是不是真的。"莉兹轻声道，"我见过这人一面，圆眼睛，长头发，眼神很空洞，头发也乱糟糟的，虽然只有三十多岁，但你要说这人五十多岁我也信……听说他也是安娜·索科洛娃的学生。"

"安娜……"赫斯塔念着这个名字，隐隐觉得有些熟悉，"这是谁？”

“一个博物学家，好像以前还在基地里教过半年书。”莉兹靠近赫斯塔的耳边，“听说她教过瓦伦蒂和千叶。”

赫斯塔怔了怔。

呵，千叶小姐的老师。

正当赫斯塔想问更多，莉兹的电话忽然响了。她很快接起，神情立刻由轻松转为严肃，在简单询问了对方致电的原因后，她又一次皱紧了眉头，并承诺自己会很快赶到现场。

“怎么了？”赫斯塔问。

“我得去一趟警署。”莉兹说着已经站了起来，她低头在手机上飞速敲击着键盘，喃喃说道，“我还得和图兰她们说一声，今天说不定没法亲自去接她们，要是十点多我没有出现在火车站，就只能让她们自己去旅馆了……”

赫斯塔望着莉兹：“是什么事？要我和你一起去吗？”

“不用。”莉兹干脆地摇头，并看了一眼时间，“你不是只能待一个多小时吗？这都已经过去五十多分钟了，你接下来要忙什么赶紧去，别耽误了。警署那边找我一般是碰上了非常紧急的案子，我就过去搭把手，一般来说花不了多长时间——老板，结账！”

两人离开咖啡馆，路口分别前，赫斯塔看出莉兹已经进入了工作状态。

尽管赫斯塔心中仍有许多不舍，但此刻倾诉衷肠也实在有些不合时宜。

在两人最后相处的时刻，赫斯塔一语不发，只是紧握着莉兹温热的手，舍不得松开。

莉兹很快发现了赫斯塔大有一种拖着她不让走的架势，这情景叫她一下想起了从前在阿斯基亚的日子，那时两个妹妹总是在她早晨上学前藏她的书包、堵她的门，就是不愿让她出门。

莉兹笑了一声：“简？”

这笑声让赫斯塔如梦初醒，连忙松开了莉兹的手：“抱歉……”

赫斯塔话音未落，莉兹已经给了她一个极为用力的拥抱，并在她耳边笑着道：“如果将来我需要什么帮助，我一定让你知道。”

“嗯，好。”

“等你下次来，我带你去我家坐坐，我们好好聊一聊。”

"好。"

"再会，简。"

"再会。"

赫斯塔站在原地，目送莉兹快步离去。

莉兹头也不回地踏入风雨，像一只在雨雾中飞远的鸟。

死讯在黄昏传来。

若干枚 .45 口径柯尔特自动手枪弹从侧颈射入，击穿了莉兹的脖子和半个脑袋。

开枪者是近两年活跃在乌连一带的烟酒走私团伙成员。因为当地政府与商会一直牢牢控制着乌连几条主要经销渠道，使得走私者始终无法分一杯羹，这些走私犯绑架了乌连商会几个主要负责人的家眷，以此要挟对方在重要问题上让步。

这个案件的评级在短短数小时内，就从普通刑事纠纷迅速上升至最高级别。事关紧急，警署像从前一样，委托莉兹协助援救人质——在这种场合里，她就像一个超人，总是能够以常人难以企及的速度从敌人的枪口下救出性命遭胁的受害者。

然而所有人都没有想到，这一次她没能从犯罪分子的巢穴中全身而退，射杀莉兹的凶手在开枪后不久也因失血过多而死。

根据现场痕迹，乌连警方给出的初步判断是，莉兹在救援人质过程中没有觉察到斜侧方还有已经重伤垂死的敌人，对方在生命的最后一刻，用一把"第三区打字机"，即臭名昭著的卢瑟福冲锋枪，射穿了莉兹的身体。

4627 年 3 月 25 日 18:37，莉兹 · 弗莱彻失去生命体征，确认牺牲。

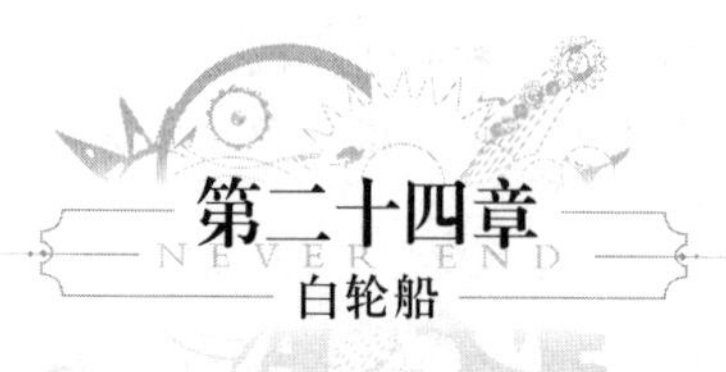

第二十四章

NEVER END

白轮船

一个月后，结束了第三区南部边境巡检任务的赫斯塔才得知莉兹的死讯，彼时黎各和图兰已经以个人名义发起了对乌连警署的上诉——对于乌连警方给出的结论，两人一个字都不相信。

且不说进入子弹时间以后，视听感知都大幅增强的水银针不可能连近旁有敌人都觉察不到，更别说这不是别人，是莉兹——她即便没有开启子弹时间，也不可能犯下这种近乎可笑的错误。

而这四年间，莉兹在乌连激起的锐意变革，不知戳破了多少人的舒服日子，比起意外，她们更愿意相信这是一场针对莉兹个人的蓄意谋杀，其间必然有不可告人的阴谋。

在和两人通过电话，并逐字逐句读完图兰与黎各发来的所有相关文件后，赫斯塔一个人坐在桌前发呆。她既没有像大多数人那样感到悲伤，也不像图兰和黎各那样，在经历肝胆欲裂的悲痛以后生出了巨大的愤怒。

她只觉得茫然，脑子有时轻有时重，好像身处一场不真实的梦境。

和莉兹分别的那个清晨还在她的脑海中回闪，她想起分别时的拥抱，想起莉兹爽朗的笑声，想起莉兹办公室外那条幽暗阴凉的走廊，和开门以后，与故友四目相对那一瞬彼此眼中涌起的欢欣。

事情已经过去了一个月，据说在莉兹葬礼当日，乌连省为她降了半旗，她的故事和阿斯基亚这个名字一起垄断了那一周各地的报纸。

而今，一切涟漪已经平息，整个世界已经走出了一个水银针在宜居地意外牺牲的悲剧，而赫斯塔这边的地震刚刚开始。

她申请独自回一趟乌连。

她已经错过了莉兹的葬礼，至少也应当去她墓前再看一眼。

基地准许了她的申请，并给她批了长达两周的假期。

她不必先回谭伊，可以直接从南境返回乌连，在那边休养。

赫斯塔又一次踏出乌连中心车站，眼前仍是一个雨天。

千叶撑着一把黑伞，在空荡荡的车站广场上等待着她。

两人乘车一道去了设在老城北部的 AHgA 公寓，才踏入大厅，赫斯塔就看见迦尔文提着行李，正在前台录入信息。

见到千叶，迦尔文停下了手里的动作，转身行礼。千叶朝他摆了摆手，示意他不必在意。

迦尔文的目光又落在千叶身后的赫斯塔上，但赫斯塔自始至终没有抬头，她的半张脸沉在褐色的帽檐下面，整个人看起来有些落魄。

“你怎么在这儿？有任务？”千叶随口问道。

“我这两天休假。”迦尔文回答，“刚好肖恩这两天临时来这边参加一个白帽子早餐会，所以我过来看看他。”

千叶看了看迦尔文的两个大箱子——确实，这看起来像两个人的行李。她四下扫了一眼，没看见肖恩。

估计他又是发现了赫斯塔，所以提前躲起来了。

“你们住哪间？”

“C507。”迦尔文展示了自己刚拿到的号码牌，“您和简呢？”

“C514。”千叶回答，“看来在同层。”

取过钥匙，千叶带着赫斯塔先行一步。迦尔文在与赫斯塔错身而过的瞬间，望向她，低声说了一句“节哀”，赫斯塔没有回答，只是向着迦尔文的方向稍稍点头。

次日清晨，雨稍停了些，千叶开车带着赫斯塔向北郊的乌连纪念公墓驶去。沿途，赫斯塔一直靠着车窗，望向道旁飞速后退的风景。

雨天湿冷的风吹得她有些睁不开眼，她披着那条莉兹送给她的红色丝绒毯，有些浑噩地回想着从前。

乌连的纪念公墓多安葬着有功勋的退伍老兵和其他殉职的公职人员，作为一种死后的殊荣，也有少部分荣誉市民被批准死后安葬于此。

细雨中的墓园寂静无人，一只纯白的猫步履从容地在青灰色的墓碑间穿行，不时停下来伸个懒腰，或舔一舔爪子。在赫斯塔与千叶靠近的时候，它安静地昂起头望着她们，并不闪躲。

在它绿宝石般的眼睛里，两个人类沉默地走向墓园中心。

新修的石碑表面光洁，上面印着莉兹的代号、军衔和生卒年月，墓前的白色大理石上堆满了巴掌大小的纪念石板——这是第三区的丧葬传统，生者会将一些对死者的赞美或肺腑之言雕刻在这些石板上，永久地留在死者的墓碑旁边，直到风沙将它们连墓地一起掩埋。

赫斯塔目光低垂，一块一块地阅读过去，不一会儿，她俯下身，蹲跪在一块花岗岩纹理的纪念石板前，只见上面写着：

她在年轻时死去
既无爱恋，也无忧虑
如金色的星辰陨落
如不谢的花朵升起

一时间，一段遥远的歌声像一道闪电，迅捷而有力地击穿了时间，带着赫斯塔回到四年前的一个夜晚。

那个夜晚，她们谈起黄金时代，谈起从那时流传下的歌谣，莉兹曾抱着她的手风琴，对着赫斯塔和图兰笑着道：“我祖母还教过我另一首歌，你们想听吗？”

比雨点大得多的眼泪“滴滴答答”地砸落在石板上，赫斯塔的两只手紧紧握住了这块在雨中被冻得冰凉的石板，她裸露在外的手很快在寒风中失去了知觉——地上的世界尚且这样寒冷，躺在地下的莉兹要靠什么御寒？

在这片无人的公墓，赫斯塔哭得不能自已，她跪倒在莉兹的墓前，额头紧紧贴着莉兹的碑。她用含混不清的声音低声唤着莉兹的名字，但坟墓中的故友已不能再应答。从今往后，她们中的一个将经年累月地在地下睡着，其他人只能永远怀抱对她的思念，直到死亡准许她们团聚的那一天。

回程的路上，赫斯塔始终闭着眼睛，整个眼眶和鼻子都因为连续的哭泣而变得通红。汽车在一处路口的红绿灯前停下，赫斯塔忽然看向近旁的千叶。

“莉兹牺牲的真相，您了解吗？”

“不是很确定，”千叶淡淡答道，“但我觉得，乌连警署给出的那份报告是可信的。”

“这不可能！”赫斯塔不可置信地皱紧了眉，她的声音因为激动而显得断续，“您明明知道莉兹，您了解她，她不可能——”

“是的，我了解，莉兹很优秀，一个垂死的罪犯不可能只凭一把枪杀死她。”

千叶稍稍侧目看向赫斯塔，她思忖着措辞，想来想去却始终找不到一个更委婉的说法。

绿灯开启，千叶望着前路，踩下油门。

“但事发时，她正处在制约时间的末尾。

“那天上午，她在十点左右赶到警署与办案人员会合，当时已探明的人质关押地点共有七处，都是隶属犯罪分子名下的房产。

“警方事前屏蔽了涉事建筑内的一切信号，以防止犯罪分子之间彼此通风报信，然后，警方开始逐个击破。

“前几处的围剿相对顺利，所以莉兹没有参与，从第四处开始，警方负责与走私犯谈判或者交火。莉兹就从另一处潜入宅邸或公寓，寻找被关押的人质，再将他们带离。

“这种配合以前也有过好几次，因为莉兹的作战速度很快，在人质数量较少的情况下，她可以在战斗最小化——甚至是不交战的情况下，把人质从犯罪分子的眼皮底下一个个偷运出来。当人质全部被解救，警方就会正式冲锋。

“那天的最后一处人质关押地——也就是莉兹牺牲的地方，是一处酒庄，它在野郊，主体建筑是一处结构非常复杂的城堡。莉兹在 17:41 的时候潜入城堡内部，在 17:45、17:49、17:52、17:53、17:54 共计营救出七名人质。当最后一名人质被营救出来之后，莉兹请求警方再给她一刻钟的时间，她必须再回去一趟。

“18:16，莉兹折返城堡，此后再无音信，直到当晚 19:44，警方在一个多小时的激烈交战后终于全面攻占了酒庄。同时，他们在离出口不远的地方找到了莉兹的尸体。在她附近还有两个孩子，一个九岁，一个十一岁。

“我们推测，这可能就是莉兹要折返现场的原因——她想救下这两个孩子。可惜，在她中弹以后两个孩子应该也尝试着自行逃跑，但没有成功，最后全都死在离莉兹不到二十米远的地方，死因都是枪杀。其中一个孩子的右臂还有骨折。”

赫斯塔的眉头紧紧皱着：“那两个孩子是什么来历？”

“是酒庄里某个管家的孩子，她们原本并不在营救名单之内。根据证词来看，事发当天的早晨，那些走私犯出于谨慎突然赶走了所有的酒庄用人，两个孩子此前一直生活在地窖附近，当天还发着烧，没有人带她们离开。

“我们带回了莉兹的尸体，检验后发现她在18:21的时候跌出了子弹时间。莉兹的间歇制约时间是十七分钟，18:37——也就是莉兹的遇难时间点，正处于她制约时间的末尾。

“莉兹是从13:22开始进入子弹时间的，她的子弹时间全长十二小时三十六分，这个余量覆盖接下来的作战绰绰有余，而且她的心率、血压在跌出子弹时间前后并没有太大变化，可见当时没有什么意外出现，那么剩下的解释就只有一种——她自己主动退出了子弹时间。”

在图兰和黎各的邮件中，这是最大的疑点。在那样的龙潭虎穴里，莉兹怎么可能主动退出子弹时间？

赫斯塔却几乎是立刻明白了原因。

她回想起多年以前，当陷入狂怒的自己想取走肖恩的性命时，莉兹及时赶到，并扑来抱住了自己。

那次的代价是赫斯塔肩骨骨折。

“我猜想，”千叶轻声道，“莉兹是害怕弄伤那两个孩子，所以主动中止了子弹时间，并在地窖里等待制约时间结束。她之所以做出这样的选择，至少有两个原因，首先，这条逃生路她已经跑了好几个来回，相对熟悉；再者，当时警方已经和犯罪分子在正门附近交战，敌人的主要火力都集中在东边，所以她冒了险……可惜，她赌错了。”

赫斯塔的手不可抑制地颤抖着，她再次掩面，陷入剧烈且无声的哭泣中。

两人驱车回到公寓。在临街的花园停车场，千叶把车停稳。她并不着急回屋，而是示意赫斯塔去拿放在汽车操作台上的一份文件——那是莉兹的档案，千叶曾经在地下基地的档案室里读到过它，如今她将它复印取出，放在了赫斯塔的面前。

而后，千叶下车抽起了烟。

当赫斯塔阅读完毕，千叶用打火机点燃了那几张记录着莉兹生平的文件纸，火舌在细雨中迅速将白纸黑字舔成灰烬。千叶随手将它们丢在潮湿的地面上，并用脚将残余的空白纸片踢进了下水道。

“你看到的这些东西，不要告诉任何人，包括图兰和黎各。”千叶轻声道，“我把这些东西拿给你看，是为了要你知道，这不仅仅是一场意外，这还是莉兹的选择，即便重来一遍，她还是会做同样的事。也许她是想颠覆一段命运，简，她只是失败了，但她未必是痛苦的。”

赫斯塔此刻意识有些麻木，千叶的话像是从远处飘来的，她没有力气去细想。

“您怎么知道？”赫斯塔喃喃地问。

千叶笑了一声，似乎带着些自嘲。对某些人来说，有些噩梦太过可怕，只要能平息它们，付出任何代价都让人甘之如饴。

在雨中，千叶拉起赫斯塔的手，带着她慢慢往公寓的入口走去。

“我就是知道。”

这一晚，赫斯塔彻夜不眠，但当她在没有开灯的房间凝视着眼前无限的黑暗时，却好像沉入了一个醒不来的梦中。

一个想象中的地窖横亘在记忆里，她的眼睛仿佛是莉兹的眼睛。

在梦中，她跌跌撞撞地走在通向地下酒庄的楼梯上，听见女孩们的哭声从幽暗的道路尽头传来。

这哭声时近时远，不仅来自乌连，也来自船夫街 12 号的公寓地窖。

不见天日的狭间，至亲之间的杀戮。

赫斯塔已经精疲力竭，她哭得太多，头和眼睛，以及浑身上下的每一个关节好像都在酸疼。

她想起莉兹的话，想起她在耳边说：“如果将来我需要什么帮助，我一定让你知道。”

你骗了我。

你根本什么也没有和我说。

这几年的时间里，在你最需要帮助的问题上，你闭口不言。

但恍惚中，她好像又听见莉兹的声音。

莉兹带着一些无奈，像往常一样微笑着。

“每个人都会有不愿让他人知晓的影子……我知道你一定也有，是吗？”

次日一早，赫斯塔躺在床上，听见有人在敲她的门。

她想起千叶小姐昨晚似乎说了今早有事得提前出去一趟，所以这会儿千叶小姐应该是出去了。

但除了千叶小姐，还有谁会在这时候来敲门呢？

赫斯塔直接从床上起身，她还穿着昨日去公墓的衣服——那些裤腿上溅起的泥点与皮鞋底的黄土，她根本无暇理会。

她没有问门外是谁，也没有先看猫眼，而是直接打开了门。

这道门这样毫无预兆地打开，显然也让门外的人吓了一跳——肖恩抱着一个文件袋，站在门口。

与四年前比起来，肖恩长高了一些，如今脸上已经没有了稚气，四年的时间把他从一个少年变成一个青年，只有那双时常露出讥诮神情的眼睛，依旧保留着他一贯的狡黠。

尽管此刻黑发的赫斯塔与从前噩梦中的形象相去甚远，但在照面的一瞬，肖恩仍然感觉浑身的汗毛都竖了起来。

“早上好。”

赫斯塔没有回应，她的眼睛半睁着，冷漠地望着肖恩的眼睛。

肖恩不由自主地往后退了一步，他的手攥紧了手里的文件夹。

“我有一些……一些……重要的东西，要……当面交给你。”

赫斯塔沉默地向他伸出一只手，示意他把想交的东西拿出来。

肖恩沉默了一会儿，嘴皮发颤地答道：“不，我不能这样直接给你，因为……因为我还有一些话要讲，很重要的话……这里……这里不方便。”

“你想进屋？”赫斯塔声音沙哑地问。

肖恩硬着头皮点了点头。

赫斯塔没有说话，只是沉默地消失在了门缝后面，她回到房间，在屋里的写字台前坐了下来。

望着眼前这扇虚掩的门，肖恩的心几乎要跳出胸口，他几次调整呼吸，最后咬紧牙关，推开了它。

从玄关到写字台，短短五六米的距离，肖恩走了很久。他将手里的文件夹放在了赫斯塔身前的桌子上。赫斯塔抬手要接，他整个人像触电一样跳了起来，往后连退了好几步。

对肖恩种种夸张的反应，赫斯塔并不理会，她望向文件夹。

“这是什么？”

“一些手稿……一些咨询记录，心理咨询。”

“谁的？”

“你一会儿看看……就知道了。”

赫斯塔抬眸：“为什么要拿给我看？”

“我……也是偶然发现的。”肖恩低声道，“你知道，这些年我一直在宜居地内做一些信息安全相关的工作，能接触到的东西也比以前多得多。这里面的东西……你一定非常关心，所以，我把它带给你。”

肖恩喉咙动了动，似乎是想开口说些什么，但最终还是颤声嘟囔着：“总之，你看了，就知道了……”

赫斯塔淡淡地扫了文件夹一眼，并没有翻开它。

肖恩见状，又道：“你不要误会，我没什么恶意。我只是刚刚开始了暴露冲击疗法。咨询师说，我应当来主动见见你，这对……这对我……对我克服一些症状，有很大的好处。”

肖恩竭力让自己保持镇定，但额上还是沁出了细汗。

“对了，这件事我也和卡尔商量过，他也觉得把它送来比较好。”

赫斯塔随手翻了几页文件夹里的内容，这里头大概有四五十页白纸，全是手稿的影印本，看排版确实是谈话记录。

屋里没有开灯，只有灰蒙蒙的光透过半透的白纱窗帘洒进房间。

对已经哭肿了眼睛的赫斯塔来说，这些小小的字如同聚在一起的蚊蝇，并不容易辨认。

在沉默中，肖恩极快地往赫斯塔那边看了几眼。

尽管直到现在他也不敢直视赫斯塔的眼睛，但他确实好奇她看见这份咨询记录的表情。

只是赫斯塔的脸沉在阴影中，肖恩看不出什么变化。

忽然，赫斯塔的手停住了："这里面的东西，除了你的咨询师和迦尔文，还有谁看过？"

"除了我，没有别人，包括咨询师和卡尔。"肖恩低声道，"我只是和我的咨询师说意外发现你这两天要在乌连休假，根本就没有和他讲过这本记录存在——他一直鼓励我来见你。至于卡尔，他知道这是咨询记录，也知道这些咨询记录和你有关，但不知道里面的具体内容。"

"你没有拿给他过？"

"给了，但他不看，他说他觉得他不该看，所以——"

"原件呢？"

"哦，原件……我……我不能告诉你，你想知道什么，自己去查就是了，再说下去给我带来的麻烦就太多了……等我离开这个房间，我也不会记得有这份手稿……"肖恩轻声道，"你需要它吗？如果不需要……我……我带走它。"

说着，肖恩缓步上前，作势要把文件夹摸走，赫斯塔几乎是一掌打在了文件夹面上，把文件夹死死按住了。

这突如其来的动作着实让肖恩吓得不轻，好在赫斯塔此刻仍坐在椅子上。如果她刚才突然起身，肖恩估计就要站不住了。

"留下它。"赫斯塔的声音极轻、极快，"我需要。"

这刹那的转变让肖恩表情微变——从赫斯塔气如游丝的回答里，他听出了痛苦的意味。

肖恩苍白的脸上迅速浮起些许快意，他想笑，但立刻忍住了，这张狡猾的脸仍然保持着谦逊和胆怯的样子："那，我还有几句话……想说。"

"你讲。"

"这份……手稿，如果你不想它们被其他人发现，就不要对它们做任何电子拷贝。如果非要复制不可，你可以在没人的地方誊抄，但不要在任何联网的设备里备份它。

"我用了一些手段搞来的这些东西——当然，是非法的。这中间没有经过任何基地有关的账号，所以，我可以说，不管是AHgAs还是联合政府，没有人知道我拿到了它们，也没有人知道我把它们送到了你这里……你懂我的意思吗？"

赫斯塔没有回答。

肖恩接着道："我刚才已经说过了，出了这个门，我就什么都不知道了……你不用担心我会走漏风声，我不会告诉任何人我们今天的会晤，我也希望你别因为它找我的麻烦，好吗？"

赫斯塔依旧没有任何反应。

肖恩等了一会儿，熟悉的耳鸣又随着血流一起往脑袋里冲。他喘息着，勉强让自己不要跌倒。

"要是……没别的事，我就先……走了？"他说着便慢慢朝身后的房门移动。

在肖恩的余光里，赫斯塔始终悄无声息地坐在椅子上，一语不发，直到他退至走廊，将房门再次虚掩上。

有一件事，他在今日与赫斯塔见面前就已经确定——在通读了这篇谈话记录之后，她会陷入巨大的痛苦中。

没能当面目睹赫斯塔因痛苦而扭曲的脸，让肖恩多少感到了一些遗憾。

他在去年冬天就已经看到了这份手稿，但他一直在考虑究竟要在何种场合，以何种际遇让赫斯塔发现它。直到莉兹的死讯传来，肖恩立刻意识到，没有比现在朝她捅刀子更合适的时机了。

从被赫斯塔踩在脚下的那一天起，他就一直盼望着这一天到来，他盼望着有朝一日能将从赫斯塔这里得到的屈辱、痛苦十倍百倍地还给她——把一个傲慢的赫斯塔打碎，这种愿望没有任何一个人能理解，连迦尔文也不能。

迦尔文永远不能理解他对赫斯塔的恨意。

而今，他做到了，并且这其中最令他得意的地方在于，他的这份复仇之心甚至不需要他自己精心筹划——这是赫斯塔原本的命运，他只不过是碰巧发现了它，再将它呈现到赫斯塔的面前。

怀揣着这份隐秘的喜悦，肖恩在门外等了好一会儿。

然而奇怪的是，他并没有听见预想中的哭声，他反复地看表，直到时针与分针指向 8:15——十五分钟后他要在这间酒店的会客厅参加今天的早餐会，他不能再耽误下去了。

肖恩皱着眉头，心怀不甘地跑回了自己的房间。

而那扇虚掩的门后，始终是一片无人般的死寂。

上午 8:46，千叶的手机接到警报——独自待在公寓的赫斯塔大概又出了状况，好在她这边的会议也基本到了尾声。她迅速收拾东西往回赶，紧接着就接到了公寓管理员的电话。

似乎是在下楼去自助餐厅的路上，赫斯塔整个人恍恍惚惚的，根本不看路，结果在下楼的时候一脚踩空，从楼梯上滚了下去，过了好几分钟才被经过的保洁员发现。现在保洁员已经喊了救护车，送她去附近医院了。

很快，千叶拿到了医院的地址，飞似的朝医院奔去。

五月初夏，正值汛期，穿城而过的乌连河汹涌奔流，乌云在聚集，雷电在咆哮，雨越下越大，一整座城市都笼罩在磅礴的雨雾中。

不知何处传来一阵缥缈的女声，在沉沉的天幕下对雨吟唱：

有没有比你更宽阔的河流，艾涅塞？
有没有比你更亲切的土地，艾涅塞？
有没有比你更深重的苦难，艾涅塞？
有没有比你更自由的意志，艾涅塞？

在惊雷与暴雨中，一只黑色的燕子艰难地飞过街巷，它灵巧地借着风势在空中翻飞起伏，在一幢幢童话小屋般的石头房子间穿梭向前。

它身后的石头房子渐次亮起了灯，从那些淡黄色的暖光里，许多孩子探出头、伸出手，他们趴在自家的阳台上，兴奋地去接清凉的雨丝。

远处，狂风卷积着乌云，在乌连河漆黑的河面掀起惨白的水浪。

没有比你更宽阔的河流，艾涅塞，
没有比你更亲切的土地，艾涅塞，
没有比你更深重的苦难，艾涅塞，
没有比你更自由的意志，艾涅塞。

（本卷完）

番外

NEVER END

瓦伦蒂的咨询日记

Part.01

前天，我找艾达小姐做了第三次咨询，她建议将我们的谈话以及这周发生的事情都写下来，所以我向基地申请了一本封面精美的皮革本（也就是我现在正在书写的这本），用以作今次以及往后每一次的记录。

今天的咨询也是从眼泪中开始，在哽咽中结束的。我又一次同艾达小姐聊起了父亲和他的养女——或者我应该说“我没有血缘关系的姐妹”——斯黛拉。我感觉心头的重压好像轻了一些，每当艾达小姐用理解而关切的目光望向我，我都觉得自己心里的某道伤口正在缓慢地愈合。

我和艾达小姐说，有时候我会希望爸爸能把他的时间多倾斜一些在我身上，虽然我知道这种想法很自私，但这就是我的愿望。然后艾达小姐打断了我的话，她说：“瓦伦蒂，还记得我们刚刚说了什么吗？”

我后知后觉地回答：“哦，不要自我审判。”

事实上，在过去的几次咨询里，艾达小姐始终在和我强调这一点，她说在这间咨询室，没有人会攻击我的自私，而且这个愿望算什么自私呢？一个孩子想要得到爸爸的在意，这不是再正常不过的事了吗？

我反复向她确认，您是这么想的吗？您真的是这么认为的吗？

我看见她郑重地对我点头，然后回答："是的。"

我也说不清为什么，艾达小姐的这个肯定对我非常重要，我几乎当时就流下了眼泪。我知道我不应该同斯黛拉计较父亲的时间，她以前生活在荒原，在被爸爸收养以前她一个人孤苦伶仃，不像我，有基地，有艾达小姐，还有好多老师和朋友，她只有我爸爸一个人。

我想同她接近，但有时候我觉得她似乎讨厌着我。艾达小姐说这或许是一种投射，或许是我正因为父亲对她的关注而讨厌着她，因此反而觉得是她讨厌我。我承认存在这样的可能性，但我觉得不是这样。

咨询结束的时候，艾达小姐问我和新室友相处得怎么样，她有没有什么奇怪的行为（在这里，奇怪的定义是让我感到不适或受到胁迫），我说没有，她总是很安静。艾达小姐又问我她平时会不会和我说话聊天，我也说没有。艾达小姐看起来放心了一些，然后对我说，如果将来新室友有什么地方让我感到了威胁，我不需要和她理论，直接向基地报告，基地会来处理。

说实在的，我觉得很奇怪，为什么所有人都认为我的新室友——千叶真崎，非常危险？

就比方说，千叶刚搬过来的时候，我的辅佐官就对这件事反应非常激烈——要知道我的辅佐官非常不靠谱，我一年都见不到她几次，然而这次她却态度强硬地要求将千叶迁出我的宿舍，让千叶搬进基地的单间。后面基地的事务官也来和我谈话，确认我没有在这件事里承受过多的压力——可为什么会有压力呢？千叶看起来是个非常内向和胆小的孩子，她从来不同我们说话，但会默默观察我们每一个人的作息和课程训练，然后挑选出那个可以避开所有人活动的时间在客厅活动。

我认为基地应当多花些精力在她身上，尤其是帮助她在语言上融入我们。我试图和她说过几次话，都因为语言不通无法深入，不过，从仅有的几次交谈里，我觉得她是很好的人。

说远了，还是回到主题。

今天咨询快结束的时候，我其实很想同艾达小姐讲讲库特拉兄弟团最近故意找我碴儿的事，这应该是近期最令我感到困扰的事情之一，但时间已经不够了，我打算下周再同艾达小姐谈谈这个话题。

咨询师实在是个美好的工作，希望我今后的工作也能像艾达小姐一样，可以源源不断地给别人带来支持和宽慰。

Part.02

今天，艾达小姐向我展示了一部分关于千叶的文件，我终于知道为什么所有人都觉得她很危险了——在从十四区转到第三区的过程中，千叶杀了两个负责解送她的成年水银针。

这件事真的吓了我一跳，千叶看起来明明和我差不多大（她好像比我还小一岁？），但她的手竟然已经沾过了人命。我想起爸爸曾经在饭桌上给过一些人关于婚姻的建议，他说绝对不要和那些从战场上退下来的人一起生活。我问为什么，他说，人和人之间最大的分野不是依财产、地位、人际关系或是在各事各物上的观点而定，而是要看是否直截了当地夺取过旁人的生命。

一旦手上沾过血，这个人就再也不可能回到日常生活中去了。

来到水银针基地后，这一点常常使我畏惧，因为我发现似乎只有我是在父亲的旅居生活中意外遭遇被控制的螯合物，从而意外被发掘为水银针的。这里的每一个人都有一段悲惨的过去……除了我。

艾达小姐给了我警告，她说不要对千叶掉以轻心，这个人恐怕并不能成为我的同伴，但实际上，在这一整个水银针基地里，谁又可以是我的同伴呢？

我很喜欢这段借助字典和翻译机来同千叶沟通的时光。我能看出她不是一个非常耐心的人，但她很聪明，所以总能很快理解我的意思。

库特拉兄弟团这礼拜还在骚扰我，他们的手段真的很幼稚，就是一天到晚起哄，趁我不注意把我的东西藏起来，拿着粉笔到处写我的名字（都被监控拍下来了他们还不承认）……艾达小姐说他们的咨询师最近会同他们谈谈这个问题，希望会有帮助（但我不抱期望）。

另外，这礼拜基地来了个十一区的年轻水银针（和千叶就是前后脚来的），看着好像比我大一两岁，据说也和千叶一样，今后会留在我们这里。这个人虽然是个男孩，但除了训练，日常生活里他常常穿一条花纹繁复的刺绣长裙。我和他接触得不多，昨天打过一个招呼，虽然只说了几句话，但我在他身上嗅到了和我一样的气息。这个家伙也绝不是被水银针从螯合物肆虐的荒原中救出来的，他身上也有一种来自文明地带的傲慢……和不安。我和他的区别在于，我偶尔会意识到这一点，可他好像从没有过这样的感觉。这个人叫阿维纳什，名字有点难记的。

Part.03

这个礼拜糟透了，艾达小姐出差，我们的咨询不得不延期到下周。我真难过，为什么偏偏是这个礼拜艾达小姐不在？

和阿维纳什的第二次见面，我收到了他的口头告白。玛蒂尔问我对此有什么想法，我不知道怎么形容……不客气地说，我很恶心。当然我不能这样直说，这样会伤及别人的自尊心。

阿维纳什这个人比库特拉兄弟团还要让我感到不适，尽管后者做过很多让我无语的事情，但库特拉的这几个人明显是想通过那些可笑的动作来试探我的反应。阿维纳什不一样，他做什么事根本不在乎别人什么反应，他只是想那么做而已，并且还天然笃定他的好感是一种理应倍受珍惜的奢侈品。哦，我真喜欢当我说“不行，我们没可能”时他那种不可置信的表情。玛蒂尔说昨天阿维纳什问她我生日是什么时候，他显然还想做些什么，这个人真讨厌！我现在一想到他就浑身上下起鸡皮疙瘩！

现在还有另一件讨厌的事，他不知道从哪里打听到我从一开始就不打算加入战斗序列，现在一见到我就喊我“我的小咨询师”“我的咨询师小姐”，我真想将粉笔擦狠狠摔到他的脸上。我本来想找基地的生活老师，让她们帮我处理这件事，但爸爸严厉地批评了我，说这样会无端影响别人——而且那个阿维纳什明明是好意，是我自己没用，连另一个男孩的好感也处理不好。

我真不明白，好意又怎么了？我从来没有要过这样的好意。玛蒂尔让我给艾达小姐写邮件或者打电话，让她紧急为我重新联系一位咨询师，我觉得这样不好，我打算先找一位无权对水银针行为进行处理的任课老师商量做法。我感觉博物课的安娜女士就很合适，她看起来风度翩翩，对每个人都那么温柔。我打算明天下课后去安娜的办公室找她聊聊。

千叶这个礼拜已经开始常规训练了，她真的很优秀。即便这个基地里有那么多人不信任她，对她抱有强烈的敌意，但她根本不在乎。我听说她的监护人是一位德高望重的退役水银针，不过我从来没有在基地碰到过这个人。前几天她们在基地医院外的小路上拍了一张合影，不知道为什么，照片上的千叶没有穿戴任何仿生设备，看起来有一种非常单薄、非常残酷的感觉。

我知道很多水银针都会面临四肢的残缺，但这多是在被正式编入战斗序列之后，千叶还这么年轻……不知道她在十四区的时候遭遇了什么。

Part.04。

安娜女士说她无能为力，但祝我好运，唉。

Part.05。

艾达小姐终于回来了。

今天真是个美好的日子，我收到了爸爸的明信片，他正在第四区荒原随军建设医疗点。今天我也在艾达小姐的咨询室里度过了非常舒心的一个小时，我觉得我又有勇气继续面对生活了。

基地下调了库特拉三兄弟的信用评级，好像是从 A- 直接调到了 B，同时对他们开出了警告，如果他们胆敢再来找我的麻烦，他们的信用评级会从 B 直接掉到 D。他们仨托玛蒂尔给我送了一封道歉信，三个人都按了手印，我也原谅了他们。我想这件事应该告一段落了。

Part.06。

天哪，千叶的子弹时间竟然有七十六个小时！最近大家都在讨论这个事，太了不起了！

Part.07。

今天真的很糟糕……阿维纳什突然把我拉去操场骂了一顿。他知道了我向艾达小姐谈起他对我表白心迹的事，而他的咨询师为此跟他临时约了一次深谈。他质问我为什么要用这样的方式戏弄他，还问我良心会不会痛。我当时完全被他一连串的话给问愣住了，竟然就那样任由他对我吼叫，没有还击。

阿维纳什离开以后我慢慢回过神来，在操场上一圈一圈地走。我真难过，基地里所有人都在奋力向前，努力生活，只有我一个人在不断地原地踏步，被各种各样无关紧要的事情拖着脚。

Part.08

昨晚发生了一件大事，因为太晚了没有记录，我今早来补。

我有猫了。

我是在昨天夜里捡到它的，夜里下大雨，我听见窗外好像有猫叫。这很不寻常，因为谭伊市是没有流浪猫的，这只“小可怜”不知道是从哪儿跑进来的，我带它回了宿舍，给它洗了澡，还用吹风机给它吹干——作为一只猫，它竟然完全不怕吹风机！

夜里我去冰箱给猫猫找东西吃的时候碰上了千叶，她看了我一眼，问我“猫还好吗”，我还试图否认，说“没有猫”“哪有猫”，猫猫的叫声就从房间里传了出来，虽然很微弱，但真的能听见……我只好请求千叶不要告密，因为宿舍里禁止饲养宠物，但我感觉千叶没有听懂。

然后，千叶和我一起到我的房间里看猫。我说了几个给猫猫准备的名字，问她觉得哪个好，千叶的反应特别诧异，一度让我以为我是不是说了什么怪话。我俩对了好久我才确定她在为什么感到惊讶——她不理解为什么要给一只猫起名字。

我也很惊讶，我不明白这有什么不能理解的，事实上我的自行车、我的背包，还有我最喜欢的钢笔，我都给它们起了名字。更何况猫猫是活的，如果你不给它起名字，那你今后怎么叫它呢？

最后我没能问到千叶的意见，直接给它起名“梅诗金”。我很喜欢这个名字，这是我喜欢的一个小说人物。我的梅诗金是一只白猫，只有额头有一小撮灰毛，它真的非常可爱。

Part.09

今天找艾达小姐做咨询又让我哭了很久，我也不知道我哪里来的那么多眼泪。我才知道，原来这次爸爸去第四区，斯黛拉也一路随行了，现在他们刚刚返回第三区，正在南边一起度假。我真难过，我真的太难过了。

爸爸说他过段时间会来看我，他很享受这段旅程，希望我也享受在基地的生活。我不知道怎么回。我感觉最近我的记性好像变差了，总是丢三落四，很多东西用过了就找不到，不知道放在了哪里，只好不断地向韦尔先生写采购申请。

今天还有好多想写的事情，但我现在眼睛疼，以后再写吧。

Part.10。

今天有人给我寄了个包裹，我不知道是谁，包裹没有署名。里面放着这段时间我所有丢失的东西，里面还附着一张字条：

是库特拉兄弟干的。

我把这件事讲给了艾达小姐听，她非常气愤地告诉我，基地一定会严肃追责。

Part.11。

今天真崎野外训练回来，给梅诗金带了两条鲜鱼，我们俩在房间里看着它吃完了。看猫吃东西真的很解压。真崎问我最近过得怎么样，我说“还行”。

确实还行，除了阿维纳什非要给我过生日。他不知道是哪根筋搭错了一定要来给我庆祝生日，还说这将是我们重修旧好的标志，我最终会意识到他是多么可靠的一个人。我真的觉得好烦，下个月生日也不想过了。

下个星期开始，我有两周的时间回家和父亲团聚。我应该是基地众多预备役里唯一还能使用探亲假的人，有时候我会忍不住为自己的幸运感到愧疚。

Part.12。

斯黛拉！偷看别人的日记是不好的行为！

Part.13。

我回到基地了，在家的两周过得很开心。我和斯黛拉互相留了联系方式，约好有空的时候给彼此写信或者写邮件。她真的很有趣，脑筋转得很快——虽然我发现她会趁人不在偷偷翻人日记本，不过在看到我留下的警告之后，她主动来找我道歉了。

最近事情很多，很忙，最最重要的事情是得给梅诗金打疫苗。我和真崎商量着怎么把猫带出去又带回来，最后决定我俩一起动手做一个透气但是遮蔽性好的猫包。我来联系宠物医院、交钱和与医生沟通，她负责带出和带回。梅诗金现在已经认得她了，每次真崎出现的时候，梅诗金都会非常自然地从角落走出来，同她玩。

有猫真好，真的。我们的梅诗金是世界上最好的小猫。

Part.14

我知道这样说不太道德，但是，我真的笑了一整天：阿维纳什在外出训练的时候不知道怎么回事，被揍了一顿。他伤得很严重——不是有性命危险的那种严重，而是严重到暂时无法下床，因为浑身上下有多处骨折。

他声称有人半夜溜到他的帐篷里把他拖出睡袋，直接从一处陡坡上扔了下去，但训练官说这不太可能——如果真的有人这么做了，他怎么可能乖乖束手就擒呢？而且大家晚上都睡在一起，他为什么不呼救？更何况那不是别的营地，是水银针和陆军学院的营地呀，哪有不长眼的贼会跑到这里来挑事？多半是他半夜找不到厕所，随地大小便，结果脚下一滑踩空滚下去了。

我跟真崎说了这件事，她笑得前仰后合，然后说阿维纳什活该。

今天真崎向我要了四瓶不同颜色的墨水和书写笔，她好像是打算练习写花体字。我问她为什么想学这个，她说她一直在和一个人通信，从前一直是用母语写再用翻译机翻译，然后打印出来，最近她想试试换成手写。

我问“是她在第三区交到的朋友吗”，她没有明确回答我，我又说，“如果这个人在第三区，你其实是可以用探亲假去探望她的，只要找你的咨询师拿一份授权”。真崎拒绝了，她说她现在很容易就能见到那个人，但最大的问题是，那个人还没有见过她。

真是一段神奇的友谊，我想象不出这是一段怎样的关系，不过真崎的朋友也像真崎一样特别，这一点并不奇怪。

还有，我发现自己没有再记录和艾达小姐的咨询内容了，不过就算是当日记本，这个本子也很合适。

Part.15

拉维特太太发现了猫，我们得把猫送走了。

Part.16

基地给我们看了领养人的信息，我们相信梅诗金应该能得到很好的照顾。今天真崎对我发了脾气，说我们从一开始就不应该给猫起名字，如果不起名字现在就不会这么伤心了。我承认她说得对，我也好难过。

Part.17

博物课今天结课，我发誓这是我进入基地以来上过的最精彩的课程，我从来没有遇到过任何一个老师能像安娜一样，把整片自然的进化史讲得那么动人。我原本打算向下一届水银针强烈推荐这门选修课，然而玛蒂尔告诉我，安娜恐怕不会在基地待太久。她上次去找咨询师的时候听到那边有几个人聊安娜的去向，好像安娜很快就要离开基地，这里面还牵扯到陆军方面的一些事情……我把这件事讲给了真崎听，她还没听完就大叫一声“不可能”，然后就跑了。

显然真崎也和我一样，非常、非常地喜欢博物学。

这件事真的非常让人遗憾。

Part.18

今天，我们第一次填写今后的工作意向单。单子不是由我们独自填的，而是和各自的辅佐官讨论，然后由辅佐官给出建议。在访谈室外排队的时候，我又遇到了库特拉三兄弟。我感觉我已经快一年没见到他们了，他们变化很大，个子长高了不少，我主动过去同他们打招呼，结果还没开口说话，他们就吓得四散逃开。其中一个跑到一半还摔了一跤，结果他连伤都来不及查看，一爬起来就马上手脚并用地离开了。

真奇怪，难道我是什么凶神恶煞吗？

和辅佐官谈话的时候，我说希望将来能留在基地做咨询师，我很喜欢这里的生活，更重要的是，我很喜欢那种能够给别人带去源源不断的爱与支持的感觉，这能让我感到我的生命也在不断

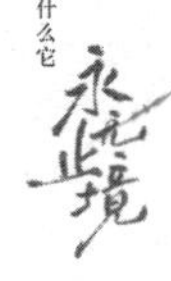

变得充盈而有意义。

辅佐官非常认可我对自身的觉察，她说她非常为我感到高兴，一个人能够在少年时期就选定自己一生的事业是一种幸运，她祝我一切顺利。

希望如此，也希望我能加倍努力，不要浪费这一份幸运。

（第一卷 · 番外完）